UN FINAL PERFECTO

UN FINAL PERFECTO

John Katzenbach

Traducción de Mercè Diago
y Abel Debritto

GRUPO ZETA

Barcelona • Madrid • Bogotá • Buenos Aires • Caracas • México D.F. • Miami • Montevideo • Santiago de Chile

Título original: *Red One, Two, Three*
Traducción: Mercè Diago y Abel Debritto
1.ª edición: noviembre 2012

© John Katzenbach
© Ediciones B, S. A., 2012
  Consell de Cent, 425-427 - 08009 Barcelona (España)
  www.edicionesb.com

Publicado por acuerdo con John Hawkins & Associates, Inc., New York y
Agencia Literaria Bookbank, Madrid.

Printed in Spain
ISBN: 978-84-666-5219-3
Depósito legal: B. 8.248-2012

Impreso por LIBERDÚPLEX, S.L.
Ctra. BV 2249, km 7,4
Polígono Torrentfondo
08791 Sant Llorenç d'Hortons

Prólogo

Pelirroja Uno observaba impotente la muerte de un hombre cuando le llevaron la carta a su casa, aislada en una zona rural del condado.

Pelirroja Dos estaba aturdida por las drogas, el alcohol y la desesperación cuando su carta cayó por la ranura del buzón de la puerta de su modesta casa de dos plantas en las afueras.

Pelirroja Tres contemplaba un fracaso y pensaba que le aguardaban muchos más y peores cuando la carta llegó al depósito de correspondencia que había en la planta situada justo debajo de su dormitorio comunitario.

Las tres mujeres se encontraban en un rango de edad de entre los diecisiete y los cincuenta y un años. No se conocían entre sí pero vivían a escasos kilómetros la una de la otra. Una era internista. Otra era maestra de secundaria en una escuela pública y la tercera, estudiante de bachillerato en un centro privado. A primera vista, parecían no tener gran cosa en común, excepto un detalle obvio: todas eran pelirrojas. En el pelo liso color caoba de la doctora empezaban a asomar las canas y lo llevaba recogido hacia atrás con un estilo severo. Nunca se lo dejaba suelto cuando trabajaba en la consulta. La maestra poseía una melena rizada y leonina y los rizos de pelo rojizo y brillante le caían hasta los hombros como corrientes eléctricas descontroladas, aunque iba desaliñada debido a los funestos avatares del destino. La estudiante de bachillerato tenía el pelo ligeramente más claro, de un seductor color fresa que bien habría merecido una canción, si bien enmarcaba un rostro que parecía empalidecer un poco cada día y una piel clara con unas arruguitas fruto de preocupaciones mucho más graves de las que deben experimentarse a tan tierna edad. Lo que no comprendieron al comienzo es que tenían un nexo común que iba más allá de su sorprendente pelo rojizo. Cada una de ellas, a su manera, era vulnerable.

Las cartas no tenían nada especial en el exterior: sobres blancos con el matasellos de la ciudad de Nueva York. Eran del tipo de sobres tintados por motivos de seguridad con pestaña autoadhesiva que se venden en cualquier papelería o supermercado. Ninguna de las mujeres lo sabía cuando abrieron las cartas. El mensaje del interior estaba escrito en un papel de notas blanco de poco gramaje e impresas desde el mismo ordenador. Ninguna de las tres tenía tampoco conocimientos forenses para saber que en las cartas no había huellas dactilares ni ningún resto del que se pudiera extraer el ADN —saliva, un pelo suelto, folículos de la piel— que habría dado a un policía experto con acceso a laboratorios realmente modernos una idea de quién enviaba las cartas, si es que el ADN del remitente figuraba en alguna base de datos de criminales. El escritor de las cartas no estaba fichado. En pocas palabras, cada carta, un método de comunicación realmente antiguo en el mundo de los mensajes instantáneos, el correo electrónico, los SMS y los teléfonos móviles, estaba más pasada de moda que las señales de humo, las palomas mensajeras o el código Morse. Las cartas no contenían más que un mensaje sencillo y aparentemente elegido al azar.

Las primeras líneas aparecían sin saludo ni presentación:

Un bonito día Caperucita Roja decidió llevar una cesta con alimentos deliciosos a su querida abuela, que vivía al otro lado de un bosque denso y oscuro...

Seguro que has oído este cuento cuando eras niña. Pero probablemente te contaran la versión más benévola: en la que la abuela se esconde en el armario y Caperucita Roja se salva de convertirse en el siguiente ágape del lobo feroz gracias a la aparición de un valiente cazador armado con un hacha. En esa versión todos acaban «felices y comiendo perdices». Pero así no acababa el cuento original. En él el resultado era muy distinto y mucho más siniestro. Durante años ha sido objeto de interpretación por parte de académicos y psicólogos.

Sería recomendable que lo tuvieras en cuenta durante las semanas siguientes.

No me conoces pero yo a ti sí.

Sois tres. He decidido llamaros:

Pelirroja Uno.

Pelirroja Dos.

Pelirroja Tres.

Sé que las tres estáis perdidas en el bosque.

Y al igual que la niña del cuento, has sido elegida para morir.

1

El Lobo Feroz

En la parte superior de la primera página, escribió:

Capítulo Uno: Selección

Se paró, movió los dedos por encima del teclado del ordenador como un mago al conjurar un hechizo y entonces se inclinó hacia delante para continuar.

El primer, y en muchos casos el principal, problema es seleccionar a la víctima. Ahí es donde los irreflexivos, los impacientes y los novatos cometen la mayoría de los errores estúpidos.

Odiaba caer en el olvido.

Habían pasado casi quince años desde que escribiera una palabra digna de publicar o matara a una persona inocente y la jubilación forzosa le resultaba sumamente dura.

Le faltaba un año para cumplir los sesenta y cinco y no esperaba vivir muchos más. La parte realista de su interior le recordaba que, a pesar de su aparente buena forma física, la longevidad verdadera no formaba parte de su herencia genética. Tanto su padre como su madre habían muerto víctimas de un cáncer virulento con poco más de sesenta años y su abuela materna había sucumbido a una cardiopatía a la misma edad, por lo que pensaba que su hora estaba próxima. Aunque hacía años que no iba al médico, notaba molestias misteriosas y constantes, sufría pequeños dolores agudos, repentinos e inexplicables y debilidades extrañas por el cuerpo que presagiaban la llegada de la vejez y tal vez de algo peor que crecía en su interior. Hacía varios meses había leído todo lo que Anthony Burgess había escrito con frenesí en el productivo año en el que al famoso novelista le habían diagnosticado erróneamente un tumor cerebral inoperable y mortal, cuando en realidad no lo tenía. Creía, sin ningún tipo de confirmación médica, que bien podía encontrarse en la misma situación, salvo que no habría ningún error en el diagnóstico. Tuviera lo que tuviese, era mortal.

Por consiguiente, había llegado a la conclusión de que en el tiempo que le quedaba, ya fueran veinte días, veinte semanas o veinte meses, debía hacer algo realmente significativo. Necesitaba crear algo deliciosamente memorable y que fuera recordado mucho después de que abandonara este mundo y fuera directo al infierno, si es que existía. Esperaba, no sin cierto orgullo, ocupar un puesto de honor entre los malditos.

Así pues, la tarde en la que puso en marcha la que consideraba sería su última y mejor obra, sintió la emoción tiempo atrás olvidada de un niño a la espera de los Reyes Magos, y una sensación abrumadora de profunda liberación, sabiendo que no solo retomaba el juego que había abandonado con tanta renuencia, sino que lo que planeaba para su obra maestra estaría en boca de la gente durante años.

Los crímenes «perfectos» raras veces se producían, pero los había. Normalmente no se debían al gran talento de los criminales sino a la ineptitud continuada de las autoridades, y en general se definían por la cuestión prosaica de si el autor salía impune o no. Consideraba que debían llamarse «Accidentes del homicidio ideal», porque salir impune de un asesinato no suponía un gran reto. Pero los crímenes perfectos eran harina de otro costal y creía sinceramente que estaba planeando uno de ellos. Su invento estaba destinado a satisfacerle a muchos niveles.

«Materialízalo —se dijo— y lo estudiarán en las escuelas. Hablarán de ti en la televisión. Harán películas sobre ti. Dentro de cien años, tu nombre será tan conocido como Billy *el Niño* o Jack *el Destripador*. Alguien quizá te dedique una canción. Y no un tema suave y melódico de estilo folk. Heavy metal.»

Más que nada odiaba sentirse normal y corriente.

Ansiaba gozar de una fama duradera. Las pequeñas degustaciones de fama que había tenido en la vida habían surtido el efecto de una droga, subidones momentáneos seguidos de una vuelta devastadora a la rutina. Todavía recordaba el instante hacía casi cincuenta años en que, como jugador de fútbol americano del instituto, había recuperado una pérdida de balón en un partido de eliminatorias. Había pasado de un anonimato opresivo en la línea defensiva a ser aclamado como héroe en las páginas deportivas del periódico local y a disfrutar de una semana de miradas envidiosas y palmadas en la espalda cuando recorría los pasillos áridos del instituto, hasta que el equipo perdió el viernes siguiente por la noche. Al cabo de unos años, durante sus cuatro años desganados en la universidad, ganó un premio de quinientos dólares en un concurso de ensayos abierto a todo el campus. El tema elegido había sido «Por qué Kafka es más importante en el presente que en el pasado». Cuando recibió el galardón, el jefe del departamento de Literatura Inglesa destacó sus «argumentos complejos y expresión elocuente». Pero con la llegada del nuevo semestre y de otro concurso que no ganó, aquello acabó. Luego, como adulto, después de muchos años de trabajo duro y rutinario como corrector de estilo en varios periódicos medianos corrigiendo errores gramaticales de reporteros descuidados en una línea de montaje de noticias que parecía no tener fin, recibió una especie de descarga eléctrica cuando una editorial reputada aceptó su primera novela. Se publicó con un torbellino de críticas moderadamente buenas. Un «talento nato» había opinado un crítico. Y después de dejar el trabajo y dedicarse a escribir los siguientes libros, lo habían puesto de relieve con alguna que otra entrevista en una revista literaria o en la sección de Cultura de los periódicos locales. Una cadena de televisión vecina había grabado un pequeño reportaje sobre él cuando una de sus cuatro novelas de misterio había recibido una oferta para ser llevada al cine, aunque al final el guion que un escritor poco memorable de la Costa Oeste había escrito había acabado en nada. Pero antes de lo esperado, las ventas habían menguado e incluso estos logros menores habían caído en el olvido cuando dejó de escribir. Ya no encontraba ejemplares de sus novelas en las estanterías de las librerías, ni siquiera en la mesa dedicada a excedentes de las editoriales y saldos. Y nadie había dicho que fuera «complejo», ni que fuera un «talento nato» cuando había envejecido inexorablemente.

E incluso el asesinato había perdido lustre para él.

Los días de titulares chillones y el toque de tambor frenético de los artículos de seguimiento plagados de especulación habían desaparecido. Tenía la impresión de que la muerte —incluso los asesinatos violentos y al azar— habían perdido caché en el negocio periodístico. Y un asesino solitario e implacable ya no era una celebridad. Los arranques de violencia a tiros, obra de asesinos psicóticos y chiflados atrapados en delirios descabellados, seguían acaparando titulares completos. Las matanzas producidas en las guerras del narcotráfico seguían siendo codiciadas por las cámaras de televisión. Tirotear a un grupo de compañeros del trabajo en el asalto a una oficina electrizaría las ondas radiofónicas. Pero el sensacionalismo instantáneo había sustituido a la planificación constante y prudente, lo cual lo dejaba profundamente aislado y con una sensación de inutilidad total. Tenía un álbum de piel lleno de recortes de prensa relacionados con sus cuatro asesinatos, al lado de una colección con las reseñas de sus libros. Cuatro libros. Cuatro asesinatos. Pero allá donde antaño se había regodeado con los detalles de cada párrafo, ahora ya no soportaba ni abrirlo. Independientemente de la sensación de logro y satisfacción que aquellas muertes o los libros que había escrito le habían proporcionado, ahora le resultaban amargos.

El hecho de que la fama, por cualquiera de sus vocaciones, no le hubiera llegado en dosis mayores le corroía por dentro continuamente, retorcía las horas que pasaba despierto y las convertía en nudos de frustración; mientras dormía sufría sueños sudorosos que rayaban en las pesadillas. Consideraba que era tan bueno en lo que hacía como Stephen King o Ted Bundy, pero nadie parecía darse cuenta. Pensaba que las únicas pasiones verdaderas que le quedaban eran la ira, la envidia y el odio, que era más o menos como sufrir una especie de enfermedad terminal, pero una dolencia que no puede tratarse con pastillas ni una inyección o ni siquiera cirugía y para la que no sirven las radiografías ni las resonancias magnéticas. Así pues, a lo largo del último año, mientras urdía minuciosamente su último plan, había llegado a la conclusión de que era el único camino para seguir adelante. Si, en años venideros, deseaba partirse de risa con un chiste o disfrutar de un buen vino y una buena comida, emocionarse al ver que un equipo ganaba un campeonato o incluso votar por un político con cierto optimismo, entonces planificar un asesinato realmente memorable revestía una importancia capital. Daría vida y sentido a sus últimos días. «Especial», se dijo. Le enriquecería, en todos los sentidos del término.

Crear. Ejecutar. Huir.

Sonrió y pensó que era la Santísima Trinidad de los asesinos en serie. Se sorprendió un poco al pensar que había tardado tantos años en darse cuenta de que había añadido un cuarto elemento inesperado a la ecuación: «Escribir sobre él.»

Pulsó con fuerza las teclas del ordenador. Se imaginó que era el batería de una banda de rock, dedicado a mantener el ritmo y crear el pilar de la música:

Si bien hay mucho que decir y admirar acerca del asesinato repentino y al azar —en el que de repente se encuentra a la víctima adecuada y se perpetra el acto al instante—, este tipo de homicidios acaba por proporcionar nula satisfacción verdadera. No son más que un eslabón de la cadena que conduce a más de lo mismo, donde los deseos dictan la necesidad y esos mismos deseos acaban por superarte y nublar la capacidad de planear e inventar, por lo que es probable que conduzca a la detección. Son torpes y la torpeza acaba convirtiéndose en un policía que llama a tu puerta con el arma desenfundada. El mejor asesinato y el más gratificante es el que combina el estudio intenso con la dedicación continuada y, por último, el deseo. El control se convierte en la droga elegida. Hay que pensar, maquinar e inventar más allá y entonces es inevitable que el asesinato sea memorable. Satisfará todas las necesidades siniestras.

Eso es lo que tengo en mente con mis tres Pelirrojas.

La tarde que envió las cartas se paró en un pequeño quiosco del paso elevado de la calle 42 que conduce a la Grand Central Terminal y pagó en efectivo un cruasán medio pasado relleno de un queso inidentificable y un café amargo que estaba ardiendo en un vaso de plástico. Llevaba una cartera de cuero oscuro colgada al hombro y vestía un sobretodo de lana color gris pizarra encima del traje azul marino. Se había teñido el pelo entrecano de color rubio arena y lo combinaba con unas gafas de montura oscura y barba y bigote falsos, comprados en una tienda especializada en disfraces para la industria cinematográfica y teatral. Se había encasquetado una gorra de *tweed* estilo chófer, lo cual ocultaba su aspecto todavía más. Consideraba que ya bastaba para engañar a cualquier software de reconocimiento facial, aunque tampoco es que esperara que algún agente con iniciativa lo fuera a emplear.

El café le llenó los orificios nasales de calidez y se dirigió a la estación cavernosa. La luz amarillo suave se reflejaba en el techo azul rugoso y un murmullo constante le dio la bienvenida. El zumbido de las llegadas y partidas de los trenes era como música de fondo enlatada. Los zapatos le sonaban contra la superficie pulida del suelo, lo cual le recordaba a un bailarín de claqué o quizás a una banda en movimiento dando pasos precisos.

Era la hora punta. Caminó con paso estudiado, masticando el cruasán y chocando despreocupadamente con miles de viajeros habituales, la mayoría de los cuales presentaba un aspecto muy parecido al de él. Pasó junto a un par de policías de Nueva York aburridos cuando se dirigía hacia un buzón situado en el exterior de la entrada al andén para el tren de cercanías de New Jersey Transit. Durante unos segundos le entraron ganas de darse la vuelta en su dirección y gritar: «¡Soy un asesino!» Más que nada para ver su reacción, pero enseguida contuvo el impulso. «Si supieran lo cerca que me han tenido...» Aquello le hizo reír porque la ironía formaba parte de todo el montaje. Tomó nota mentalmente de plasmar sus observaciones y sentimientos por escrito más tarde esa misma noche.

Llevaba guantes de látex de cirujano, le divertía que ninguno de los dos agentes de policía se hubiera fijado en aquel detalle revelador «probablemente hayan pensado que no soy más que otro paranoico obsesionado por los gérmenes». Se paró ante un contenedor de basura para abandonar lo que le quedaba del cruasán y el café y arrojó los restos en el receptáculo sin miramientos. Con un movimiento que había ensayado en casa, se descolgó la cartera del hombro y cogió tres sobres. Sujetándolos, dejó que las prisas de la gente por regresar a casa lo transportaran hacia el buzón. Con la cabeza gacha —sospechaba que había cámaras de seguridad escondidas en lugares que no veía al acecho de terroristas potenciales imaginarios— introdujo rápidamente los tres sobres por la estrecha ranura situada encima de un rótulo que advertía a la gente del peligro de enviar por correo materiales peligrosos.

Aquello también hizo que le entraran ganas de troncharse de la risa. El Servicio de Correos de Estados Unidos se refería a drogas ilegales, venenos o líquidos para fabricar bombas cuando mencionaba los «materiales peligrosos». Sabía que las palabras bien escogidas resultaban mucho más amenazadoras.

A veces, se dijo, los mejores chistes son lo que solo pueden escucharse a solas. Las tres cartas quedaban entonces en manos de uno de los sistemas de procesamiento postal más ajetreado de Estados Unidos, y uno de los más fiables. Le entraron ganas de lanzar un alarido de expectación, de aullarle a alguna luna distante escondida por el techo abovedado de Grand Central. Era consciente de que el pulso le iba a cien por hora de la emoción y que el trajín de los trenes y las personas que lo rodeaban se difuminaba y de repente se sintió embargado por un silencio cálido y delicioso de creación propia. Era como sumergirse en las aguas azul turquesa del Caribe y flotar, observando los haces de luz que atravesaban el mundo azul de su alrededor.

Al igual que el buzo que imaginaba ser, exhaló poco a poco y sintió que ascendía a la superficie inexorablemente.

«Y así, empieza», pensó para sus adentros.

Entonces se dejó arrastrar por el resto de las masas anónimas hasta un tren de cercanías abarrotado. Le daba igual adónde se dirigía, porque independientemente de donde parara, no era su destino verdadero.

2

Las tres Pelirrojas

El día que se convirtió en Pelirroja Uno ya era de por sí difícil para la doctora Karen Jayson.

A primera hora de la mañana había tenido que decirle a una mujer de mediana edad que, según los resultados de las pruebas, padecía cáncer de ovario; al mediodía había recibido una llamada desde Urgencias de un hospital local, diciéndole que una de sus pacientes de hacía más tiempo había resultado gravemente herida en un accidente automovilístico; al mismo tiempo se había visto obligada a hospitalizar a otro paciente con una piedra en el riñón paralizante incapaz de tratar con los analgésicos rutinarios. Luego había tenido que pasarse casi una hora al teléfono con el ejecutivo de una aseguradora para justificar su decisión. Las visitas de la sala de espera se habían ido acumulando, desde los chequeos rutinarios a las inflamaciones de garganta y gripe, cuyos enfermos habían contagiado alegremente a los demás pacientes que esperaban con distintos niveles de frustración e ira.

Y a última hora de la tarde de lo que ya le parecía inexorablemente un mal día, la llamaron a la zona de enfermos terminales del centro geriátrico de Shady Grove, un lugar cercano que no hacía honor a su nombre, para asistir al último aliento de vida de un hombre que apenas conocía. El hombre tenía noventa y pocos años, y le quedaba poco más que el pecho hundido y una expresión demacrada, pero incluso en ese estado apenas consciente se había aferrado a la vida con la tenacidad de un pitbull. Karen había visto morir a muchas personas a lo largo de su carrera profesional; como internista con la subespecialidad de geriatría, resultaba inevitable. Pero incluso con una familiaridad obtenida tras muchos años de experiencia, nunca lograba acostumbrarse a ello, y el hecho de estar sentada junto a la cama del hombre sin hacer otra cosa que ajustarle el gotero de Demerol, le enturbiaba las emociones y zarandeaba sus sentimientos como un árbol a merced de un fuerte viento invernal. Deseó que las enfermeras del centro no la hubieran llamado y se hubieran ocupado de la muerte por sí solas.

Pero la habían llamado y ella había respondido, así que ahí estaba. La habitación parecía fría y desolada aunque los radiadores antiguos funcionaban a pleno rendimiento. Estaba en penumbra, como si la muerte pudiera entrar con más facilidad en una habitación con luz tenue. Lo único que rodeaba al anciano eran unas cuantas máquinas, una ventana con contraventanas, una vieja lámpara auxiliar metálica, unas sábanas blancas sucias y enmarañadas y un leve olor a excrementos. No había ni un triste cuadro colorido en alguna de las paredes blancas para alegrar el ambiente de la habitación desolada. No era un buen lugar para morir.

«Malditos poetas, morir no tiene nada remotamente romántico y menos en un centro geriátrico que ha visto épocas mejores», pensó ella.

—Ha muerto —dijo la enfermera auxiliar.

Karen había oído los mismos sonidos en los segundos finales: una lenta exhalación, como la última parte de aire que sale de un globo gastado y agujereado, seguido de la alarma aguda del monitor cardiaco que resulta familiar para cualquiera que haya visto una serie de médicos en la tele. Apagó la máquina después de observar la línea recta de color verde lima durante unos instantes, mientras pensaba que la rutina de la muerte carecía de la tensión cinematográfica que la gente imaginaba que tenía. A menudo no era más que desvanecerse, como las baterías de luces de un gran auditorio que se van apagando después de la marcha del público, hasta que solo queda oscuridad. Exhaló un suspiro y se dijo que incluso esa imagen era demasiado poética y se dejó vencer por la fuerza de la costumbre. Le presionó los dedos en la garganta al hombre para ver si le encontraba el pulso en la arteria carótida. Su piel parecía fina como el papel en contacto con su mano y se le ocurrió pensar que incluso el roce más leve y suave le dejaría cicatrices reveladoras en el cuello.

—Hora de la muerte: las cuatro, cuarenta y cuatro —dijo.

Había algo que resultaba satisfactorio desde un punto de vista matemático en aquella serie de números, como cuadrados colocados unos dentro de los otros que encajaban a la perfección. Examinó el impreso de últimas voluntades y miró a la enfermera, que había empezado a desconectar los cables del pecho del hombre.

—Cuando acabes con el papeleo del señor... —volvió a mirar el impreso—... Wilson, ¿me lo traerás para que lo firme?

Karen se sintió un poco avergonzada por no recordar el apellido del anciano. La muerte no debería ser tan anónima, pensó. El anciano presentaba un aspecto apacible, tal como era de esperar. La muerte y los clichés, pensó, van de la mano. Durante unos instantes se planteó quién era realmente el señor Wilson. Muchas esperanzas, sueños, recuerdos, experiencias que desaparecieron a las cuatro cuarenta y cuatro. ¿Qué había visto de la vida? ¿De la familia? ¿De la escuela? ¿De la guerra? ¿Del amor? ¿De la tristeza? ¿De la alegría? En la habitación no había nada que, en esos últimos momentos, proporcionara información sobre su identidad. Durante unos instantes Karen se sintió llena de ira contra la muerte por llegar junto con el anonimato. La enfermera del geriátrico debió de percatarse porque rápidamente interrumpió el silencio subrepticio.

—Qué pena —dijo—. El señor Wilson era un viejecito encantador. ¿Sabes que le gustaba la música de gaitas? Aunque no era de origen escocés. Creo que era del Medio Oeste, o algo así. De Iowa o Idaho. Imagínate.

Karen imaginó que debía de haber una historia detrás de ese amor, pero que se había perdido.

—¿Algún pariente al que haya que llamar? —preguntó.

La enfermera negó con la cabeza pero respondió.

—Tendré que comprobar de nuevo el formulario de ingreso.

Sé que no llamamos a nadie cuando entró en la unidad de enfermos terminales.

La enfermera ya había pasado de una rutina —ayudar a una persona mayor de noventa años a pasar de esta vida a la próxima— a la responsabilidad posterior, que era encargarse de la burocracia relacionada con la muerte.

—Creo que saldré un momento, mientras preparas los documentos.

La enfermera asintió ligeramente. Estaba familiarizada con los hábitos de la doctora Jayson tras una muerte: fumar un cigarrillo a hurtadillas en el extremo más alejado del parking del centro geriátrico, donde creía que nadie la veía, lo cual no era precisamente el caso. Tras aquella pausa solitaria, la doctora entraría de nuevo en el despacho principal, donde tenía un escritorio que empleaba únicamente para cumplimentar impresos de Medicare y Medicaid y firmar la inevitable conclusión de quienes vivían en el centro: el certificado de defunción. El centro se encontraba a varias manzanas del edificio cuadrado de ladrillo visto en el que Karen tenía la pequeña consulta de medicina interna, junto con una docena de doctores de todas las especialidades, desde psiquiatría a cardiología. La enfermera sabía que Karen fumaría medio cigarrillo exactamente antes de entrar a rellenar el papeleo del señor Wilson. En el paquete de Marlboro que Karen creía haber escondido en el cajón superior del escritorio, y del que todo el personal de la unidad de enfermos terminales estaba al corriente, la doctora había marcado con cuidado cada cigarrillo por la mitad con un boli rojo. La enfermera también sabía que independientemente del tiempo que hiciera, Karen no se molestaría en ponerse un abrigo, aunque estuviera diluviando o hubiera una temperatura gélida en la zona occidental de Massachusetts. La enfermera imaginaba que aquella concesión a los caprichos del tiempo era la penitencia que hacía la doctora por seguir siendo adicta a un hábito asqueroso que sabía a ciencia cierta que la mataría pronto y que prácticamente todos los implicados en el negocio de la sanidad al que la doctora pertenecía despreciaban por completo.

Era de noche y muy tarde para cenar cuando Karen entró en el camino de gravilla de entrada a su casa y se paró en el viejo y desvencijado buzón situado junto a la carretera. Vivía en una zona rural, donde las casas medianamente caras estaban apartadas de la calzada y muchas disfrutaban de vistas a las colinas lejanas. En otoño la vista era espectacular por el cambio de las hojas, pero esa época había pasado y ahora el paisaje estaba dominado por el invierno frío, enfangado y yermo.

En el interior de su casa, las luces estaban encendidas pero no era porque hubiera alguien esperándola; tenía un temporizador instalado porque vivía sola y no le gustaba encontrarse con la casa a oscuras al regresar de noches tan tristes como aquella. No era lo mismo que ser recibida por la familia pero hacía que el regreso fuera un poquito más agradable. Tenía un par de gatos, *Martin* y *Lewis*, que la estarían esperando con entusiasmo felino, lo cual, por triste que fuera reconocerlo, no era gran cosa. Tenía sentimientos encontrados acerca de las mascotas. Habría preferido un perro, algún golden retriever saltarín que meneara la cola y compensara la falta de cerebro con un entusiasmo descarado, pero como trabajaba tantas horas fuera de casa, no le había parecido justo tener un perro, sobre todo de una raza que sufría sin compañía humana. Los gatos, incluso a pesar de su autodeterminación arrogante y actitud altanera hacia la vida, estaban mejor preparados para el aislamiento fruto de la rutina diaria de Karen.

El hecho de vivir sola, lejos de las luces y el bullicio de la ciudad, era algo que le había acabado sobreviniendo con los años. Había estado casada una vez. No había funcionado. Había tenido un amante una vez. No había funcionado. Había entablado una relación con otra mujer una vez. No había funcionado. Había dejado los rollos de una noche y los sitios de citas por Internet que prometían compatibilidad total después de rellenar un cuestionario y sugerir que el amor estaba a la vuelta de la esquina. Nada de todo aquello había funcionado. Tampoco.

Lo que tenía era un trabajo y un *hobby* que ocultaba a otros médicos que consideraba compañeros de trabajo: era una humorista entregada pero totalmente aficionada. Una vez al mes iba en coche a cualquiera de la docena de clubes de la comedia que había por el estado que celebraban noches de «micro abierto» y probaba distintos números. Lo que le encantaba de la comedia era que era imprevisible. Era imposible calcular si un público determinado se partiría de la risa, se carcajearía o se quedaría sentado con cara de póquer y los labios fruncidos antes de que empezaran a sonar los abucheos inevitables, y entonces se vería obligada a retirarse rápidamente de los focos implacables. A Karen le encantaba hacer reír a la gente e incluso valoraba en cierto modo el bochorno que suponía que la echaran del escenario a silbidos. Ambas situaciones le recordaban las flaquezas y excentricidades de la vida.

Tenía un pequeño portátil Apple con unas pocas aplicaciones en las que escribir los números de comedia y probar chistes nuevos. El ordenador que utilizaba normalmente estaba repleto de historiales de pacientes, datos médicos y la vida electrónica típica de una profesional ajetreada. El pequeño lo guardaba bajo llave del mismo modo que ocultaba su *hobby* a los compañeros de trabajo, a sus pocos amigos y parientes lejanos. La comedia, al igual que fumar, era una adicción que era mejor guardarse para sí.

La puertecilla del buzón estaba ligeramente entreabierta, una costumbre del cartero que acababa provocando que su correspondencia quedara empapada por los elementos. Salió del coche y se acercó rápidamente al buzón, cogió todo lo que había sin mirar nada. Había empezado a caer una lluvia helada y unas cuantas gotas le habían caído en el cuello y se había estremecido. Acto seguido volvió a acomodarse ante el volante y subió por el camino de entrada haciendo que los neumáticos despidieran gravilla y un poco de hielo que se había formado.

Se dio cuenta de que no podía quitarse de la cabeza al hombre que había muerto ese día. No era raro en ella cuando certificaba una defunción. Era como si se creara una especie de vacío en su interior, y sentía la necesidad de llenarlo con «retazos» de información. «Gaitas, Iowa.» No tenía ni idea de cómo se establecía esa relación. De todos modos, había muerto rodeado de desconocidos, por muy amables o sensibles que fueran las enfermeras de la unidad de enfermos terminales. Empezó a especular e intentó inventar una historia en su interior que sirviera para satisfacer su curiosidad. «Oyó la gaita por primera vez en su infancia, cuando llegó un vecino nuevo de Glasgow o Edimburgo a la casa desvencijada de al lado, y el vecino solía beber un poco demasiado y eso lo volvía melancólico y añoraba su patria. Cuando la soledad le embargaba, el vecino bajaba el instrumento del estante de un armario y se ponía a tocar la gaita al caer la tarde, justo cuando el sol se ponía por el horizonte llano de Iowa. Todo se debía a que el vecino añoraba las verdes colinas onduladas de su hogar. El señor Wilson —solo que entonces todavía no era el señor Wilson— solía estar en su habitación y la música inusual e intensa se filtraba por la ventana abierta. *Scotland the Brave* o *Blue Bonnet*. De ahí provenía su fascinación.» A Karen le pareció que aquella historia era tan posible como cualquier otra.

Entonces se preguntó: «¿Puedo hacer un número con esto?» La mente le empezó a funcionar: «Resulta que vi cómo moría un hombre al que le encantaban las gaitas...» y ¿podía hacer que pareciera que las notas extrañas de ese instrumento lo habían matado y no la inevitabilidad de la vejez?

El coche se paró con un crujido delante de la puerta principal. Cogió el maletín, el abrigo y la pila de correspondencia y, con los brazos llenos, recorrió la oscuridad tenebrosa y la frialdad húmeda que la separaba de su casa.

Los dos gatos se movieron para recibirla cuando entró por la puerta, pero pareció más fruto de una curiosidad ocasional combinada con las expectativas de cenar lo que les sacó del sueño. Se dirigió a la cocina con la intención de servirles otro bol de pienso, prepararse una copa de vino blanco y plantearse qué restos de la nevera no se asemejaban lo suficiente a un botín homicida para recalentárselos para cenar. La comida no le interesaba demasiado, lo cual la ayudaba a mantenerse fibrosa a pesar de haber entrado en la cincuentena. Dejó caer el abrigo en una banqueta y colocó el maletín al lado. Entonces fue directa al cubo de la basura para mirar la correspondencia. La carta sin ninguna otra característica aparte del matasellos de la ciudad de Nueva York estaba entre la factura de teléfono de Verizon, otra de la compañía eléctrica, dos cartas promocionales de tarjetas de crédito que ni necesitaba ni quería y varias cartas de petición del Comité Nacional Demócrata, Médicos sin Fronteras y Greenpeace.

Karen dejó las facturas en la encimera, tiró todas las demás al cubo de reciclaje de papel y abrió la carta anónima.

El mensaje hizo que le temblaran las manos y lanzó un grito ahogado.

Lo que leyó no la dejó exactamente conmocionada.

Pero sabía que debería estarlo.

Cuando se convirtió en Pelirroja Dos, Sarah Locksley estaba desnuda.

Primero se había quitado los pantalones, luego el suéter y los había dejado en el suelo. Estaba un tanto achispada y ligeramente colocada por la combinación de tarde habitual de vodka y barbitúricos cuando el cartero deslizó la correspondencia por la ranura de su puerta delantera. Oyó el sonido de los sobres al caer en el suelo de madera noble del vestíbulo. Sabía que la mayoría estarían marcados con «Pago vencido» o «Último aviso». Se trataba de la avalancha diaria de facturas y pagarés a los que no tenía la menor intención de prestar atención. Se levantó y vio su reflejo en la pantalla del televisor y pensó que no tenía sentido quedarse a medias, así que se quitó el sujetador y las bragas y lo lanzó todo a un sofá cercano con un ademán florituresco. Hizo unas piruetas a derecha e izquierda delante de la pantalla mientras pensaba en lo poco que quedaba de ella. Se sentía esquelética, demacrada, reducida a la mitad de su ser y no debido a los ejercicios aeróbicos que practicara en el gimnasio ni a la preparación para correr la maratón. Sabía que había sido una mujer sexy, pero que ahora su esbeltez no era más que fruto de la desesperación.

Sarah cogió el mando a distancia de la tele y encendió el aparato. La imagen de ella que se reflejaba en la pantalla quedó sustituida de inmediato por los personajes familiares que protagonizaban el culebrón de la tarde. Encontró el botón de «silencio» en el mando y apagó el diálogo descuidado y recargado. Tenía esa costumbre. Sarah prefería inventarse su propia historia para acompañar a las imágenes de cada programa. Sustituía lo que se les había ocurrido a los guionistas de la serie con lo que creía que deberían estar diciendo. Así las historias eran mucho más interesantes para Sarah y se implicaba más en la serie. No albergaba esperanzas de poder hacerlo durante mucho más tiempo, era muy probable que la tienda Big Box donde había comprado el televisor a crédito viniera a reclamárselo cualquier día de estos. Lo mismo podía decirse de los muebles, el coche y probablemente su casa.

Tenía la impresión de que su voz resonaba a su alrededor, arrastraba las palabras ligeramente, como si fueran fotografías desenfocadas.

—Oh, Denise, cuánto te quiero...

—Sí, doctor Smith, yo también te quiero. Tómame en tus brazos y hazme desaparecer de aquí...

En la pantalla del televisor un hombre moreno y fornido que se parecía mucho más a un modelo que a un cirujano cardiaco abrazaba a una mujer rubia, con un cuerpo escultural que parecía haber sufrido una uña rota o un ligero resfriado como únicas dolencias y que la única vez que había tenido que ir al médico había sido cuando le pusieron los implantes en el pecho. Las bocas se les movían al pronunciar las palabras pero Sarah continuó suministrando el diálogo.

—Sí, querida, lo haré... pero he recibido los resultados del laboratorio y, no sé cómo decirlo, pero no te queda mucho tiempo...

—Nuestro amor es más fuerte que cualquier enfermedad...

«¡Ja! —pensó Sarah para sus adentros—. Seguro que no.» Acto seguido se dijo: «Me parece que voy a dejar de escribir para la encantadora Denise y el apuesto doctor Smith.»

Se rio con fuerza, casi una carcajada de autosatisfacción. Estaba convencida de que su diálogo era mucho más manido y, por consiguiente, mucho mejor que lo que decían en realidad.

Sarah se acercó a la ventana delantera mientras los créditos de la serie aparecían en pantalla. Permaneció quieta durante unos instantes, con los brazos levantados por encima de la cabeza, totalmente desnuda, medio deseando que la viera uno de sus vecinos entrometidos, o el autobús escolar amarillo de secundaria pasara repleto de estudiantes para así poder hacer todo un numerito delante de los adolescentes. Algunos chicos del autobús la recordarían de sus días de maestra. Quinto curso. La señora Locksley.

Cerró los ojos. «Miradme —pensó—. Venga, maldita sea, ¡miradme!»

Notaba cómo las lágrimas empezaban a acumulársele de forma incontrolable en el rabillo de los ojos y se le deslizaban cálidas por las mejillas. Era habitual en ella.

Sarah había sido una maestra querida hasta el momento de su dimisión. Si alguno de sus ex alumnos la viera en esos instantes enmarcada en la ventana del salón completamente desnuda, probablemente les gustara todavía más.

Había dejado el trabajo hacía poco menos de un año, uno de los últimos días del semestre antes del comienzo de las vacaciones de verano. Lo dejó un lunes, dos días después de la cálida y luminosa mañana en la que su marido había llevado a su hija de tres años a hacer un recado de lo más inocente el sábado por la mañana —al colmado a comprar leche y cereales— y nunca habían regresado.

Sarah se apartó de la ventana y recorrió el salón con la mirada hasta la puerta de entrada, donde la correspondencia se apilaba en el suelo. «Nunca abras la puerta —se dijo—. Nunca respondas cuando llamen al timbre o a la puerta. No descuelgues el teléfono si llama algún desconocido. Quédate donde estás porque podría ser un joven agente de la policía estatal con su típico sombrero en las manos, con aspecto abochornado y tartamudeando cuando te da la noticia: "Ha habido un accidente y me duele en el alma tener que decirle esto, señora Locksley..."»

A veces se preguntaba por qué su vida se había ido al garete en un día tan hermoso. Tenía que haber sido un día invernal de lluvia, aguanieve, desapacible y sombrío como aquel. Sin embargo, había sido un día luminoso, cálido con un interminable cielo azul, por lo que cuando se desplomó en el suelo aquella mañana había escudriñado los cielos con la mirada, intentando encontrar alguna forma en la que fijarse, como si pudieran atarla a una nube pasajera, porque estaba desesperada por aferrarse a algo.

Sarah se encogió ante la injusticia de la situación.

Miró por la ventana. No pasaba nadie. Ese día no habría espectáculo de desnudo. Se pasó las manos por la melena pelirroja preguntándose cuándo se había duchado o peinado el pelo enmarañado por última vez. Por lo menos hacía un par de días. Se encogió de hombros. «Fui guapa en otro tiempo. Fui feliz en otro tiempo. Tuve la vida que quería en otro tiempo.»

Ya no.

Se giró y miró la pila de sobres que había junto a la puerta. «La realidad se inmiscuye», se dijo. Deseó estar más borracha o más colocada, pero se sentía completamente sobria.

Así pues, se acercó a la pila de cartas en las que le exigían pagos. «Lleváoslo todo —dijo—. No quiero quedarme con nada.»

La carta indefinida con el matasellos de Nueva York estaba encima. No sabía por qué le había llamado la atención.

Sarah se agachó y la recogió de la pila. Al comienzo, imaginó que se trataba de alguna fórmula realmente ingeniosa que un acreedor se había inventado para conseguir que respondiera. Poner «Segundo aviso» en letras grandes y rojas en el exterior estaba realmente diseñado para que no hiciera ni caso de lo que se le exigía. Pero no poner nada de nada, bueno, pensó, qué listos. Le picó la curiosidad. «Psicología inversa.»

«Vale —se dijo, mientras rasgaba el sobre con despreocupación—. Apuntaos un tanto. Habéis ganado este asalto. Leeré vuestra carta amenazadora exigiéndome el pago de algo que ni quiero ni necesito.»

Empezó a leer. Con cada frase iba dándose cuenta de que independientemente de lo que había bebido y de las pastillas que había tomado aquella mañana, quizá no bastara.

Para cuando hubo terminado de leer el mensaje, se sintió realmente desnuda por primera vez.

Jordan Ellis se convirtió en Pelirroja Tres justo después de la última clase de la mañana y se sentía muy desgraciada. No era consciente del nuevo papel que tenía porque estaba preocupada por su último fracaso en un año plagado de ellos: Historia de América. Contemplaba el trabajo más reciente de la asignatura, estampado con una nota críptica del profesor que decía «Ven a verme» y una nota humillante: Suficiente Alto. Arrugó los folios impresos en el puño, suspiró profundamente y los volvió a alisar. La nota tenía poco que ver con su capacidad, de eso no le cabía la menor duda. Las palabras, el lenguaje, las ideas, los detalles, todo le salía de forma natural. Había sido una alumna de sobresalientes en el pasado reciente, pero ya no estaba segura de poder volver a serlo.

Jordan sintió un arrebato de ira. Sabía que estaba todo ligado y los nudos bien prietos. Había suspendido Francés, había aprobado Historia por los pelos, a punto de suspender Matemáticas y Ciencias y tirando en Literatura Inglesa, y las solicitudes de ingreso a la universidad colgaban como una espada sobre su cabeza. Ninguno de estos desastres académicos acumulados era culpa suya. Antes todo le había parecido fácil. Ahora le resultaba imposible. Ya no lograba concentrarse, ni centrarse. Ya no conseguía hacer el trabajo que tan agradable le había parecido en el pasado y que le había resultado tan fácil. Hacía una semana la psicóloga de la escuela se le había sentado delante y le había dicho con mucha labia que estaba «interpretando» y «comportándose de forma autodestructiva con el objetivo de llamar la atención» y envolvió todos los suspensos en la ecuación emocional más sencilla: «Recibiste un golpe, Jordan, cuando tus padres anunciaron su divorcio. Tienes que superarlo.»

No había sido ni de lejos tan sencillo.

Odiaba la psicología de tres al cuarto. La terapeuta de la escuela había hecho que sonara como si la vida fuera poco más que colgar de una cuerda, balanceándose a un lado y a otro por encima de un abismo y que Jordan se había permitido aflojar.

Cuando contemplaba el paisaje de su último año de instituto, no veía más que rocas y grietas esparcidas por encima de tierra y barro. Los chicos con los que había tenido felices escarceos amorosos ahora se reían de ella. Las chicas que había considerado sus amigas se pasaban ahora el día criticándola a sus espaldas. Los profesores que en otros tiempos la alabaran por su diligencia, intuición y alta calidad de su trabajo la trataban ahora como si de repente se hubiera vuelto imbécil. Su vida se había convertido en algo tan entrelazado, tan engranado que no sabía por dónde tirar.

«El típico día de Jordan —imaginó—. Una mala nota en un examen por la mañana; tantas pérdidas de balón durante el entrenamiento de básquet por la tarde que el entrenador te grita y te elimina de la alineación inicial; cenar sola en el comedor porque nadie se quiere sentar contigo.» Estaba convencida de que si se le acababa la pasta de dientes a la hora de acostarse nadie le dejaría ni siquiera un poquito y a la hora de dormir, no podría y no pararía de dar vueltas, apenas capaz de respirar porque el peso de todos sus problemas le presionaba el pecho como si fuera un ataque de asma. Deseaba poder esconderse en algún sitio, pero hasta eso era imposible. Su maldito pelo rojo —lo odiaba— hacía que destacara en todas partes, cuando lo único que quería era pasar lo más desapercibida posible. Incluso se lo recogía bajo un gorro de esquí de lana, aunque no servía de mucho.

Iba caminando por un sendero situado entre el estudio de arte y los laboratorios de ciencias con la cabeza gacha, la parka con el cuello subido y la mochila llena de libros que le pesaban en los hombros. La lluvia fría goteaba desde la hiedra que cubría los edificios de la residencia estudiantil de la escuela privada elitista en la que estudiaba. «Por lo menos —pensó— el tiempo se corresponde con mi estado de ánimo.» Normalmente en los senderos se hacía vida social. Los estudiantes se saludaban y se paraban a cotillear, hablar de deportes o compartir rumores sobre los profesores y otros alumnos. Jordan siguió adelante, alegrándose en cierto modo al ver que el tiempo inclemente hacía que todo el mundo fuera por los senderos negros de macadán que entrecruzaban el campus a la misma velocidad. Era temprano por la tarde, aunque el cielo gris oscuro diera la impresión de que estaba a punto de anochecer. Básicamente se había saltado el almuerzo porque había entrado un momento en la cafetería, cogido una naranja y un pedazo de pan junto con un tetra brik pequeño de leche y se lo había metido en el bolsillo de la parka. Se lo comería en la soledad de su habitación.

Como estudiante de último curso que era, había conseguido una habitación individual, no compartida, en una de las casas reformadas más pequeñas que bordeaban el campus. Desde el exterior parecía una casa blanca de tablones de madera típica de Nueva Inglaterra, construida hacía un siglo, con un amplio porche delantero y una majestuosa escalinata central de caoba. En otro tiempo había sido la residencia de los capellanes de la escuela y el interior despedía un olor fantasmagórico a devoción religiosa. Ahora albergaba a seis chicas de clase alta, a la entrenadora del equipo femenino de *lacrosse* y profesora de Español, una tal señorita García, que se suponía que debía ser la responsable y confidente de la residencia pero que pasaba buena parte de su tiempo libre con el ayudante del entrenador de fútbol americano, joven, casado y con dos hijos pequeños. Sus sonidos de pasión desbocados —y muy deportivos como decían las chicas— traspasaban las paredes de todas las habitaciones. Estos sonidos alborozados daban a las chicas algo de que reírse y envidiar en secreto.

Jordan pensó en los gritos, gemidos y suspiros de aquella aventura extramatrimonial procedente de la habitación de la señorita García y esbozó una sonrisa. «Soltarse el pelo de ese modo debe de ser maravilloso», pensó. No creía que se pareciera en nada a sus experimentos torpes y cohibidos con los chicos.

Negó con la cabeza y lentamente volvió a notar todos sus problemas sobre los hombros y en el corazón, como si la pesada mochila que le tiraba de la nuca contuviera algo más que libros. Por primera vez desde que había recibido el azote de la noticia de sus padres se preguntó realmente si valía la pena continuar. Sabía que nada era culpa suya totalmente y no obstante tenía la impresión de que todo era por su culpa.

Confundida acerca de todo en la vida, Jordan entró en el vestíbulo de su residencia. Zarandeó la cabeza para quitarse la humedad y se sacudió la parka. Se quitó el gorro de esquí y se dejó el pelo suelto porque no había nadie. Todo el mundo estaba almorzando y faltaba poco para que las actividades deportivas de la tarde se apoderaran de la rutina de la escuela privada. El silencio la tranquilizó y se acercó con suavidad a la mesa en la que estaba clasificada la correspondencia en seis bandejas distintas. En la suya había tres cartas.

Las dos primeras tenían una escritura conocida: la letra apretada y poco inteligible de su padre, y la de su madre, más florida y expansiva. El hecho de que las dos cartas le llegaran a la vez tenía todo el sentido del mundo para Jordan. Había una nueva disputa excesivamente dramática entre ellos y un nuevo caballo de batalla declarado entre los dos. Se peleaban sin parar y permitían que sus abogados tomaran posturas y amenazaran como los fanfarrones que probablemente eran. Tanto su padre como su madre consideraban que Jordan era el campo de batalla emocional máximo, y ambos luchaban como Bonaparte y Wellington en el terreno del Waterloo de Jordan. Sabía qué contenía cada carta: una explicación de su última postura no negociable y por qué Jordan debía mostrarse a favor de su interpretación de los hechos. «¿No preferirías vivir conmigo, cielo, y no con tu padre?» O «Ya sabes que tu madre es incapaz de pensar en otra persona que no sea ella, ¿verdad, cariño?».

Lo de que sus padres se comunicaran con ella a través del formalismo del servicio de Correos de Estados Unidos era algo reciente. Ambos se habían percatado de que no le hacía ni caso al correo electrónico y que cuando ellos la llamaban al móvil saltaba directamente el contestador. Pero la presencia táctil de la palabra escrita en el papel de cartas rosado y caro de su madre o el papel de cartas grueso típico del mundo empresarial de su padre parecía más difícil de evitar. Pero «estoy aprendiendo», pensó.

Se introdujo las dos cartas en la mochila. No hacer ni caso a la disputa falsamente urgente de sus padres que precisaba de su atención inmediata le produjo cierta satisfacción.

La tercera carta la sorprendió. Aparte de su nombre y del matasellos de Nueva York, no sabía de qué iba. En un primer momento pensó que podía ser de uno de los muchos abogados que llevaban el divorcio, pero entonces cayó en la cuenta de que no era el caso porque esos tipos tenían sobres muy elegantes y estampados con su nombre y dirección para que no cupiera la menor duda de la importancia de la carta que contenía. Aquel parecía más fino y mientras se dirigía a su habitación, empujaba la puerta y entraba, lo giró dos o tres veces para inspeccionarlo. Era reacia a abrir la correspondencia. Nunca le traía buenas noticias.

Dejó caer el abrigo al suelo y soltó la mochila en la cama. Sacó la naranja del almuerzo y empezó a pelarla, pero la dejó a medias y, encogiéndose de hombros, rasgó la carta para abrirla.

Leyó el mensaje lentamente y luego lo volvió a leer.

Cuando terminó, Jordan alzó la mirada como si alguien hubiera entrado en la habitación detrás de ella. Le temblaba el labio.

«Esto debe de ser una broma —pensó—. Alguien me está tomando el pelo. No puede ser verdad.»

Era la única explicación que tenía sentido aparte de que notaba una oscuridad acechante en lo más profundo de su ser que le decía que lo importante para quienquiera que hubiera escrito la carta no era tener sentido.

Aquella mañana temprano le había parecido que era imposible sentirse más sola y, de repente, justo en ese momento, así era como se sentía.

3

Pánico Uno.

Pánico Dos.

Pánico Tres.

Después de leer la carta, a cada Pelirroja le entró el pánico a su manera. Cada Pelirroja pensó erróneamente que controlaba unas emociones que parecían estar a punto de explotar. Cada Pelirroja imaginó que reaccionaba a las palabras amenazadoras de la forma adecuada. Cada Pelirroja creyó que tomaba las medidas correctas. Cada Pelirroja pensó que ellas y nadie más que ellas podrían mantenerse a salvo, si es que realmente querían estar a salvo. Cada Pelirroja calibró la amenaza descrita a su vida y llegó a conclusiones diametralmente opuestas. Cada Pelirroja se planteó si realmente corría peligro o solo debía estar enojada, aunque ninguna alternativa acababa de tener mucho sentido. Cada Pelirroja se esforzó por captar la verdad de su situación pero fue en vano. Cada Pelirroja acabó confundida sin saber qué estaba haciendo.

Ninguna estaba totalmente en lo cierto acerca de nada.

El primer impulso de Karen Jayson, después de asimilar el impacto de las palabras que contenía la página, fue llamar a la policía local.

La primera reacción de Sarah Locksley fue ir a buscar la pistola que su difunto esposo había guardado bajo llave en una caja de acero, escondida en el estante superior de la pequeña habitación que hacía las veces de estudio.

Jordan Ellis no hizo nada aparte de dejarse caer y acurrucarse en la cama, doblada como si tuviera retortijones y estuviera enferma, intentando decidir si había alguien a quien recurrir en un mundo en que nadie estaba dispuesto a escucharla.

La conversación que Karen mantuvo con el agente resultó sumamente desagradable. Había leído la carta de cabo a rabo dos veces y luego la había soltado con fuerza en la mesa de la cocina y cogido enfadada el teléfono del soporte de pared. La cabeza le daba vueltas con una furia apenas contenida. No estaba acostumbrada a recibir amenazas, odiaba la referencia timorata a los cuentos infantiles de la carta y su actitud «no le temo a nada ni a nadie» diligente, resuelta y bien educada se apoderó rápidamente de ella. «Y tú quién eres, menudo lobo feroz de mierda. Ya veremos qué pasa.» Sin tener muy claro qué iba a decir, marcó el 911.

Esperó que la persona que respondiera fuera servicial. Se equivocó.

—Policía. Bomberos. Urgencias —dijo.

Le pareció que la voz sonaba muy joven, incluso a pesar de lo escueto de las palabras.

—Soy la doctora Karen Jayson de Marigold Road. Me parece que necesito hablar con un agente de policía.

—¿De qué emergencia se trata, señora?

—Doctora —le corrigió Karen. Enseguida se arrepintió de haberlo hecho.

—De acuerdo —respondió el recepcionista al instante—. ¿De qué emergencia se trata, «doctora»? —Notó el desprecio del cansancio del final de turno en el modo de pronunciar la palabra.

—Una carta amenazadora —respondió.

—¿De quién?

—No lo sé. No está firmada.

—¿Una amenaza anónima?

—Eso mismo.

—Pues mejor que hable con alguien del cuerpo de policía —dijo el recepcionista.

«Eso es precisamente lo que he dicho que quería», pensó Karen, aunque no lo dijo en voz alta.

La dejaron en espera mientras trasferían la llamada. El cuerpo de policía local era pequeño y ocupaba un edificio de ladrillo visto anodino en el centro de la población más cercana, al lado del terreno municipal de uso común, adyacente al único parque de ambulancias y de bomberos y enfrente del modesto ayuntamiento. Ella vivía en el campo, por lo menos a ocho kilómetros de distancia y solo pasaba por delante de la comisaría cuando iba a hacer la compra semanal al Whole Foods Market cercano los sábados por la mañana. Suponía que buena parte de la labor policial estaba dedicada a mantener las carreteras a salvo de adolescentes aburridos que conducían a toda velocidad, a interponerse entre maridos y mujeres que habían acabado a golpes y a colaborar con las fuerzas policiales más numerosas de las ciudades vecinas en las investigaciones sobre narcotráfico, porque muchos traficantes habían llegado a la conclusión de que estar en zonas rurales les granjeaba una tranquilidad considerable mientras preparaban cristal de anfetas o cortaban crack para distribuir en zonas urbanas mucho más duras y universidades cercanas. Karen se planteó si había más de diez agentes de policía trabajando a la vez en su ciudad y si alguno tenía una formación especializada.

—Al habla el agente Clark —dijo una voz firme y directa al otro lado de la línea. Le alivió notar que este policía por lo menos sonaba mayor.

Se identificó y dijo al agente que había recibido una carta con amenazas. Le sorprendió que no le dijera que se la leyese, sino que le formuló una serie de preguntas, empezando por las más obvias.

—¿Sabe quién podría habérsela enviado? —preguntó.

—No.

—¿Cuenta con alguna marca identificadora que pudiera indicar...?

—No —le interrumpió—. Un matasellos de Nueva York, eso es todo.

—¿No tiene ni idea de quién la ha escrito?

—No.

—Bueno, ¿ha tenido algún problema personal...?

—No. Hace años.

—¿Ha hecho algún enemigo en el trabajo?

—No.

—¿Ha tenido que despedir a algún trabajador últimamente?

—No.

—¿Ha tenido algún desencuentro con los vecinos? ¿Una disputa por el límite de la propiedad, o que el perro se haya escapado y perseguido a un gato o algo así?

—No. No tengo perro.

—¿Ha advertido algo fuera de lo normal en los últimos días o meses, como llamadas anónimas o vehículos que la siguen de o al trabajo?

—No.

—¿Ha sufrido algún atraco o robo en su casa o en la consulta?

—No.

—¿Ha perdido la cartera o una tarjeta de crédito o algún otro tipo de identificación personal?

—No.

—¿Qué me dice de Internet? Un robo de identidad, o...

—No.

—¿Se le ocurre alguien, del sitio que sea, que por algún motivo quisiera hacerle daño?

—No.

El agente suspiró, lo cual a Karen le pareció poco profesional. Tampoco lo dijo en voz alta.

—Vamos, doctora. Seguro que hay alguien por ahí a quien habrá contrariado, quizá sin darse cuenta. ¿Se ha equivocado alguna vez en el diagnóstico de un paciente? ¿Ha dejado de ofrecer algún servicio médico que haya hecho enfermar a alguien o incluso morir? ¿Alguna vez la ha denunciado un cliente insatisfecho?

—No.

—O sea que no se le ocurre quién...

—No. Eso es lo que le he dicho. Que no.

El agente hizo una pausa antes de continuar.

—¿Qué me dice de alguien que quiera gastarle una broma?

Karen dudó. Algunos de los humoristas que conocía en los clubes de comedia tenían lo que ella consideraba un sentido del humor bastante raro, y había un estilo concreto que consistía en meterse con otros humoristas con bromas pesadas que rayaban en el sadismo y la crueldad, pero una carta como la que tenía en la mesa de la cocina delante de ella parecía muy alejada de la idea de diversión para cualquier humorista, por retorcido que fuera.

—No. Y no creo que tenga ninguna gracia.

Se imaginó que el agente se encogía de hombros al otro lado de la línea.

—Pues creo que ahora mismo no podemos hacer gran cosa. Diré que los coches patrulla pasen por su calle un poco más a menudo. Lo notificaré en la sesión diaria con el resto de los agentes. Pero hasta que no se produzca algún tipo de acto manifiesto...

La voz del agente fue debilitándose.

—¿La carta no es un acto manifiesto?

—Sí y no.

—¿Qué quiere decir con eso?

—Veamos —dijo el agente Clark con una voz que probablemente era más adecuada para dar una charla a una clase de instituto sobre leyes—, una amenaza escrita es un delito en segundo grado. Pero dice que no tiene enemigos, por lo menos ninguno del que sea consciente, y que no ha hecho nada que merezca una amenaza y en realidad nadie ha hecho nada, aparte de escribir esta carta de acoso...

—Creo, agente Clark, que si alguien dice «has sido elegida para morir» puede considerarse algo más que acoso.

Karen sabía que sonaba excesivamente altanera y estirada. Confió en que así daría energías al agente de un modo u otro, pero surtió el efecto contrario.

—Doctora, creo que lo atribuiría a algún momento raro o a alguien con un sentido del humor negro, o alguien que quiere molestarla un poco por algún motivo y me olvidaría del tema hasta que pase algo de verdad. A no ser, por supuesto, que vea que alguien la sigue, o que le saquen la cuenta bancaria o algo parecido. O si le reclaman dinero. Entonces a lo mejor...

Vaciló antes de proseguir.

—Los casos que vemos de amenazas pues... normalmente se trata de un acosador. Alguien obsesionado con una maestra o un compañero del trabajo o un ex novio o ex novia. Pero siempre se trata de alguien con quien tenía una relación. La amenaza forma parte de un panorama de compulsión mayor. Pero eso no es lo que usted describe, ¿verdad? ¿Cree que alguien está obsesionado con usted?

—No. O no que yo sepa.

—Bueno. Analice su vida. ¿Hay algo inusual?

—No.

—Pues entonces ya está.

—¿Se refiere a que no puedo hacer nada?

—No. Me refiero a que nosotros no podemos hacer nada. Está claro que debería tomar ciertas precauciones. ¿Tiene alarma en casa? Mejor que se instale una si no tiene. Y quizá podría comprarse un perro grande. Analice con más detalle las personas con las que ha estado en contacto en los últimos meses. Empiece a confeccionar una lista de personas a las que podría haber contrariado, o causado algún perjuicio. Podría también analizar a todos sus pacientes y pensar en sus familias. A lo mejor alguien a quien haya tratado con resultados poco positivos tenga un cuñado psicótico o un primo que acaba de salir de la cárcel. Piénselo. Normalmente en casos de amenazas como este, la gente es incapaz de reconocer al autor de las amenazas aunque lo tengan delante, porque no se lo esperan. Podría plantearse contratar los servicios de un detective privado, ver si puede rastrear la carta, pero es muy difícil. ¿Un mensaje de correo electrónico? Es posible. Pero ¿una carta al estilo antiguo? Incluso al FBI le cuestan esas cosas. ¿Se acuerda de las cartas con ántrax? ¿O de Unabomber? Menudo follón, aun contando con todos los recursos más modernos, de última generación. Y aquí en nuestro pueblo no tenemos ni por asomo sus medios ni su cantidad de personal. Joder, es que ni siquiera la policía estatal los tiene. Pero, en su caso, yo confeccionaría una lista con las personas a las que quizás haya ofendido, porque quizás haya alguien que se le pasa por alto. Lo más probable es que ese sea el caso. Si se le ocurre un nombre, incluso diez nombres, pues entonces estaré encantado de mantener una conversación directa y no demasiado agradable con ellos. Les meteré el miedo a Dios y a los múltiples recursos del gran Estado de Massachusetts en el cuerpo. Hasta entonces...

—¿Me está diciendo que amenazar con matar a alguien no es un delito que vaya a investigar?

—Bueno, presentaré un informe, para que su queja conste en el registro legal. Pero, para serle sincero, doctora, la gente lanza amenazas vanas constantemente.

—Esta no parece vana.

—No. Pero usted no lo sabe, ¿verdad? Probablemente no sea nada.

—Ya —dijo Karen—. Probablemente.

Karen colgó. «Menos si lo es», se dijo.

Sarah Locksley estaba temblando cuando se acercó lentamente a la puerta del pequeño estudio de su difunto esposo. Era una habitación estrecha, con una sola ventana al fondo con la persiana bajada y un viejo escritorio rayado de roble con un ordenador anticuado encima. Era donde había rellenado las declaraciones de la renta y pagado las facturas y trabajado de forma intermitente en unas memorias sobre los peligrosos meses que había pasado conduciendo camiones de pertrechos y maquinaria pesada por la carretera del aeropuerto de Bagdad en los inicios de la guerra de Irak. La idea siempre había sido que cuando volviera a quedarse embarazada, sería la habitación del bebé.

En las paredes había fotos enmarcadas de ellos dos el día de su boda, luego de los tres y de Sarah y su hija. Había un banderín de los Red Sox firmado por varios jugadores después del campeonato de 2004 y una foto de su esposo con su unidad de la Guardia Nacional durante el despliegue. Había otros recuerdos, fotografías, el tipo de chucherías y objetos varios que se van coleccionando y que tienen cierto significado: una concha pintada de rosa y naranja con un gran corazón en medio que ella había comprado de broma un día de San Valentín; un pez trofeo de mentira que cantaba una versión enlatada de *Take Me To The River* que había estado de moda hacía años; una maqueta de un Porsche turbo negro que ocupaba una esquina del escritorio. Había sido un regalo de cumpleaños. Una noche de agotamiento mutuo en la que su hija recién nacida había tenido varios cólicos, su marido había bromeado acerca de por qué necesitaba algo totalmente irresponsable en la vida en vez de aquella dedicación total como padre, y dijo que iba a comprarse un coche deportivo, preferiblemente el más caro y rápido que encontrara. Se había reído como un loco al cabo de varios meses al abrir el coche de juguete envuelto con papel de regalo brillante.

Desde el accidente que matara a su familia, solo había entrado en el estudio dos o tres veces y nunca se había entretenido sino que había cogido lo que necesitaba y luego había cerrado la puerta con fuerza detrás de ella. Lo mismo con el dormitorio de su hija, justo al lado. Ambos estaban como el día en que habían muerto. Sarah sabía que era normal durante el proceso de duelo, pero entrar en cualquiera de las dos habitaciones le daba miedo porque, cuando entraba, tenía la impresión de oír la voz de su marido o de su hija resonando entre las sombras y notaba su tacto en la piel. Era como si lloraran por ella y aquella sensación fantasmagórica de su tacto y la alucinación de sus voces siempre acababa haciéndola llorar.

Él le había prometido muchas veces que se desharía de la pistola. No había tenido tiempo.

«Por supuesto —pensó, mientras se encontraba en el umbral de la puerta temerosa incluso de encender la luz—, no había habido tiempo para nada de lo que habían planeado.» El viaje al Gran Cañón. El viaje a Europa. Una casa mayor en un barrio más agradable. Un coche nuevo. Por supuesto, no sabían lo que iba a pasar porque, de haberlo sabido, las cosas habrían sido distintas. Por lo menos eso era lo que ella se imaginaba pero no había forma de estar segura.

Lanzó una mirada a la estantería repleta de las novelas de misterio y *thrillers* preferidos de su marido, junto con varias memorias de la Segunda Guerra Mundial y de Vietnam que su marido había estado estudiando mientras trabajaba en la suya. En el estante superior, oculto detrás de unos ejemplares gastados y con las esquinas dobladas de Val McDermid, James Hall y John Grisham, había una caja de excedentes de munición de metal color caqui con una combinación para abrirla. Eso era lo que quería coger.

Sabía la combinación. Era el cumpleaños de su hija.

—Lo siento —dijo en voz alta, como si se disculpara de antemano ante la pareja de fantasmas que la observaban—. Tengo que coger la pistola.

Su esposo había sido teniente del cuerpo de bomberos local. Ella daba clases a niños. Él extinguía incendios. Ella corregía exámenes de ortografía. Él iba en un camión rojo de bomberos, con la sirena encendida. Nunca iba a ser una vida con chalés exóticos donde pasar las vacaciones ni viajes en un Mercedes Benz negro. No había nada ostentoso en su vida. Pero siempre iba a ser una buena vida típicamente americana. Siempre serían de clase media, liberales y respetables. Se compraban la ropa en el centro comercial local y veían la tele juntos por la noche después de cenar. Eran seguidores de todos los equipos deportivos profesionales de Nueva Inglaterra y consideraban que un viaje a Fenway Park o el Gillette Stadium para ver un partido era lo más. Estaban afiliados al sindicato y se enorgullecían de ello. Se quejaban de los impuestos y a veces hacían horas extra sin cobrar porque les encantaba su trabajo. Y no había una sola noche en la que no se acostaran agotados abrazados y no anhelaran la llegada de un nuevo día.

Sarah pensó que eso también era cierto del último día de su vida, el día que Ted había cogido a la pequeña Brittany y la había alzado por encima de su cabeza y le había hecho cosquillas hasta que se había puesto roja de la risa antes de colocarla con cuidado en la sillita del coche y ceñirle el cinturón de su Volvo de seis años. Ella le había visto ciñéndose el cinturón antes de despedirse con la mano de forma desenfadada, sonreírle y marcharse.

Nueve manzanas. Colmado. Muerte.

Era una ecuación que costaba de imaginar a cualquiera. No existía tabla actuarial, ningún algoritmo complejo capaz de proyectar el camión cisterna de gasoil para calefacción que se saltó el semáforo rojo y se empotró contra ellos. Siempre había aborrecido ese detalle con todas sus fuerzas. Era casi verano. Hacía un tiempo suave y cálido. Nadie en Nueva Inglaterra utilizaba calefacción. Ese camión no tenía que haber estado en la carretera.

Llevaban los cinturones bien ceñidos. Los *airbags* se activaron al instante. La carcasa de acero del Volvo, preparada para absorber los impactos, había cumplido con su cometido tal como la habían diseñado los ingenieros.

Salvo que nada de todo aquello había funcionado porque los dos estaban muertos.

Titubeando todavía en el umbral, Sarah dijo:

—Mira, Teddy, alguien dice que quiere matarme. Te prometo que no la cogeré para pegarme un tiro. Aunque tenga ganas, te prometo que no lo haré. Todavía no, por lo menos.

Era casi como si necesitara su permiso para coger la caja de munición y recuperar el arma. Ambos habían sido educados en hogares profundamente católicos y suicidarse iba en contra de sus creencias. Un pecado, pensó. El pecado más razonable y lógico que era capaz de imaginar, pero pecado de todos modos.

Le pareció que era una cobarde absoluta en tantos sentidos que le resultaba difícil contarlos. Si fuera valiente, quizás hubiera decidido suicidarse. O, si fuera valiente, quizás hubiera decidido continuar con su vida e impedir que se desintegrara todo a su alrededor. Si fuera valiente, se habría dedicado a algo significativo, como dar clases de educación especial en los barrios deprimidos de la ciudad o ir a una misión a ayudar a bebés enfermos de sida en Sudán como forma de honrar la memoria de su difunto esposo e hija.

—Pero no soy valiente —dijo. A veces le costaba distinguir cuándo hablaba en voz alta o no. Y a veces mantenía conversaciones enteras en su cabeza que acababan con alguna frase en voz alta que solo tenía sentido para ella—. Está claro que no soy valiente.

«Pero —pensó—, sigo necesitando la pistola.»

Supuso que se trataba de algún gen relacionado con la vida en la frontera que conservaba en su interior. Alguien lanza una amenaza y, cual vaquero en un *western*, ella se lleva la mano al arma.

Se paró un poco más en el umbral. Escudriñó la habitación y entonces se lanzó al interior con rapidez. Era como si al mirar al interior invitara al recuerdo relacionado con cada objeto que allí había a castigarla todavía más. Fue directa a la librería, apartó las novelas que ocultaban la caja de munición polvorienta, la cogió y entonces se alejó lo más rápido posible y dio un portazo detrás de ella.

—Lo siento, Teddy, cariño, pero es que no puedo permanecer aquí.

Sabía que se trataba de susurro y pensamiento a partes iguales.

Con la caja de munición caqui bajo el brazo derecho, se tapó el lado de la cara con la mano izquierda para no ver la habitación de su difunta hija. No se veía capaz de mantener otra conversación con un fantasma aquel día y recorrió rápidamente el pasillo hasta la cocina.

Seguía desnuda. Pero de repente el hecho de tener el arma y el ruido reverberante de la carta amenazadora hizo que se sintiera pudorosa. Recogió la ropa de donde la había dejado tirada y se la volvió a poner.

A continuación cogió la carta y la dejó al lado de la caja de munición en una mesita del salón. Marcó la combinación e introdujo la mano. En el fondo había un revólver Colt Python 357 Magnum de color negro al lado de una caja de balas de extremo hueco.

Extrajo el arma y la toqueteó durante unos instantes y al final abrió la recámara para ver si estaba descargada. Introdujo con cuidado seis balas en el cilindro.

El revólver le pareció muy pesado en la mano y se preguntó cómo era posible que la gente tuviera la fuerza necesaria para levantarlo, apuntar y disparar. Empleó ambas manos y adoptó la postura de un tirador tal como había visto en los melodramas de la tele. El hecho de emplear las dos manos ayudaba, pero seguía siendo difícil.

«Un revólver de hombre —pensó—. Teddy no habría querido otra cosa. Nada de pistolas para blandengues.»

Aquel pensamiento la hizo sonreír.

Observó las palabras de la carta.

«Has sido elegida para morir.»

Sarah dejó la pistola encima de la página impresa.

«Quizá sea cierto —dijo a quienquiera que estuviera planeando matarla—, pero ya estoy más que medio muerta, y aquí tenemos a una Caperucita que no va a quedarse de brazos cruzados. Así que adelante. Tú inténtalo y a ver qué pasa.»

Sarah se asombró de su reacción. Era precisamente lo contrario de cómo habría esperado reaccionar. La lógica sugería que como quería morir, pues que no debía hacer nada más que abrirle la puerta al Lobo Feroz y dejar que la matara para acabar así con su desgraciada vida.

Pero, sin embargo, giró el cilindro del revólver, que emitió un clic antes de pararse. «Bueno, veamos qué tienes. Da la impresión de que estoy sola pero en realidad no es así.» No tenía ningunas ganas de llamar a sus padres ya mayores que vivían en la zona este del estado, ni a algunos de los que había considerado sus amigos pero a quien ahora no hacía ni caso. No quería llamar a la policía, ni a un abogado ni a un vecino ni a nadie. Quienquiera que la había elegido pues bueno... pensaba enfrentarse a quien fuera ella solita. «Quizá sea una locura —se dijo—, pero tú eliges. Pase lo que pase, a mí ya me va bien.»

Y, curiosamente, sintió calidez, porque durante una fracción de segundo pensó que su difunto esposo e hija quizá se enorgullecieran de ella.

Jordan parecía petrificada en la cama, acurrucada en posición fetal. Se planteó si debía volver a moverse alguna vez. Luego, a medida que los segundos se convertían en minutos, y oyó que regresaban otras chicas de la residencia —voces, puertas que se cerraban, una carcajada repentina y un gemido fingido burlándose del problema superficial que alguien tenía—, Jordan empezó a moverse. Al cabo de unos instantes, se incorporó y balanceó los pies hacia el suelo. Entonces cogió la carta y la releyó.

Durante un momento le entraron ganas de reír.

«¿Te piensas que eres el único Lobo Feroz de mi vida?»

Era casi como «ponte a la cola». Todos los demás —desde sus padres distanciados que continuamente se peleaban, a los profesores de la escuela, a los ex amigos que la habían abandonado—, todos, estaban en el proceso de acabar con ella. Ahora, encima, había un gracioso anónimo.

De repente se sintió rebelde, con ganas de pelea. Seguía suponiendo que el autor de la carta se estaba burlando de ella. Los alumnos de instituto eran capaces de una inventiva y crueldad sin igual. Alguien quería que reaccionara de algún modo que le divirtiera. Se recordó que no debía descartar a ninguna chica por el mero hecho de que quien había escrito la carta prometiera violencia. Algunas de sus compañeras eran capaces de propinar unas palizas alucinantes.

«Que te den —pensó—. Seas quien seas.»

Jordan cogió la carta y empezó a releerla detenidamente, igual que había hecho en el pasado para asimilar una pregunta detallada en un examen difícil.

Tenía la impresión de que las palabras de la página saltaban ante sus ojos; el autor o autora no parecía pueril. Tenía un tono más maduro que el de sus compañeros de clase. Pero Jordan era consciente de que debía ser prudente antes de llegar a conclusiones precipitadas. El mero hecho de que no pareciera fruto de un adolescente no significaba que no pudiera serlo. Al igual que Jordan, muchos de sus compañeros de clase habían asimilado los escritos de Hemingway y Faulkner, Proust y Tolstoi. Algunos eran capaces de escribir una prosa muy elevada.

Cruzó la estancia y se situó en su pequeño espacio de trabajo. Escritorio. Portátil. Un cubilete con lápices y bolis y una pila de libretas sin usar. En el cajón superior encontró una carpeta marrón claro en la que solía recopilar notas de clase sueltas en el mismo sitio. Introdujo la carta en la carpeta.

«Bueno, ¿cuál es el siguiente paso?»

Jordan sintió frío en su interior. Era consciente de que poco podía, o debía, hacer en aquellos momentos pero le asaltó una idea. «Sería recomendable que lo tuvieras en cuenta...»

Asintió. «Vale. ¿Quieres que estudie la verdadera historia de Caperucita Roja? Pues eso puedo hacerlo de puta madre.»

Era la hora del entreno de básquet. Sabía que después de sudar en la cancha y ducharse tendría tiempo de sobras para ir a la biblioteca de la escuela y buscar *Los Hermanos Grimm*. Era consciente de que iba a suspender casi todas las asignaturas, así que dedicarse a analizar un cuento de hacía siglos porque un asesino loco la acosaba o porque era el blanco de una broma pesada por parte de un compañero de clase le parecía de lo más lógico.

4

El Lobo Feroz lamentó no presenciar en persona las reacciones de cada una de las Pelirrojas cuando tuvieron el mensaje delante. Se vio obligado a recurrir a la fantasía: reconstruyendo imágenes mentales deliciosas de cada una de ellas y anticipando los argumentos emocionales en los que cada una se sumergiría como loca.

Pelirroja Uno estará furiosa.

Pelirroja Dos estará confundida.

Pelirroja Tres estará asustada.

Se tomó unos momentos para observar las fotos ligeramente borrosas de cada mujer, tomadas con una cámara con un objetivo de largo alcance. En la pared que quedaba encima del ordenador había clavado por lo menos una docena de fotos de cada Pelirroja, junto con fichas llenas de información sobre cada mujer. Quedaban representados meses de observación, distante pero intensamente personal. Varios retazos de su historia, pequeños detalles de su vida —todos bajo el prisma del análisis cauto— se convirtieron en palabras de una ficha o fotos brillantes a todo color. A Pelirroja Uno la había pillado fumando. «Una mala costumbre peligrosa», pensó. Pelirroja Tres estaba sentada sola bajo un árbol del campus. «Siempre sola», se recordó. Pelirroja Dos aparecía saliendo de una licorería, bien cargada. «Qué débil eres», susurró. Había colocado esa fotografía encima de un recorte de periódico que amarilleaba por el tiempo. El titular decía: «Bombero y su hija de tres años muertos en accidente de coche.»

No difería demasiado de las muestras que recogían los cuerpos de policía, para que los agentes tuvieran una representación visual del progreso de un caso. Era la típica imagen de cinematógrafo de cientos de películas, con una justificación, porque era muy habitual. Sin embargo, había una diferencia muy grande: la policía clavaba fotos de escenas de personas asesinadas porque necesitaban respuestas a sus preguntas. Su muestra era de los vivos y la mayoría de las preguntas ya tenían respuesta: destinadas a morir.

Sabía que cada una de las Pelirrojas respondería de forma distinta a la carta, porque sabía que el miedo afectaba a cada persona de diferente manera. Había dedicado un tiempo considerable a examinar diversas obras literarias y científicas que analizaban el comportamiento humano en caso de sumirse en la confusión que provocan las amenazas directas. Si bien había tendencias comunes asociadas con el temor —basta con ver la aleta de un tiburón para que el corazón se salte un latido—, el Lobo Feroz creía de forma instintiva que los miedos reales se procesaban de otro modo. Cuando un vuelo comercial se encuentra con turbulencias y parece tambalearse en el aire, el pasajero del asiento 10A grita y se agarra a los reposabrazos con tanta fuerza que los nudillos se le quedan blancos, mientras que el del asiento 10B se encoge de hombros y sigue leyendo. Aquello le fascinaba. Le gustaba pensar que en su carrera tanto de novelista como de asesino, había analizado aquellos temas con profundidad. Y no era de los que subestimaba la correlación entre el temor y la creatividad.

Esperaba que sucediesen varias cosas en concreto después de que leyeran la carta. También intentó anticipar varias de las emociones que albergaban. «Se tambalearán y caerán —pensó—. Se estremecerán y temblarán.» Hacía poco había visto un programa de televisión en el Canal de Historia en el que entrevistaban a varios francotiradores militares famosos y, mediante unas técnicas muy avanzadas de reconstrucción fotográfica, mostraban algunos de los asesinatos más sorprendentes que habían perpetrado, en Corea, Vietnam y en la guerra de Irak. Pero lo que le había dejado anonadado no era solo la extraordinaria pericia de los tiradores, que robaban vidas y llamaban a sus víctimas «blancos» como si no tuvieran más personalidad que una diana, sino el desapego emocional que mostraban. Lo que se denomina «sangre fría». Ni el menor atisbo de pesadilla subsiguiente. No sabía si se lo creía porque, en su experiencia asesina, no solo era importante robar una vida sino las repercusiones mentales posteriores. Revivir los momentos era la principal fuente de satisfacción. Le encantaban las pesadillas y supuso que a los asesinos militares también. Lo que pasa es que tampoco iban a decir eso en público delante de la cámara para un documental.

Eso también lo convertía en alguien especial. Lo estaba documentando todo.

Aquello era lo que le parecía delicioso: actos y pensamientos, el guiso de la muerte. Tecleó con furia mientras las palabras se agolpaban en su mente.

Una de ellas, por lo menos una, pero no todas, llamará a la policía. Es lo que cabe esperar. Pero la policía estará tan confundida como ellas. Evitar que pase algo no es precisamente para lo que está preparada la policía. Quizá la policía sea capaz de encontrar al autor de un asesinato, después de que se produzca, pero es relativamente incompetente para evitar que ocurra. El Servicio Secreto protege al Presidente y dedica miles de horas-hombre, de recursos informáticos, análisis psicológicos y estudios académicos para mantener seguro a un solo hombre. Y aun así fracasan. Con regularidad.

Nadie protege a las Pelirrojas.

Una —quizá las tres en un momento dado— intentarán esconderse de mí. Pensad en el juego infantil del escondite. La persona que busca siempre va con ventaja: conoce a su presa. Sabe lo que la hace ocultarse. Y probablemente también conozca los lugares en los que intentará esconderse.

Una, estoy seguro de que al menos una, se negará a creer la verdad: que van a morir en mis manos. El temor hace pasar a la clandestinidad a algunas personas. Pero a veces el miedo hace que las personas ignoren el peligro. Es mucho más fácil creer que a uno no le va a pasar nada que pensar que cada vez que respiras puede ser la última de tu vida.

Una, o quizá las tres, pensará que necesita pedir ayuda, aunque no tenga ni idea del tipo de ayuda que necesita. Así pues, la incertidumbre las asfixiará. E incluso cuando pidan consejo a otra persona, bien, es probable que esa persona reste importancia a la amenaza, no que la ponga de relieve. Eso se debe a que nunca queremos creer en el carácter caprichoso de la vida. No queremos creer que nos persiguen cuando, en realidad, es lo que nos pasa todos los días. Y, por tanto, consulten con quien consulten, querrán tranquilizar a mi Pelirroja diciéndole que todo irá bien, cuando lo cierto es que será todo lo contrario.

¿A qué desafío me enfrento?

Mis Pelirrojas intentarán protegerse de distintas maneras. Mi misión, obviamente, es asegurarme de que no lo consiguen. Para ello, tengo que acercarme a todas ellas, para anticipar todo paso patético que intenten dar. Pero, al mismo tiempo, tengo que mantener el anonimato. Cerca pero oculto, esa es la táctica.

Hizo una pausa. Se acercaba la hora de cenar. Los dedos se desplazaban rápidamente por el teclado. Quería terminar algunas de sus ideas iniciales antes de hacer una pausa para cenar.

Nadie ha hecho jamás lo que quiero hacer yo.

Tres víctimas completamente dispares.

Tres ubicaciones diferentes.

Tres muertes distintas.

Todas el mismo día. Con escasas horas de diferencia entre las mismas. Quizá minutos. Muertes que se desmoronan como fichas de dominó. Una contra la siguiente. Clic, clic, clic.

Se paró. Le gustaba la imagen.

Tal vez uno de aquellos francotiradores militares hubiera perpetrado distintos asesinatos el mismo día, o en la misma hora, o incluso en el mismo minuto, pensó. Pero tenían un único enemigo en el que centrarse que pasaba como un tonto y sin pensar directamente delante de la línea de fuego. Y él había estudiado a asesinos que habían perpetrado múltiples asesinatos con poco tiempo de diferencia. Pero, de todos modos, aquellos actos eran realmente al azar: dispara a esta persona, cruza la ciudad y mata a otra persona. El francotirador de DC. El Hijo de Sam. El Zodiaco. Había otros. Pero ninguno era especial como pensaba ser él. Lo que pretendía era realmente algo que nadie había intentado jamás. Digno de figurar en el Libro Guinness de los Récords. Apenas era capaz de contener la emoción. «Proximidad —se dijo—. Acércate más. Y al final todas las preguntas encontrarán respuesta.»

Eso era lo que el Lobo Feroz hacía en el cuento. Eso era lo que él planeaba con dedicación.

5

En la parte superior de la zona Jordan vaciló, luego giró a la derecha e hizo un bloqueo para el alero del lado débil. La jugada era nueva y diseñada para anotar a aro pasado por la línea de fondo. Pero cada vez que la habían ensayado, había fallado porque la chica que se suponía que debía llevar a su defensa hacia Jordan era lenta y permitía que la jugadora del equipo contrario se deslizara por el pequeño espacio que la indecisión creaba y no la bloqueaban, manteniendo la presión constante. La jugada la marcaba la base gritando una cifra que empezaba por el número tres y habían ensayado variaciones en las que Jordan salía del bloqueo hacia la canasta, u otras en las que el alero del lado débil hacía un segundo bloqueo al escolta, pero esto también fallaba si la otra chica no obligaba a la defensa a ir contra el pecho de Jordan. Todo dependía de aquella primera incursión y movimiento.

Jordan odiaba aquella serie de jugadas porque si no se conseguía bloquear al defensor siempre consideraban que era culpa de ella, cuando lo que se le pedía era que se mantuviera firme en su posición y era la única de la pista consciente del mal ángulo que había adoptado su compañera de equipo, y de la falta de convicción para que se produjera el choque de cuerpos. Era como si su compañera de equipo tuviera miedo de que alguien se hiciera daño, pero la consecuencia era que las demás chicas pensaban que Jordan se mostraba débil y tímida, cuando en realidad no había nada que le gustara más que la sensación de los cuerpos al chocar.

Los momentos breves de peligro y amenaza de lesión, ese era el objetivo de Jordan en la vida.

Dio un paso y se quedó parada, bajó los brazos y los dejó pegados al cuerpo para ser como un pilar en la cancha. Sabía que la base driblaba detrás de ella, a tres metros quizá. Había una cacofonía continua que parecía cernirse por encima de la cancha, de forma que el chirrido de las zapatillas de básquet en contacto con el parqué encerado se elevaba y se mezclaba con los gritos de entusiasmo y exhortaciones del público en las gradas descubiertas.

Jordan vio a su compañera de equipo fingiendo a lo largo de la línea de fondo y que luego se giraba e iba directa al codo, el lugar donde acaba la línea de tiros libres, donde Jordan esperaba. Vio que la defensa se movía con rapidez para seguirle el ritmo y Jordan enseguida vio que, como era de esperar, su compañera de equipo no se había colocado en el ángulo correcto. Estaba cerca pero no lo bastante cerca. Es lo que siempre hacía y aquel pequeño y sutil movimiento, este temor al contacto físico era lo que siempre hacía que la jugada fracasara.

En una cancha de básquet las cosas se suceden rápido. El movimiento no solo se define por la velocidad, sino también por la colocación. Los ángulos son esenciales. La posición del cuerpo resulta crucial. A Jordan le encantaba la arquitectura del juego, el hecho de que cada pequeño detalle se convirtiera en el elemento de una ecuación que acababa conduciendo al éxito. Despreciaba la falta de pasión que notaba en algunas de sus compañeras, quienes, según creía, se limitaban a seguir los movimientos del juego mientras que para Jordan cada minuto en la cancha era de dedicación y liberación totales. Cuando el partido empezaba se olvidaba de todo. O eso es lo que pensaba. Se imaginaba que si fuera religiosa, el éxtasis de los rezos sería exactamente el mismo al sentimiento que la embargaba cuando jugaba un partido.

«Soy una monja en la cancha», imaginó.

Se inclinó hacia delante desde la cintura y tensó los músculos. «Pero no tan inocente.»

Sabía que lo que estaba a punto de hacer era ilegal pero también sabía que en una ocasión un gran periodista había escrito que el baloncesto es un juego de delitos sutiles y, por tanto, en una milésima de segundo tomó la decisión de que era un buen momento para arriesgarse a cometer uno.

Jordan vio que la defensa se movía rápido por el hueco que quedaba entre ella y su compañera, espacio que no debería estar allí. Así pues, justo cuando las tres estuvieron bien juntas, ella inclinó el hombro ligeramente y se movió hacia delante un par de centímetros en el momento en que se juntaron. Fue un movimiento sutil y Jordan imaginó que no difería demasiado de la caricia especial de un amante devoto. Salvo que esta era mucho más violenta.

La chica del otro equipo se llevó la fuerza del hombro de Jordan en el pecho. Jordan oyó cómo el aire le salía del cuerpo, así como un gruñido y un pequeño grito ahogado cuando las dos colisionaron. Su compañera de equipo se zafó del grupo de jugadoras al instante, salió libre por el otro lado, y cogió el pase. «Un tiro fácil», pensó Jordan, mientras se dirigía a la canasta no a esperar el rebote sino a situarse en posición tal como les habían enseñado y por instinto.

Estaba totalmente convencida de que oiría el silbato del árbitro que diría: «¡Falta! ¡Número 23!»

Oyó al público lanzando vítores.

Oyó al entrenador del equipo contrario desde el banquillo en la línea de banda gritando como loco: «¡Bloqueo ilegal! ¡Bloqueo ilegal!»

«Y que lo jures, entrenador», pensó.

A su lado, la jugadora del equipo contrario, que había recuperado el aliento, susurró:

—¡Zorra!

«Y que lo jures, otra vez», se dijo. No lo expresó en voz alta. En cambio, se colocó en su posición defensiva dando una gran zancada y preguntándose si debería estar alerta por si un codo se desviaba hacia su mejilla o un puño se le clavaba en la espalda cuando el árbitro no miraba. El baloncesto también es un juego de revanchas ocultas y sabía que ella se merecía por lo menos una.

El ruido de la multitud subió de volumen ante la expectativa, llenó el gimnasio, no quedaba mucho tiempo y el partido iba muy igualado y Jordan sabía que cada acción de la cancha en los segundos restantes decantaría la balanza hacia uno u otro equipo. Los momentos finales de un partido de básquet exigían la máxima dedicación y una concentración intensa. Pero algo muy distinto le vino a la mente. «El Lobo Feroz es más listo que Caperucita Roja. Le lleva la delantera en todo momento. Nadie acude a rescatarla. Nadie la salva. Está completamente sola en el bosque y no puede hacer nada para evitar lo inevitable. Muere. No, peor: se la come viva.»

Jordan intentó quitarse de encima la investigación de la noche anterior. Se había pasado dos horas en la biblioteca, leyendo los cuentos de los hermanos Grimm, y otros noventa minutos en el ordenador, examinando las interpretaciones psicológicas del cuento de Caperucita Roja.

Todo lo que había leído la había aterrorizado y fascinado a la vez. Se trataba de una combinación de sentimientos espantosa.

Oyó que una de sus compañeras de equipo gritaba: «¡A defender! ¡A defender!» Y cuando su contrincante se colocó en posición, Jordan colocó el hombro contra la espalda de la chica con un movimiento tipo «Aquí estoy yo». Oía que gritaban:

—¡Bloqueo de espalda! ¡Cuidado con el bloqueo!

«Caos organizado», pensó Jordan. Le encantaba aquella parte del juego.

Una chica del equipo contrario lanzó un triple imprudente. Apresurada, dejó que la combinación de vítores, del poco tiempo que quedaba, lo igualado del marcador y su exceso de confianza alejaran el balón del aro. Jordan dio un salto, fue a por el rebote, lo cogió en el aire y balanceó los codos a uno y otro lado con fuerza para apartar a cualquiera que intentara arrebatárselo. Durante un segundo se sintió como si estuviera sola, cerniéndose cual ángel por encima de la cancha. Entonces cayó de nuevo en el parqué. Notó la superficie rugosa de la piel sintética en las palmas sudorosas. Tenía ganas de golpear a alguien, de darle una paliza, pero se contuvo. Por el contrario, pasó la pelota al base y pensó: «Ahora ganaremos», pero comprendió que el mensaje del cuento era que la pérdida de la inocencia era inevitable y que el Lobo Feroz y todo lo que simbolizaba sobre la inexorable fuerza de la maldad acabaría ganando. «No me extraña que cambiaran el cuento —pensó—. La versión original era una pesadilla.»

Sonó el silbato. Le habían hecho falta a una de sus compañeras de equipo. El otro equipo había optado por ir a por todas para entrar en el partido. «Esperanza patética —imaginó Jordan—. Se creen que fallaremos los tiros libres. No es lo más probable.»

Pero no creía que hubiera ganado nada aquella tarde. El partido, quizá. Pero nada más.

En los segundos que siguen al silbido final, sobre todo en un partido igualado, en las gradas se produce una oleada de alivio que choca contra olas de decepción. La euforia y la decepción son como corrientes opuestas en un canal estrecho a medida que cambia la marea. Al igual que el océano se ve obligado por la naturaleza a ir en distintas direcciones, las emociones vienen y van. El Lobo Feroz se regocijaba de la sensación palpable de indecisión que lo rodeaba. Sentía cómo la liberación y la frustración batallaban en el ambiente enrarecido del gimnasio. Ganadores y perdedores.

Estaba sumamente orgulloso de Pelirroja Tres. Le encantaba cómo había luchado en todas las jugadas y cómo había aprovechado todos los errores que su homóloga había cometido. Le pareció poder degustar el sudor que le apelmazaba el pelo y que le brillaba en la frente. «Es una jugadora nata», pensó. El afecto y la admiración no hicieron sino aumentar el deseo que sentía de matarla. Se sentía atraído hacia ella, como si exudara alguna fuerza magnética que solo él sentía.

Dejó escapar un «¡Sí! ¡Así me gusta!» bien fuerte, igual que cualquier otro padre o espectador que llenaba las gradas.

Cerró la libreta y se introdujo un lápiz en el bolsillo de la chaqueta. Más tarde, en la intimidad del despacho donde escribía, repasaría las observaciones anotadas. Al igual que un periodista, las notas rápidas del Lobo Feroz tendían a ser crípticas: palabras sueltas como «ágil», «desagradable», «dura» y «fiera» mezcladas con descripciones más largas, como «parece poseída por el juego» y «no parece que hable con nadie más en la cancha, ni de su equipo ni del contrario». Ni bobadas ni ánimos. Nada de chocar los cinco con las compañeras del equipo. Nada de «impactante», o gritos de «¡Y uno!» dirigidos a la oposición. Nada de golpearse el pecho con autocomplacencia de cara a la galería. Solo una intensidad singular que en todo momento supera a las nueve jugadoras restantes en la cancha.

Más otra observación deliciosa: «El pelo de Pelirroja Tres hace que parezca que está en llamas.»

Al Lobo Feroz le costaba apartar la mirada de Pelirroja Tres pero sabía que cada movimiento que hacía era como estar en un escenario, por lo que se obligó a desviar la vista y a observar a otras jugadoras. Le resultó casi doloroso. Aunque sabía que nadie le estaba mirando, le gustaba imaginar que «todo el mundo» le observaba en todo momento. Tenía que dar en el blanco y pronunciar ciertas frases en el instante preciso, para no diferenciarse de cualquiera de las personas que atestaban las gradas descubiertas de madera.

La gente que le rodeaba estaba levantándose, estirándose, recogiendo los abrigos, preparándose para marcharse, o, si eran estudiantes, buscando las mochilas o bolsas con libros. Se atrevió a mirar por encima del hombro al recoger la chaqueta para observar al equipo —con Pelirroja Tres en última posición— saliendo al trote de la cancha. El partido del equipo universitario masculino estaba previsto para al cabo de veinte minutos y había cierta aglomeración de las personas que dejaban los asientos y los recién llegados que deseaban ocuparlos. Se encasquetó la gorra de béisbol, con el nombre de la escuela estampado. Estaba convencido de que presentaba el aspecto de cualquier padre, amigo, administrativo de la escuela o urbanita aficionado al baloncesto juvenil. Y dudó de que alguien se hubiera percatado de que tomaba notas; había muchos ojeadores de universidad y periodistas deportivos de la prensa local que asistían a los partidos con libretas en mano como para que él llamara la atención.

Era algo que al Lobo Feroz le encantaba: parecer normal cuando era todo lo contrario. Notaba cómo se le aceleraba el pulso. Miró a las personas que se agolpaban a su alrededor. «¿Alguno de vosotros es capaz de imaginar quién soy realmente?», se preguntó. Lanzó una última mirada hacia la puerta de los vestuarios y captó una última imagen del pelo de Pelirroja Tres mientras desaparecía. «¿Sabes lo cerca que he estado hoy?» Le entraron ganas de susurrárselo al oído.

Pensó: «Ella no lo sabe pero tenemos una relación más íntima que dos amantes.»

El Lobo Feroz se dispuso a salir del gimnasio, inmerso como estaba en el gentío. Tenía mucho trabajo, tanto de planificación como de escritura, y estaba ansioso por regresar al despacho y trabajar un poco. Se preguntó si había captado lo suficiente en lo que había visto aquel día para empezar un nuevo capítulo del libro y fue directo al comienzo en su mente: «Pelirroja Tres tenía una expresión de clara determinación y dedicación total cuando cogió el rebote en el aire. Creo que ni siquiera oía los gritos de entusiasmo que le llovieron. Aun sabiendo que su muerte estaba programada, no permitió que eso la distrajera.»

Sí, le gustaba. De repente oyó una voz tranquila y alegre procedente de justo detrás.

—¿Estás totalmente seguro de que no deberíamos quedarnos a ver el partido de los chicos?

Vaciló al volverse hacia la señora de Lobo Feroz. Ella también se había encasquetado una gorra de béisbol bien gastada con el nombre de la escuela.

—No, cariño —repuso, sonriendo. Cogió la mano de su esposa como un adolescente que se enamora por primera vez—. Creo que he tenido más que suficiente por hoy.

«Sal por la puerta. Gira la manecilla y sal por la puerta. Sabes que puedes hacerlo.»

Sarah Locksley se retorcía por la tensión en el pequeño vestíbulo de su casa. Vestía unas botas de cuero marrón, vaqueros ceñidos y un sobretodo marrón claro de invierno largo. Se había duchado y peinado e incluso aplicado un poco de maquillaje en las mejillas y en los ojos. Llevaba el gran bolso colorido colgado del hombro y notaba cómo el peso del .357 Magnum cargado tiraba de ella. Sabía que presentaba un aspecto totalmente presentable y sereno y cualquier desconocido que pasara por allí y la observara pensaría que no era más que una mujer de poco más de treinta años camino del súper o de cualquier otro recado y que dejaba en casa a su marido e hijos. A lo mejor una visita al centro comercial o una cita con las amigas para una salida de chicas en la que compartir unos cuantos tentempiés y una ensalada baja en calorías seguida de alguna comedia romántica necia en el multiplex. El hecho de que Sarah estuviera atenazada por la desesperación quedaba totalmente disimulado. Lo único que tenía que hacer era abrir la puerta de su casa, salir a la lánguida luz de la tarde, dirigirse a su coche, arrancar el motor, poner la marcha y salir, al igual que cualquier persona normal con algo que hacer una tarde del fin de semana.

Sabía que no era una persona normal. Se estremeció como si tuviera frío. «No soy normal para nada. Ya no.»

Unos pensamientos extraños, dispares, se agolparon en su mente: «Está justo fuera. Me matará antes de que tenga tiempo de sacar el revólver de Ted. Pero al menos presento buen aspecto. Si me muero dentro de un minuto, al menos los de la ambulancia y el forense que inspeccione mi cadáver pensarán que soy limpia y ordenada y no como soy en realidad. ¿Por qué supone una diferencia?»

No estaba segura pero la había.

«No está ahí fuera. Todavía no. El Lobo Feroz no actuó con rapidez. Acechó a Caperucita.»

Una parte de ella quería atrincherarse en casa, levantar barricadas y protegerse, a la espera de que el Lobo Feroz apareciera e intentara derribar su casa de un soplido. «Salvo que —se recordó Sarah negando con la cabeza— ese es el puto cuento equivocado. Yo no soy uno de los tres cerditos. Mi casa quizás esté hecha de paja, pero es que no es este cuento.»

Volvió a vacilar y colocó la mano en la manecilla. No era como si tuviera miedo, una buena parte de ella contemplaba la muerte con buenos ojos. Era más la incertidumbre de la situación. Se sentía atrapada en un torbellino, como un maremoto que la zarandeaba de un lado a otro y amenazaba con sumergirla bajo unas olas oscuras. Sintió que respiraba de forma entrecortada y rápida, pero no notaba que le faltara el aliento. Era como si los sonidos procedieran de otro lugar.

Cerró los ojos.

«Bueno. Si es esto, al menos será rápido.»

«Igual que Teddy y Brittany. No vieron el camión. En un momento dado estaban vivos, riendo y pasándolo bien y de repente murieron. Quizá me pase a mí lo mismo. Pues bien, Lobo Feroz. ¡Dispárame ahora mismo!»

Abrió la puerta con virulencia y se quedó enmarcada en el espacio.

«¡Dispara de una puta vez!»

Cerró los ojos. Esperó.

Nada.

Notaba cómo iba cayendo el frescor de la noche. La refrescó y se dio cuenta de que estaba sudando, acalorada, como si hubiera estado haciendo ejercicio.

Parpadeó.

Su calle estaba como siempre. Tranquila. Vacía.

Respiró hondo y salió. «A lo mejor hay una bomba lapa en mi coche y cuando lo ponga en marcha explotará como en las películas de gánsteres de Hollywood.»

Se situó al volante y sin vacilar, giró la llave. El motor se puso en marcha y ronroneó como un gato al que se acaricia.

«Bueno, a lo mejor el Lobo Feroz me embiste con un camión y así moriré como Ted y Brittany.»

Dirigió el coche a la calle y se paró. Volvió a cerrar los ojos. «De lado. A 55 o 60 kilómetros por hora. Igual que el camión cisterna. Venga. Estoy esperando. Estoy preparada.»

Sarah cerró los ojos con más fuerza.

«Será en cualquier momento», pensó.

Tenía la impresión de que la bocina del coche pitaba a todo volumen desde varios metros de distancia del oído izquierdo. El sonido cortó el aire como una explosión.

Soltó un grito ahogado y alzó un brazo sin querer, como si quisiera protegerse del impacto. Abrió los ojos rápidamente y profirió una especie de grito y sollozo a partes iguales.

La bocina volvió a sonar.

Pero esta vez pareció infantil, como el sonido de un juguete.

Se giró a medias en el asiento y vio que estaba obstruyendo el paso a una pareja que viajaba en un pequeño utilitario japonés que quería ir calle abajo. El hombre que iba al volante aparentaba poco más de sesenta años y su esposa, que conservaba el pelo oscuro y parecía un poco más joven, le hacía señas con la mano, pero no de un modo impaciente o desagradable. Más bien parecían preocupados y confundidos. Sarah se quedó mirando a la pareja y entonces fue encajando al azar las piezas en su cabeza. «Estoy bloqueando la carretera. Quieren pasar.»

La mujer del asiento del copiloto bajó la ventanilla. Desde unos tres metros de distancia le preguntó:

—¿Algún problema?

«Sí. No. Sí. No.» Sarah no respondió y se limitó a hacer un gesto con la mano con la intención de disculparse sin dar explicaciones. Puso la primera con cierta dificultad. Entonces pisó el acelerador con fuerza y, sin mirar atrás, condujo rápidamente calle abajo. No sabía exactamente adónde iba pero, fuera adonde fuese, iba a toda velocidad, respirando con fuerza, casi hiperventilando como un nadador que se prepara para sumergirse en aguas desconocidas, a la espera de oír el pistoletazo de salida.

—Qué raro —dijo la señora de Lobo Feroz.

—A lo mejor la chica ha recibido una llamada, o se ha acordado de que se había dejado algo. Pero no hay que pararse en medio de la calle —repuso el Lobo Feroz—. Es muy peligroso.

—Menos mal que estabas atento —dijo su esposa—. Está claro que hay gente rara en el mundo.

—Y que lo digas —respondió mientras seguía conduciendo—. No quiero llegar tarde. —Sonrió—. ¿Escuchamos la radio? —preguntó amablemente, girando el dial hasta que encontró la emisora de música clásica. Odiaba la música clásica aunque siempre le había dicho a su mujer que le encantaba.

Karen Jayson estaba sentada a su escritorio con una libreta electrónica médica en la superficie de madera que tenía delante, con la cabeza entre las manos. El día tocaba a su fin, había sido largo pero no en exceso, y no tenía motivos para sentirse tan agotada como se sentía.

Era una mujer acostumbrada a estar, si no totalmente convencida de las cosas, al menos segura, y la carta del Lobo Feroz había erosionado su seguridad. Tras hablar con el agente Clark, había dejado la carta de lado y se había dicho a sí misma que la olvidara. Luego la había vuelto a coger y se había dicho que tenía que hacer algo. Pero no sabía muy bien qué hacer exactamente. Tenía la sensación de que debía hacer algo de forma activa pero tenía muy poca idea de qué podía ser ese algo. Había hecho todo lo que le había dicho el agente Clark. Había llamado a una empresa de seguridad que al día siguiente iba a instalarle un sistema de alarma en casa. Había repasado los historiales de los pacientes, buscando algún error que pudiera haber provocado una amenaza. Se había devanado los sesos para encontrar algún agravio, real o imaginado, que hubiera conllevado el «has sido elegida para morir». Incluso había entrado en el sitio web del refugio de animales de la localidad para ver si tenían algún perro grande y fiero para adoptar. Había buscado el número de varios detectives privados y había comprobado las valoraciones de distintos programas de consumidores para ver quién recibía las mejores críticas y se había anotado el número de teléfono de dos hombres distintos. Había empezado a marcar uno de los números pero había acabado colgando el teléfono.

Karen despreciaba el pánico por encima de todo.

O incluso la apariencia de pánico.

En la facultad de Medicina, durante las rotaciones como residente, se había planteado seriamente ser médico de urgencias porque incluso ante los chorros de sangre, los gritos de agonía y la necesidad de actuar con rapidez para salvar una vida, siempre se había considerado una persona extremadamente tranquila. Cuantas más cosas se desintegraban a su alrededor, más le bajaba el pulso. Pensó que la respuesta a la carta amenazadora debería ser exactamente igual a cuando le llegaba la víctima de un accidente, destrozada y en peligro de muerte inminente.

Le gustaba considerarse una persona totalmente racional, incluso cuando asomaba a la superficie su lado humorista. Pero desde que había abierto la carta, se había visto incapaz siquiera de pensar en un número humorístico. Ni un solo chiste, ni un sarcasmo, ni un juego de palabras, ni un comentario agudo sobre política... nada de lo que formaba parte habitual de sus números había asomado a sus pensamientos.

Había tenido unos sueños tortuosos, que la dejaban cansada y enfadada.

Se recostó en el asiento y se balanceó.

Karen quería actuar pero más allá de las sencillas medidas que había tomado, era incapaz de ver qué dirección tomar. Le parecía una sensación terrible. No hay nada peor que querer captar un momento y no saber cómo.

Meneaba la cabeza adelante y atrás, como si estuviera en desacuerdo con algo que se había dicho, cuando se abrió la puerta de su consulta.

—Disculpe, doctora, no quiero molestarla...

—No, no, no pasa nada. Estaba absorta en mis pensamientos.

Karen miró a la enfermera. En su consulta solo trabajaban tres personas: una enfermera joven, que hacía dos años que había acabado la carrera y que llevaba tatuado un sol naciente en la nuca y que recientemente le había preguntado a Karen con vacilación cómo podía quitárselo; y su recepcionista de siempre, una mujer mayor que conocía a muchos de los pacientes y sus dolencias mejor que Karen.

—Última paciente del día —dijo la enfermera—. Lleva esperando un par de minutos en la sala de exploración 2 y...

Dejó que se le apagara la voz antes de soltarle una reprimenda. Karen comprendía dos cosas: la enfermera quería marcharse a casa para estar con su novio auxiliar sanitario y que no tenía por qué hacer esperar a la última paciente del día por muy desasosegada que estuviera.

Karen respiró hondo y se levantó de la silla de un salto. Adoptó la actitud de «doctora atenta».

—No es más que un chequeo rutinario —dijo la enfermera—. El cardiólogo ya la ha visitado. El informe está en su historial. Está bien. Hay que hacerle un reconocimiento físico de seguimiento. Nada grave.

Le tendió a Karen una carpeta con sujetapapeles con el historial. Karen se levantó y ni siquiera lo miró porque de repente se sintió ligeramente culpable por haber hecho esperar a una paciente sin necesidad. Se recolocó la bata blanca y se dirigió rápidamente a la sala de exploración.

La paciente estaba sentada en la camilla con expresión sonriente, vestida con una bata de hospital.

—Hola, doctora —dijo.

—Hola, señora... —Karen lanzó un vistazo rápido a la carpeta para identificar el nombre de la mujer desde fuera. Dijo el nombre apresuradamente para intentar disimular el hecho de no haberla saludado por su nombre, como hacía con todos sus pacientes, con una familiaridad que implicaba que se había pasado el día estudiando los problemas médicos que el paciente tenía. Aquello la preocupó. Normalmente no le costaba recordar el nombre de sus pacientes y se riñó en su interior por el fallo. Sabía que a veces el estrés produce bloqueos en la memoria. Odiaba esa sensación. Que una amenaza anónima se inmiscuyera en su vida diaria le parecía fatal.

No tenía ni idea de que aquel día tenía que haber saludado a la paciente diciendo:

«Hola, señora de Lobo Feroz...»

... Ni tampoco tenía la menor idea de que sentado pacientemente en la pequeña sala de espera, leyendo un ejemplar pasado de *The New Yorker* estaba el hombre que en secreto anhelaba atisbar a la doctora que había dado en llamar «Pelirroja Uno».

6

La muerte es el gran juego —escribió— en el que partici-
pa todo el mundo y en el que todo el mundo pierde en el silbido final. Pero el asesinato es ligeramente distinto porque es
mucho más parecido a ese momento dentro del partido cuando se decide el resultado. Nos sentamos en las gradas, sin saber cuándo se producirá ese momento preciso. ¿Será este gol,
o ese tiro libre, o el hit con el hombre en la segunda o cuando
el defensa no hace un buen placaje? Tal vez sea el momento en
que el árbitro silbe y señale el punto de penalti. El asesinato
se parece más a un deporte de lo que la gente piensa. El asesinato sigue un reloj propio y tiene sus propias reglas. Se trata
de superar obstáculos. Alguien quiere vivir. Alguien quiere
matar. Ese es el terreno de juego.

Miró las palabras en la pantalla del ordenador. «Bien —pensó—. La gente que lea esto empezará e entender.»

Karen se despertó exhausta a las seis de la mañana, su hora habitual, tras una noche de sueños inquietos unos instantes antes de
que sonara el despertador. Siempre había tenido el «reloj interno»
que le permitía despertarse cuando tocaba y se producía poco antes de recibir la llamada despertador del hotel o de que sonara el
despertador. Tenía la costumbre de darse la vuelta y pulsar el botón de parada del despertador, incorporarse de debajo de un edre-

dón hecho a mano que había comprado en una feria de artesanía local hacía muchos años y dirigirse a una alfombrilla rosa para hacer deporte situada en la esquina del dormitorio donde se regalaba quince minutos exactos de estiramientos y ejercicios de yoga, antes de encaminarse a la ducha. En la cocina, la cafetera automática ya estaba filtrando. La ropa para la jornada la elegía la noche anterior después de consultar el parte meteorológico. La rutina, insistía, la liberaba, aunque había mañanas en las que le costaba convencerse de que aquella idea fuera cierta.

A veces pensaba que todo su mundo estaba construido boca abajo, o quizá de atrás adelante. Dedicaba todas sus energías organizativas a su labor médica y consideraba que su vertiente cómica resultaba liberadora. Dos Karen, se decía, que quizá ni siquiera se reconocieran si se encontraran por la calle. La Karen humorista, que era creativa, espontánea e ingeniosa y la Karen internista, que era una mujer dedicada a su trabajo y a los pacientes, constante, organizada y tan precisa como la enfermedad le permitiera. Sus dos identidades parecían tener poco en común pero habían conseguido adaptarse la una a la otra con los años.

Esa mañana se preguntó si quizá necesitaba crear una tercera identidad.

En vez de levantarse rápidamente de la cama, se quedó recostada, vacilante. Los dos gatos, que a menudo desdeñaban sus lechos a favor del edredón, parecían mirarla con asombro felino, acostumbrados como estaban a que Karen saliera de la cama de inmediato.

Lanzó una mirada hacia el sistema de alarma que había instalado en la pared del dormitorio dos días después de recibir la carta del Lobo Feroz. Tenía una luz roja parpadeante, lo cual le informaba de que estaba encendido y funcionaba bien. Sintió una rara incomodidad. Tenía que levantarse y desactivarla para que los sensores de movimiento que había en todos los rincones de la casa no la captaran a ella en vez de a los malhechores ficticios sobre cuya presencia se suponía que debía alertar. Necesitaba ponerse en marcha. Pero remoloneó.

«La predictibilidad es mi enemiga», pensó.

«Un desconocido te envía una carta amenazadora y haces

exactamente lo que dice en todos los libros, manuales o sitios web para protegerte.» Aquello es lo que parecía más sensato. Una lista de comprobación. Llamar a la policía. Informar a los vecinos de que estuvieran alerta en caso de actividad extraña, pero su aislamiento hacía que fuera difícil aunque había llamado obedientemente a las familias que vivían cerca de ella.

Llamadas sencillas y directas.

«Hola, soy Karen Jayson y vivo más abajo. Solo quería decirle que he recibido una amenaza anónima. No... no... la policía no cree que sea nada serio, pero solo quería pedir a los vecinos que estén alerta por si ven algo raro. Coches de desconocidos aparcados en la carretera o cosas así. Gracias...»

Las respuestas habían sido solícitas y los vecinos habían mostrado cierta preocupación. Y, por supuesto, todos pensaban estar alerta por si veían algo sospechoso. Las familias con niños pequeños habían tenido una reacción más extrema y se planteaban si debían tener a los niños en casa hasta que aquella amenaza informe se disipara, como si fuera una mancha de petróleo en la superficie del océano. Teniendo en cuenta que hacía un tiempo horrible, Karen pensó que de todos modos era poco probable que los niños estuvieran en el exterior.

Su siguiente llamada había sido a la empresa de seguridad, que rápidamente le había enviado a un trabajador entusiasta en exceso, que había instalado el sistema de alarma mientras no paraba de comentar de forma alegre y siniestra a la vez que «nunca se está lo bastante seguro y la gente no entiende cuánto peligro acecha por ahí», antes de venderle a Karen un paquete de seguridad mejorado con una cuota mensual que le dedujo de la tarjeta de crédito.

A continuación había repasado todas y cada una de las recomendaciones del policía: Hacerse con un perro. No, eso no lo había hecho, pero se lo estaba planteando. Conseguir una pistola. No, eso no lo había hecho, todavía no, pero se lo plantearía. Llamar a un detective privado. No, eso tampoco lo había hecho pero se lo plantearía. De hecho, se dio cuenta de que se lo estaba planteando todo y nada a la vez.

«¿Cómo va a ayudarme a seguir con vida algo de esto? ¿El Lobo Feroz no habrá visitado las mismas páginas de consejos on line, leído las mismas palabras y llegado a las mismas conclusiones?

»¿No sabrá exactamente lo que todos los expertos sugieren que haga?

»¿Cuán listo es?»

No quería responder ni aquella ni ninguna otra pregunta. En cambio, le costó mucho más de lo normal levantarse de la cama y cruzó la habitación para desactivar el nuevo sistema de alarma. Notaba las piernas rígidas y tenía tortícolis. Se sentía como si hubiera sufrido un accidente de coche el día anterior y estuviera contusionada.

Los gatos ya habían hecho disparar la alarma en dos ocasiones en los dos días que llevaba funcionando. Aquello significaba que o bien tenía que librarse de *Martin* y *Lewis* o encontrar la manera de que funcionara en colaboración con los gatos. Parecía un problema insalvable. La perseguía cuando por primera vez en varios años se saltó la alfombrilla de ejercicios y se dirigió a la ducha.

El agua caliente y la espuma le caían en cascada por el cuerpo.

Se restregó con fuerza enjabonándose todos los rincones a los que llegaba una y otra vez y, por último, una tercera vez como si el jabón fuese capaz de borrar la sensación de agotamiento que le había dejado la desasosegante noche. Apoyó una mano en la pared alicatada para mantener el equilibrio bajo el chorro de agua. Estaba mareada.

Tenía los ojos cerrados cuando oyó un sonido.

No era un sonido reconocible. Nada claro como la puerta de un coche al cerrarse o una radio al encenderse. No era fuerte, no era un ¡*crash*! ni un ¡*clang*! Era más parecido al primer segundo de un hervidor al silbar o la brisa fuerte que hace crujir las ramas de los árboles cercanos.

Abrió los ojos de repente y se quedó paralizada. Una subida de adrenalina le recorrió el cuerpo, por lo que se sintió como si por dentro estuviera girando a un millón de kilómetros por hora, mientras por fuera permanecía inmóvil. El vapor la rodeaba como si fuera niebla y le impedía razonar. Tenía la impresión de que el fluir del agua enturbiaba el reconocimiento. Inclinó la cabeza hacia delante y aguzó el oído.

Solo oía el fluir del agua. Hizo ademán de cerrar el grifo pero se paró.

«¿Qué ha sido eso? ¿Qué has oído?»

Rodeó el grifo con los dedos.

De repente fue consciente de su desnudez. Goteaba. Vulnerable.

Aguzó el oído para intentar identificar el sonido.

«No ha sido nada. Nada. Estás sola y nerviosa.

»La casa está vacía. Siempre lo está. Solo hay dos gatos. Quizás ellos hayan hecho el ruido. Tal vez hayan volcado una lámpara o una pila de libros. No sería la primera vez.»

No se lo creía.

El vapor se arremolinaba a su alrededor pero tenía la sensación de que el agua ya no era cálida, sino que se había vuelto gélida. Respiró hondo y cerró el grifo. Se quedó en la ducha, a ver qué oía.

En su cabeza oía un griterío de pensamientos opuestos.

«Es la ansiedad. No ha sido nada.

»Ponte derecha. Sal de la ducha. Compórtate como una persona adulta, deja de comportarte como una niña.

»Esto es un cliché. Como una película de miedo mala. De fondo debería sonar una banda sonora de John Williams tipo *Tiburón* de forma implacable.»

Luego vino un pensamiento más complejo: «¿Has desactivado bien la alarma?»

No se veía capaz de responder a la pregunta, incluso después de haber repasado interiormente cada paso del procedimiento, pulsando todos los botones del código de seguridad, viendo cómo las luces pasaban del rojo al verde. «¿Seguro?» Estaba paralizada por la incertidumbre. Oía cómo su propia voz resonaba en su interior, dándole consejos a gritos, insistiendo en que «te comportas como una imbécil. Sal. Vístete. Empieza el día».

Pero durante unos instantes se quedó inmóvil.

«El ruido se ha oído después de que desactivara la alarma. ¿Había alguien esperando a que las luces cambiaran de color?», pensó.

Aquella idea la asustó todavía más. Respiraba de forma superficial y claramente audible, como un chirrido que oculta los sonidos sutiles de otra persona en la casa que ella intentaba oír con desesperación.

Pero lo único que oía era a ella misma y el silencio.

Karen necesitó hacer acopio de una fuerza de voluntad inmensa para salir de la ducha y coger una toalla del colgador situado junto a la puerta. Se envolvió en ella y aguzó el oído de nuevo. No oía nada.

«Sécate. Ve a buscar la ropa. Maquíllate un poco. Venga, como cualquier otro día. Estás oyendo cosas. Alucinando. Estás nerviosa sin motivo. O por lo menos hay un motivo pero no es el verdadero motivo.»

No quería moverse en el mismo momento en que se gritaba con insistencia en su interior que se pusiera en marcha. De repente todo era una contradicción.

El agua se estaba acumulando a sus pies y, con un esfuerzo mayúsculo que le hizo soltar un grito ahogado, se secó rápidamente y se pasó un cepillo rígido por el pelo enmarañado con tanta rapidez que, de no haber estado tan desasosegada, habría gritado por el daño que se estaba autoinfligiendo. Paró. «Esto es una locura. ¿Por qué me cepillo el pelo si alguien está esperando a matarme?» Sujetó el mango del cepillo como un cuchillo y lo mantuvo en la mano como si de un arma se tratara. Entonces se acercó rápidamente a la puerta del baño que daba al dormitorio. Estaba cerrada pero no con llave. Una parte de ella quería limitarse a cerrar la puerta con llave y esperar, pero era un cerrojo de lo más endeble, apenas un botón que se giraba en el pomo y que no impediría la entrada de un intruso por incompetente y debilucho que fuera.

Aquella constatación la dejó sobresaltada.

No sabía si el lobo era una persona experta, experimentada y sutil en asuntos criminales. Es lo que había dado por supuesto tras leer la carta, pero en realidad no lo sabía.

Karen se lo imaginó al otro lado de la puerta, escuchando, al igual que ella aguzaba el oído para ver si lo oía.

Era incapaz de imaginarse a una persona. Lo único que imaginaba era una dentadura blanca y brillante. Una imagen de un cuento infantil.

Era un punto muerto, pensó.

Entonces, con la misma rapidez, se dijo que se estaba comportando de forma ridícula. «No hay nadie. Estás como una cabra.»

De todos modos, a pesar de su propia advertencia, necesitó hacer acopio de fuerzas para abrir la puerta y entrar en el dormitorio.

Estaba vacío, aparte de los dos gatos. Estaban repantigados en la cama, aburridos de buena mañana.

Volvió a aguzar el oído. «Nada.»

Moviéndose lo más rápido y silenciosamente posible, cogió la ropa y se la puso. Bragas, sujetador. Pantalones anchos. Suéter. Introdujo los pies rápidamente en los zapatos y se levantó. El hecho de estar vestida la tranquilizaba.

Se dirigió a la puerta del dormitorio. Volvió a pararse a escuchar. Silencio.

Tenía la impresión de estar rodeada de pequeños ruidos. Un reloj que hacía tic-tac. El arañazo de uno de los gatos al cambiar de posición en la cama. El sonido distante de la calefacción al encenderse.

Su propia respiración fatigosa.

Imaginó que no había ningún sonido que fuera peor y acto seguido se dijo que aquello no tenía ningún sentido. «Ningún puto sentido», pensó.

«Es mi puta casa. Que me aspen si permito que alguien...»

Paró. Cogió el móvil del escritorio, lo abrió y marcó 9-1-1 y luego colocó el pulgar encima del botón de llamada.

Aquello la hizo sentir armada y empezó a recorrer la casa poco a poco, sujetando el móvil como si fuera un arma. La cocina, vacía. El vestíbulo de entrada, vacío. El comedor, vacío. La sala de estar, vacía. Fue de estancia en estancia y al ver que estaban todas vacías se tranquilizó y se puso más nerviosa al mismo tiempo. Al comienzo no se veía con ánimos de abrir las puertas de los armarios. Una parte de ella esperaba que alguien le saltara encima en cualquier momento. Su parte racional luchaba contra esta sensación y, con otro gran esfuerzo, abrió todos los armarios y no encontró más que ropa, abrigos o pilas de papeles sueltos.

Iba a la caza de algún ruido. O de pruebas de un ruido. Algo que hiciera que el miedo que la atenazaba tuviera algún sentido.

No encontró nada. «En cierto modo —pensó—, es peor.»

Cuando estaba ya medio convencida de que estaba sola, volvió a la cocina y se sirvió una taza de café caliente. La mano le temblaba ligeramente. «¿Qué has oído?»

«Nada. Pero quizá todo.»

Dejó que el café la llenara, que la adrenalina que se le agolpaba en las sienes se asentara.

Se preguntó si una carta podía hacer ruido. Si una amenaza anónima podía hacer ruido.

Supuso que quizá sí.

Sumida en una mezcla errática de tensiones, Karen cogió el abrigo y se dirigió al coche para ir al trabajo. Dado su estado de confusión y ansiedad, por primera vez en muchos años se olvidó de dejarles comida a los gatos.

7

Jordan cruzó el campus en la oscuridad del atardecer en dirección a la biblioteca, un edificio de ladrillo visto con una luz brillante que salía de los grandes ventanales que proyectaban curiosos conos de iluminación en el césped. Los grandes robles y álamos que salpicaban el internado se balanceaban a merced de una brisa errática que parecía augurar un cambio de tiempo, pero ella era incapaz de predecir si sería para mejor o peor.

Al igual que muchos estudiantes que se desplazaban al caer la noche, había caminado rápido, ligeramente encorvada, entregada a la labor de ir de un lugar iluminado a otro, como si el tiempo pasado en los senderos oscuros resultara inquietante o peligroso. Pensó que probablemente lo fuera pero se dio cuenta de que aminoraba el paso, como un motor que se queda sin gasolina, hasta que se paró por completo y se volvió para contemplar el mundo que la rodeaba.

Todo le resultaba familiar y ajeno a la vez.

Había pasado casi cuatro años en el campus pero aun así no le parecía un hogar.

Veía el interior de las residencias, sabía el nombre de todas. Tras las ventanas veía estudiantes inclinados sobre los libros de texto, o sentados charlando. Reconocía rostros. Formas. Alguna voz subida de tono que parecía proceder de ninguna parte, pero que sabía que surgía de algún dormitorio, atravesaba el susurro del viento en las ramas de los árboles y le pareció que hablaba alguien que conocía, pero era incapaz de relacionar un rostro con aquellos sonidos imprecisos. Desde los senderos adyacentes oía pasos y distinguía la silueta oscura de otros estudiantes que se desplazaban en la penumbra. Algunos arbustos y los árboles parecían captar la luz procedente del centro de estudiantes o del edificio de Arte en sus ramas balanceantes y la arrojaban al azar por el césped, como si se burlaran de ella con las sombras.

Pensó que en el cuento el Lobo Feroz sigue a Caperucita Roja por el bosque. La persigue de forma implacable. Anticipa todos sus movimientos. Él se desenvuelve con comodidad por el bosque, mientras ella corre hacia el único lugar seguro que conoce. Pero el Lobo destruye su única esperanza de salvación al ocupar la casa de su abuela, de forma que la espera allí y precisamente finge ser la persona por la que ella se ha atrevido a cruzar el bosque.

«¿Qué te indica eso?»

Imaginó que el hombre que la había elegido para matarla podía estar en la penumbra. Podía estar escondido detrás de un árbol. Podía estar observándola desde cualquier lugar oscuro, o detrás de una ventana cerrada.

Jordan dio una zancada rápida para acercarse más a las luces de la biblioteca, al tiempo que notaba que una corriente eléctrica de miedo la atravesaba.

A continuación, se paró de forma brusca.

Volvió a mirar lentamente a su alrededor. Una parte de ella, como el estribillo repetido de una canción infantil, seguía queriendo pensar que la carta y la amenaza que contenía no eran más que una broma de mal gusto. «Si tanta gente me odia —pensó—, tiene sentido.» A los estudiantes les gusta meterse con la persona más vulnerable. A pesar de las prohibiciones bienintencionadas sobre las novatadas y la insistencia en la amabilidad por parte de la escuela, bajo la superficie —la imagen de los alumnos estudiando, practicando deportes, actuando en el teatro, aprendiendo francés o latín y apuntándose al Club de Excursionismo o de Cine o trabajando los fines de semana en programas de ayuda a niños desfavorecidos— siempre había una corriente subyacente de tensión. Celos, ira, deseo sexual, consumo de drogas o alcohol; todo lo que los padres asustados querían evitar y por lo que enviaban a sus hijos al internado existía en las sombras.

«¿Por qué no el asesinato?»

Jordan se quedó petrificada en el sitio. Recorrió con la vista los bordes oscuros que la rodeaban. Intentó identificar formas, pero la noche era como ver cientos de piezas de varios rompecabezas mezcladas entre sí. Cada una pertenecía a una única respuesta, cada una podía unirse a las demás para formar una única imagen clara pero, revueltas, formaban un lío imposible e incomprensible.

Durante un segundo la oleada de miedo de su interior pareció zarandearla, como si estuviera de pie en la cubierta de un barco durante una tormenta. La brisa se arremolinaba a su alrededor y amenazaba con levantarla y arrojarla con fuerza. Se sentía fría y sudorosa a la vez.

Entonces Jordan respiró lentamente.

Levantó la cabeza, como un animal que busca un olor desconocido.

«Está bien estar sola», se oyó insistir en su interior. Podía tratarse de una contradicción de su sano juicio pero se aferró a ella. Hablaba en su interior, como si la Jordan que caminaba por la oscuridad pudiera mantener una conversación con la Jordan sumida en las dudas y la preocupación.

«Si se lo dijeras a alguien, si compartieras la amenaza con alguien, lo único que harían es decirte lo que imaginan que deberías hacer. No tienen ni puta idea de si está bien o está mal. Eso es lo que quiere el lobo. Quiere que escuches a los demás, a un amigo, aunque no tengas ninguno, a un profesor, aunque ya no confíes en ninguno, a un administrador, que se preocupará más por la imagen de la escuela que por tu vida, a tus padres, que solo tienen tiempo para ellos y a quienes probablemente les parezca mejor que el lobo se salga con la suya para que ya no supongas un campo de batalla por el que ellos pelean.»

Lo cierto es que Jordan esbozó una sonrisa irónica. Miró en derredor fijándose en todas las formas raras y rincones oscuros. «Sola en el bosque —pensó—. Pues sí, en eso tienes razón.»

Empezó a avanzar lentamente acompañada de un único pensamiento:

«La única forma de salir victoriosa es estando sola.»

Durante un instante no supo si creérselo y salió corriendo de la oscuridad hacia las luces de la biblioteca. Tenía intención de leer mucho más. No historia o ciencia ni lenguas extranjeras, como el resto de los estudiantes de la escuela. Jordan había decidido estudiar el asesinato. Le pareció que era una suerte que aprendiera tan rápido. Y también se dijo que no se podía permitir el lujo de suspender esa asignatura.

El Lobo Feroz se había levantado temprano para trabajar durante los últimos minutos de oscuridad antes de que la luz del amanecer llenara su pequeño despacho. Siempre le resultaba productivo. Tenía la idea de que la mayoría de las personas se despertaban aletargadas e irritables al pensar en otro día de rutina desmoralizadora, en tinieblas hasta que engullían una o dos tazas de café.

Él no.

El Lobo estaba entusiasmado y emocionado ante el nuevo día porque había planeado algo que le parecía realmente original y desasosegante. Se sintió vigorizado e imaginó que era como un atleta a la espera del silbido inicial de un gran partido. El asesinato, tal como había escrito, se presta a las metáforas deportivas.

Las palabras se agolpaban en la pantalla que tenía delante. Estaba muy concentrado.

Como de costumbre, dedicó unos momentos a plantearse su posición en el mundo de la muerte violenta.

Mientras tecleaba con furia, con un estilo parecido al monólogo interior, aunque detestaba ese tipo de escritura porque le parecía perezoso e indulgente, se imaginó como una especie de héroe existencial.

Grendel, pensó. Hannibal Lecter. Raskolnikov. Meuerseault.

No soy exactamente un asesino —escribió—, aunque comparto muchas cualidades con ellos. Un asesino tiene cierta furia política tras sus actos. Ya sea John Wilkes Booth que salta desde el palco gritando «*Sic Semper tyrannis!*», o un anarquista que dispara al archiduque mientras recorre en su vehículo la calle equivocada en Sarajevo o incluso un complot de los Borgia que imagina la muerte como la forma más fácil de consolidar el poder. Para un asesino, el fin justifica los medios. Lo mismo puede ser cierto en mi caso y en mis tres pelirrojas y muchos asesinos, pero la diferencia radica en el enfoque. El asesino se acomoda en el Depósito de Libros de la sexta planta y apunta el cañón de su carabina Carcano 6.5 mm a la cabeza del Presidente y recuerda su formación en los marines mientras aprieta el gatillo con suavidad. «Neblina roja», se le llama entre los tiradores. Pero, para mí, ese momento es el más fácil. La emoción real procede de la expectación que va en aumento ante el encuentro inevitable. No me imagino que un asesino obtenga el mismo placer que yo al planear el acto. Tal vez sea la diferencia entre los juegos eróticos previos y el orgasmo, entre ser un amante atento y tener ganas de llegar al final lo antes posible. Tal vez.

Pero lo que me diferencia de los asesinos es la naturaleza de nuestra intimidad. Si bien es probable que todos nosotros estudiemos a nuestras víctimas con precisión, el asesino odia lo que intenta matar porque quiere comunicar algo supuestamente importante. Todo lo que hace está enfocado a ese momento. Una muerte está pensada para crear un vacío que el asesino considera que se rellenará con lo que él quiere. En cierto modo, resulta limitador. Mi enfoque con las tres pelirrojas es mucho más intenso. Mi plan no tiene restricción política alguna. Las tres pelirrojas forman parte de un plan mayor. Lo que planeo se acerca más al arte que a la política. Quizá quiera dejar claras cosas importantes pero son como pinceladas, no discursos altisonantes. No saltaré desde ningún palco a un escenario gritando: «¡La venganza del Sur!» Pero algún día no muy lejano seré igual de famoso.

Para mí no se trata de odio sino que estoy enamorado de mis tres pelirrojas.

Pero cada amor es distinto.

Al igual que cada muerte tiene que ser distinta.

En el despacho empezó a notarse un fuerte olor a beicon. El Lobo Feroz estiró el cuello y oyó el chisporroteo procedente de los fogones. Los pequeños estallidos tenían muchas posibilidades de unirse a los sonidos más sutiles de los huevos al ser revueltos y cocinados y a la tostadora al expulsar las tostadas. Probablemente fuera pan con masa fermentada, que la señora de Lobo Feroz hacía con la panificadora eléctrica y que sabía que era su preferido.

A la señora de Lobo Feroz le gustaba preparar desayunos copiosos. «La comida más importante del día.» Recordaba aquella frase de la película *Gente corriente*. «¿Cuándo la habían estrenado? ¿Veinte años atrás? ¿Treinta?» Donald Sutherland estaba sentado frente a Timothy Hutton en su mansión de Grosse Point y estaba atrapado por el dolor y la confusión de su hijo e intentaba desesperadamente inyectar algún tipo de normalidad comprensible en su rutina diaria. Pero sus intentos se vieron frustrados cuando Hutton vaciló y Mary Tyler Moore, que interpretaba el papel de madre fría y dolida, apartó el desayuno de su hijo y lo arrojó al fregadero.

El Lobo rememoró la escena. «Eran tortitas —pensó. La actriz había hecho tortitas—. O quizá fueran torrijas. Estoy seguro. —Pero volvió a dudar—. A lo mejor eran gofres.»

Las tortitas no eran santo de su devoción, le hacían sentir atiborrado y lento, a no ser que tuvieran el delicioso jarabe de arce de Vermont comprado en una tienda *gourmet*. Odiaba el jarabe de mala calidad que se vendía en las grandes cadenas de supermercado. Le sabía a gasolina.

El lobo volvió a sonreír. «Soy un goloso de los desayunos —pensó— y un goloso del matar.»

Oyó que su mujer le llamaba. Encriptó los últimos archivos y apagó el ordenador. De repente estaba hambriento. «Hasta los mejores asesinos necesitan comer —se dijo mientras se alejaba del escritorio—. Lo que pasa es que se alimentan de algo más que de huevos con beicon y pan de masa fermentada recién hecho.»

Consideró que tenía que dejarlo claro en su manuscrito pero podía esperar hasta más tarde. También estaba poniendo a prueba su imaginación. Tenía que darle unas cuantas excusas necesarias a su mujer. Sitios en los que tenía que estar y cosas que tenía que hacer sobre los que no quería recibir preguntas. Aquello era algo que realmente le intrigaba: la necesidad de parecer normal cuando a su alrededor se movilizaban grandes cosas. «La música de fondo de mi vida tiene que ser un violín solitario. Ningún acorde sinfónico que distraiga. —Sonrió—. Ni tampoco el chirrido de unas guitarras tocando heavy metal.»

Desde el pasillo, oyó un alegre:

—A la mesa. Huevos con beicon.

—Ya voy, cariño —le gritó a la señora de Lobo Feroz amablemente, ansioso por empezar el día.

8

La señora de Lobo Feroz recogió los platos del desayuno y vació los restos diligentemente en el triturador de basura antes de colocar los cuchillos, tenedores, platos y tazas en el lavavajillas. Como de costumbre, su marido había cortado la corteza de la tostada con cuidado y empleado el centro crujiente para mojar los huevos poco hechos. Llevaba quince años viendo a aquellos huérfanos en su plato del desayuno y aunque le parecía un derroche y una parte de ella creía que la corteza era la mejor parte de la tostada, nunca le decía nada por aquella excentricidad. Ni tampoco le había cortado las cortezas antes de que se sentaran a la mesa aunque sabía que él lo haría seguro.

Aquella mañana llegaba tarde para el trabajo que a menudo le resultaba más desagradable que agradable y sabía que tenía el escritorio lleno de tareas mundanas que se le habían ido acumulando y que iría arrastrando a lo largo de la jornada. Se imaginó que después de dedicar ocho horas, la lista de cosas por hacer que atascaba su calendario no se habría reducido más que de forma modesta. Envidiaba a su marido. Su vida laboral parecía dedicada a cantidades cada vez mayores de más de lo mismo. Él, por el contrario, era la fuerza creativa de su relación. Era el escritor; era especial. Era único, no se parecía a ningún otro hombre que hubiera conocido y por eso se había casado con él. Le proporcionaba un color luminoso en su aburrido mundo de color marronáceo y no había nada que la hiciera sentir mejor que presentarlo a sus compañeros de trabajo diciendo: «Este es mi marido. Es novelista.» A veces se infravaloraba pensando que todo lo que aportaba a la relación era la cobertura total de un seguro médico y un salario mensual, aparte del encuentro apresurado y ocasional en la cama, y acto seguido desechaba esta idea terrible y se convencía de que, aunque pareciera un cliché, todo gran escritor necesitaba una musa y sin duda ella era la de él. Aquella idea le enorgullecía.

A veces se imaginaba esbelta, delgada, vestida con gasa, lo cual era la imagen que sospechaba que un ilustrador que dibujara la «inspiración» crearía. El hecho de que fuera bajita y rechoncha, con el pelo color pardusco y una sonrisa que parecía torcida por mucho placer que quisiera transmitir, resultaba irrelevante. Era hermosa por dentro. Lo sabía. ¿Por qué si no se habían enamorado y casado?

Además, después de tantos años en barbecho, de tantos arrebatos literarios y comienzos y frustraciones, verlo otra vez ansioso por encerrarse en el dormitorio extra que había convertido en despacho para escribir, influía en su vida y hacía que ir al trabajo resultara menos doloroso. Se imaginó manojos de palabras que llenaban páginas que implacablemente se acumulaban en la impresora.

La señora de Lobo Feroz deseaba a menudo tener tanta imaginación como él.

«Estaría bien —pensó— poder vivir en mundos inventados en los que controlar los avatares de todos los personajes. Hacer que quien quieras se enamore. Matar a quien quieras. Lograr éxitos o fracasos, estar triste o feliz. Qué lujo tan maravilloso.»

Se quedó parada de pie ante el fregadero. El agua le corría por las manos y sabía que tenía que coger el jabón para el lavavajillas y poner la máquina en funcionamiento antes de marcharse a la oficina, pero en ese segundo de envidia notó un pinchazo en el costado izquierdo, justo debajo del pecho. La sensación —ni siquiera era lo bastante intensa como para llamarla «dolor»— envió una corriente de miedo por todo su cuerpo y se agarró al borde de la encimera para mantenerse en pie mientras le entraba un mareo. Se sintió acalorada durante unos instantes, como si se hubiera abierto la puerta de un horno interior, y se le cortó la respiración de golpe.

Las únicas palabras que se le ocurrían eran «otra vez no».

Tomó aire poco a poco, intentó que el pulso volviera a su ritmo normal. Cerró los ojos e hizo un inventario rápido de su cuerpo. Se sentía un poco como un mecánico que revisa el motor de un coche que tiene algún fallo misterioso.

Se recordó que justo el otro día había ido a ver a la doctora y le había dicho que estaba perfecta. Le había hecho el típico chequeo, le había apretado aquí y allá, le había hecho preguntas, le había hecho abrir bien la boca, había notado los cables del electrocardiógrafo sobre su cuerpo y esperado mientras la máquina mascaba el resultado. Y cuando la doctora había sonreído y había empezado a tranquilizarla, había sido agradable, aunque ella no había acabado de creérselo.

«Ninguna señal.»

Estuvo a punto de decirlo en voz alta.

Era el problema de tener un corazón achacoso. Hacía que imaginara que cada punzada y cada latido a destiempo marcaban el final.

Pensó para sus adentros que no tenía una vida lo bastante interesante para estar tan paranoica.

La señora de Lobo Feroz alargó la mano hacia un escurridor en el que había colocado unas cuantas sartenes grandes que no cabían en el lavavajillas. Levantó una sartén de acero inoxidable y la sostuvo delante de los ojos. Vio su reflejo en el metal limpio y brillante. Pero, a diferencia de un espejo, el retrato que la miraba estaba ligeramente distorsionado, como desenfocado.

Se dijo: «Fuiste hermosa en otra época», aunque no fuera verdad.

Acto seguido, buscó el dolor: nada en los ojos. Nada en la comisura de los labios. Nada en la carne que le sobraba en la papada.

Fue más allá. Nada en los pies. Nada en las piernas. Nada en el estómago.

Alzó la mano izquierda y movió los dedos.

Nada. Ninguna oleada de dolor le recorrió la muñeca.

Como si entrara en un campo de minas peligroso, empezó a examinarse el pecho, cual explorador que busca un territorio desconocido. Inhaló y exhaló lentamente, sin dejar de observar su rostro en el reflejo acerado, como si fuera una persona distinta capaz de mostrarle alguna señal reveladora. Existían expertos que habían estudiado las expresiones faciales y detectives que creían que observando un rostro eran capaces de decir si la persona mentía o engañaba o incluso encubría alguna enfermedad. Había visto a ese tipo de expertos en la tele.

Pero ella parecía respirar con normalidad. El ritmo cardiaco le parecía regular y continuo. Se tocó el diafragma con los dedos y presionó. Nada.

Y su rostro permanecía inexpresivo, sin emociones. «Como un jugador de póquer», pensó.

A continuación dejó la sartén otra vez en el escurridor.

No. «Bueno, no ha sido nada. Una pequeña indigestión. El corazón no se te parará hoy.»

Se recordó que tenía que ir a trabajar y apresurarse, quizás incluso correr, para compensar los minutos que había perdido en temores de moribunda.

—Me voy —gritó.

Se produjo un silencio corto antes de la respuesta amortiguada desde el interior del despacho cerrado.

—A lo mejor salgo a documentarme un poco, cariño. Quizá llegue tarde a cenar.

Ella sonrió. La palabra «documentarse» la alentaba. Creía que estaba realizando verdaderos progresos y era lo bastante consciente como para no hacer nada que trastornara esa situación tan frágil.

—De acuerdo, cariño. Como quieras. Te dejaré un plato en el microondas si tienes que llegar tarde a casa.

La señora de Lobo Feroz no esperó respuesta pero estaba contenta. Aquello sonaba como la conversación más mundana que una pareja podía tener. Era tan normal que la tranquilizaba. El escritor estaba «trabajando»; y al igual que la abeja obrera con la que se comparaba, ella se iba a trabajar. Nada tan «inusual» como un ataque al corazón entraría jamás en un mundo tan decididamente normal.

Recorrió el parking para el profesorado y el personal dos veces antes de encontrar un sitio cerca del fondo, lo cual añadía casi cincuenta metros de lluvia y frío al trayecto a pie. No podía hacer nada para evitarlo, así que la señora de Lobo Feroz aparcó en el hueco, cogió el bolso y salió por la puerta intentando abrir un pequeño paraguas antes de acabar empapada.

Inmediatamente pisó un charco y soltó un juramento. Acto seguido recorrió el parking a toda prisa con la cabeza gacha en dirección al edificio administrativo de la escuela.

Colgó el abrigo húmedo en una percha situada junto a la puerta y se situó tras el escritorio, confiando en que el director no se diera cuenta de su pequeño retraso.

El hombre salió de su despacho —el escritorio de ella custodiaba la entrada— y negó con la cabeza, no por su tardanza o el mal tiempo, que estaba convirtiendo la escuela en un lugar oscuro y deprimente.

—¿Puedes enviarle un mensaje a la señorita Jordan Ellis? —dijo—. Dile que venga esta tarde a verme durante un rato libre, o quizá después del entreno de básquet.

—Por supuesto —repuso la señora de Lobo Feroz—. ¿Es urgente?

—Más de lo mismo —contestó el director apesadumbrado—. Va mal en todas las asignaturas y ahora el señor y la señora Ellis quieren que yo arbitre en su pelea por la custodia, lo cual no hará más que empeorar las cosas. —Esbozó una sonrisa lánguida—. ¿No sería maravilloso si algunos de estos padres dejaran tranquilos a sus hijos y nos dejaran hacernos cargo de ellos?

Se trataba de una queja habitual y una petición que no tenía ninguna posibilidad realista de ser respondida.

—Me encargaré de que venga a verle hoy —dijo la señora de Lobo Feroz. El director asintió.

—Gracias —dijo. Lanzó una mirada al manojo de papeles que tenía en la mano y se encogió de hombros—. ¿No te parece horrible que los estudiantes de último curso tiren por la borda su futuro? —preguntó. Se trataba de una pregunta retórica y, que supiera la señora de Lobo Feroz, no necesitaba respuesta. «Por supuesto que a todo el mundo le parecía horrible que los estudiantes de último curso fueran flojos. Iban justos en la escuela y luego entraban en universidades menos prestigiosas y aquello perjudicaba las estadísticas de la escuela respecto a los ingresos en las universidades de la Ivy League.» Se quedó mirando mientras él se retiraba a su despacho, sujetando el expediente, aunque al final eso y toda la información confidencial que contenía le llegaría a su escritorio para ser clasificada en un gran archivador de acero negro situado en la esquina de la sala. Tenía una combinación. 17-8-96. La fecha de su boda.

9

Sarah Locksley estaba inquieta en el asiento. Se sentía mareada y nerviosa, y estaba agotada y activa a la vez, como si las dos sensaciones contrarias pudieran coexistir alegremente en su interior. Cada segundo que pasaba era aburrido y emocionante a partes iguales. Se sentía al borde de algo: ya fuera quedar inconsciente durante veinticuatro horas o apuntar y disparar al primero que apareciera, que sería la primera persona que llamara a su puerta en varias semanas.

Unas pastillas para mantenerse alerta, vodka Stolichnaya y zumo de naranja recién exprimido, además de una buena provisión de chocolatinas, donuts envasados, pastas y algún que otro plátano cubierto de mantequilla de cacahuete habían sido su combustible durante los últimos días. Engordaban, estaban llenos de calorías pero no tenía la impresión de haber engordado un solo gramo.

Le entraron ganas de soltar una carcajada: «El régimen de la mujer muerta. ¡Consigue que un desconocido amenace con matarte y verás cómo los kilos se desvanecen!»

Había colocado una silla rígida en un lugar desde el que cubría tanto la parte delantera de la casa y buena parte de la entrada a la cocina en la parte posterior y dispuesto unos cuantos cojines y un viejo saco de dormir cerca, para que cuando tuviera que dormir, aunque solo fuera arañándole unas cuantas horas a la noche, pudiera caer rodando medio drogada y medio borracha en la cama improvisada. Evitaba su dormitorio. Le asustaba esconderse en el lugar que había compartido con su marido. De repente la habitación le parecía una cárcel y estaba decidida a no permitir que la asesinaran en el lugar en el que había obtenido tanto placer.

Sabía que era una locura total, pero la locura era la condición que estaba dispuesta a abrazar.

Había construido un sistema de alarma casero junto a la puerta trasera: había colocado una cuerda a lo ancho de la puerta y colgado latas vacías y ollas y sartenes de ella, por lo que cualquiera que entrara armaría un estruendo descomunal. Justo debajo de los alféizares había esparcido cristales rotos de botellas de alcohol vacías, de forma que cualquiera «no —pensó—, el Lobo Feroz» que intentara entrar por ahí se haría cortes en las manos o en los pies y se pondría a gritar. En la escalera que conducía al sencillo sótano había colgado trozos de cable a tres o cuatro centímetros por encima de cada contrahuella para que el lobo tropezara si intentaba subir por las escaleras. También había desperdigado unos cuantos cojinetes de bolas y canicas viejas por el suelo del sótano y desenroscado la bombilla, así que la estancia estaba completamente oscura y era muy probable que su acosador tropezara. Tenía el viejo revólver de su marido cerca y lo comprobaba regularmente para asegurarse de que estaba cargado y preparado, aunque supiera que lo había comprobado cientos de veces. Estaba rodeada de un revoltijo de envoltorios de plástico, vasos de espuma de poliestireno vacíos y botellas desechadas. Sarah apartó parte de la basura que se acumulaba cerca de sus pies descalzos con una patada y suspiró con fuerza.

«Bueno, esto no funciona, vaya mierda.»

Sus sistemas de defensa parecían salidos de la película *Solo en casa*, y daban la impresión de ser más apropiados para una astracanada que para evitar que un asesino entrara a hurtadillas en la casa y la matara mientras dormía. Sabía que tenía muchas probabilidades de desmayarse en cualquier momento y, cuando sucumbiera al inevitable agotamiento, ningún estruendo de ollas y sartenes la despertaría. Tenía demasiada experiencia en la neblina que acompañaba el alcohol y los narcóticos.

Y, sobre todo, Sarah dudaba de que el Lobo Feroz fuera poco menos que totalmente habilidoso para matar y asesino profesional. No tenía pruebas que demostraran aquella sensación pero le parecía que era cierta. Intuición. El sexto sentido. Premonición. No sabía qué era pero sabía que esperaría hasta el momento adecuado, que sería el momento en que él supiera que ella era más vulnerable.

«Vulnerable. Menuda palabra más horrorosa, patética e inadecuada —pensó—. Más bien describía cada segundo de cada día y cada noche, independientemente de que estuviera dormida o sentada esperando junto a la puerta delantera, revólver en mano.»

Miró a su alrededor. Tenía la espalda rígida. Le dolía la cabeza. Todo lo que había hecho para protegerse parecía exactamente lo que haría una maestra de secundaria. Tijeras, pegamento en barra y cartulinas de colores, se parecía mucho a un trabajo de clase. Lo único que faltaba eran unos cuantos alumnos emocionados y sus alegres voces elevadas.

Se veía con claridad: dando palmadas con fuerza para que le prestaran atención. «¡Venga, niños! La señora Locksley tiene que protegerse de un psicópata asesino. ¡Traed vuestros materiales preferidos al medio y construyamos un muro para que esté segura!»

Ridículo. Hasta ahí llegaba. Pero no sabía qué otra cosa hacer. Aparte de mirar largo y tendido su mano derecha, que sujetaba el revólver.

«Quizá debería mentirle a mi difunto esposo —pensó— y apuntarme con la pistola justo antes de que el Lobo Feroz entre por la puerta.»

Comprendió que se trataba de un asunto que se planteaba continuamente, aunque no formara las palabras en su cabeza ni las dijera en voz alta y que exigiría respuesta antes de lo que ella creía posible.

Sarah rio con amargura. Una carcajada repentina, como surgida de un momento inesperado de humor. «Esto sí que sería un buen golpe —pensó— cuando el Lobo Feroz entra a hurtadillas para matarme y descubre que me he adelantado a él. ¿Qué coño haría? Un asesino sin objetivo. Menuda risa.

»Lo que pasa es que yo no lo vería porque ya estaría muerta.»

Las letras de una canción se le filtraron en la memoria: «*No rea-*

*son to get excited", the thief he kindly spoke. "There are many here among us who feel that life is but a joke."»** *

Oía el riff de la guitarra como si lo estuvieran tocando a lo lejos. Oía la voz áspera. Tenía sentido. No había motivo para emocionarse.

Suspiró profundamente, pero aquella exhalación a punto estuvo de convertirse en un grito cuando oyó un ruido repentino en la puerta delantera. Al comienzo se tambaleó a un lado, como si pudiera esconderse, luego tropezó hacia delante, con el brazo del revólver estirado, preparada para disparar. Pensó que estaba profiriendo unos gritos incomprensibles, pero entonces se dio cuenta de que todos aquellos ruidos solo existían en su cabeza.

«No hay nada peor —pensó Karen Jayson— que el estruendo que causa el silencio.»

Daba igual, insistió para sus adentros, que estuviera en el escenario, en su consulta rodeada de trabajo o sola en casa.

Estaba en el coche camino a casa después de la jornada laboral. Rápidamente había adoptado una costumbre que alargaba el trayecto; una vez que salía de la autopista principal y entraba en las tranquilas carreteras comarcales que conducían a su casa aislada, si veía a alguien detrás de ella por el retrovisor, se paraba a un lado de la calzada y esperaba pacientemente a que el coche, camión o lo que fuera pasara de largo, antes de proseguir su camino. No estaba dispuesta a que alguien la siguiera. Aquellas paradas, esperas y retornos a la carretera constantes enlentecían el viaje sobremanera, pero le producían satisfacción. No tenía ninguna prisa por llegar a casa. Ya no le parecía un lugar seguro.

El problema era que por mucho desasosiego que le produjera volver, seguía insistiéndose en que no tenía motivos para sentirse así.

Se acercó al desvío de entrada a su casa. A través de los árboles desolados distinguía la silueta de su casa parcialmente oscure-

* Fragmento de *All Along the Watchtower*, de Bob Dylan. *(N. de los T.)*

cida por el follaje, aun a pesar de que las hojas se hubieran caído por el invierno. Unos pinos oscuros y robles marrones alineados como centinelas le impedían ver. Lanzó una mirada rápida detrás de ella, nada más que para asegurarse de que no había nadie, y entró en el camino de entrada. Como de costumbre se detuvo junto al buzón.

Pero entonces vaciló.

«Qué idea tan alocada —se dijo—. Coge la correspondencia.»

No quería salir del coche. No quería abrir el buzón. Era casi como si esperara que estallara una bomba si lo hacía.

No tenía motivos para pensar que el Lobo Feroz utilizaría el correo para ponerse en contacto con ella por segunda vez. Y tampoco tenía motivos para creer que no lo haría.

Intentó que la racionalidad dominara sus pensamientos. «Disciplina de la facultad de Medicina», pensó al recordar los turnos largos y el agotamiento absoluto que había conseguido superar.

«Sal. Coge la correspondencia. Que le den. No puedes permitir que un gracioso anónimo te trastoque la vida.»

Entonces se planteó si aquello tenía sentido. Tal vez lo que tenía sentido era dejar que le trastocara la vida.

Karen se quedó paralizada al volante. Observó las sombras que se filtraban por entre los árboles como espadazos en la oscuridad.

Se sentía atrapada entre lo ordinario —la tarea cotidiana de recoger las facturas, catálogos y folletos diarios— y lo irracional. «Tal vez haya una segunda carta.»

Karen puso el coche en punto muerto y esperó.

Se repitió con insistencia que se estaba comportando como una tonta. Si alguien la hubiera visto vacilando antes de hacer algo tan rutinario como recoger el correo se habría avergonzado.

Aquello no la tranquilizó.

Tenía muchas ganas de hablar con alguien en ese preciso instante. De repente detestó estar sola, cuando durante muchos años era precisamente lo que había deseado.

Con una última mirada calle arriba y abajo, salió del coche murmurando para sí que estaba paranoica y que era una imbécil y que no tenía nada que temer. De todos modos, abrió el buzón con cuidado como si temiera encontrar una serpiente venenosa enrollada en el interior.

Lo primero que vio fue el sobre blanco encima de un catálogo a todo color de J. Crew.

Apartó la mano bruscamente, como si de verdad hubiera una serpiente. Enseñando los dientes y presta a atacar.

—Jordan, estoy muy preocupado —dijo el director con un tono serio y ansioso de lo más apropiado—. Todos tus profesores están sorprendidos por el descenso repentino de la calidad de tu trabajo. Somos conscientes de la presión que crea la situación de tu hogar. Pero tienes que reconocer lo importante que es este año para tu futuro. Te espera la universidad y tememos que arruinarás tus posibilidades de acceder a las mejores universidades a no ser que recuperes tu rendimiento académico rápidamente.

A Jordan le pareció que era imposible que el director sonara más pedante. De todos modos, la dosis diaria de pomposidad era el estado natural de todos los directores de instituto, así que no debía criticarlo por comportarse como era de esperar.

«Si te muerde un perro rabioso, ¿el perro se muestra irracional? Si una ardilla se va corriendo cuando alguien se le acerca demasiado, ¿es imprudente? Si un asesino quiere matarte, ¿es realmente una sorpresa?»

Jordan imaginó que se estaba convirtiendo en filósofa. Escuchaba al director a medias mientras seguía mezclando el aliento con la crítica, pensando que la mezcla justa de palabras de ánimo con comprensión, salpicadas de amenazas alarmantes conseguiría enmendarla y colocarla de nuevo en el buen camino.

«En el buen camino» era el tipo de frase que había oído mucho y que realmente no significaba nada para ella.

Echó un vistazo al despacho. Había libros en una estantería de roble y un gran escritorio marrón a juego. Algunos diplomas enmarcados en la pared al lado de dibujos infantiles también enmarcados que daban color a la estancia. También había una foto del director sonriente con su familia feliz haciendo rafting y otra en la que estaban con los brazos entrelazados posando delante del Gran Cañón y por último un montaje de todos ellos en la cima de alguna montaña conquistada. Una familia activa, enérgica y unida. Totalmente diferente de la suya. La suya se estaba resquebrajando.

El director dijo algo que la distrajo.

—¿Qué puedo hacer para ayudarte, Jordan? —preguntó.

Jordan se dio cuenta de que estaba ligeramente encorvada en el asiento, con los brazos alrededor del estómago como si le doliera. Poco a poco se fue recolocando para no parecer lisiada.

—Me esforzaré más —dijo.

El director vaciló.

—No sé si se trata de esforzarse, Jordan. Se trata de que te centres.

—Me centraré más —dijo.

El director negó con la cabeza pero solo un poco.

—Tienes que intentar dejar de lado esas distracciones y concentrarte en lo que realmente importa.

—Lo intentaré —respondió. Se contuvo para no espetarle: «¿No entiende que seguir viva es lo que me importa, joder?»

—Todos queremos ayudarte, Jordan, porque superar estos momentos difíciles es crucial para tu futuro.

«A lo mejor ni siquiera tengo futuro.»

Respiró hondo y se serenó.

Le pareció que el director no era mala persona. Sus intenciones eran buenas. Sintió un atisbo de envidia. No creía que sus padres tuvieran fotos en la pared de algo que ella hubiera hecho, o algo que hubieran hecho juntos en épocas más felices, aunque no recordaba ninguna época feliz o ni siquiera que hicieran cosas juntos.

Pensó en su respuesta durante unos instantes. Comprendía que si en algún momento tenía que sacar el tema del Lobo Feroz, era aquel.

«¿Se cree que el asqueroso divorcio de mis padres es lo que me está jodiendo? Pues no. Que les den. Lo que pasa es que hay un tío loco por ahí que me toma por Caperucita Roja y se me quiere comer. Bueno, comerme no. Va a matarme. Es lo mismo.»

Pero no lo dijo. Sonaba demasiado descabellado.

Una parte de ella gritaba dentro de su cabeza: «¿Todos queréis ayudarme? Pues conseguid una pistola. Contratad a un guardaespaldas. Llamad a los putos marines. ¡A lo mejor podrán protegerme!»

Ninguno de aquellos pensamientos airados escapó de sus labios.

En cambio, se apresuró a decir:

—Haré lo que pueda.

Hablaba en voz baja, casi como si estuviera en un confesionario, pensó, salvo que nunca había estado en un confesionario ni tenía pensado ir en un futuro próximo.

Lo cierto es que no era lo que tocaba decir. Y notó la decepción en los ojos del director. Aquello le gustó. Al menos no era un falso.

Se dispuso a abrir la boca de nuevo, para soltar una gran retahíla de dolor sobre sus padres, sus fracasos, su aislamiento y por último su temor de que la acechaban y que estaba condenada a morir y que no podía hacer nada al respecto. Estuvo a punto de soltarlo todo, pero se calló.

Le faltó poco para soltar un grito ahogado.

«Si le cuento lo del lobo, a lo mejor el lobo va primero a por él.»

Miró a su alrededor. Fotos de familia feliz. No podía ponerles en peligro. Vio que el director se inclinaba hacia delante. La mayoría de la gente habría interpretado el movimiento como muestra de preocupación. A ella le pareció de depredador.

«A lo mejor es el lobo», pensó de repente.

Notó que se le encogía el estómago. Se quedó atenazada, con los labios sellados y se guardó los secretos para sí.

El director vaciló y un silencio incómodo llenó la estancia como si fuera un humo acre. Tras lo que pareció mucho tiempo, dijo:

—Bueno, Jordan. Ya sabes que puedes venir a hablar conmigo cuando quieras. Y ya sabes que creo que deberías volver a ver a la terapeuta de la escuela. Puedo concertar la cita si quieres y si crees que puede resultarte de ayuda...

«Una terapeuta con una pistola como una casa de grande

—se dijo—. Eso podría ayudar. O quizás una terapeuta capaz de hacer también de cazador fornido que salva a Caperucita Roja con el hacha resistente. Lo que pasa es que ese no es el final que el Lobo Feroz quiere para su versión, ¿verdad?»

No respondió a su propia pregunta.

En cambio, Jordan se obligó a levantarse de la silla y asintió, pero el asentimiento enseguida se convirtió en una negación con la cabeza. Entonces se marchó y pasó rápidamente por el lado de la secretaria del director, que le dedicó una mezcla de sonrisa y desaprobación. Bajó las escaleras anchas y traspasó las puertas que conducían al terreno de la escuela.

El aire era cortante y fresco y le pareció ser capaz de morder trozos de frío y masticarlos. Quería dirigirse al gimnasio, empezar a entrenar y correr más que las demás chicas del equipo. Quería sudar. Quería chocar contra sus cuerpos. Si alguien le daba un codazo en el labio y empezaba a sangrar, ella encantada. Si se lo hacía a una compañera del equipo, pues también encantada. Dio un par de zancadas hacia su residencia con la idea de tirar la bolsa de libros a la cama y salir hacia las canchas cuando de repente le asaltó un pensamiento desalentador: «Para cuando llegue ya habrán repartido la correspondencia.»

No sabía que había otra carta del lobo. Pero el pánico electrizante que recorrió su cuerpo de forma incontrolada insistía en que era el caso. Odiaba la sensación de saber algo que posiblemente no fuera cierto pero que sin embargo lo era. Hizo que se parara en seco y que el aire fresco la rodeara. «Habrá otra carta —pensó—. No sé por qué lo sé, pero lo sé.»

Por supuesto, estaba parcialmente en lo cierto.

Había tres sobres, igual que antes, esperando a Pelirroja Uno, Pelirroja Dos y Pelirroja Tres.

Pero esta vez no había carta.

Cada sobre contenía una única línea específica para cada pelirroja.

Karen Jayson recibió:

http://:Youtube.com/watch?v=wsxty1xl.Pelirroja1.

Sarah Locksley recibió:
http://Youtube.com/watch?v=wftgh1xl:Pelirroja2.
Y a Jordan Ellis le esperaba:
http://Youtube.com/watch?v=hgtsv1xl:Pelirroja3.

Todas estaban firmadas con las iniciales LF.

10

El mayor dilema del asesino —escribió ansioso el Lobo Feroz— es precisamente calcular el tipo adecuado de proximidad. Hay que estar cerca, pero no demasiado. El peligro radica en el viejo cliché: al igual que una mariposa nocturna hacia una llama, uno se siente atraído hacia la supuesta víctima. No te quemes. Pero la interacción es un elemento integral de la danza de la muerte. El deseo de escuchar, tocar, oler es abrumador. Los gritos de dolor son como la música. La sensación de cercanía a medida que se proporciona la muerte resulta embriagadora. Pensad en todos los elementos de una comida de *gourmet*, cada especia, cada mezcla de sabores y cada alimento se unen para formar una experiencia. Elaborar una cena de cinco estrellas no difiere de esculpir un buen homicidio.

En el cuento, el lobo no se limita a acechar a Caperucita Roja por el bosque. Esa interpretación es demasiado simplona. Él está en su medio. Sus recursos duplican o quizá triplican a los de ella. Tiene una capacidad visual mayor. Un sentido del olfato infinitamente mejor. Corre más que ella. Se adelanta a sus pensamientos. Está en su entorno, familiarizado con cada árbol y cada piedra cubierta de musgo. Ella no es más que una intrusa asustada, sola y muy alejada de su medio. Es joven e ingenua. Él es mayor, más sabio y mucho más avezado. En realidad, el lobo podría matarla en cualquier momento, mientras tropieza impotente por entre las zarzas, espinas y sombras oscuras. Pero eso sería demasiado fácil. Convertiría la matanza en algo demasiado rutinario. Mundano. Él tiene que acercarse más. Tiene que comunicarse directamente antes de la muerte. Son esos momentos los que hacen que la experiencia de matar cobre vida. Orejas, ojos, nariz, dientes. Quiere oír el temblor de la incertidumbre en la voz de ella y notar el latido rápido de su corazón. Quiere ver cómo el pánico se le agolpa en la frente mientras va dándose cuenta de lo que está a punto de ocurrir. Quiere oler su miedo. Y, en última instancia, lo que quiere es sujetar toda la intimidad del asesinato en la garra... antes de probar lo que ha soñado y enseñar los dientes.

Había estado tecleando a toda velocidad, pero mientras escribía la palabra «dientes» se recostó de repente en la silla de oficina y se agachó ligeramente. Se frotó las palmas abiertas contra los viejos pantalones de pana, notó los surcos cada vez menos marcados del tejido suave y creó calor de la misma manera que frotando dos palos se crea una llama. Deseó poder estar al lado de cada Pelirroja, justo en aquel momento para presenciar el impacto de la segunda carta. Era un deseo tan intenso que de repente le hizo ponerse en pie y dar unos cuantos puñetazos cortos y rápidos al aire vacío, como un boxeador que de repente ha lesionado a su contrincante y lo cerca mientras nota la debilidad y ve la oportunidad en ese mismo instante, ajeno al ruido que va en aumento procedente del gentío y el ring inminente de la campana.

Ninguna de las tres Pelirrojas accedió inmediatamente a las direcciones de YouTube recibidas con la correspondencia diaria. Contemplaron primero el sobre antes de que la indecisión fuera aumentando como un alarido en su interior, luego rasgaron el papel encolado y contemplaron el jeroglífico de letras y números centrado en cada página. Un minuto se convirtió en dos. Dos se convirtieron en diez.

Cada una de las Pelirrojas sintió que perdía el control de forma temeraria.

Karen Jayson dejó caer el trozo de papel en su regazo. Había vuelto a subir al coche, cerrado las puertas con el seguro y se había quedado petrificada hasta que se armó del valor suficiente para abrirla y leer la única línea que contenía. Acto seguido, sujetó el volante con tal fuerza que los nudillos se le pusieron blancos mientras el miedo se acrecentaba en su interior. Fue un poco como desmayarse o entrar en estado de fuga. Miraba fijamente por el parabrisas el camino de entrada a su casa, pero ya no veía los árboles, ni el sendero de gravilla serpenteante ni la silueta de su casa un poco más allá. Se había desplomado en algún lugar distinto, al borde de un ataque de pánico. Cuando por fin fue capaz de regresar al mundo que tenía delante con mucho dolor, se dio cuenta de que en poco tiempo aquello que el lobo quisiera que ella viera la sacaría todavía más de sus casillas.

Ya no era capaz de organizar sus pensamientos ni sus sentimientos. Teniendo en cuenta que era una mujer que se enorgullecía de sus conocimientos y de la aplicación constante de hechos a cada situación, aquello era lo que más la aterraba. Pensó que iba a romper el volante que sujetaba con las manos y entonces puso la marcha y aplastó el acelerador con el pie derecho al máximo; los guijarros y la tierra salieron disparados por detrás del coche, que giraba bruscamente y a lo loco mientras intentaba en vano huir de sus emociones.

Sarah Locksley se escondió en el cuarto de baño.

Puso el cerrojo y se acercó rápidamente al lavamanos, donde hizo correr agua fría y se la aplicó en la cara para que las gotas se mezclaran a discreción con las lágrimas.

Respiraba de forma entrecortada. Notaba las manos húmedas y frías en contacto con la porcelana del lavamanos. Era consciente de que apretaba cada vez con menos fuerza y se sintió mareada. «Debe de ser el alcohol y todas las drogas que he tomado», se dijo, intentando convencerse de una falsedad cuando sabía que la verdad era que tenía miedo.

Notó que perdía el equilibrio, como si lo que la mantenía erguida se le escapara como la sangre que brota de una herida.

Lanzó una mirada a la hoja de papel. Tenía ganas de arrugarlo, arrojarlo al inodoro y tirar de la cadena para que desapareciera como un desecho cualquiera. Pero por fuerte que fuera aquel deseo, sabía que no lo haría.

Por lo menos, no hasta que viera lo que el lobo quería que viera. No tenía ganas de verlo. No quería saber de qué se trataba. Pero, al mismo tiempo, sabía que tenía que hacerlo.

Tomó la carta entre las manos y entonces, presa de unas náuseas incontenibles, se volvió hacia el inodoro y vomitó con fuerza.

Al comienzo Jordan Ellis se acurrucó en la cama como si le hubiera sobrevenido una enfermedad repentina, carta en mano. Permaneció en la misma postura durante casi un cuarto de hora. No miró el mensaje una segunda vez, sino que se quedó con la vista fija en el escritorio y el portátil abierto encima.

Tuvo que hacer un gran acopio de fuerza interior para apartar las piernas del colchón y bajarlas al suelo. Le costó el mismo esfuerzo levantarse y acercarse al ordenador. Por último, mientras se dejaba caer en la silla de escritorio de respaldo rígido, le costó un tercer esfuerzo incluso mayor que los dos primeros situar las manos por encima del teclado y teclear las primeras letras de la dirección web que el LF le había enviado.

Cada letra, número o barra invertida que tecleaba era como una aguja que le presionaba la carne. Cuando hubo tecleado la dirección completa, vaciló antes de pulsar la tecla de retorno, que la enviaría por medios electrónicos al mundo que el lobo quería.

Jordan hizo una pausa. Intentó imaginar qué suponía tanto para ella como para él pulsar esa última tecla. Se preguntó si se estaba haciendo o no un flaco favor. Pensó que se internaba en un terreno cenagoso en el que se jugaba un juego mortífero, pero sin que le hubieran informado de las reglas y sin disponer del material adecuado, por lo que estaba incapacitada desde un buen comienzo y ganar no solo era poco probable sino imposible.

«Puedo jugar —pensó, intentando hacer acopio de una especie de confianza fingida—. Puedo participar en cualquier juego. Mejor de lo que él se piensa.»

De todos modos, vaciló. Se mordió el labio inferior hasta que casi le dolió y entonces se dijo: «A tomar por culo» y pulsó la tecla de retorno con tal determinación que se sorprendió.

El logotipo y la página web reconocible de YouTube apareció en pantalla. En la imagen fija que tenía delante lo único que veía era un primer plano de un árbol yermo, con las ramas desnudas con un cielo nublado al fondo.

No tenía ni idea de qué era y una serie de pensamientos confusos del tipo «qué coño» se agolparon en su cabeza.

Movió el cursor hasta la flecha de reproducción y pulsó la tecla de retorno.

En el recuadro centrado de la pantalla aparecieron imágenes.

Se inclinó hacia delante para observarlas con detenimiento.

Al comienzo, la cámara —sujeta de forma inestable y poco profesional— temblaba un poco al enfocar un árbol. Luego se balanceaba rápidamente y Jordan comprendió que se trataba de un bosque. Vio las hojas que se acumulaban en el suelo, troncos de árbol oscuros que se fusionaban en una maraña, arbustos y troncos caídos. Pero la cámara parecía ligera, casi relajada mientras recorría los bosques oscuros. Unos rayos de luz mortecina interrumpían la escena de vez en cuando. A Jordan le pareció que las imágenes se habían rodado cerca del término de un día gris.

Observó, fascinada. El punto de vista sugería que quienquiera que estuviera detrás de la cámara no tenía problemas para seguir un sendero marcado.

Pero no reconocía nada. Las imágenes podían haberse captado en cualquier sitio.

De repente, la cámara se paró. Apareció un gran destello de luz que ocultó la vista y Jordan se echó hacia atrás con brusquedad, como si la imagen la hubiera abofeteado.

En un momento dado aparecieron imágenes granulosas, desenfocadas, difíciles de identificar, y entonces Jordan se dio cuenta de que estaba viendo una imagen a lo lejos de una persona que caminaba a última hora de la tarde.

Vio su pelo rojizo.

Vio los senderos del colegio.

Se vio. Sola.

Tuvo la impresión de estar a punto de echarse a gritar. Pero abrió la boca por completo y no profirió ningún sonido.

La imagen de la cámara se demoró durante unos instantes mientras se veía a ella misma desapareciendo en la residencia. Vio cómo la puerta delantera se cerraba detrás de ella.

Entonces la pantalla se quedó en negro.

11

Karen intentó adoptar un tono despreocupado, desafecto al teléfono. Había marcado el número de la tienda Apple de un centro comercial situado a unos cuarenta kilómetros y le habían pasado con un joven de su «Genius Bar», que le había dicho que se llamaba Kyle.

—Tengo una duda de informática —dijo Karen, siendo lo más escueta posible.

—Vale. Dime —repuso Kyle, sin señalar lo obvio, pues no había otros motivos para llamar a la tienda.

Al fondo se oían respuestas de otros «genios» de Apple con su característica camiseta azul que hablaban sobre bits y bytes, descargas y memoria.

—¿Se puede subir algo a YouTube de forma anónima? Estamos preparando algo especial para el cumpleaños de mi marido, y los niños y yo queríamos hacer un vídeo sorpresa, está de servicio en el extranjero, ¿sabes?, y parte de la sorpresa consiste en que no pueda rastrear el origen, porque no queremos desvelar la segunda sorpresa que hemos pensado para cuando vuelva a casa...

Entonces se calló. Era consciente de que no tenía ningún sentido y era una mentira flagrante, pero imaginó que bastaba para que Kyle *el Genio* le proporcionara la información que necesitaba.

—Ah, claro. ¿Subirlo de forma anónima? Ningún problema. No cuesta mucho, la verdad —dijo.

—¿Totalmente imposible de rastrear?

—Sí —respondió.

—Y si quisiera saber quién lo ha subido, ¿cómo lo haría?

—Fácil de subir. Difícil de rastrear —se limitó a decir Kyle.

—¿Puedes explicármelo un poco más? —pidió Karen. Esperaba que su voz no destilara la tensión que sentía en su interior.

—Bueno, en realidad son dos preguntas distintas —repuso—. Primero es subir un vídeo de forma anónima. No es demasiado difícil. Basta con llevar el portátil a cualquier servidor público, como una cafetería o la biblioteca. Luego se crea una cuenta *proxy* en un sitio web como TOR, que te da un programa que garantiza el anonimato. Para cuando subes un vídeo a YouTube, estás utilizando un servidor que no puede relacionarse contigo y un sitio que esconde toda la información informática relevante, por lo que aunque uno fuera a ese lugar, acabaría chocando contra un muro.

—Pues parece mucho trabajo.

—No tanto. Basta con ir a algún local, tomarse un café a precio de oro y hacer unos cuantos clics discretos. Yo diría que se trata de un inconveniente relativamente pequeño a cambio de un secretismo total.

Daba la impresión de que Kyle estaba aburrido con la pregunta.

—Pero la policía...

—Nada —le interrumpió de inmediato, con renovado entusiasmo—, no pueden hacer nada. Chocarían contra los mismos muros electrónicos. Y, suponiendo que el servidor público de la biblioteca o cafetería no tenga cámaras de seguridad, pues... ya está. El vídeo ya está subido, te borras del TOR o lo que sea, nadie nota nada y desapareces.

El Lobo Feroz sabría lo de las cámaras de seguridad, pensó Karen. Era imprescindible. Sabría de ordenadores. Sabría de sitios web que crean el anonimato. De repente imaginó que sabría de «todo» aunque eso fuera imposible.

—Y rastrear a la persona...

—¿Se refiere a si alguien subiera algo de forma anónima a la que quisiera rastrear? ¿Como si alguien le hiciera a usted lo que quiere hacerle a su marido?

La pregunta de Kyle tenía cierto tono burlón, como si comprendiera que realmente no hablaba de su marido, pero estaba dispuesto a seguirle el rollo.

Eso era lo que Karen quería saber en realidad. Notó que se le encogían las vísceras, como si la abrazaran con fuerza. Notó el sudor en las axilas y se recordó que debía mantener la voz despreocupada y alegre, aunque le resultara prácticamente imposible.

Por lo que parecía, Kyle era joven, probablemente de veintipocos años, pensó, pero con respecto a los conocimientos informáticos, era mucho mayor que ella.

—Exacto —dijo.

—Creo que por ley a YouTube se le exige que guarde el máximo de información posible en caso de que la policía entre en escena, o algún abogado con una citación. Están muy sensibilizados con el tema del acoso y la intimidación por Internet por culpa de todos los casos que han aflorado por todas partes como setas. Reciben muy mala prensa cuando algún imbécil de instituto sube algo para humillar o intimidar a un ex novio o novia. Con Facebook pasa lo mismo. Pero van a encontrarse con el mismo problema cuando intenten averiguar algo. De todos modos, no sé cómo funciona el ejército o la CIA. Los espías. Cuentan con mecanismos de alto secreto para rastrear a los malhechores como en Irak. Pero por cada experto del FBI, hay docenas o millones de profesionales informáticos que trabajan para saltarse las normas. Y los tíos que no trabajan para el gobierno son mucho más habilidosos.

Karen no sabía qué más preguntar, pero Kyle continuó amablemente y se iba emocionando por momentos.

—Es como lo que se ve en el cine y en la tele —dijo Kyle—. Ya sabe que siempre hay una escena en la que o los buenos o los malos piratean esto o aquello y encuentran información que te cagas sobre otro tío o un complot o algo por el estilo que está flotando por el ciberespacio y todo parece cobrar sentido y nos lo tragamos.

—¿Sí? —preguntó Karen. Nada de lo que le contaba Kyle servía para tranquilizarla sino que se sentía mareada.

—Pues es porque normalmente tiene sentido.

—Gracias, Kyle —dijo Karen—. A lo mejor tengo que llamarte otra vez.

—Cuando quiera, doctora —dijo antes de colgar.

Tardó unos instantes en caer en la cuenta de que no se había identificado. Y tampoco le había dicho su profesión a Kyle. Identificación de llamada en el teléfono, supuso. Se quedó mirando el auricular negro que sostenía en las manos durante unos instantes. «¿Qué otra información le proporcionaba?» Teléfono fijo, teléfono móvil, teléfono de la consulta. ¿Adónde había ido a parar su intimidad? Estaba asustada.

Entonces se volvió hacia la pantalla del ordenador. Se asustó todavía más.

A Sarah se le habían secado las lágrimas.

Imaginó que era inevitable; se sentía como si hubiera caído de bruces en un cuarto oscuro y supiera que en algún punto del suelo había una trampilla por la que caería en una especie de olvido interminable. Daba igual que caminara con cuidado porque la puerta se abría a sus pies y no había forma de evitarla.

Durante unos instantes se quedó mirando la pantalla del ordenador, contemplando el vídeo de YouTube cuyo enlace había recibido y visto por tercera o cuarta vez. Quizás habían sido cinco. Había perdido la cuenta.

De repente alargó la mano y cogió el revólver de su esposo de la mesa que tenía al lado. Antes de comprender en su totalidad lo que estaba haciendo, quitó el seguro, se levantó de la silla y fue a trompicones por la casa hasta llegar a la puerta delantera. Sin vacilaciones, abrió la puerta de golpe y salió al porche, balanceando el revólver a derecha e izquierda, bajando la mirada hacia el cañón, con el dedo en el gatillo, preparada para disparar de inmediato.

«¡Venga ya! ¡Maldita sea! ¡Venga! ¡Estoy preparada para ti!»

Tuvo la impresión de estar gritando, pero entonces comprendió que las palabras solo estaban en su cabeza, y que tenía los dientes apretados, tan apretados que le empezaba a doler la mandíbula.

Giró hacia la derecha una segunda vez y entonces repitió el

movimiento hacia la izquierda, cual peonza que gira encima de una mesa.

Al final bajó el arma y volvió a poner el seguro. Sarah expiró lentamente, inhaló el aire fresco y se preguntó si había contenido la respiración durante segundos, tal vez un minuto o quizás el día entero hasta ese preciso instante, aunque fuera imposible.

De repente el revólver le pareció pesado y le rebotó en la cadera.

A Sarah le entraron ganas de reír.

Nadie a la vista. Nadie caminaba arriba o abajo en la calle de delante de casa. No pasaba ningún coche lento. No veía una sola alma.

Qué afortunados eran, pensó. Todos los vecinos que ya no se interesaban por ella. Todos los desconocidos que podían haber pasado por delante de su casa por casualidad en ese momento.

Todos tenían la suerte de estar vivos.

Se dijo que habría sido capaz de levantar el arma, apretar el gatillo y matar a cualquiera. Le habría dado igual que hubiera sido el Lobo Feroz o no. Había empezado a pensar que todo el mundo era el Lobo Feroz.

Suspiró y volvió a entrar. Sarah tenía la impresión de que los vecinos se habían olvidado totalmente de ella. Nadie quería contagiarse del virus de la desesperación que ella portaba. Así pues, nadie reconocía su existencia. Ya no.

«Puedo estar desnuda junto a la ventana. Podría ir desnuda por la calle con el revólver en la mano. Podría bailar desnuda en medio de la carretera disparando a lo que me dé la gana y nadie me prestaría la más mínima atención —se dijo—. Me he vuelto invisible.»

Se sentía tentada de probarlo. Pero entró en la casa, cerró la puerta detrás de ella y dispuso de nuevo el sistema de alarma casero compuesto de latas y botellas antes de volver a situarse frente al ordenador.

Un segundo pensamiento se abrió paso en su cabeza.

«Soy invisible para todo el mundo salvo para una persona.»

Notó que empezaba a respirar de forma entrecortada y atormentada.

Sarah pulsó la flecha de reproducción con el cañón del revólver y se dispuso a mirar por tercera vez lo que había recibido. Pero mientras miraba, alzó el arma y apuntó a las imágenes que tenía delante.

El vídeo de YouTube para Pelirroja Uno empezaba del mismo modo que el de Tres: la cámara recorría rápidamente una arboleda anónima, como un animal que se mueve veloz por un terreno conocido. Cuando Pelirroja Uno lo vio por primera vez, pensó que era el bosque de detrás de su casa. «Seguro», pensó. Una idea aterradora. Luego el vídeo cambiaba a una imagen distante de ella en la parte trasera del parking de la residencia geriátrica, captada fumando después de alguna muerte, pensando ilusa que se entregaba a su peligroso vicio en solitario sin ser vista.

El vídeo de Pelirroja Dos era igual que los demás, con las imágenes rápidas en el bosque. Pero el suyo pasaba a una toma hecha a través del cristal de un coche en el parking de una tienda de licores barata. Se trataba de una licorería que Pelirroja Dos conocía de sobras. La imagen se mantenía un momento que parecía una eternidad hasta que Pelirroja Dos salía por las enormes puertas de cristal con los brazos llenos de bolsas de papel repletas de botellas de alcohol. La seguía hasta que entraba en el coche y conducía no muy recta por una calle conocida.

Al igual que el vídeo de Pelirroja Tres, cada minigrabación se había tomado en algún momento de los últimos meses. Las imágenes no coincidían necesariamente con los desapacibles comienzos del invierno en los que las tres pelirrojas estaban atrapadas. En los vídeos, los árboles estaban cubiertos de hojas. La ropa era propia de otra estación.

Todos los vídeos se demoraban en la última imagen, salvo el de Pelirroja Dos. El de Pelirroja Uno acababa con las volutas de humo del cigarrillo alzándose por encima de su cabeza. El de Pelirroja Tres acababa con ella desapareciendo en la residencia como si la engulleran las sombras del atardecer. Pero el final del vídeo de Pelirroja Dos añadía una crueldad gratuita. Después de que el coche saliera del parking de la licorería, la imagen había cambiado y al verla por primera vez había proferido un grito de dolor irreconocible:

Un cementerio. Una lápida. Dos nombres seguidos de la misma fecha. Estimado esposo. Estimada hija. Muertos.

12

Jordan tuvo que hacer un gran esfuerzo por la tarde para concentrarse durante el entreno de básquet. Cada efecto cortado que hacía, cada bloqueo, cada tiro le parecía deforme o distorsionado. Cuando hizo una bandeja fácil, que rebotó por el borde delantero en un tiro abierto, oyó los típicos abucheos de sus compañeras de equipo y recibió una rápida reprimenda de un asistente que le aconsejó: «¡Tómate tu tiempo, Jordan, y acaba!» Pero se imaginó, aunque las gradas estaban completamente vacías, que alguien más la observaba y que incluso el lapsus momentáneo de un tiro fallado durante el ensayo de un partido de exhibición significaba algo mucho más trascendente.

Consideraba que no debía tener ningún fallo externo. Ni uno solo. Ni siquiera un fallo momentáneo. Ninguna debilidad que el Lobo Feroz aprovechara para pillarla. En cierto sentido, tenía que ser perfecta en todos los aspectos, incluso cuando sabía que ni mucho menos lo era, para mantener al Lobo Feroz alejado. Quizá no tuviera ningún sentido, pero lo notaba como un gran peso sobre los hombros. Se preguntaba si el Lobo Feroz no era quien evitaba que pillara los rebotes. Quizá fuera capaz de sujetarla incluso desde lejos, por el mero hecho de hacerle pensar que lo estaba haciendo.

Cerca pero no demasiado. Próximo pero no demasiado.

Jordan apretó los puños.

Se le ocurrió una idea. Corría por la cancha, haciendo «suicidios» obligatorios al final de la sesión, cuando comprendió lo que tenía que hacer. De la línea de fondo a la línea del tiro de faltas y al revés, de la línea de fondo al medio campo y al revés, de la línea de fondo a la línea del tiro de faltas del otro campo, de una línea de fondo a la otra y acabar con fuerza, todas odiaban las carreras de preparación física y todas sabían el valor que tenían. Jordan solía acabar la primera y se enorgullecía de ser capaz de realizar ese esfuerzo extra. Lo único que se suponía que debía tener en mente era el dolor y la falta de aliento debido al esfuerzo, pero cuando se inclinó para tocar la línea de faltas del otro lado, se dio cuenta de que tenía que encontrar la manera de ponerse en contacto con las otras dos Pelirrojas, aunque quizá fuera precisamente lo que quería el Lobo Feroz, y le pareció que sabía cómo hacerlo.

No sabía si el viejo refrán que decía «la unión hace la fuerza» era cierto. Lo dudaba.

Jordan esperó a última hora de la tarde antes de abrir el vídeo de YouTube en el que se la veía dirigiéndose a la residencia. No había hecho los deberes y se había pasado varias horas con la mirada clavada en el fondo de pantalla del ordenador, que era una imagen de la Tierra tomada desde el espacio, dejando que los minutos fueran diluyéndose hacia la medianoche. Se dijo que incluso el Lobo Feroz tenía que dormir en algún momento y, de todos modos, ¿de qué iba a preocuparse? Ella y las otras dos pelirrojas eran quienes no podían dormir. Lo más probable era que el lobo durmiera como un tronco cada noche.

En una esquina de la pantalla en la que aparecía el vídeo, estaba el contador de «vistas». Parecía clavado en 5, que indicaba la cantidad de veces que ella lo había visionado. Mantuvo la vista clavada en esa cifra. «Cinco, cinco, cinco», se repitió para sus adentros.

Con un suspiro profundo y la sensación de que entraba en terreno desconocido, Jordan alargó las manos hacia el teclado y empezó a teclear rápidamente. Al comienzo hizo una búsqueda rápida: «Vídeos similares» e introdujo la palabra clave «Pelirroja».

Apareció un menú en la pantalla del ordenador. Todos tenían una imagen fija y una dirección de YouTube. Había un grupo de rock con tatuajes y estética punk y lo que supuso que eran unas vacaciones familiares y un artista vanguardista y probablemente pretencioso delante de un cuadro de un color rojo brillante que representaba algo que ella era incapaz de identificar. Pero en el montón de posibles resultados de su búsqueda había dos vídeos en los que solo aparecía un bosque, con el mismo comienzo que el de ella.

Abrió los dos y observó. El primero empezaba en el bosque y luego aparecía una mujer a lo lejos vestida con una bata blanca de médico fumando en la esquina de un parking anónimo. La mujer aparentaba la edad de su madre. Jordan esperó hasta el final del vídeo. Era corto, tan corto como el de ella. Entonces reprodujo el segundo y vio el mismo movimiento por entre el bosque hasta que aparecía una mujer joven que salía de una licorería. La mujer parecía distraída. Observó a la mujer entrando en el coche. Los dedos de Jordan se cernieron sobre el teclado porque quería parar el vídeo y entonces vio que aparecía otra imagen en la pantalla. Estaba un poco desenfocada pero vio dos nombres en una lápida.

Cogió papel y lápiz y anotó todo lo que pudo antes de que la imagen se esfumara. Entonces reprodujo el vídeo una segunda y una tercera vez para asegurarse de obtener el máximo de información posible de la lápida.

Dos nombres. Una fecha. Aquello decía mucho.

Volvió atrás y observó a la mujer de la bata blanca por segunda vez para ver si identificaba el nombre de alguna calle o de algún establecimiento, cualquier cosa que le proporcionara información. Pero una mujer con una bata blanca que fumaba en un parking podía ser cualquiera y estar en cualquier sitio. No le hizo falta leer la dirección web para percatarse de que estaba viendo a Pelirroja Uno y a Pelirroja Dos.

El hecho de que fueran pelirrojas resultaba revelador.

Su primer impulso fue susurrarle a la pantalla:

«¡Estoy aquí! ¡Estoy aquí mismo!»

Vaciló.

Por primera vez cayó en la cuenta: «No estoy sola.»

Antes, le había parecido abstracto. ¿Dos mujeres más? ¿Dónde? ¿Quién?

Pero ahora las veía. Y ellas podían verla a ella, si se lo proponían.

En su fuero interno intentaba controlar sus pensamientos. Durante unos instantes imaginó que toda su vida giraba descontrolada pero que aquello era lo único importante, y como no podía hacer nada al respecto de otros asuntos, era consciente de que tenía que mostrarse disciplinada y astuta sobre ese asunto en particular. «Solo hay una escuela, una familia, un mundo —se dijo—. El Lobo Feroz y tú y tú y yo. Él sabe qué hacemos. Nos observa. Tenedlo por seguro.»

Minimizó la ventana de YouTube y abrió Gmail. Tardó unos minutos en crear una cuenta nueva con una nueva dirección electrónica: *Pelirroja3@gmail.com*

Entonces volvió a YouTube y publicó el mismo mensaje debajo de cada vídeo:

«Soy Pelirroja 3. Tenemos que hablar.»

Esperó que Pelirroja Uno y Pelirroja Dos vieran lo que había hecho y la imitaran. Intentó enviar ondas mentales de pensamiento a las dos mujeres: «El Lobo Feroz verá esto. No os imaginéis ni por asomo que no ha intervenido estos vídeos y que no los controla continuamente, esperando que hagáis lo que habéis hecho.»

Intentó animarse pero se preguntó si estaba abriendo alguna puerta cuyo interior no quería ver. «Sombras —pensó—. Un mundo de sombras.»

Entonces se dispuso a esperar una respuesta. No tuvo que esperar mucho.

El contador del vídeo pasó de repente a 6.

Contuvo el aliento y contó los segundos que se tardaban en ver el vídeo destinado para ella.

Entonces el ordenador emitió la señal que indicaba que tenía un mensaje nuevo.

Karen Jayson observó.

Soltó un grito ahogado cuando la imagen temblorosa dejó el bosque y enfocó a una silueta a lo lejos. Susurró en voz alta.

—¡Pero si es una niña!

Como si hubiera algo intrínsecamente injusto en la edad de Pelirroja Tres, aunque una parte de ella se recordó que Caperucita Roja era muy jovencita en el cuento.

Se dijo que debía ser cauta, que todo podía ser una trampa. Pero incluso mientras se lo advertía, los dedos volaban por el teclado escribiendo un mensaje. Utilizó su ordenador del Club de la Comedia para contestar. No era que pensara que cambiar de ordenador iba a ofrecerle una seguridad añadida, pero le contentaba albergar la esperanza de que el Lobo Feroz quizá no estuviera al corriente de su otra faceta.

Siguió el ejemplo. Creó una nueva dirección de correo electrónico. *Pelirroja1@gmail.com*

Entonces escribió:

«¿Quién eres? ¿Y quién es Pelirroja 2?»

13

El Lobo Feroz se vistió con esmero.

Una vieja americana de *tweed*. Una camisa azul abotonada, un poquito deshilachada en el cuello y los puños. Una corbata a rayas arrugada. Unos pantalones caqui desteñidos y unos zapatos marrones con rozaduras. Introdujo una grabadora de voz fina, nueva y de última generación y una libreta pequeña en una vieja bandolera de loneta verde, junto con una colección de bolis baratos y un ejemplar de bolsillo de su último libro. La novela presentaba un cuchillo con el filo dentado y ensangrentado en la cubierta plateada y negra, aunque no aparecía ningún personaje que empleara tal cuchillo en ninguna de las páginas. Hizo una pausa y se giró hacia un espejo justo cuando se había ceñido la corbata al cuello y recordó cómo se había quejado de mala manera a su anterior editor cuando le planteó tal discrepancia.

«¡El puto artista de la cubierta ni siquiera se ha molestado en leerse una puñetera palabra de las que he escrito! ¡Ni siquiera aprobaría un test de verdadero/falso sobre lo que pasa en el libro!»

Ultraje e insulto, expresado con una voz frenética y sin tapujos. Lo habían ignorado descaradamente. Una explicación evasiva que no conducía a nada más que a una excusa peregrina. Por lo que parecía, rediseñar la cubierta del libro suponía un gasto que no estaban dispuestos a sufragar. El recuerdo le resultaba amargo y le hacía sonrojar, como si la afrenta no se hubiera producido hacía quince años sino que hubiera ocurrido aquella misma mañana. Su nuevo libro, pensó, no recibiría tan escasa atención.

El Lobo Feroz inhaló con fuerza y esperó a que su pulso recuperara la normalidad.

Comprobó el aspecto que presentaba en el espejo de cuerpo entero de su mujer unas cuantas veces, mirándose desde todos los ángulos posibles como una quinceañera la noche del baile de fin de curso. Coronó el atuendo con unas gafas de concha que se colocó en el extremo de la nariz y una vieja trinchera marrón claro que parecía caerle informe sobre el cuerpo y que aleteaba a cada paso que daba. Por la ventana del dormitorio vio que el día era húmedo y crudo y se planteó coger un paraguas, pero imaginó que el hecho de que unas cuantas gotas de agua y un poco de brisa le revolvieran el pelo ya ralo le haría parecer un poco más desaliñado, que era precisamente la imagen que quería dar.

Un hombre de lo más meticuloso que, a ojos de cualquier observador, parecería un poco desorganizado, totalmente inofensivo y con la cabeza en las nubes.

Tomó nota mentalmente de que tenía que añadir un nuevo apartado a su libro actual llamado «Pasar desapercibido».

«Cuando eres especial, cuando eres realmente único —se dijo—, tienes que ocultarlo a conciencia.»

Se serenó, consultó la hora en el reloj de pulsera y decidió parar un segundo en el despacho antes de salir. Junto a la puerta encendió una lámpara de techo que proyectaba una luz brillante en todo el estudio, aunque él consideraba que estaba mejor en la penumbra. Cuando trabajaba solía emplear el destello de la pantalla del ordenador y una lámpara de mesa de poca potencia. En el despacho solo había una ventana, que él mantenía cerrada a cal y canto y con la persiana bajada. Recorrió con la mirada el escritorio, las estanterías, las pilas de papeles y al final se demoró delante del tablón estilo policial en el que tenía fotografías de las tres pelirrojas. Se fijó en cada una de ellas, como si fuera capaz de hablar con ellas y en su imaginación entabló un diálogo delicioso. Intentó imaginar el tono de sus voces. «¿Están asustadas?», se preguntó. Pensó en la sensación que le produciría tocarles la piel con los dedos. «Carne de gallina.» Se tomó su tiempo con cada una de ellas, como si pudiera llenarse con algo que les robaba a ellas.

Al final, como un hombre que traga agua fría en un día caluroso, retrocedió. Habló en voz alta, imitando las voces que se asocian con un cuento. Miró a Pelirroja Uno, Pelirroja Dos y Pelirroja Tres.

Aguda, llorica:

—Abuelita, qué ojos tan grandes tienes...

Firme, profunda y controlada:

—Sí. Son para verte mejor, nietecita mía. Y a ti también, y a ti.

Repitió la frase tres veces, con los ojos clavados en cada una de las fotografías correspondientes.

Entonces se echó a reír como si acabara de contar el chiste más gracioso, tronchante y escandaloso, se volvió y salió de casa comprobando dos veces que la puerta del despacho estaba cerrada con llave antes de salir. Al Lobo Feroz le pareció oír risas que resonaban detrás de él. Caminó con rapidez hacia el coche y los sonidos se apagaron. No quería llegar tarde a su cita.

En el exterior de la comisaría chispeaba. No era suficiente para empapar a nadie pero bastaba para que el frío resultara húmedo y desagradable. Se levantó el cuello y recorrió el parking a toda prisa.

La comisaría era un edificio moderno, en marcado contraste con los diseños victorianos de ladrillo visto que habían albergado el resto de los departamentos municipales durante décadas. Su población, de un tamaño insuficiente para ser considerada una ciudad pero mayor que un pueblecito, era como muchas otras de Nueva Inglaterra, un batiburrillo de edificaciones viejas mezcladas con las nuevas. Había calles flanqueadas por árboles de una singular belleza antigua junto a zonas nuevas que delataban la mediocridad de las prisas de la posguerra limitadas a cuadrados y rectángulos.

Un par de robles altos vigilaban el pasadizo que conducía a la comisaría. Acababan de perder las hojas y parecían dos esqueletos gemelos. Un poco más allá había un tramo de escaleras de cemento que acababa en unas puertas anchas de cristal. Se encaminó en esa dirección.

Había un agente uniformado de pelo cano y barriga prominente detrás de un tabique de cristal blindado que al Lobo Feroz le pareció excesivo. Era poco probable que un pirado irrumpiera en el lugar pegando tiros. La jefatura de policía en sí era típica de una población de ese tamaño. Estaba formada por una sección con tres agentes y una patrulla. Contaba con especialistas en violencia doméstica, violaciones y una patrulla de tráfico que obtenía unos beneficios considerables para la población al año dada la gran cantidad de multas que ponían por exceso de velocidad. Incluso disponía de una modesta oficina anticorrupción que dedicaba el tiempo a recoger llamadas de residentes ancianos que se preguntaban si el mensaje de correo electrónico que les había enviado un príncipe nigeriano pidiéndoles dinero era legal, y nunca lo era. Al igual que todos los departamentos modernos y organizados, cada elemento tenía su propio cubículo y había señales útiles en las paredes que le indicaban el camino a seguir.

El Lobo Feroz no tardó mucho en encontrar al agente Moyer, sentado tras un escritorio revuelto, con una pantalla de ordenador llena de notificaciones del FBI. Moyer era un hombre corpulento de aspecto alegre, lo cual hacía que pareciera más apto para hacer de Papá Noel en unos grandes almacenes que agente de policía dedicado a crímenes graves. Le estrechó la mano con un entusiasmo que se correspondía con su corpulencia.

—Me alegro de conocerte —bramó el agente—. Tío, esta petición sí que es rara. Quiero decir que la mayor parte del tiempo cuando un ciudadano tiene preguntas es porque quiere que sigan a su cuñado porque cree que trafica con drogas o engaña a su mujer o algo así. Pero tú eres escritor, ¿no? Eso es lo que me dijo la secretaria de relaciones públicas del jefe.

—Eso es —respondió el Lobo Feroz. Rebuscó en la cartera y sacó el libro de bolsillo con el cuchillo ensangrentado—. Toma —dijo, con una sonrisa—. Prueba fehaciente. Un regalo.

El agente lo cogió y se quedó mirando la sobrecubierta.

—Guay —dijo—. No leo muchas novelas policiacas. Leo sobre todo libros de deportes, ¿sabes?, como de equipos de básquet que han ganado la liga, o entrenadores famosos o de los récords de atletismo. Pero el marido de mi hermana es algo así como adicto a estas cosas. Se lo daré a él...

—Se lo dedicaré —dijo el Lobo Feroz y sacó un boli.

—Se pondrá súper contento —repuso el agente.

El Lobo Feroz acabó con una rúbrica. Acto seguido sacó la pequeña grabadora.

—¿Te importa? —preguntó.

—No —respondió el agente Moyer.

El Lobo Feroz le dedicó una sonrisa.

—Es que me gusta documentarme bien —declaró—. No quiero cometer errores en esas páginas. Los lectores son muy susceptibles con esas cosas. Como cometas un error, te llaman enseguida...

Dejó la frase inacabada. El agente Moyer asintió.

—A nosotros nos pasa lo mismo. Nos cuestionan continuamente. Lo que pasa es que en nuestro caso es de verdad. No es inventado.

—Yo tengo ese privilegio —bromeó el Lobo Feroz. Los dos hombres sonrieron, como si compartieran un pequeño secreto.

El Lobo Feroz sacó la libreta y el boli. Era consciente de que aquellos artículos eran más bien parte del decorado. Le permitían evitar el contacto visual cuando quisiera. La grabadora digital captaría todas las respuestas con precisión.

—Y a veces resulta muy útil tener tanto las notas como las palabras exactas —explicó.

—Parecen sistemas redundantes —dijo el agente—. Como en los aviones.

—Exacto —repuso el Lobo Feroz.

—Entonces ¿qué quieres saber? —preguntó el agente.

—Bueno —el Lobo Feroz habló lentamente, con vacilación, antes de empezar a tantear el terreno—, en mi nuevo libro hay un personaje que acosa a una persona desde la distancia. Quiere acercársele más pero no quiere hacer nada que llame la atención de la policía. Quiere que sea uno contra uno, no sé si me entiendes. Tengo que tenerlo todo pensado antes de que la policía entre en escena.

El agente asintió.

—Suena tenso.

—De eso se trata —respondió el Lobo Feroz—. Hay que mantener a los lectores en vilo. —Sonrió, activó la grabadora y se inclinó sobre la libreta, mientras el agente se balanceaba adelante y atrás en la silla del escritorio antes de describir con todo lujo de detalles y con gran amabilidad exactamente lo que la policía tenía capacidad para hacer y lo que no.

Por regla general, la señora de Lobo Feroz se tomaba una hora entera para el almuerzo y salía de su mesa en el despacho del director. Cuando hacía buen tiempo, se tomaba una ensalada o un sándwich rápidos en el comedor de la escuela y salía a sentarse bajo los árboles, donde podía estar sola y ver pasar a los estudiantes despreocupadamente. Cuando el tiempo no acompañaba, como era el caso, se dirigía con su comida a alguno de los rincones que había alrededor del campus en los que sabía que la dejarían sola; un hueco en la galería de arte, un banco fuera de las oficinas del departamento de Inglés.

Aquel día se encorvó en un aula vacía. Alguien había escrito en una pizarra: «¿Qué quiere decir Márquez al final?» Clase de Literatura Hispánica, se dijo, pero se imaginó que la pregunta se refería a *Cien años de soledad*. Engulló rápidamente la comida ligera, se recostó en el asiento y abrió un ejemplar del último libro de su marido. Era la misma novela con el cuchillo dentado en la cubierta. Ya había leído el libro al menos cuatro veces, hasta tal punto que se sabía algunos pasajes de memoria. No le había dicho a su marido que era capaz de aquello, era una parte de su amor que le gustaba guardarse para ella.

Él tampoco sabía que poco después de que ella se enterara de su queja al editor sobre la sobrecubierta, había enviado una carta furibunda a la editorial señalando ese mismo problema. Hacía apenas un año que estaban casados pero la lealtad formaba parte integral de su amor, pensaba ella. Había soltado una arenga al editor diciéndole que la cubierta daba pie a confusiones y que resultaba inapropiada y que no volvería a comprar otra novela de esa editorial. Por impropio de ella que fuera, había llenado la carta de amenazas violentas y obscenidades descabelladas.

Se había dejado llevar y al menos había tenido la sensatez de no firmar con su nombre.

En el aula hacía calor. Cerró los ojos un momento.

Cuando se permitía soñar despierta, solía imaginarse en un entorno público, un restaurante o cine o incluso una librería, donde tendría la oportunidad de insultar en voz alta al editor, a todos los editores, que no reconocían la genialidad de su marido. En su imaginación, era capaz de reunirlos a todos, junto con los productores de cine, críticos periodísticos y algún que otro bloguero de Internet, todos aquellos que le habían fallado o que habían sido maliciosos y poco elogiosos.

Cuando pintaba aquel retrato interior, los hombres —que siempre eran bajitos, con el pecho hundido y medio calvos— se empequeñecían bajo el alud de críticas y reconocían humildemente sus errores.

Le producía una gran satisfacción.

Todas las mujeres de escritores se imaginarían lo mismo, supuso. Era su trabajo.

La señora de Lobo Feroz abrió los ojos y los posó en las páginas abiertas para que se deslizaran por las palabras que tenía delante. Colocó el dedo en medio de un párrafo que describía el comienzo de una persecución en coche. «El malo se sale con la suya —recordó—. Es muy emocionante.» Se acordó que de pequeña no había gozado de mucha popularidad en el colegio y por eso se había refugiado en los libros. Libros de caballos. Libros de perros. *Mujercitas* y *Jane Eyre*. Incluso de adulta, los títulos y los personajes habían seguido siendo sus verdaderos amigos.

A menudo deseaba haber sido bendecida con el tipo de visión adecuado y con el dominio del lenguaje necesarios para convertirse en escritora. Anhelaba el don de la creatividad. En la universidad había hecho cursos de escritura, de arte, de fotografía, de interpretación e incluso de poesía y había resultado mediocre en todos ellos. El hecho de que la inventiva siempre la hubiera eludido le entristecía. Pero se atribuía el mérito de haber conseguido lo siguiente mejor: vivir al lado de alguien dotado de aquel talento maravilloso.

Dejó de leer. Notaba un temblor interno. Lo que sostenía en sus manos era hermoso, pero le resultaba familiar. Dejó el libro abierto en la falda, se recostó y cerró los ojos por segunda vez, como si en la oscuridad pudiera extraer una imagen de la nueva historia de su marido que se revelaba delante de ella. Sabía que habría un asesino implacable y un policía listo que le seguía el rastro. Habría una mujer en peligro. Probablemente una mujer bastante guapa, aunque esperaba que tras el pecho generoso de rigor y las piernas largas, el personaje estuviera modelado a su estilo. El ritmo del libro sería trepidante, lleno de avatares inesperados y sorprendentes que, por muy estrafalarios que parecieran, irían encaminados hacia una confrontación dramática. Conocía todos los elementos necesarios de los *thrillers* modernos.

Mantuvo los ojos cerrados, pero estiró las manos como si pudiera tocar las palabras que sabía que se estaban creando casi delante de ella.

La señora de Lobo Feroz no acarició más que el aire vacío.

Al cabo de unos instantes tuvo un poco de frío, como si el calor del aula se hubiera desvanecido. Suspiró con profundidad y guardó el libro y los utensilios del almuerzo antes de echarle un vistazo rápido al reloj. La hora del almuerzo ya casi había acabado y era hora de volver al trabajo. Por la tarde había una reunión de profesores a la que su jefe, el director, seguro que asistiría. A lo mejor podía leer unos cuantos pasajes conocidos a hurtadillas cuando él no estuviera.

14

Después del anochecer, con el aire fresco del campus, Jordan se enfundó unos vaqueros desgarrados, unas zapatillas de correr viejas, una parka negra y encontró una gorra de color azul marino deshilachada que se encasquetó en la cabeza al máximo. Esperó en su habitación hasta que oyó a algunas de las otras chicas de la residencia reuniéndose para dirigirse a una conferencia: en aquella escuela siempre traían escritores, artistas, realizadores, hombres de negocios y científicos para que hablaran de manera informal con los estudiantes de clase alta. Jordan sabía que los demás alumnos se reunirían en el vestíbulo de la casa reformada y que luego saldrían como un grupo risueño y bien integrado. Los adolescentes tienden a trasladarse en manadas, pensó. Los lobos también, aunque dudaba de que el lobo que a ella le interesaba perteneciera a algún grupo.

«Lobo solitario», pensó. La frase la hizo estremecerse.

Jordan salió de la habitación y vaciló en lo alto de las escaleras hasta que oyó a las otras cuatro chicas, que elevaban la voz, riendo y bromeando entre sí, saliendo disparadas por la puerta delantera.

Moviéndose con rapidez, bajando dos escalones a la vez, salió disparada justo detrás de ellas, intentando que pareciera que formaba parte de ese grupo, pero sin acercárseles tanto como para que se volvieran y les llamara la atención. Quería que cualquiera que la observara pensara que se apresuraba para alcanzar a sus amigas.

Las seguía a escasos metros de distancia, pero cuando giraron a la izquierda, en dirección a las salas de conferencias, se escondió en la primera sombra profunda que encontró, se quedó pegada en el lateral de un viejo edificio de ladrillo visto, estrujándose contra los nudos retorcidos de las ramas de hiedra que se le clavaban en la espalda como un niño revoltoso que pugna por acaparar la atención.

Jordan esperó.

Escuchó cómo los sonidos de sus compañeras de clase desaparecían en la noche y esperó a que los ojos se le acostumbraran a la oscuridad. Oculta entre las sombras, contó los segundos en su cabeza «uno, dos, tres». No sabía si la seguían, pero supuso que sí, aunque su lado racional le gritaba que era totalmente imposible. Ningún lobo, por listo, dedicado u obsesionado que fuera podía pasar tanto tiempo fuera de la residencia esperando a que ella saliese para luego seguirla.

Se lo repetía con insistencia pero no estaba segura de si se estaba tranquilizando o mintiendo. Ambas opciones eran posibles.

«Sí lo hace. No lo hace.»

Se planteó si debía estar asustada y entonces se percató de que el mero hecho de preguntárselo le tensaba los músculos y la hacía respirar de forma superficial. Hacía frío pero ella tenía calor. Estaba oscuro pero ella se sentía como si tuviera un foco encima. Era joven pero se sentía vieja y temblorosa.

Jordan se escabulló más cerca del lateral del edificio. Seguía notando la presencia del lobo, casi como si estuviera aplastado contra las ramas de hiedra que tenía al lado, con el aliento en su cuello. Casi esperaba oír su voz susurrándole «estoy aquí» al oído y exhaló con fuerza. El sonido sibilante que emitió le pareció tan fuerte como un silbido. Apretó los labios con fuerza.

Cuando la rodeó el silencio, o el silencio suficiente, dado que seguía oyendo voces de otros estudiantes a lo lejos que resonaban desde los patios y una canción de Winterpills que le gustaba mucho sonaba desde una habitación, salió de la penumbra y encorvó la espalda para protegerse del frío, manteniendo la cabeza gacha y el paso rápido. Recorrió el campus a toda velocidad, yendo en zigzag de manera errática, evitando todas las luces, girando por un sendero oscuro, luego cruzando por el césped para ir a otro, volviendo sobre sus pasos para correr por el interior de una residencia y luego yendo por otra puerta en el extremo opuesto del edificio para volver a emerger en la noche. Por último, convencida de que ni siquiera un Lobo Feroz sería capaz de seguirla en su trayecto errático, salió corriendo por unas puertas altas de hierro forjado negro que marcaban la entrada del colegio. Enseguida giró por un callejón lateral bien oscuro. Dejó de correr y se dirigió al centro de la pequeña población en la que se encontraba la escuela. Se sentía como la protagonista de una película de espías de Hollywood. Hacía tanto frío que despedía vaho por la boca.

Antonio's Pizza estaba iluminado. Luces brillantes y rótulos de neón multicolores. Había media docena de compañeros de escuela reunidos alrededor de la barra de acero inoxidable situada frente al horno, esperando una porción o dos. Observó a dos hombres vestidos con blusones y delantales blancos que servían las porciones. Lo hacían con un ademán florituresco, empleando unas grandes palas de madera para introducir las pizzas en el horno y retirarlas al cabo de unos momentos.

Desde donde estaba Jordan en la calle imaginó voces alegres y el sonido de la caja registradora. La pizzería era así, un lugar en el que costaba estar deprimido o distraído. En el interior habría un bullicio agradable, risas y voces elevadas que se mezclarían con el aroma apetitoso de la carne y especias preparadas y las agradables ráfagas de aire caliente que salían de los hornos cada vez que los abrían para retirar una pizza.

Esperó, medio hambrienta, como suele ocurrirles a los adolescentes, y pensó que no le importaría tomarse una pizza caliente, aunque cada vez que pensaba en el lobo, se le quitaba el hambre y notaba una sensación desasosegante en el estómago. Miedo contra comida. Una lucha desigual.

Un aire frío zarandeó por encima de la acera un toldo situado delante de una tienda de antigüedades que estaba cerrada a esas horas. Jordan estaba a punto de mirar el reloj cuando las campanas de la torre que se elevaba por encima de las pequeñas oficinas del ayuntamiento repicaron siete veces.

Alzó la vista y vio una pequeña ranchera que se paraba delante de la pizzería. Encorvó la espalda una vez más para encontrar una sombra en la que ocultarse y esperó.

«Puntual», pensó. No sabía si aquello era positivo o negativo.

El coche puso los intermitentes. Unas luces amarillas iluminaron la acera.

Veía a la conductora inclinada hacia delante en el asiento delantero, mirando el restaurante, buscando.

Ahí es donde Jordan había dicho que estaría.

Pero en cambio estaba en la calle, en un lugar privilegiado entre dos edificios desde el que podía ver sin ser vista.

Volvió a esperar conteniendo la respiración.

Jordan observó cómo la figura del coche se erguía y se desabrochaba el cinturón de seguridad. A continuación la figura abrió la puerta del coche y salió a medias, se quedó de pie junto al coche y continuó mirando fijamente al grupo de adolescentes que había en el interior del local.

Estaba oscuro y las luces de neón brillantes de las pocas tiendas que estaban abiertas reflejaban curiosos colores del arcoíris en la calle, como un macadán negro y reluciente. Las farolas de sodio amarillo emitían sombras enfermizas sobre el cemento. Era una confusión de color; rojos y negros y verdes y blancos que se mezclaban y formaban realidades inexistentes: un coche verde parecía azul. Una parka violeta parecía marrón.

No era capaz de distinguir con certeza que la persona en cuestión fuera pelirroja. Se mordió el labio inferior y decidió que no tenía más remedio que arriesgarse.

Jordan salió de la penumbra y caminó resuelta hacia delante. Vio que la mujer se volvía sorprendida hacia ella. Adoptó una expresión de asombro, como si Jordan sostuviera un cuchillo.

—¿Pelirroja Uno? —preguntó Jordan. Quería hablar con voz firme y segura pero oyó una grieta, como el hielo que se fractura bajo un exceso de peso en un día glacial.

La mujer asintió. Dio la impresión de que se relajaba un poco.

—Hola. Soy Pelirroja Tres.

—Sube —respondió Karen, haciendo un gesto hacia el asiento del pasajero. Intentaba que todo aquello sonara como el encuentro más natural del mundo.

Cuando Jordan vaciló, Karen dijo:

—No soy él. Te lo prometo.

Tuvo la impresión de que la joven calibraba la autenticidad de su afirmación y entonces entró en el coche con cautela. Karen solo tuvo unos segundos para calibrar a Jordan, sobre todo los pocos cabellos de pelo rojo que le sobresalían de la gorra de punto. «Qué joven es», pensó la mujer cuando volvió a situarse al volante.

—Me llamo Jordan —dijo con voz queda.

—Y yo Karen —se presentó la mujer adulta.

Jordan asintió.

—¿Adónde vamos? —preguntó Karen.

—A cualquier sitio —contestó Jordan cuando se encogió en el asiento, como si bajando el perfil pudiera evitar que la vieran—. A cualquier sitio que te parezca seguro. —Hizo una pausa y entonces añadió en voz baja—: No, a un sitio que estés completamente convencida de que es seguro, joder.

Sin querer, Karen imitó el estilo de Jordan «no me podrás seguir» que había tomado para salir del recinto de la escuela en cuanto puso el coche en marcha. Aceleró con fuerza en un momento dado, giró por un callejón, haciendo chirriar los neumáticos con un giro brusco, luego echó marcha atrás en una callejuela e hizo un giro de 180 grados. A un kilómetro y medio de la población había un modesto centro comercial y Karen entró en la zona del McDonald's y pasó por la ventanilla de comida para llevar antes de salir por la dirección contraria. Dirigió el coche hacia la carretera interestatal, condujo a gran velocidad durante unos cuantos kilómetros y luego se paró en un mirador y esperó, mirando continuamente por el retrovisor para asegurarse de que no las seguían. Al final, cuando llevaba unos minutos viendo solo oscuridad, volvió a conducir a toda velocidad y se dirigió hacia el punto que sabía que encajaba con la idea de Pelirroja Tres de estar segura y convencida, «joder».

Jordan no habló durante el trayecto. Ni siquiera cuando se tambaleó hacia un lado y luego hacia delante mientras Karen doblaba una esquina a toda velocidad. Karen imaginó que la adolescente estaba acostumbrada a las atracciones salvajes y desbocadas.

—Esto se está convirtiendo en mi forma habitual de conducir

—reconoció Karen de repente. Albergaba la esperanza de que un poco de cháchara las ayudara a romper el hielo. Pero la pasajera seguía callada, absorta en sus pensamientos. Karen miraba de vez en cuando a la joven. Le pareció que Pelirroja Tres mantenía una calma sobrenatural.

El complejo del hospital estaba iluminado con las luces de seguridad, sobre todo cerca del acceso a Urgencias. Había una pequeña caseta blanca con un guardia de seguridad aburrido que vigilaba el parking de los médicos. Karen entró por allí e indicó al guarda su nombre y un código de cinco números, que él comprobó en el ordenador antes de dejarla pasar sin mediar palabra.

Karen encontró una plaza cerca del fondo, oculta a la vista.

—Entremos —dijo Karen—. Sígueme.

También sin hablar, Jordan obedeció.

Las dos mujeres recorrieron el parking. Pasaron de la penumbra a unos conos de luz tenue que procedían de unas farolas con una luz muy intensa. La luz hacía que su piel pareciera amarillenta, enfermiza. Las dos pensaron lo mismo: que aunque las hubieran seguido al comienzo, sus precauciones tenían que haber bastado para que cualquier lobo les perdiera el rastro.

Ninguna de las dos se lo acababa de creer.

De todos modos, hombro con hombro corrieron para escapar de la noche y entrar en el hospital. Había una enfermera de triage en una recepción situada en la sala de espera bien iluminada de Urgencias. Alzó la vista hacia las dos con una expresión de hartazgo en el rostro. Había una fuente de agua en un rincón y dos policías estatales con sus uniformes azul grisáceo, y tres auxiliares sanitarios con un mono azul marino que contaban chistes. Los tres hombres soltaron una carcajada junto con otras dos mujeres. Jordan dirigió una mirada a las personas que esperaban en incómodas sillas de plástico moldeado. Un anciano enterrado bajo varios abrigos. Una joven pareja de hispanos con un niño con una parka rosa sentado entre los dos y un bebé en los brazos de la mujer. Un par de chicos de edad universitaria, uno de los cuales parecía enfermo y borracho a la vez y estaba sentado de forma que parecía tambalearse, si es que eso es posible, en un rincón.

«Ningún lobo me espera —pensó—. Ni nos espera.»

Karen introdujo la mano en el gran bolso de cuero, encontró un carné y se lo enseñó a la enfermera de triage quien, a su vez, pulsó el timbre que abría la puerta automática. Karen le hizo un gesto cuando las puertas automáticas se abrieron. En el interior de las salas de tratamiento de Urgencias, esperó a que las puertas se cerraran con un sonido electrónico.

Seguida de Jordan, pasó por las salas de reconocimiento divididas por cortinas y se paró para saludar a un médico que daba la impresión que conocía, antes de traspasar otras puertas y recorrer un largo pasillo estéril que desembocaba en una cafetería.

—¿Te apetece comer algo? —preguntó—. ¿O tomar un café?

—Un café —contestó Jordan—. Con leche y azúcar.

Se sentó a una mesa de un rincón lejos de varios grupos de internos y residentes con batas blancas o verdes de quirófano mientras Karen iba a la barra y pedía dos cafés humeantes. Jordan asintió para sus adentros y pensó: «Es un buen sitio. Si apareciera el lobo, destacaría a no ser que fuera con bata.» Dedicó una media sonrisa a Karen cuando regresó a la mesa.

La joven y la mujer adulta se sentaron una frente a la otra sorbiendo el café y calladas durante unos instantes. Jordan fue la primera que rompió el silencio.

—Bueno —dijo—, supongo que eres médico.

—Medicina interna.

Jordan negó con la cabeza.

—Lástima, esperaba que fueras psiquiatra.

—¿Por qué? —preguntó Karen.

—Porque entonces a lo mejor sabrías algo sobre psicología anormal y quizá nos sirviera de ayuda —respondió Jordan.

Karen asintió. Se quedó un tanto sorprendida por la intuición que demostraba el comentario de Jordan.

—Yo soy estudiante —continuó Jordan—. Y últimamente no muy buena.

Karen asintió antes de decir:

—Pero ahora las dos somos algo más. O por lo menos es lo que parece.

—Sí —respondió la adolescente con un ataque repentino de

amargura—. Ahora somos objetivos. Es como si lleváramos una diana pintada en la espalda. O quizá solo seamos víctimas próximas a la muerte. O una combinación de ambas.

Karen negó con la cabeza.

—No lo sabemos. No podemos... —se le apagó la voz. Alzó la vista hacia las duras luces del techo de la cafetería, intentando pensar en algo tranquilizador.

Y entonces paró.

Respiró hondo.

—¿Qué sabemos? —preguntó.

Jordan hizo una pausa antes de responder.

—No mucho, joder.

Le salían las palabrotas con facilidad. En circunstancias normales no habría empleado ese lenguaje con una persona mayor, eran palabras de uso común entre sus compañeros adolescentes que se evitaban con los adultos. Mostrarse tan deslenguada con Karen le proporcionaba una sensación de libertad.

—No —la corrigió Karen con suavidad—, sabemos unas cuantas cosas. Como que somos tres. Y él es uno...

—Eso no lo sabemos —la interrumpió Jordan enseguida. Tenía una sensación desasosegante en el estómago porque lo siguiente que pensó, lo que estaba a punto de decir, se le acababa de ocurrir. «Lobo solitario. ¿Cómo lo sabemos?»—. Solo sabemos que da la sensación de que hay un solo tío intentando cazarnos a las tres. Eso es porque en el cuento solo hay un lobo feroz. Pero no sabemos a ciencia cierta que no haya dos o tres tipos, como un pequeño club. Quizá sean como los Caballeros de Colón o algún club de fútbol fantasioso que se dedica a matar. Y a lo mejor están ganduleando en la sala de juegos del sótano de alguno tomando cervezas y comiendo galletas saladas, riendo y carcajeándose y pensando que esto es lo más divertido que han hecho en su vida, antes de que se pongan manos a la obra y vengan a matarnos.

Karen volvió a hacer una pausa. No se lo había planteado.

Se sentía fría por dentro. Casi gélida. Los dos mensajes del lobo la habían conducido directamente a ciertas suposiciones. Alzó la mirada hacia Jordan. Había necesitado que una niña le hiciera entender que no había nada claro.

Karen tuvo que sujetar la taza con fuerza para que no se le cayera.

—Tienes razón —reconoció lentamente—. No podemos dar nada por supuesto.

Las dos mujeres se observaron y dejaron que un pequeño silencio ocupara el espacio que las separaba. Al cabo de un momento, Jordan negó con la cabeza y esbozó una débil sonrisa.

—No —repuso—. Creo que sí. Creo que tenemos que tomar ciertas decisiones. De lo contrario, estaremos caminando solas por el bosque, igual que nos dijo que estábamos.

—De acuerdo —convino Karen pausadamente alargando cada sílaba—. ¿Qué crees que...?

—Creo que necesitamos a Pelirroja Dos —afirmó Jordan con energía—. Eso es lo primero. Tenemos que encontrarla.

—Tiene sentido.

—A no ser, claro está, que Pelirroja Dos sea el lobo —dijo Jordan.

A Karen le daba vueltas la cabeza. Aquella idea parecía imposible pero, a la vez, de una precisión sobrecogedora. No había forma de saberlo.

Vio que la adolescente se encogía de hombros.

—No deberíamos hacer conjeturas. Busquémosla y las tres podremos empezar a organizarnos.

Karen asintió, aunque estaba sorprendida. Había supuesto que ella sería la que guiaría a la adolescente, no al revés, aunque no tenía ni idea de cómo guiar a nadie dadas las circunstancias.

—Bueno, cómo...

—Sé cómo encontrarla —declaró Jordan—. Yo lo haré.

Karen respiró lentamente. «Por Internet», supuso. Pero no sabía cómo exactamente. «Déjaselo a la chica —pensó—. Si hay una cosa de la que saben los jóvenes, es de ordenadores.» Bajó el brazo y subió el bolso del suelo.

—Toma —dijo. Lo abrió y sacó tres teléfonos móviles desechables—. Los he comprado esta mañana. Uno para ti y otro para Pelirroja Dos cuando la encontremos. Así, por lo menos podemos comunicarnos en privado.

Jordan sonrió.

—Buena idea.

—No soy una imbécil total —dijo Karen aunque se sentía un poco así—. Intentaré pensar en lugares seguros, como este, donde podamos reunirnos si hace falta —explicó Karen. Hizo un gesto hacia la cafetería.

—Vale. También es buena idea.

—Sí —reconoció Karen—. Pero creo que mis buenas ideas acaban ahí.

—Bueno —Jordan negó con la cabeza—, he estado pensando. Y creo que es muy sencillo.

—¿Sencillo?

—Sí. Tenemos que encontrarle antes de que nos encuentre él a nosotras.

—¿Y qué hacemos...?

Karen volvió a hablar lentamente. La adolescente que tenía delante parecía alguien muy cercano, como si hiciera años que se conocían y una completa desconocida a la vez.

—Ya sabes lo que hacemos entonces —dijo Jordan.

—No, no lo sé —reconoció Karen.

Pero sí que lo sabía, incluso antes de que Jordan llenara el silencio.

—Lo matamos primero —dijo Jordan.

Así, sin más, como si le diera una palmada a un mosquito que acabara de posársele en el brazo.

La joven se recostó en el asiento. Estaba un poco asombrada de lo que acababa de decir. No sabía exactamente de dónde había sacado esa idea pero imaginó que había estado escondida detrás de todos sus miedos, a la espera del lugar limpio y de luces brillantes hasta tal extremo que resultaba opresivo en el que se encontraba para que surgiera. Pero se sintió satisfecha igual de rápido. Por primera vez en días, meses incluso, pensó, le gustaba el rumbo que estaba tomando. Con sangre fría y determinación. Notó que se le aceleraba el pulso. Era un poco como saltar hacia la canasta, soltar la pelota y darse cuenta de que había rozado el aro con las yemas de los dedos. «Los chicos —pensó— sueñan con volar y hacer mates para poderse golpear el pecho con chulería. Yo soy más modesta, me conformo con alcanzar el objetivo y tocarlo.»

15

Desde la cuestionable seguridad de su casa, Pelirroja Dos observaba el coche estacionado al otro lado de la calle. Se había fijado en él hacía un cuarto de hora, mientras se tambaleaba por el salón, revólver en mano y con unas pastillas en la otra, sin saber muy bien qué usar primero. En circunstancias normales no habría prestado atención a un coche anodino aparcado en el arcén justo más allá del alcance de la luz de la farola. Alguien que busca una dirección. Alguien que ha parado para hacer una llamada. Alguien que se ha perdido y quiere orientarse. Aquella última posibilidad hizo que Sarah pensara «a lo mejor es alguien como yo».

Pero Sarah Locksley sospechaba que ya no había nada normal en su vida y a pesar de la penumbra negro-grisácea de la noche que caía con rapidez, solo acertaba a distinguir la silueta de una persona sentada en el coche. ¿Hombre? ¿Mujer? La forma era imprecisa. Miró por la ventana durante unos instantes, esperando a que quienquiera que fuese saliera del coche y caminara hasta una de las puertas de sus vecinos. Se encendería una luz, una puerta se abriría, se oirían los saludos y quizás hubiera un apretón de manos o un abrazo.

«Eso habría formado parte de mi vida no hace tanto tiempo. Ahora ya no.»

Siguió esperando, contando los segundos mientras la mente se le quedaba en blanco salvo por la acumulación continua de números.

La situación esperada no se produjo. Y cuando llegó a sesenta y la figura seguía a oscuras en el vehículo, se le aceleró el pulso. Como una imagen que poco a poco va enfocándose empezó a combinar los pensamientos de una forma parecida a un algoritmo desacompasado.

«Estoy sola esperando a un asesino. Es casi de noche. Hay un coche estacionado al otro lado de la calle. Hay alguien dentro que me observa. No ha venido a visitar a un vecino. Está aquí por mí.» Se apartó de golpe cuando la fórmula cobró entidad en su interior, salió del campo de visión de la persona que, de repente, estuvo segura al cien por cien de que la miraba con intenciones asesinas. Sarah se apretó contra la pared, respirando con dificultad y luego se deslizó ligeramente hacia el lado para poder agarrar un trozo de cortina de cretona y atisbar el vehículo.

La noche abortó sus posibilidades de ver con claridad.

Las sombras se deslizaban como cuchillas a lo largo de su línea de visión. Se echó hacia atrás, como si pudiera esconderse. Se le ocurrió una idea imposible: «Él me ve pero yo a él no.»

Sarah se meneó. Se estremeció. Pensó «ya está» y echó hacia atrás el percutor del arma. Hizo un clic perverso.

Una parte oculta de ella —la parte que razonaba— comprendía que un asesino no podía actuar así. Sería cauto, preparado y preciso. En cuanto ella se percatara de que lo tenía al lado, sería su último momento. El lobo no iba a limitarse a aparcar delante de su casa y luego, tras una espera considerable que le daba tiempo para que ella se preparara, presentarse en su puerta y anunciar: «¡Hola! ¡Soy el Lobo Feroz y he venido a matarte!»

Pero la lógica era escurridiza y esquiva y necesitaba tensar los músculos y sujetarla con manos sudorosas para aferrarla en su imaginación.

«Un momento —se insistió de repente—, eso es exactamente lo que hace en el cuento. Se acerca mucho a Caperucita y ella solo advierte que tiene los ojos, las orejas, la nariz y, por último, los dientes raros.»

Alargó el cuello hacia delante una vez más y lanzó otra mirada al coche.

Estaba vacío.

La silueta había desaparecido.

Se encogió de nuevo y tuvo la impresión de que la pared la cercaba casi como si la empujara hacia la luz, intentando imaginar cómo podía empequeñecer. Una voz presa del pánico en su interior —que sabía que era el fruto de las drogas, el alcohol y la desesperación— le gritaba: «¡Corre! ¡Echa a correr!» Y ella miraba en derredor como una posesa en busca de una salida, aunque sabía que no existía. Durante un instante tuvo una visión:

«Sarah abre la puerta trasera.

»Sarah corre por el jardín, salta por encima de la vieja cerca de madera.

»Sarah huye por el espacio que separa las casas. Los perros ladran. Los vecinos oyen sus pisadas apremiantes y gritan asustados. Llaman a la policía. Llega con las sirenas encendidas, justo a tiempo.

»Sarah se salva.»

Inhaló aire y contuvo el aliento. La visión se desvaneció. Lo sabía: «No hay escapatoria. Ni por detrás. Ni por delante. No puedo salir volando por el techo. No puedo esconderme en el sótano. No puedo volverme invisible.» Tenía la boca seca y le costaba enfocar la vista, como si ambos sentidos hubieran decidido traicionarla. La mano en la que llevaba las pastillas las dejó caer al suelo y traquetearon y rebotaron hacia otro lado. La mano con la que sostenía el revólver parecía tirar de ella hacia abajo, como si el peso del arma de su esposo se hubiera multiplicado por diez de repente. A medida que los temores y las dudas se apoderaban de su cuerpo como muchas corrientes explosivas a la vez, no sabía a ciencia cierta si podría levantar el arma y si sería capaz de hacer acopio de fuerzas para apretar el gatillo cuando llegara el momento de enfrentarse al lobo.

Y entonces, de forma igualmente abrupta, vio el arma levantada delante de ella, sujeta con las dos manos y se dio cuenta de que había adoptado la postura de un tirador.

Durante unos instantes Sarah se preguntó si había otra persona guiando el arma. Era como si ella no tuviera más que una conexión periférica con el arma.

Se preguntó cuándo había respirado por última vez. Los pulmones le pedían aire y dio bocanadas como un nadador que sale a la superficie.

Pensamientos contradictorios como «estoy preparada para lo que sea» o «me estoy muriendo» se agolparon en su interior.

Quería hablar en voz alta, decir algo fuerte y valiente, pero cuando intentó pronunciar las palabras «Venga, coño, estoy esperando...» sonaron como un graznido y se quebraron y apenas resultaron inteligibles.

Sonó el timbre.

Era un repique alegre, tres notas que no tenían ningún sentido para ella.

«¿Los asesinos llaman a la puerta?»

Se dio cuenta de que estaba dando saltitos, que se movía casi como un cangrejo mientras cruzaba el salón con el arma levantada. Se paró delante de la puerta.

El timbre volvió a sonar.

«¿Por qué no iba a llamar al timbre? ¿O llamar a la puerta? ¿O llamarla por su nombre para anunciar su llegada? ¡Hooola, Sarah! Soy el Lobo Feroz y vengo a matarte...»

De repente no tuvo ni idea de lo que haría un lobo. Nada de lo que ocurría tenía sentido para ella. Era como en *Alicia en el País de las Maravillas*, arriba era abajo, delante era detrás, alto era bajo.

Notó que el dedo apretaba el gatillo con más fuerza. Se le ocurrió que podía disparar y ya está. «La bala atravesará la madera y lo matará en el sitio.»

Le pareció buena idea. Una muy buena idea. Casi sensata.

Una parte de ella contuvo una carcajada. «Menuda broma —pensó—. Menuda broma, para partirse el pecho y troncharse de la risa. Le dispararé a través de la puerta.»

Apuntó el revólver, y lo colocó a la altura que imaginaba que estaría el pecho del lobo. Era como tomar medidas en su interior. «¿Es alto? ¿Bajo? No quiero fallar.»

El revólver temblaba, guiñando adelante y atrás como un barco pequeño zarandeado por las olas en una tormenta. Vio que alargaba la mano izquierda y cogía el pomo de la puerta, desafiando lo que parecía un plan eminentemente bueno y sustituyéndolo por una insensatez mayúscula. Imaginó que abría la puerta a la muerte.

Con un fuerte bandazo abrió la puerta de par en par. Con el mismo movimiento, soltó el pomo y echó hacia atrás la mano izquierda para preparar el arma. Estaba ligeramente inclinada hacia delante y preparada para disparar.

El silencio hizo que el dedo se le detuviera en el gatillo.

Había dos mujeres mirándola desde el umbral de la puerta. Parecían conmocionadas bajo la tenue luz del porche. Alguien inspiró profundamente, pero Sarah no estaba segura de si había sido una de las dos mujeres o ella.

Todas estaban paralizadas. Sarah no lo sabía pero el cañón abierto de un revólver con el percutor levantado tiene la capacidad de acallar cualquier conversación.

«No es posible que sean el lobo —pensó Sarah—. ¿Dos lobos?» Pero acariciaba el gatillo con el dedo. En lo más profundo de su capacidad cognitiva sabía que a la menor presión el arma se dispararía.

Tras un intervalo durante el que Sarah esperó oír el rugido del revólver al matar a quienquiera que tuviera delante, observó completamente boquiabierta cómo una de las mujeres se quitaba poco a poco una gorra de lana azul marino y soltaba unos largos rizos de pelo rojo fresa, sin apartar la mirada de Sarah y del revólver.

Acto seguido, como siguiendo el palo en una partida de naipes, la otra mujer, de mayor edad y con la cara llena de líneas de preocupación, alzó las manos y se soltó también el pelo, que le cayó como una capa apagada de brasas casi extintas sobre los hombros.

—Hola, Pelirroja Dos —saludó la mujer adulta—. Ya ves quiénes somos. No nos mates, por favor.

Sarah se avergonzó del estado en que se encontraba su casa.

Por primera vez en varios días fue consciente de la basura y restos, de las botellas de alcohol vacías y de los recipientes de comida preparada, envoltorios de chocolatinas y bolsas de patatas fritas esparcidos por todas partes. También se avergonzó del sistema de defensa tipo *Solo en casa* colocado bajo las ventanas y al otro lado de las puertas. Quiso disculparse ante las dos mujeres y explicarles que ella no era realmente así, pero habría sido una mentira y consideró que sería imprudente empezar su relación con Pelirroja Uno y Pelirroja Dos con tamaña falsedad. Así pues, mantuvo la boca cerrada y observó la reacción de las otras dos mientras contemplaban aquel paisaje de desesperación.

Pelirroja Tres fue la primera en hablar.

—Me llamo Jordan —dijo—. ¿Tienes una foto de tu marido e hija? ¿Los que murieron?

La pregunta dejó a Sarah pasmada. Le parecía sumamente íntima, como si le pidieran que se quitara la ropa y se quedara desnuda.

—Por supuesto, pero... —respondió tartamudeando.

Y entonces se quedó sin palabras. Se acercó a una estantería de la esquina y sacó una foto enmarcada de ellos tres, tomada un mes antes del accidente. Sin mediar palabra se la tendió a Jordan, que la miró con fijeza y se la pasó a Karen Jayson. Ella también la observó con detenimiento.

Se produjo un silencio breve. A Sarah le pareció que normalmente cuando alguien miraba una fotografía como aquella de ella, su marido y su hija hecha un día de verano en la playa diría algo como «qué monos» o «qué guapos estáis». Pero se percató de que aquellas reacciones eran para los vivos. De repente se sintió no exactamente enfadada sino disgustada o incómoda, y quiso recuperar la foto.

—¿Qué buscáis? —preguntó Sarah.

—Un motivo —respondió Karen.

Sarah tardó varios segundos en comprender que Pelirroja Uno no buscaba el motivo por el que el marido e hija de Pelirroja Dos habían muerto. No quería oír hablar del camión cisterna que se había dado a la fuga ni del carácter caprichoso del destino.

—O quizás una explicación —dijo Jordan. Ella tampoco se refería al accidente.

—¿Cómo me habéis encontrado? —empezó a decir Sarah.

Karen dirigió la mirada a Jordan. La joven se encogió de hombros.

—Tu vídeo de YouTube. Acababa con la imagen de una lápida. Encendí el ordenador y busqué a partir de esos nombres.

Sarah asintió. Aquello tenía sentido de un modo extraño, casi misterioso.

—No tardé mucho —continuó Jordan—. En el periódico local había una noticia sobre el funeral en el parque de bomberos. Había una foto en color. Estabas ahí. Con este...

Jordan señaló su melena rojiza. Recordó lo brillante que se veía el pelo de Pelirroja Dos en contraste con la ropa negra de luto.

A Sarah le pareció que debía decir algo pero guardó silencio. Tras unos instantes incómodos, Karen intervino.

—No deberíamos quedarnos aquí —dijo—. Tenemos que ir a un lugar seguro a hablar.

Dio la impresión de que Sarah estaba a punto de decir algo, por lo que Karen habló con rapidez, interrumpiéndola antes de empezar.

—Mira, cuando Jordan y yo nos conocimos ayer, nos dimos cuenta de que el hecho de que estemos las tres juntas aumenta nuestra vulnerabilidad. Estar en el mismo sitio, a la misma hora, nos convierte en un objetivo mucho más fácil.

—Es como si él quisiera que estuviéramos todas juntas para lanzarnos una granada de mano —espetó Jordan—. ¡Bum! Pelirroja Uno, Dos y Tres desaparecen de golpe. —En su voz el cinismo se mezcló a discreción con la angustia. Karen no se molestó en ahondar en el concepto de la «granada de mano», aunque una parte de ella consideraba que tenía tanto sentido como todo lo demás.

Porque nada de aquello tenía sentido. O sí. No estaba segura.

—Pero tenemos que hablar de todos modos, pensar qué vamos a hacer...

—Ya sé lo que vamos a hacer —masculló Jordan entre dientes. Karen no se giró hacia la más joven del trío sino que mantuvo la vista fija en Sarah.

—Así pues, tenemos que ir a algún sitio en donde sepamos que podemos planificar sin que nos vean.

Dirigió la mirada hacia el ventanal del salón.

—No sabemos —dijo—, no podemos estar seguras de que no esté ahí fuera... —se le apagó la voz.

Sarah estaba mareada. Le pareció que necesitaba decir un montón de cosas, pero todas la eludían.

—Voy a buscar el abrigo —fue lo único que alcanzó a decir.

—Eh —dijo enseguida Jordan—. Coge el revólver.

16

«Los asesinatos constan de tres etapas», escribió el Lobo cuando por fin regresó a su despacho después de la larga entrevista con el agente de policía, cerró la puerta con llave y se deleitó durante unos instantes concentrado en silencio.

Planificación. Ejecución. Consecuencias.
Si se presta poca atención a cualquiera de estas tres fases, el fracaso resulta inevitable. La clave reside en exigirse más a uno mismo. Es crucial reconocer que al término de la segunda fase, por profundamente emotiva y satisfactoria que resulte, y por mucho que uno se haya preparado para ese momento, siguen habiendo pasos críticos por dar. En pocas palabras, no ha acabado. Acaba de empezar. Creo que se parece un poco a los soldados que vuelven a casa de la guerra intentando acostumbrare a un restaurante de comida rápida tras meses de privaciones y miedo, o, quizás, al astronauta que regresa de orbitar durante mucho tiempo en el espacio y se enfrenta al registro de automóviles; se necesita cierta descompresión antes de regresar a la vida normal, una vuelta atrás, donde el asesino necesita emerger de la emoción y pasión de la cacería y el asesinato y dejar que se convierta en un recuerdo edulcorado. Para crear el contexto emocional del gozo se necesita una planificación tan cuidadosa como para el asesinato en sí. Ahí es donde fallan los aficionados torpes y los aspirantes mediocres, después de perpetrar el asesinato que han inventado, y enton-

ces no saben disfrutar del momento. Además, es importante ser consciente de que no anticipar las necesidades de la última etapa genera frustración y consternación y conduce a errores en las dos primeras fases. Se corre un grave peligro si uno no se prepara bien para el goce post mórtem.

Cuando se ha logrado algo especial, se necesita mucho coraje y concentración y fortaleza de espíritu para permitirse volver a ser aparentemente normal incluso cuando se es consciente de que la persona que los demás ven es una mentira absoluta.

Como siempre, las palabras acudían a raudales al Lobo.

Daba la impresión de que los dedos bailaban por el teclado, concentrado como estaba en la entrada que iba tomando forma ante sus ojos. Se sintió a gusto, como si fuera un deportista que acomete la rutina de un entrenamiento, donde los kilómetros que recorre o el agua que fluye bajo sus brazadas fueran como tantos otros empujones conocidos desde atrás. Hizo una breve pausa para dedicar un pensamiento a cada una de las pelirrojas, y consideró que se acercaba el momento en el que tendría que ponerse manos a la obra con cada una de las muertes. «Pelirroja Uno es especial porque se ha enfrentado a la muerte con mucha frecuencia con una profesionalidad consumada, pero ahora debe enfrentarse a una muerte sin diagnóstico. Pelirroja Dos es única porque está muy ansiosa por morir y ahora se enfrenta al hecho de que sus deseos más profundos se conviertan en realidad, pero no del modo que esperaba. Y Pelirroja Tres es excepcional porque ha hecho tanto por desperdiciar su futuro que ahora tiene que enfrentarse al hecho de que otra persona le robe el poco futuro que le queda.» Negó con la cabeza y soltó un fuerte gruñido. Entrante. Segundo plato. Postre. Cada etapa de un asesinato tiene sabor propio y se puso a cavilar sobre la situación actual de cada Pelirroja.

Escribió: «Quiero que cada fase siga su curso.»

El Lobo era plenamente consciente de que, como en cualquier relación, un asesinato tenía que resultar satisfactorio a todos los niveles. Las palabras sueltas le salían como balas de metralleta:

Amenaza. Miedo. Proceso. El momento. El seguimiento. Recuerdo.

Cualquier descuido mermaría la experiencia global.

Volvió a vacilar y en esta ocasión dejó vagar la mirada por la última entrada en la pantalla del ordenador. «¿Qué hace que un libro realmente funcione? —Se planteó de repente—. Tiene que asumir riesgos. Tiene que absorber al lector al interior de la historia. Cada personaje tiene que ser fascinante a su manera. Debe crear la necesidad imperiosa en los lectores de pasar página. Esto sirve tanto para una novela costumbrista como para un *thriller* de ciencia ficción. Las mismas normas del asesinato se aplican a la escritura. ¿De qué sirve —escribió— contar una historia que no tiene repercusiones mucho después de que se haya leído la última página? ¿Acaso el asesinato no se enfrenta a la misma pregunta? Tanto el escritor como el asesino acometen la tarea de crear algo que perdure. El escritor quiere que el lector recuerde sus palabras mucho después de la última página. El asesino quiere que el impacto de la muerte permanezca. Y no solo para él sino para todos aquellos a quienes la muerte ha afectado.

»El asesinato no se limita a una sola muerte. Es una onda que se expande en la vida de muchos.»

Tamborileó el escritorio de madera con los dedos, como si aquel tecleo rápido acelerara sus pensamientos y los convirtiera en palabras nuevas que podía escribir. Durante un instante envidió a los artistas que se limitaban a trazar una línea en un lienzo en blanco y dejaban que aquel pequeño movimiento definiera todo lo que estaba por llegar. «Pintar es fácil», pensó. Comprendió que las similitudes entre un asesino y un artista era que ambos tenían un retrato totalmente acabado de lo que emergería con claridad en su cabeza cuando plasmaran el primer trazo del diseño. Aquella idea le hizo desplegar una amplia sonrisa.

Entonces escribió en lo alto de una página nueva: «Por qué me gusta cada una de las Pelirrojas.»

El Lobo suspiró. Se dijo: «No basta con decir a los lectores cómo esperas acometer sus muertes. Hay que explicar por qué. En el cuento, el lobo no solo quiere una buena comida cuando acecha a Caperucita Roja por el bosque. Podría saciar su hambre en cualquier momento. No, su verdadera inanición es muy distinta y debe abordarse con intensidad.»

El Lobo volvió a vacilar. Había oscurecido en el exterior, la tarde había dado paso a la noche y esperaba que la señora de Lobo Feroz llegara a casa en breve. Hacía lo mismo todos los días, justo poco antes de las seis de la tarde soltaba un alegre «ya estoy en casa, cariño» al cruzar la puerta de entrada. El Lobo nunca respondía de inmediato. Le permitía unos momentos para que observara que su abrigo colgaba del perchero habitual, su paraguas en el soporte del vestíbulo y los zapatos quitados por consideración junto a la entrada del salón, sustituidos por unas zapatillas de piel abiertas por detrás. El par de ella, igual que los de él, la estaría esperando. Entonces ella pasaría de puntillas junto a la puerta cerrada del despacho, aunque llevara las bolsas de la compra y le fuera bien que la ayudaran. Sabía que se dirigiría de inmediato a la cocina a preparar la cena. La señora de Lobo Feroz consideraba que asegurarse de atiborrarlo era un elemento clave para alimentar el proceso de escritura. Él no se mostraba en desacuerdo.

Así pues, en cuanto oía el estrépito de los cacharros en la cocina mientras preparaba la comida, gritaba una respuesta, como si no la hubiera oído entrar.

—¡Hola, cariño! ¡Enseguida salgo!

Sabía que su mujer disfrutaba con aquel aullido desde detrás de la puerta del despacho, así pues la saludaba de este modo independientemente de su estado de ánimo o de la situación que se estuviera desarrollando en la página que tenía delante. Podía estar escribiendo sobre algo tan mundano como el tiempo o algo tan electrizante como el método elegido para matar. Daba igual. Él seguía alzando la voz para que ella le oyera. Decían las mismas cosas a diario.

«¿Qué tal el día?»

«¿Qué hay de nuevo en la escuela?»

«¿Has podido trabajar bien?»

«¿Te ha dado tiempo de pagar la factura de la luz?»

«Tenemos que hacer unas cuantas cosillas en el patio.»

«¿Te apetece cenar comida china mañana?»

«¿Vemos una película en la tele esta noche o estás demasiado cansado?»

«Este año quizá tendríamos que irnos de crucero. Hay muchas ofertas de viajes al Caribe. Hace meses que no nos tomamos unas vacaciones de verdad. ¿Qué te parece? ¿Hacemos una reserva y empezamos a ahorrar?»

El Lobo Feroz oyó un traqueteo distante. Tenía que ser la puerta de entrada. Esperó y luego oyó el saludo de rigor. Aquello marcaba el comienzo del proceso electrónico de cerrar todo aquello en lo que estaba trabajando y encriptarlo. De hecho resultaba innecesario. El tablón con fotografías ya resultaba lo bastante incriminatorio, información que le había proporcionado el agente. «A los asesinos, del tipo al que les gusta planificar, no los matones que roban en una tienda o se cargan a algún competidor del mundo del narcotráfico con una gran potencia de fuego automático, les gusta guardar recuerdos», le había dicho el policía con un tono de voz petulante y pagado de sí mismo. «Como si realmente supiera de qué está hablando», se dijo el Lobo. El agente le había resultado de gran ayuda y había respondido a todas sus preguntas, aunque a veces el policía había parecido un maestro que intenta explicar algo a los alumnos de primaria distraídos. Pero apagando así el ordenador tenía la sensación de que preservaba su intimidad. Era como apagar una máquina al tiempo que encendía su imaginación, porque cada Pelirroja brillaría en sus pensamientos a lo largo de la anodina velada que tenía por delante. No le importaba lo más mínimo. De hecho, tomó nota mentalmente de escribir un capítulo sobre la necesidad de guardar las apariencias con esmero y parecer mundano, ordinario y poco excepcional cuando lo contrario era precisamente lo cierto.

«Si eres fontanero, tienes que llevar el cinturón multiuso y las herramientas. Si eres vendedor, procura tener mucha labia y estrechar manos a diestro y siniestro constantemente. Y si eres escritor, procura formular preguntas como si buscaras información que plasmar en una página.»

—¡Enseguida salgo! —gritó, igual que hacía cada noche y justamente como sabía que ella esperaba—. ¡Ya estoy acabando!

«Pastel de carne —pensó—. Estaría muy bien esta noche. En su jugo y con puré de patatas.»

Y luego, si su mujer no estaba muy cansada, después de quitar la mesa y lavar los platos, una película. Apenas salían ya al cine y preferían apalancarse delante de la gran pantalla del televisor. El Lobo era muy considerado ante el hecho de que la señora de Lobo Feroz trabajaba duro en un empleo que revestía una importancia crucial en sus vidas: pagaba a sus acreedores y le permitía ser quien era, y teniendo en cuenta los problemas de corazón que había tenido, aunque ahora estuvieran superados, no quería que hubiera estrés en la casa. La recompensaba con la lealtad y una vida agradable y tranquila para los dos.

Era lo mínimo que podía hacer. Si él pensaba que necesitaba algo especial, la sorprendía con una cena ocasional en un bonito restaurante o con entradas en las primeras filas para la función de *Macbeth* en un teatro local. Aquellas salidas ayudaban a compensar la inevitable decepción que veía en sus ojos cuando de vez en cuando le anunciaba que tenía que salir solo «a documentarse».

Aquella noche pensó que consultaría la lista de televisión a la carta e intentaría encontrar algo gracioso y romántico que no fuese demasiado moderno. No le gustaba la última hornada de películas, que confundía la asquerosidad con las astracanadas. Prefería a los clásicos. Desde los Hermanos Marx y Jack Lemmon y Walter Matthau, hasta Steve Martin y Elaine May. Sabía de la existencia de Judd Apatow, pero realmente no entendía qué veía la juventud en aquel tipo de comedias cinematográficas. Él y su esposa se pondrían de acuerdo en alguno de los canales de películas antiguas y él se sentaría en su asiento reclinable y ella se desplomaría en el tú-y-yo adyacente. Ella prepararía para los dos una copa de helado de vainilla con unas chips de chocolate por encima antes de que empezara la película.

Se reirían juntos y luego se dirigirían a la cama.

A dormir.

Tenía la impresión de que realmente quería a su mujer. Seguía disfrutando cuando hacía el amor con ella de vez en cuando, aunque en los últimos meses se había imaginado que estaba encima de alguna de las tres pelirrojas mientras cubría a su mujer. No creía que ella se hubiera dado cuenta de esta distracción, si es que de eso se trataba. «Quizá —pensó— me vuelva más apasionado.» Pero también era consciente de que desde que su enfermedad y el desfile de médicos se les había echado encima, las ocasiones para copular habían disminuido. La frecuencia se había reducido a tal vez una o dos veces al mes, si acaso.

Sin embargo, su deseo permanecía intacto. Y se enorgullecía del hecho de que, incluso a su edad, no necesitaba la pastillita azul para rendir. Pero la idea de buscar sexo fuera del matrimonio nunca se le había ocurrido al Lobo.

Se descarriaba. Pero solo en su imaginación.

El Lobo miró la pantalla del ordenador y la página que tenía delante con el nuevo título del capítulo. Lo leyó en voz alta, pero sin pasarse: «Por qué me gusta cada una de las Pelirrojas.»

Acto seguido, hablando todavía con voz queda, respondió a la pregunta.

—Por lo que me dan.

«Pasión verdadera», pensó. Necesitaba plasmar aquella intensidad en las páginas de su libro.

Se imaginó que acecharlas y planear su muerte se parecía un poco a tener una aventura. No obstante, no consideraba que fuera engañar.

Sin duda eran como amantes que le esperaban pacientemente. Pero, a su manera, también eran como esposas fieles.

17

Las tres Pelirrojas iban en el coche de Karen hacia el mayor centro comercial cubierto de la localidad, donde dejó a Jordan en la entrada este junto a Sears, luego dio la vuelta y dejó a Sarah en la entrada oeste cerca de Best Buy. Tras esperar unos minutos, Karen se dirigió a la planta superior del garaje adyacente al centro comercial. Giró el coche para ver si algún vehículo la había seguido hasta la planta vacía. Apagó el motor y los faros delanteros y esperó diecisiete minutos exactamente. La ventaja de aquel parking era que disponía de rampas distintas para subir y bajar. Una vez transcurridos diecisiete minutos exactos, puso en marcha el motor y bajó por el carril circular haciendo chirriar los neumáticos contra la calzada. Aceleró por las extensiones de parking vacías hasta la salida norte del centro comercial. «Chúpate esa —masculló para sus adentros—. Me importa un cojón lo listo que te crees que eres, señor Lobo.»

El centro comercial no estaba muy concurrido aquella noche. Había muchas plazas vacías y Karen buscó indicios de la cercanía del lobo.

Igual que antes, cuando se había reunido por primera vez con Pelirroja Tres, tenía la impresión inconfundible de que era importante no permitirse que la siguieran, aunque no estaba segura de por qué exactamente. Una parte de ella se sentía totalmente ridícula. Había tomado medidas cuando regresaba a casa por la tarde para asegurarse de que no la seguían. Había conducido como una loca al ir a recoger a Pelirroja Tres. Ahora repetía la misma fórmula errática, y estaba prácticamente convencida de que las otras dos pelirrojas hacían lo mismo de forma rutinaria, y no se veía capaz de responder a la pregunta esencial: «¿por qué haces esto?». Pensó: «No es muy probable que las tres estemos sentadas en una cafetería y él aparezca con una metralleta y se nos cargue a las tres de golpe.»

Entonces vaciló, jadeó con fuerza como si en el coche no quedara aire y se dio cuenta de que todo era posible.

«No sabes cómo va a matarte.»

La médica que era identificó la paranoia. Intentó remontarse a la época de estudiante de Medicina en prácticas en la unidad de Psiquiatría de un hospital estatal grande, pero cualesquiera lecciones que hubiera aprendido en aquellas semanas se habían disipado con los años de práctica de la medicina interna. «Todo mi —no, todo nuestro— comportamiento está definido por el miedo.»

Cerró los ojos con fuerza.

«Ponle nombre —se dijo. Le resultaba imposible. Intentó pensar—: Miedo a las alturas. Aquello era la acrofobia. Miedo a las arañas. Se llamaba aracnofobia. ¿Miedo a la muerte? Tanatofobia.»

Lo que sentía parecía ser una combinación de aquellos y de todos los demás miedos que surgían de su corazón.

«Ponle nombre —se repitió—. Eso se dice pronto.»

Karen intentó ahuyentar de su mente distintas imágenes mortíferas que empezaron a perturbar con fuerza su imaginación e intentó dedicarse a observar a las demás pelirrojas. «Pistolas. Cuchillos. Venenos. Sangre. Estrangulamiento.» Lo único que veía eran docenas de asesinatos, todos expuestos ante ella como un bufé y, como si de una pesadilla se tratara, se veía obligada a escoger uno. El problema era que no había forma fácil de despertar de esa pesadilla.

Se pasó la mano por la cara. Notaba el sudor en las axilas. Respiraba de forma entrecortada. Miró a su alrededor. No existían motivos obvios para encontrarse al borde del pánico. No había ninguna silueta acechante en la penumbra. No había ningún hombre que corriera hacia ella empuñando un arma. No había ningún faro que la enfocara desde atrás.

Pero todo aquello estaba allí, aunque no estuviera presente.

Barrió con la mirada los espacios vacíos del centro comercial.

—Vamos —susurró en voz alta, dirigiéndose a las otras dos pelirrojas—. Quiero largarme de aquí.

A los pocos segundos de su llegada, Pelirroja Dos y Tres habían aparecido por las anchas puertas del centro comercial y caminado hacia ella. Todas ellas habían tomado rutas al azar por entre las tiendas, corriendo por los pasillos, saliendo y entrando de los lavabos, volviendo sobre sus pasos, subiendo y bajando escaleras mecánicas, cruzando dos veces los mismos senderos antes de reunirse y salir. Habría resultado difícil seguirlas, incluso con la poca gente que había en el gigantesco edificio.

—¿Creéis que funcionará? —preguntó Sarah sin aliento mientras entraba rápidamente en el coche.

—Seguro —repuso Jordan convencida desde el asiento de atrás. ¿Por qué no?—. No puede estar en tres sitios a la vez.

Las demás asintieron aunque Pelirroja Uno y Dos pensaran en silencio «yo no estaría tan segura».

Karen vio que Jordan esbozaba una ligera sonrisa y la doctora de su interior se preguntó si la joven disfrutaba de la situación. Entonces vio que Pelirroja Tres miraba por la ventanilla trasera, como si comprobara una vez más que no las seguían. «Energía nerviosa —pensó—. No, es miedo. Solo que se presenta de un modo un poco distinto en cada una.»

Pelirroja Dos fue quien preguntó.

—¿Adónde vamos ahora?

Karen sonrió con ironía aunque sabía que tenía pocos motivos para sonreír.

—Ayer, Jordan me dijo que buscara un sitio que fuera totalmente seguro, joder, para hablar. Conozco uno bueno.

The Moan and Dove era un bar de estilo antiguo, típico de poblaciones universitarias, de madera oscura y rincones oscuros en el que se ofrecían whiskies puros de malta y más de setenta variedades de cerveza, servidos desde una larga barra de madera que acababa en un espacio con un pequeño escenario con una cortina negra andrajosa como telón de fondo. En el local también había espacio para dos docenas de mesas pequeñas. La mayoría de las noches estaba atestado de universitarios, un poco escandalosos y alborotadores, pero los martes actuaban cantantes de folk locales —aspirantes a Joni Mitchell y Bob Dylan— y de vez en cuando dedicaban las noches del sábado a espectáculos de comediantes espontáneos. Por eso lo conocía Karen. Pero los jueves, como aquel, se ocupaba de la comunidad lesbiana aceptando solo la entrada de mujeres. Así pues, cuando las tres pelirrojas entraron por la puerta, se encontraron con un local lleno y bullicioso, sin un solo hombre a la vista. Hasta los camareros, que solían ser tíos culturistas para tener músculo suficiente para lidiar con los universitarios que se desmadraban, habían sido sustituidos por mujeres jóvenes, delgadas, con *piercings* en la nariz, el pelo violeta y de estilo punk-rock, que parecían, todas ellas, imitar a Elisabeth Salander de los libros y películas. La clientela del bar iba desde las moteras duras con vaqueros negros ajustados y chaquetas de cuero, tomando chupitos, al tipo ex hippy que prefería tomar cócteles con las típicas sombrillas de papel a modo de adorno y que hablaban por arrebatos agudos.

Pelirroja Dos y Pelirroja Tres se colocaron junto a Karen en el umbral de la puerta y se hicieron cargo de la situación.

Karen sonrió un poco y dijo:

—Me gustaría ver entrar al Lobo en este local. No creo que durara mucho.

Sarah se rio. A ella le parecía una verdadera ironía, lo cual captaba la esencia de su existencia. «Sería fantástico —pensó—. El Lobo entra en un bar de lesbianas y lo único que tengo que hacer es levantarme y apuntarle diciendo: "¡Este hombre mata mujeres!", y como una especie de ménades modernas, estas damiselas lo despellejarán y podremos continuar alegremente con lo poco que nos queda de vida.»

Jordan estaba un poco alterada.

—Soy menor de edad —le susurró a Karen—. Si en la escuela se enteran de que he estado aquí, me expulsarán.

—Pues entonces nos aseguraremos de que no se enteren —respondió Karen, aunque la seguridad de su voz contradecía la idea de que no tenía ni idea de cómo cumplir esa promesa.

Jordan asintió. Miró a su alrededor y sonrió.

—¿Sabes? La entrenadora de hockey sobre hierba a lo mejor está aquí... —Entonces se calló, se encogió de hombros y añadió—: A lo mejor podríamos sentarnos en un rincón.

Encontraron una mesa vacía cerca del escenario, que tenía la ventaja añadida de estar situada de forma que podían echarle el ojo a la puerta de entrada, aunque ninguna de las tres pelirrojas creyera que algún lobo sería lo bastante valiente o imbécil para seguirlas al interior. Una camarera tatuada que llevaba una camiseta negra ajustada acudió a tomarles nota y, mirando con recelo a Jordan, dio la impresión de estar a punto de pedirle el carné cuando Karen dijo:

—Mi hija tomará un refresco.

Jordan asintió y añadió:

—Ginger ale.

Karen pidió una cerveza y Sarah en un primer momento pidió un vodka con hielo, pero entonces le asaltó la idea de que quizá no fuera muy conveniente y pidió otro ginger ale.

La camarera gótica puso los ojos en blanco.

—Esto es un bar —dijo con tono desagradable.

—Vale —repuso Sarah—. Pon un trozo de peladura de limón en el vaso para que parezca una bebida de verdad.

Aquello hizo reír a las otras dos pelirrojas e hizo marchar a la camarera con cara de amargada. No es que fuera una broma, pensó Sarah, pero por lo menos era un intento de mostrar sentido del humor, lo cual parecía mucho más de lo que había conseguido en los últimos meses.

Las tres guardaron silencio durante unos momentos, mientras esperaban que la camarera les trajese las bebidas. La más joven del trío fue la primera en hablar.

—Bueno, aquí estamos. ¿Ahora qué hacemos?

Volvió a producirse un silencio antes de que Karen formulara la pregunta práctica.

—¿Alguna de vosotras piensa que esto es una tomadura de pelo? Ya me entendéis, que es todo un juego, que somos el blanco de una broma que no tiene ni pizca de gracia y que en realidad no pasará nada.

Tanto Sarah como Jordan eran conscientes de que se habían planteado esta pregunta y la habían descartado por separado, pero ninguna quería desembuchar.

Sarah fue quien alcanzó a ir más allá de todo el dolor que sentía en su interior.

—No creo que tenga tanta suerte —reconoció.

El silencio volvió a cernirse sobre ellas. Ninguna de ellas sentía que tuviera «tanta suerte».

—Entonces... —empezó a decir Karen. Le pareció que se atragantaba, un poco como el miedo escénico. Cuando alcanzó a continuar, las palabras brotaron rajadas como el cuero viejo—. Tenemos que encontrarle un sentido a todo esto.

Jordan fue quien respondió pero le pareció que era como oír hablar a otra persona, no a ella misma.

—¿Qué quieres decir con lo de «encontrarle un sentido»? Un pirado quiere matarnos porque somos pelirrojas y está obsesionado con Caperucita y tenemos que pensar qué hacer al respecto. Me refiero a ¿qué sentido quieres encontrarle? Y, mientras intentamos encontrarle el sentido, a lo mejor nos está acechando y poniéndonos en fila como blancos en un campo de tiro y preparándose para apretar el gatillo. «Pim, pam, pum, estáis todas muertas.»

Había ido tomando impulso con cada palabra por lo que Jordan hablaba rápido, aunque apenas lo había dicho todo en un susurro.

—Tomémosle la delantera, tomémosle la delantera, tomémosle la delantera —repitió la adolescente tres veces, como si fuera una por ella y una por cada una de las otras pelirrojas.

Karen se echó hacia atrás. No había hecho mucho caso a la propuesta homicida de la joven la primera vez que la había sugerido. Pero con las tres reunidas alrededor de la mesa, no era tan fácil desestimarla.

No sabía por qué no le parecía una opción viable. Se oyó hablar pero tuvo la impresión de que las palabras no se relacionaban con ella.

—Mira, Jordan, no somos asesinas. No sabemos qué estamos haciendo. Y no podemos rebajarnos...

Se calló porque tuvo la impresión de que sonaba como una imbécil y veía que la más joven de las tres negaba fuertemente con la cabeza para expresar su desacuerdo.

Se movió inquieta en el asiento. «¡Sé lógica!», le gritó una voz en su interior. Pero le costaba mucho obedecer la orden. Notaba que se le cerraba la garganta y se le secaba la boca. Se humedeció los labios y tomó un sorbo de cerveza.

—Mirad, lo primero —dijo—, es que hay algo que nos une —habló lo más despacio posible—. Tenemos que averiguar qué es.

—Sí, que somos pelirrojas —interrumpió Jordan.

—No, tiene que ser algo más.

—¿A qué te refieres? —preguntó Sarah. Se sentía un poco intimidada delante de las otras dos, como si ellas controlaran mejor la situación y tuvieran muchos más recursos que ella, aunque ahora que hablaban de matar recordó que daba la impresión de que ella era la única que poseía un arma.

—Él nos encontró. Así que hay algo que nos une. No puede ser el azar.

—¿Por qué no? —preguntó Jordan.

Las tres mujeres intercambiaron una mirada. Todas pensaban lo mismo. Todas imaginaban que las otras dos eran lo más distintas posible de una misma. Aparte del pelo rojo, no había nada obvio. Ninguna alarma, campana ni sirena anunciaba una similitud. Ninguna era capaz de ver que compartieran una conexión obvia.

Las mujeres volvieron a callar absortas en sus propios pensamientos.

Y de nuevo volvió a ser la más joven quien rompió el silencio.

—Sí, pero aunque lo averigüemos, ¿luego qué? ¿Llamamos a la policía?

—Yo ya lo he hecho —reconoció Karen—. Por supuesto, si averiguamos quién nos acosa, podemos llevar el nombre a la policía y a lo mejor pueden hacer algo...

Titubeó. Aquella vía lógica parecía totalmente irracional. «Cuando te ves abocada a una locura —pensó—, ¿qué te hace pensar que la lógica te ayudará?»

Se hundió en el asiento. Era un poco como si toda su formación y toda su vida adulta hubieran estado dedicadas a la razón. Era como emitir un diagnóstico: haces esta prueba y esa otra prueba, tienes en cuenta el síntoma, lo mezclas todo con los estudios y la experiencia y obtienes una respuesta. Una respuesta «razonable». Tal vez fuera una respuesta «feliz», pero una respuesta de todas formas. Negó con la cabeza.

Jordan era sumamente consciente de que Karen colgaba del precipicio de los pensamientos. Miró a la mujer adulta y pensó que era respetable, culta, responsable y madura y Jordan había imaginado que sabría exactamente qué hacer porque era el tipo de mujer que siempre sabía qué hacer. Claramente, se trataba del tipo de mujer en el que las adolescentes como ella querían convertirse. Trabajadora y responsable. Entonces, cuando vio la misma confusión y duda en el rostro de Pelirroja Uno que imaginó que traslucía el de ella, se asustó. Se giró a medias para ver si apreciaba lo mismo en los ojos de Sarah, pero el tercer miembro del trío estaba recostada, mirando el techo, como si esperara que un rayo revelador cayera de los cielos, atravesara las paredes y la alcanzara para mostrarle el camino a seguir. Jordan pensó: «Es como ir a la deriva en el mar con dos desconocidas.»

No lo dijo sino que espetó:

—Solo hay una manera de protegernos.

—¿Cómo lo hacemos? —preguntó Sarah, como si descendiera lentamente por una escalera hacia la tierra.

—El lobo está en una situación ventajosa con respecto a Caperucita Roja —dijo—, salvo en un aspecto.

—¿Cuál?

—Es un prisionero —dijo.

—¿De qué? —gruñó Karen.

—De lo que quiere.

—No te sigo —reconoció Sarah.

—¿Qué le hace meter la pata? Sus propios deseos.

Sarah y Karen miraron a Jordan.

—He leído el cuento —se apresuró a decir—. El otro día por la noche fui a la biblioteca. He leído todas las versiones.

—Sí —dijo Karen, desalentada—. Pero es un cuento...

Jordan insistió, inclinándose hacia delante y hablando con rapidez, como si la velocidad de sus palabras pudiera superar el bullicio del bar. No hizo caso de la interrupción de Karen.

—Y la única versión en la que Caperucita se salva al final es la políticamente correcta y falsa que las madres cuentan a sus hijas. Una especie de versión Disney edulcorada. En la historia verdadera...

Se calló. Vio la duda en el rostro de sus compañeras.

Jordan asintió con la cabeza.

—Lo sé —dijo, aunque ninguna de las dos había abierto la boca. Supuso que sonaba joven, pero resuelta, lo cual era típico de la juventud—. Pero es nuestra única posibilidad. Cambiar la vieja historia por una nueva. El cuento en el que se nos come vivas a todas tiene que convertirse en el que nos salvan.

—Suena bien —dijo Sarah. Una amargura que ella no quería ni consideraba útil asomaba a su voz—. Estoy segura de que hay algún leñador fuerte presto a rescatarnos con el hacha herrumbrosa...

Jordan alzó la mano. «Por lo menos Pelirroja Dos se sabe el cuento», pensó.

—Tenemos que salvarnos a nosotras mismas —declaró con amargura—. Es nuestra única posibilidad.

Karen intervino.

—De acuerdo —dijo—. Pero ¿cómo lo hacemos?

—No lo sé exactamente —reconoció Jordan—. Pero me parece que no nos va a reportar ningún beneficio que nos quedemos de brazos cruzados esperando que el Lobo nos mate. Me refiero a que si él es capaz de acecharnos, ¿por qué no podemos acecharle nosotras a él?

—Buena idea, pero ¿cómo?

Jordan no tenía ni idea de cómo responder a esa pregunta pero Karen sí.

—Igual que hemos empezado con esto. Descubrimos qué nos une. Tenemos algo en común. Más allá de lo obvio. —Se pasó la mano por el pelo—. Empezamos por ahí. Y cuando lo hayamos averiguado, pues...

No supo qué añadir de inmediato. Dejó que el ruido de fondo del bar las rodeara.

—Necesitamos un plan —dijo, al final.

Jordan asintió.

Karen notó cierto respaldo.

—Cada una de nosotras tiene que hacer algo. Lo que mejor se nos dé, sea lo que sea. Entonces lo compartimos y por lo menos lo habremos intentado.

Las tres sabían lo endeble que era aquella última palabra pero ninguna lo reconoció en voz alta.

—Hay otra cosa —dijo Karen con una voz que iba tomando impulso—. Comportaos con normalidad...

—¡Normalidad! —interrumpió Sarah—. Quiero decir ¿cómo coño...?

No acabó la pregunta.

—Lo que quiero decir es que nadie haga nada que se salga de la rutina diaria. Haced lo que hagáis normalmente a la hora de siempre. No dejéis que el Lobo aprecie ninguna diferencia.

—No lo pillo —dijo Sarah.

Karen cerró los ojos durante unos instantes. Le costaba creerse lo que estaba a punto de decir.

—En algún momento —dijo poco a poco— tendremos que atraerle, lo bastante cerca para que veamos quién es.

Estuvo a punto de soltar un grito ahogado. Aquella idea le resultaba aterradora. Colocó las manos bajo la mesa porque temía que le empezaran a temblar.

Jordan, sin embargo, sonrió.

—Qué dientes tan grandes tienes, abuelita —dijo—. Tiene sentido.

Las tres pelirrojas se quedaron calladas un momento. Cada una de ellas se sumió en emociones distintas. Cada una pensó que era imposible entender a las demás lo suficiente para huir de la guarida del lobo.

—¿Cuánto tiempo crees que tenemos? —preguntó Sarah.

Aquella pregunta les llegó a lo más hondo. «Un día, una semana, un mes, un año.» No había forma de saberlo.

Las tres mujeres intercambiaron una mirada. Una médica con una vida secreta como humorista en un mundo en que ya nada tenía gracia, una viuda sumida en un dolor insalvable, una adolescente atrapada por las circunstancias y el fracaso. Ninguna de ellas veía qué compartían, pero todas sabían que tenían que averiguarlo lo antes posible.

—Yo no quiero morir —dijo Sarah de repente. Las palabras la sorprendieron porque hasta ese preciso instante había pensado que eso era precisamente lo único que deseaba.

18

En lo que al Lobo le pareció un golpe fortuito de buena suerte, al día siguiente recibió un mensaje de correo electrónico conjunto de la sección de Nueva Inglaterra de la Asociación Americana de Escritores de Novela Negra, anunciando un seminario especial con el mejor analista forense de la policía estatal de Massachusetts. Aunque se había inscrito en la organización poco después de la publicación de su primer libro hacía años, y había seguido pagando la cuota anual religiosamente, nunca había asistido a ninguna conferencia de las que montaba la organización. Estaban pensadas para ayudar a los socios en los asuntos peliagudos que surgían en sus narrativas. Como era de esperar, había considerado que estaba por encima de estas sesiones de «instrucciones» y prefería documentarse él solo. La policía local siempre resultaba de gran ayuda, al igual que muchos abogados criminalistas con experiencia real en la recogida de pruebas y en encontrar lagunas en cualquier caso bien construido. Siempre se mostraban dispuestos a hablar con un escritor. A veces se preguntaba si estaban igual de dispuestos a hablar con un verdadero asesino.

Pero aquel mensaje de correo electrónico parecía encajar con sus necesidades actuales y se reservó un tiempo para el seminario, pagó la cuota de cincuenta dólares con una tarjeta de crédito y buscó las indicaciones para llegar a la sala de convenciones del hotel donde se desarrollaría la jornada. Tardaría dos horas en coche hasta las afueras de Boston, pero imaginó que el viaje valdría la pena. Al Lobo le gustaba pensar que estaba constantemente al acecho de información. Consideraba que los pequeños detalles sobre crímenes daban vida a sus escritos. En ese sentido, se equiparaba al resto de los escritores de novela negra.

La idea de formar parte de un grupo le divirtió.

«Porque no soy como ninguno de esos que se esfuerza por encontrar un buen agente y conseguir el contrato para un libro y quizá la opción para una película para el detective de sus series.»

Le entraron ganas de soltar una carcajada pero se contuvo.

Iba a ser una sesión de tarde, lo cual no era de su agrado. Ya no le gustaba conducir de noche. Seguía teniendo buena vista, pero la oscuridad temprana del invierno parecía enlentecer sus reacciones y tornarle inseguro al volante. Odiaba aquella sensación de vulnerabilidad o mortalidad porque le recordaba que estaba envejeciendo. A su vez, eso hacía que se sintiera más energizado cuando pensaba en las tres pelirrojas.

«Matar —escribió— saca la juventud interior.»

¿Recuerdas cómo fue tu primer beso? ¿La primera vez que tocaste un pecho femenino? ¿La primera vez que acariciaste el filo de una navaja con el pulgar y te salió un poco de sangre? ¿Recuerdas el sabor? ¿O la primera vez que levantaste un revólver cargado y colocaste el índice en el gatillo, sabiendo que todo el poder del mundo quedaría liberado a la menor presión?

«Perfección», pensó.

Estas son las pasiones que necesitan restituirse y renovarse continuamente.

A regañadientes, el Lobo dejó de lado sus cavilaciones sobre el asesinato y se dedicó a anotar preguntas para el ponente del seminario e intentó anticipar las respuestas del experto. Se lo planteaba como si fuera un buen estudiante de posgrado que se preparaba para un examen oral. Sería el paso final antes de que le concedieran el doctorado. La idea le hizo sonreír. «Estudios Superiores en Asesinatos», imaginó. De todos modos, consideraba que era necesario prepararse para el seminario. Quería ser capaz de demostrar que comprendía lo suficiente para asimilar los conocimientos del experto. Era como llamar a la puerta de un club elitista y solicitar la admisión.

Añadió otra nota al capítulo en el que estaba trabajando.

Para ser un asesino realmente exitoso hay que tener siempre ganas de aprender. Demasiados reclusos del corredor de la muerte miran entre los barrotes de hierro esperando esa última palabra del alcaide y se preguntan cuándo se fue todo al garete. «Lo siento. Todos los recursos han sido desestimados. ¿Quieres un sacerdote? ¿Y pollo o ternera para la última comida?» Si uno no se informa sobre la muerte, la muerte le informará por su cuenta. Y nadie quiere recibir esa lección.

Pensó que aquello debía de resultar obvio para todos los lectores, pero merecía ser expuesto con una prosa clara y concisa de todos modos.

A veces, se dijo, hay que ser muy explícito. Pornográficamente claro. Con las palabras y con los homicidios.

Jordan contó para sus adentros. Un paso. Dos. Veinte, veinticinco y treinta. Se inclinó hacia el patio abierto, midiendo cuidadosamente, haciendo caso omiso de los demás alumnos que caminaban hacia las clases de última hora de la tarde.

Llevaba una pequeña videocámara en la mano.

Le había pedido prestado el aparato a una de sus compañeras de residencia, una chica un poco más joven y que parecía un poco menos empeñada en mofarse de ella despiadadamente o en esforzarse al máximo por evitarla. No es que Jordan la considerara una amiga pero al menos era una persona que le había prestado la cámara a regañadientes para un rato. Jordan supuso que la utilizaba sobre todo para diversiones poco éticas: tal vez grabar a otras chicas enrollándose con los chicos del equipo de fútbol americano o bebiendo como cosacos en las fiestas más salvajes de la escuela. De todos modos, a Jordan no le importaba para qué la usaba. Ella solo tenía una necesidad.

Siguió desplazándose por el campus, alzando la cámara periódicamente y mirando por el objetivo.

Cuando la distancia le parecía la correcta, se paraba y miraba por el visor.

Jordan dio un vistazo rápido a su alrededor.

—Aquí es donde estabas —susurró. Levantó la mano a medias para señalar como si hubiera alguien a su lado.

Jordan había repetido la primera toma que el Lobo le había hecho en el vídeo de YouTube. La distancia era aproximadamente la misma. El ángulo era casi idéntico. Había hecho todo lo posible para calibrar la luz y reproducir el mismo momento del día.

Se había parado a pocos metros de un pequeño espacio situado entre el laboratorio de ciencias y una residencia masculina. Era un callejón sin salida, de no más de tres metros, que quedaba bloqueado por una pared de hormigón al fondo que conectaba los dos edificios sin motivo aparente. En ese extremo había varios contenedores de basura y la pared estaba llena de obscenidades pintarrajeadas y dibujos vagamente pornográficos, números de teléfono y protestas de amor eterno o promesas de sexo oral. No difería demasiado del típico lavabo de una estación de autobuses.

Ambos edificios eran del típico ladrillo visto de las escuelas y universidades, y estaban cubiertos de hiedra aunque el frío hubiera despojado las ramas de hojas. El espacio se asemejaba a una cueva. A Jordan le pareció que era un mal sitio para los contenedores de basura, pero apropiado para esconderse unos momentos y grabar un vídeo a hurtadillas.

Se imaginó el aspecto que habría presentado el reducido espacio cuando se hizo la toma de ella desapareciendo en el interior de la residencia. «Tuvo que ser a finales de la primavera pasada. Había mucho verde —pensó—. Y las sombras de la tarde habrían hecho que este sitio estuviera incluso más oscuro, mientras los últimos rayos de sol que se reflejaban en el patio habrían permitido verme con claridad.»

Se mordió el labio inferior. Era un buen sitio para grabaciones de vídeo secretas.

Jordan retrocedió ligeramente y miró primero a derecha y luego a izquierda. «Nadie podía ver lo que hacías a no ser que pasaran caminando justo por delante por casualidad y te miraran directamente.»

Era como si mantuviera una conversación con el Lobo en su fuero interno, como si quisiera que él oyera cuánto había averiguado sobre él. Contempló el lugar donde creía que él había estado. Quería susurrar algo desafiante, pero no se le ocurrió nada. Se lo imaginó: una oscura silueta masculina que parecía mitad animal, casi de tebeo, que bajaba la cámara y tenía una amplia sonrisa lobuna en el rostro, enseñando los dientes. Volvió a recorrer las zonas adyacentes con la mirada. «Mucho sitio para aparcar en la calle lateral a apenas veinte metros de distancia. Unos cuantos pasos rápidos y ya estarías fuera. Nadie sabría qué has estado haciendo. O sea que debiste de sentirte más que seguro.»

Jordan se esforzó por reconstruir todos los elementos de la filmación en su cabeza.

«No es posible que te pasaras horas aquí esperando, con la confianza de que acabaría pasando por delante y así podrías grabarme. Eso resultaría demasiado sospechoso. Alguien podría verte y llamar a los guardas de seguridad. No se permite que la gente vague por la escuela. O sea que no ibas a asumir ese riesgo. Cualquier lobo listo sabría ser mucho más cauto, ¿verdad?»

Le dolía la garganta y tenía la boca seca.

«Seguro que sabías cuándo iba a pasar. Quizá no exactamente pero sí la hora aproximada. Tenías que saber algo de mis horarios. O sea que el lobo listo sabe exactamente cuándo espiarme con toda seguridad.»

Aquella observación la llevó a algo más.

«Debes de saber lo mismo de Pelirroja Uno y Pelirroja Dos.»

Se acercó la cámara al ojo pero no pulsó el botón de grabar. Ya había visto todo lo que quería.

Jordan notó una oleada de calor, aunque el aire estuviera fresco. «Esta es la primera lucha —se dijo—. Que no cunda el pánico. Estuvo justo aquí, justo donde estás ahora. ¿Qué más me indica esto?»

Había una respuesta que ya sabía y se la recordó diciéndola en voz alta:

—Nos ha estado observando a todas durante varios meses.

Se dio cuenta de que el vídeo era la culminación de muchas horas. No era una filmación fortuita y espontánea.

Aquello le parecía totalmente injusto. Era como un examen sorpresa en un aula sobre un material que no había pensado en estudiar. Solo que fallar aquí suponía mucho más que una mala nota.

Alargó el brazo y recorrió indolentemente con los dedos el ladrillo picado del edificio de Ciencias, como si las piedras viejas pudieran decirle algo más.

Jordan tuvo la sensación de que el tacto le proporcionaría alguna respuesta, pero parecía esquivarla en la penumbra del atardecer. Dividida, pues una parte de ella quería huir y otra le decía que siguiera mirando porque quizás hubiera otras respuestas por encontrar cerca de los contenedores, giraba sobre sus talones. Durante unos instantes miró fijamente la pared de cemento gris que había detrás de los contenedores y recorrió con la mirada todos los mensajes descoloridos y con faltas de ortografía. Se acercó un par de pasos para leer.

Kathy hace unas buenas mamadas. Llámala al 555-1729.
A tomar por kulo la clase de 2009. Gilipollas.
Querré a S para siempre.

Estaba a punto de volverse cuando se fijó en un pequeño corazón dibujado en la pared. En el interior estaban las letras:

PT y L

Jordan contempló el dibujo como si fuera capaz de extraer alguna verdad con la mirada.
«PT —pensó—, no puede ser Pelirroja Tres.
»L no puede ser el Lobo.»
Negó con la cabeza. «No, habría sido LF porque así es como firmaba las cartas. Se estrujó la memoria. ¿No hay un tal Peter Townsend en esa residencia de chicos? ¿No estaba locamente enamorado de Louise el semestre pasado?
»Tiene que ser eso.»
Pero intentar convencerse de que todo estaba bien le parecía una mentira flagrante. Le entró frío, dio media vuelta y se encaminó hacia su residencia. Tenía la sensación sobrecogedora de que el Lobo estaba justo detrás de ella, escondido en ese lugar y fil-

mándola otra vez como si se hubiera materializado por entre las sombras en cuanto se había dado la vuelta. Le ardía la nuca. Por descabellada que pareciera la idea, estuvo a punto de sobrecogerla. Le sobrevino un miedo frenético y estuvo a punto de echar a correr. Pero, en cambio, Jordan se obligó a aminorar la marcha y caminar a buen ritmo. «Un pie delante del otro», se dijo. Como un soldado, le entraron ganas de cantar algún tema obsceno y estridente. Pero no era capaz de levantar la voz, así que Jordan empezó a susurrar con voz cantarina: «Yo no sé pero me han dicho, que los esquimales tienen en la polla un frío bicho. Izquierda, derecha, izquierda, derecha...» Esperó que su paso fuera tan desafiante como las palabras que no había sido capaz de pronunciar antes, aunque lo dudaba.

«Compórtate con normalidad.»

Sarah Locksley casi se rio al pensar que aquello habría significado tragarse unas cuantas pastillas y regarlas con vodka tibio. «Eso sería mi nueva normalidad no mi vieja normalidad.»

En cambio, se había pasado el día poniendo en orden su casa. Había recogido la basura y colocado las botellas de alcohol vacías en los cubos de reciclaje. Había aspirado las alfombras y fregado el suelo. La lavadora había funcionado ininterrumpidamente durante horas y había doblado y ordenado cada colada con esmero en sus correspondientes cajones. Limpió todas las encimeras y superficies de la cocina y encendió el mecanismo de autolimpieza del horno. La nevera había sido todo un reto, pero restregó hasta las gotas de leche derramada. Tiró la comida en malas condiciones en otra bolsa de basura y la dejó fuera. Abordó los cuartos de baño con un cepillo, limpiador y precisión militar, se agachó hasta que le dolió la espalda horrores pero consiguió que la cerámica y el acero inoxidable estuvieran relucientes. Y, en lo que le pareció una completa estupidez, cogió dos bolsas de basura y fue de ventana en ventana, de puerta a puerta desmantelando su sistema de seguridad de *Solo en casa*. Los cristales rotos que había desperdigado bajo todos los puntos de acceso tintinearon cuando se los llevó con la escoba y el recogedor.

No se atrevía a abrir las ventanas y airear la casa, aunque sabía que tenía que hacerlo. Una ventana abierta parecía una invitación al aire frío, los problemas y quizás algo peor.

Sarah tampoco fue capaz de entrar con un plumero en el estudio de su marido ni en el dormitorio de su hija. Permanecían cerrados.

«Normal» no podía ir más allá.

Cuando hubo restituido su casa a algo medianamente razonable, Sarah entró en la ducha y dejó que el agua caliente le corriera por el cuerpo mientras el calor se le iba filtrando por los músculos doloridos. Permaneció bajo el chorro casi como si fuera una estatua, incapaz de moverse, pero no inmóvil por la fatiga sino por la confusión. Cuando se enjabonó el pelo y el cuerpo, se sintió como si sus manos tocaran el cuerpo de alguien desconocido. Nada le resultaba familiar, ni la forma de sus pechos, el largo de sus piernas, los rizos del pelo. Cuando salió de la ducha, se quedó desnuda delante del espejo imaginando que observaba a una especie de gemela idéntica que nunca había conocido, separadas al nacer, pero que acababa de reaparecer en su vida de repente.

Se vistió con esmero y escogió unos pantalones recatados y un suéter de la hilera de ropa que había utilizado normalmente para ir a trabajar a la escuela. Cuando trabajaba y tenía esposo e hija ya le iban holgados. Ahora que no tenía nada de eso, le colgaban sobre el cuerpo por la pérdida de peso a causa de la depresión y se preguntó si alguna vez volverían a quedarle bien.

Encontró el sobretodo, sacudió un poco de polvo y buscó la cartera que usaba como bolso. Comprobó que el revólver de su esposo seguía en el interior.

—Normal no incluye ser imbécil —dijo en voz alta.

No estaba segura de que esta frase fuera cierta.

Sarah salió al exterior a la tenue luz de la tarde. Notó que le temblaban las manos y sabía que tenía miedo. Tenía unas ganas locas de pararse, comprobar la calzada arriba y abajo e inspeccionar su pequeño mundo por si veía alguna señal reveladora de la presencia del Lobo. Se sintió totalmente vulnerable cuando se contuvo de hacerlo.

«Normal —pensó— es no necesitar mirar en derredor con nerviosismo y preocuparse por cada paso que una da.»

Notó una oleada de frío en su interior cuando pensó que si su marido hubiera mirado en la dirección correcta, quizá...

Reprimió esa pequeña sensación de culpa.

Por el contrario, se dirigió rápidamente al coche y se situó al volante, comportándose como una persona que tenía un sitio adonde ir.

Lo tenía. Pero no era el tipo de viaje que encajara con una definición normal de rutina. El viaje era para combinar lo insistentemente común con la más profunda de las tristezas.

Su primera parada fue la mundana: el supermercado local. Cogió un carrito y lo llenó de ensaladas, fruta, carne magra y pescado. Compró agua embotellada y zumos naturales. Sarah se sentía un poco rara recorriendo los pasillos de comida sana. Hacía tiempo que no comía nada que tuviera valor nutricional alguno.

En la sección de floristería, cogió dos ramos de flores baratas y coloridas.

La cajera cogió la tarjeta de crédito de Sarah y la pasó por el lector, lo cual hizo que Sarah se sintiera avergonzada porque estaba segura de que el pago sería denegado. Cuando vio que estaba aceptado, se llevó una ligera sorpresa.

Dirigió el carrito cargado hasta el coche y mantuvo la vista fija en la descarga, armándose de valor para combatir el deseo de lanzar una mirada furtiva. Por primera vez en su vida se sentía como un animal salvaje. La exigencia de cautela y de permanecer alerta a todas las amenazas casi la superaba.

«El Lobo no te seguirá al siguiente recado —pensó.

»Y aunque me siguiera, ¿qué descubriría?

»Nada que ya no sepa.»

Insistiéndose en que no debía tener miedo, Sarah introdujo la comida en el maletero. Acto seguido, se sentó al volante, respiró hondo y salió del parking para incorporarse al tráfico.

Los conductores que volvían del trabajo entraban y salían de los carriles y conducían pegados a ella. «Ese tipo de desplazamientos tiene una energía frustrante», pensó. Hay tanta gente que tiene prisa por llegar a casa que enlentece a todo el mundo. Contraproducente. Se recordó que en el pasado ella había hecho lo mismo al término de la jornada escolar. Recogía todo el material de clase, subía al coche y conducía rápido porque ahí era donde estaba su verdadera vida, o por lo menos la parte que le gustaba pensar que era real. Recoger a su hija en la guardería, preparar la cena, esperar que su marido llegara del parque de bomberos.

Un coche pitó detrás de ella. Pisó el acelerador sabiendo que ir más rápido no iba a hacer que quienquiera que tuviera detrás fuera más educado.

Tardó casi media hora en llegar al cementerio. Estaba situado cerca de un gran parque público, por lo que los restos de la ciudad fueron desapareciendo poco a poco, de forma que los últimos bloques tenían un aire casi rural.

Las tumbas estaban situadas en una pequeña colina. Había unos caminos que serpenteaban por entre las lápidas grises. Había senderos que conducían a criptas ornamentadas y estatuas de ángeles acechantes. Quedaba poca luz natural y las sombras parecían caer desde los robles esparcidos por el paisaje. Casi perdido en un rincón había un pequeño edificio que Sarah sabía que albergaba una excavadora y palas.

Estaba sola.

En algunas tumbas había flores marchitas. Otras estaban adornadas con banderas americanas gastadas y deshilachadas. Unas pocas tenían la tierra recién removida. Otras estaban descoloridas por las inclemencias del tiempo, la hierba marronácea por el tiempo. Nombres, fechas, sentimientos rápidos —querido, devota— adornaban algunas lápidas. Tenía ante ella décadas de pérdidas dispuestas en silencio.

Sarah paró el coche y agarró los dos ramos de flores.

«Hace mucho tiempo que no vienes —se dijo—. Sé valiente.»

Cuando formó esa última palabra en su cabeza, no estuvo segura de si se estaba diciendo algo sobre el Lobo o sobre las personas que le habían arrebatado de su vida. Deseaba que su marido o hija le susurraran algo, pero en el ambiente no había nada más que el silencio del cementerio.

Tambaleándose ligeramente, recorrió un sendero que estaba flanqueado por dos estatuas de querubines que empuñaban unas trompetas que no emitían ningún sonido e hileras de sencillos monumentos grises. Oía sus zapatos golpeteando el macadán negro del camino. En parte deseaba estar borracha y otra parte igual de grande creía que no había alcohol en el mundo capaz de superar la sobriedad de ese momento. La embargaban tantas emociones distintas que se sentía atrapada en una montaña rusa que giraba descontrolada fuera de los raíles.

En su interior elaboraba lo que iba a decirle a su familia asesinada. Palabras como «lo siento» u «os necesito a los dos para que me ayudéis a superar esto» le llenaron la boca, como si estuvieran a punto de desbordársele. Sujetó los ramos casi como hiciera antes con el revólver.

Sarah sabía cuántos pasos tenía que dar. Mantenía la cabeza gacha como si temiera leer los nombres de la lápida de mármol gris que la esperaba. Cuando supo que estaba delante de ella, se paró, inhaló con fuerza y alzó la vista.

Al hacerlo, empezó a hablar.

—Os echo mucho de menos y ahora alguien me quiere matar... —empezó a decir casi de forma absurda.

Entonces, como si alguien le hubiera pasado una cuchilla por la lengua, el mensaje inconsistente y débil que tenía para su difunto esposo e hija desapareció.

Observó la lápida a través de la oscuridad que la invadía.

Al comienzo solo fue capaz de pensar «aquí hay algo raro».

Observó fijamente la piedra de color granito.

«Grafiti», pensó al comienzo. Sintió una gran indignación.

«Es terrible —pensó—. ¿A qué adolescente estúpido, inconsciente, repelente y asqueroso se le ocurre coger una lata de pintura en espray y pintarrajear una lápida?»

Dio un paso adelante y miró desde más cerca.

«No está bien.»

Se dio cuenta de que respiraba de forma superficial. Unas ráfagas rápidas de aire surcaron la noche que caía con rapidez.

Lo que debía haber sido la «firma» angular de las bandas adolescentes, o dibujos redondos, bulbosos de apodos no era tal cosa. Ni tampoco se trataba de obscenidades pintarrajeadas con espray en la superficie, con las faltas de ortografía de rigor. Sarah siguió avanzando como si se sintiera atraída hacia las formas que veía.

Estaban pintadas de blanco. Formaban ángulos en la piedra, dividiendo por la mitad cada nombre y la fecha de la muerte.

Había cuatro.

Sarah nunca había visto la imitación de la huella de la garra de un lobo, pero supo con certeza que aquello era lo que estaba viendo.

Dejó caer las flores en la acera y corrió con todas sus fuerzas.

19

El director de escena hacía señas a Karen como un poseso, señalando la cortina negra deshilachada que ocultaba la entrada al
proscenio de Sir Laughs-A-Lot cuando oyó que el móvil que llevaba en el bolso sonaba insistentemente. Lo primero que pensó
fue que había alguna urgencia médica que exigía su atención inmediata. Cogió la cartera y no hizo caso del director, aunque la
instaba con apremio.

—Venga ya, doctora. Eres la siguiente. Buena suerte. Déjalos
alucinados.

Vaciló al ver que el que sonaba no era su móvil normal. Era el
teléfono desechable idéntico a los que había entregado a Pelirroja Dos y Tres.

En pantalla quien llamaba estaba identificada como «Sarah».

Karen estaba a punto de coger el teléfono cuando oyó al director de escena, que normalmente era el camarero de la barra del
club de la comedia.

—Más vale que sea importante, joder. Tenemos el local lleno
y el público empieza a impacientarse.

Karen alzó la vista y vio que sujetaba el telón con una mano y
la animaba a que fuera hacia delante con la otra. Ella solo veía lo
que había más allá de él, hasta el propietario del club que estaba
en el centro del escenario, presentándola.

—¡Demos una cálida bienvenida en Laughs-A-Lot a la doctora K! —decía el propietario, cuando se apartó del micrófono de
pie y señaló en su dirección.

Echó un vistazo rápido al teléfono cuando dejó de sonar. En pantalla se veía «1 mensaje nuevo».

No sabía qué hacer. Oía al director de escena susurrándole desde el escenario que se levantara y saliera mientras el teléfono exigía su atención.

Apresada entre los dos polos, soltó el teléfono en el bolso y cogió una botella de agua de la mano del director de escena. «El espectáculo debe continuar», pensó, aunque quizá fuera una mentira. Karen dio un paso adelante y se situó bajo los focos.

Llevaba unas gafas de montura negra y se había rizado el pelo de forma cómica. Desplegó una amplia sonrisa un poco bobalicona. Saludó al público. Vestía su típico traje de «club de la comedia», que consistía en unas zapatillas altas de color rojo, un jersey de cuello alto negro y vaqueros, rematado con una bata blanca de médico y un estetoscopio viejo que ya no funcionaba y que le colgaba del cuello como una soga.

Ya sabía que el «local lleno» no era más que unas cincuenta personas en el diminuto y apartado club. No veía más allá del destello de los focos pero sabía que había parejas y cuartetos repartidos por las sombras del interior cavernoso. Estaban sentados a la mesa y los camareros apurados de tiempo repartían hamburguesas y cervezas, intentando servir a todo el mundo antes de que ella saliera al escenario. Olía a patata frita y oía de lejos el chisporroteo de la pequeña cocina.

La recibieron con algunos aplausos e hizo una reverencia exagerada.

—¿Sabéis lo que de verdad me preocupa? —dijo, modulando la voz para dar energía a sus palabras—. Cuando extiendo una receta y digo «tómese dos de estas al día» y los pacientes enseguida lo duplican todo... porque si con dos van a sentirse mejor, pues con cuatro seguro que se sentirán cojonudos...

Hizo una pausa y miró más allá de los focos a las personas que no veía pero que sabía que estaban allí, y sonrió.

—Por supuesto, ninguno de los presentes ha hecho una cosa así...

Una oleada de risas acomplejadas fluyó hacia ella.

—Vamos a ver, ¿es que todo el mundo quiere ser drogadicto?

Este pequeño insulto recibió una respuesta un poco más efusiva. Oyó unos cuantos «Sí, ¿por qué no?», y exclamaciones tipo «¡Ni hablar!» de entre el público.

—Por supuesto esto me recuerda a un drogadicto que conocí... —continuó.

Tocar de refilón el tema de las drogas y fingir estar un poco aturdida acerca de las necesidades de los pacientes formaba parte integral de su número. Cuando no estaba muy segura de su sentido del humor, se burlaba de las cosas que menos graciosas eran. Aquello nunca fallaba y se metía al público en el bolsillo. Recordaba a un viejo cómico que se la había llevado a un lado hacía años cuando había empezado a probar algunos de sus números y le había dicho:

—¿Sabes lo que no tiene gracia? Un tío con muletas y la pierna enyesada. ¿Sabes lo que es para troncharse? Un tío con muletas y la pierna enyesada que resbala en el hielo y se pega un ostión. Con eso la gente se ríe seguro. A todo el mundo le encantan las desgracias ajenas. Tenlo presente siempre que estés en el escenario.

Y así hizo. Sus números se burlaban de los ataques al corazón, del cáncer y del virus del Ébola. La mayoría de las veces funcionaban.

—Viene un tío y me dice: «Doctora, ¿qué tiene de malo tomar drogas?» Y yo le respondo: «Vale, pero ¿tranquilizantes para el perro?» Y él me mira sonriente y dice: «Yo y mi perro nos parecemos bastante.»

Karen hizo una pausa.

—Sí y le digo: «Sigue esnifando esa cosa y acabarás meneando la cola mucho menos...» —Cuando pronunció la palabra «cola», se sujetó la entrepierna como si imitara a un hombre masturbándose.

Se oyeron unas carcajadas y unos cuantos aplausos. Aquella respuesta bastaba para que Karen se relajara tras los focos y sintiera que se había ganado lo bastante al público como para pensar que podía acabar con un chiste subido de tono. Tomó nota mentalmente de utilizar ese chiste. Un doble sentido: una nota subida de tono. En parte, lo que le gustaba de actuar era que cuando estaba en el escenario delante del público situaba los pensamientos en distintos compartimentos, como si su cerebro fuera el escritorio de un viejo boticario con cien cajones distintos.

Retomó el chiste del drogadicto imaginario.

—Y le digo: «¿Sabes? A lo mejor empiezas a levantar la pata en momentos poco adecuados...»

Otra ronda de carcajadas en la sala. Parte del humor consistía en hacer que el público «viera» a un hombre que iba convirtiéndose en perro.

—Pero por supuesto, me contesta: «Bueno, a lo mejor también podré oler mejor a las perras.»

Sabía que aquella línea hacía aplaudir a los hombres. Así fue.

Karen se había animado, de repente se sentía segura, había enviado el mensaje de teléfono que la había seguido hasta el escenario a algún lugar distante y casi olvidado, y se permitió que los aplausos la rodearan durante unos instantes. Era como recibir caricias, pensó.

Entonces un silbido solitario se alzó por encima del ruido.

Era un sonido alto y penetrante.

No le resultaba desconocido. Lo había oído en otros espectáculos y no le había hecho ni caso o había bromeado al respecto.

Pero esta vez el silbido aumentó de intensidad y de repente bajó, la dejó petrificada porque lo identificó.

Un silbido como de lobo.

Se balanceó de un pie a otro y dio un trago largo a la botella de agua. Se le había acabado la imaginación, sabía que tenía que encontrar un chiste pero de repente se sentía imposibilitada.

«A todas las mujeres las han piropeado con un silbido. No es más que una forma habitual en los hombres de expresar la atracción que sienten. No es nada nuevo.»

Nunca se le había ocurrido pensar que era un silbido tipo lobo. Ahora sí.

Intentó recobrar la compostura.

«No es nada extraordinario.»

Una parte de ella gritó en su interior: «¡Mentirosa!»

Karen intentaba seguir el hilo de su sentido del humor.

—Por supuesto —dijo—, las empresas farmacéuticas dedican

todo su tiempo y dinero a investigar sobre los problemas equivocados. Me refiero a que quieren curar el herpes y el resfriado común. Pero ¿qué me decís de un fármaco que ayude a las mujeres a aparcar bien?

Se oyeron las risas procedentes de la oscuridad.

—O quizás un fármaco que cure a los hombres de la adicción al fútbol. Señoras, podríamos aplicarlo a las patatas fritas con kétchup y mayonesa, y para cuando nos diéramos cuenta ya no darían más partidos por la tele y las cadenas se dedicarían a emitir la última adaptación de *Orgullo y prejuicio*...

Más carcajadas y risas.

Karen empezó a relajarse de nuevo al pensar que el silbido no había procedido de ningún lobo cuando lo oyó por segunda vez, mezclado con el regocijo general.

«Lo es, no lo es», pensó, intentando de nuevo identificar el sonido. Alzó la mano para protegerse los ojos, para tratar de ver al público más allá de los focos. Pero no era más que una caverna oscura, llena de siluetas imprecisas.

De repente pensó: «La llamada de Pelirroja Dos. Era una advertencia. Está aquí. Está justo después de los focos cegadores. Casi lo tengo al alcance de la mano.

»Él puede tocarme.»

Karen luchó contra el pánico que la embargaba. Se esforzó para mantenerse centrada y seguir soltando chistes. Por dentro se decía: «Suelta un chiste. Di "alguien debe de estar enamorándose..." o alguna tontería por el estilo. Convierte ese silbido en algo normal y benévolo.»

No era capaz de hacerlo. La muerte inundaba su imaginación.

«¿Está pasando? ¿Ahora mismo? ¿Va a matarme delante de toda esta gente?»

Le temblaban las manos. Dio otro sorbo a la botella de agua pero estaba vacía.

Estaba en el escenario. No tenía dónde esconderse. Los focos seguían todos sus movimientos.

Quería decir algo que le permitiera escabullirse de la tarima con gracia. Algo así como «bueno, tengo que volver a Urgencias». Entonces se le ocurrió que quizás aquello desencadenara la acción del Lobo. Si intentaba huir, ¿la dispararía justo entonces? ¿Saltaría al escenario como una especie de John Wilkes Booth desquiciado blandiendo un cuchillo o un arma?

Cerró los ojos. Se sentía atrapada entre miedos irracionales. Por un lado el temor de humillarse delante del público y por otro el miedo al Lobo.

Tragó saliva. Se preguntó si estaba ante los últimos segundos de vida.

—Bueno —dijo al público con una sonrisa forzada—, esto es todo por hoy. Tomad dos aspirinas y llamadme por la mañana.

Los aplausos ocultarían el disparo. Igual que la sala a oscuras. Habría confusión y pánico. Alguien gritaría: «¡Llamad a un médico!», pero por supuesto ella era la única doctora del club y moriría en el escenario. Y en toda aquella maraña de ironía, muerte y sorpresa, el Lobo desaparecería. Lo sabía, aunque no tuviera sentido. Sabía que ya había urdido sus planes de huida y que iría rápidamente a por Pelirroja Dos o Tres.

A no ser que ya las hubiera matado.

«Quizás eso fuera la llamada —pensó Karen—. Era de Sarah y luego el nuevo mensaje, pero a lo mejor era "Estoy muerta".»

De repente Karen veía dos cadáveres. Pelirroja Dos y Pelirroja Tres, deformes, ensangrentadas, despedazadas. Era casi como si tuviera que pasar por encima de ellas para dejar el escenario.

Se tambaleó hacia el telón. Sabía que tenía que despedirse del público, que seguía aplaudiendo, pero le resultaba imposible volverse. A cada paso que daba se imaginaba que era el último. Le fallaban las piernas. Esperaba oír el sonido de un disparo detrás de ella y sabía que sería el último sonido que oiría.

Cuando llegó al telón y dejó que corriera detrás de ella le pareció que en su vida había recorrido una distancia tan grande.

Durante un instante dio bocanadas al aire enrarecido que había entre bastidores. Quería encogerse y acurrucarse en algún rincón oscuro. Entonces, casi con la misma rapidez, se dijo: «¡Tienes que ir a mirar!»

Lanzó las gafas de mentira y el estetoscopio hacia el bolso, se despojó de la bata blanca y pasó corriendo junto al sorprendido director de escena, el igualmente asombrado propietario y un hombre vestido con estilo juvenil con una americana de *tweed* y pantalones caqui que en aquella ocasión iba a salir después de ella al escenario. Corrió hacia la puerta lateral del club, la que daba a las mesas. Tenía un cartel que rezaba: SI SE ABRE, SONARÁ LA ALARMA, pero aquel sistema de seguridad estaba desconectado.

Karen irrumpió por la puerta.

Se habían encendido unas pocas luces del club, las suficientes para que pudiera examinar los rostros del público.

No sabía qué buscaba. «¿Un hombre solo? ¿Los colmillos del Lobo? ¿Mirar un grupo de personas y distinguir al asesino de entre ellos?»

Lo que vio no tenía nada de extraordinario. Más hamburguesas y botellas de cerveza que se servían. Mesas llenas de parejas. Lo que oía era muchas risas y las voces que se elevaban alegremente.

Miró a derecha e izquierda.

Le entraron ganas de gritar: «¿Dónde estás?»

—Eh, doctora, ¿estás bien?

Se sobresaltó.

La pregunta procedía del dueño del club.

Karen respiró lentamente.

—Sí, sí —contestó.

—Es que parece que has visto un fantasma.

«A lo mejor es eso —pensó—. O a lo mejor lo acabo de oír.»

—No, estoy bien —dijo—. Es que me ha parecido reconocer a alguien.

—A alguien que no tienes ganas de ver, parece —dijo el dueño—. Si quieres, le diré a Sam que te acompañe al coche cuando acabe el siguiente tío.

Sam era el camarero fornido y director de escena. Lo que daba a entender era la presencia de un amante desdeñado o un ex marido rencoroso.

—Buena idea —dijo. No añadió más explicaciones.

—Vale. ¿Te apetece una copa para templar los nervios? Y, oye, tu número ha ido muy bien esta noche. A la gente parece que le ha gustado un montón. —El propietario hizo un gesto hacia una camarera.

—Gracias —respondió Karen.

La camarera se acercó.

—Un whisky —dijo Karen—. Solo. Y que sea doble, con un poco de cerveza para después.

—Invita la casa —dijo el propietario mientras guiaba a Karen hacia bastidores.

Karen tardó unos minutos en estar sola. El director de escena estaba junto al telón, el dueño, de vuelta en la tarima presentando al siguiente cómico y el universitario, preparado para salir. La camarera vino a traerle las bebidas antes de marcharse con el movimiento rápido de alguien consciente de que las propinas están en otro lado.

Karen se tragó el whisky de un trago y notó cómo le ardía la garganta. Durante unos instantes se sintió mareada y se balanceó adelante y atrás como si ya estuviera borracha. Necesitó un subidón de energía y el mantra interno de «ahora estoy a salvo, ahora estoy a salvo» antes de ser capaz de sacar el móvil del bolso. Observó la pantalla durante unos segundos. Detrás de ella oía al universitario contando chistes procaces y al público tronchándose de la risa.

«Es bueno —pensó—. Mejor que yo.»

Pulsó unas cuantas teclas del móvil y se lo acercó al oído.

Las palabras caían y daban saltos, patinaban, se golpeaban y gritaban.

Karen entendió «tumba» y «huellas de garras», pero eso fue todo.

Aparte de la histeria. Sollozos, gemidos, pánico y temor desbocado. Aquello lo captaba con claridad.

20

Al comienzo Sarah buscó entre la multitud con la esperanza de ver a Karen, pero casi tan rápido como empezó, paró, porque le vino la descabellada idea a la cabeza de que si ella veía a Pelirroja Uno, entonces el Lobo también, como si él estuviera sentado a su lado y se limitara a seguir su mirada y saber que estaban en las gradas y así conseguir matarlas a la vez delante de todo el mundo. Así pues, bajó la mirada al suelo e intentó evitar mirar a Pelirroja Tres demasiado rato. Escogió a una jugadora del equipo contrario, captó su nombre de los programas mimeografiados que había esparcidos por las gradas descubiertas e intentó comportarse como si tuviera alguna relación con una adolescente pandillera a la que nunca había visto.

De nuevo se había preparado a conciencia para aparecer en público. Pero esta vez había realizado cambios significativos.

Había encontrado una peluca de pelo negro azabache de un disfraz de Halloween para una fiesta de su época feliz en la que se había disfrazado del personaje de Uma Thurman en *Pulp Fiction* y su marido se había puesto un traje negro y una corbata estrecha como John Travolta en el personaje de Vincent, el asesino a sueldo. Recordó lo mucho que se habían divertido cuando habían salido a la pista de baile y habían imitado los movimientos lentos, exagerados y sensuales que la pareja cinematográfica había realizado para cautivar al público. Se había encasquetado una de las gorras de béisbol gastadas de su difunto esposo encima de la peluca para que no se le moviera.

Rebuscó por los armarios hasta encontrar algún resto de ropa premamá guardado en una vieja caja de cartón, y con un cojín que se había ceñido al abdomen con cinta de embalar, había adoptado el aspecto de una embarazada de cinco meses. Completaba el disfraz con unas gafas de sol oscuras y un viejo abrigo marrón pasado de moda, que le quedaba grande y que hacía años que no se ponía. Le pareció que se parecía tan poco a ella misma como era posible en tan poco tiempo.

A Sarah no le parecía especialmente bueno como disfraz. No tenía ni idea de si el Lobo sería capaz de reconocerla, sobre todo entre la multitud, pero supuso que sí independientemente de cómo se vistiera o cómo cambiara de aspecto. «Me olerá», pensó. Atribuía unos increíbles poderes de detección al Lobo. Suponía que la habría visto salir de casa, aunque hubiera salido por la puerta trasera, se había deslizado por el lateral, se había encorvado como un soldado que esquiva el fuego enemigo para ocultar el embarazo y se había metido en el coche. Incluso llevaba el sobretodo en una bolsa de basura, para que el estilo y el color quedaran ocultos hasta que se lo pusiera al llegar al partido. No había visto ningún coche sospechoso subiendo o bajando por la calle cuando salió disparada haciendo chirriar los neumáticos. Había tomado las precauciones necesarias para evitar que la siguieran.

En gran medida le parecía que todo aquello era una estupidez. Intentar esconderse no tenía sentido. Ella tenía la impresión de que el Lobo era omnipresente.

Mientras miraba hacia la cancha de básquet y lanzaba un grito de entusiasmo nervioso después de una canasta, lo único que Sarah veía realmente eran las huellas de un lobo estarcidas en la lápida.

Había intentado analizar el efecto de aquellas huellas pero le costaba. Parecía que el Lobo la acechaba en la periferia de su existencia, esperando el momento adecuado.

«El momento adecuado —pensó—. ¿Qué crea el momento adecuado?»

Aquella era la pregunta que esperaba que Pelirroja Uno y Tres la ayudaran a responder.

Se encajonó entre dos parejas e intentó bromear con ambas

sobre las jugadoras y el partido de forma que cualquiera que la viera pensara que habían ido todos juntos al partido. No era difícil dar esa impresión.

Sarah respiró hondo a la espera de que el reloj emitiera el pitido final. Cerró los ojos y repasó lo que se suponía que debía hacer. Era un plan incoherente, urdido a toda prisa después de llamar a Pelirroja Uno y a Tres. La urgencia parecía perseguirlas al igual que hacía el Lobo.

El público soltaba una mezcla de gritos de éxito y fracaso. Sonó la bocina y acabó el partido. La gente se puso en pie y se estiró. Sarah vio que los dos equipos se ponían en fila para estrecharse la mano. Era el momento en que el ajetreo de la cancha pasaba a las gradas. Cada equipo dedicó una ovación rutinaria al otro pero Sarah no la oyó. Ya estaba abriéndose camino por entre los grupos de aficionados y padres, que abarrotaban los pasillos y pasadizos que conducían a las gradas descubiertas. Mantenía la cabeza gacha, esquivando a la gente que se enfundaba las chaquetas y charlaba animadamente sobre el partido. Esperaba que en algún lugar cercano la Pelirroja Uno estuviera haciendo más o menos lo mismo.

Sarah lanzó una mirada rápida por encima del hombro y desapareció por unas escaleras que conducían a los vestuarios. Con una segunda mirada se cercioró de que estaba sola. Se paró a ver si oía pasos detrás de ella pero no oyó ninguno. Había un eco distante de voces juveniles que reían pero le parecieron benévolas y poco propias de un Lobo. Pelirroja Tres le había dicho que pasillo abajo vería una puerta marcada con «Baño de señoras». Ahí es donde se dirigía. Empujó la puerta.

Sarah suspiró cuando se dio cuenta de que estaba sola.

Pensó: «Ningún Lobo me seguiría hasta aquí.»

De nuevo le pareció una tontería. Un asesino empeñado en matar no tendría ningún reparo en entrar en un baño de señoras. De todos modos, sintió una extraña seguridad.

Había tres compartimentos a la derecha frente a unos lavamanos relucientes. Fue al más alejado. Sarah cerró la puerta detrás de ella y se sentó en el inodoro a esperar. «Quince minutos», le había dicho Pelirroja Tres.

Comprobó la hora en el reloj de pulsera. Tenía la impresión

de que el tiempo pasaba de forma irregular, como si cada minuto contuviera una cantidad distinta de segundos que no guardaban relación con los típicos sesenta.

Karen estaba encorvada en el coche, esperando la salida del primer grupo de personas por las puertas del gimnasio. Aparte de recogerse el pelo y ponerse zapatillas de deporte, no había hecho ningún esfuerzo por disfrazarse.

Había llegado al parking del gimnasio y al cabo de un momento había salido del coche y caminado arriba y abajo por entre las hileras de vehículos, inspeccionando el interior para asegurarse de que estaban vacíos. Aquello le había parecido una muestra de comportamiento cercano a la locura, pero la había tranquilizado y había regresado a su coche.

Había bajado la ventanilla para seguir el avance del partido escuchando los gritos de entusiasmo del público que le llegaban amortiguados. Había oído el bocinazo que marcaba el final y sabido que solo tendría que esperar unos minutos.

El primer grupo de gente que salió eran estudiantes. Reían, despreocupados, mientras desaparecían en la oscuridad escurridiza. Luego empezó a salir una riada continua de adolescentes, adultos e incluso algunos niños.

Aquella era su señal para moverse.

Como un pez que nada contracorriente, agachó la cabeza y zigzagueó por entre la muchedumbre que salía. Era la única persona que intentaba entrar cuando los demás salían.

Aquel había sido su único plan. Si el Lobo hacía los mismos esfuerzos que ella, crearía el mismo alboroto. No paraba de mirar por encima del hombro, para ver si alguien intentaba seguirla por entre los grupos de personas.

Parecía que no.

Karen se dirigió hacia la misma escalera por la que Sarah había pasado hacía unos momentos. Había unos cuantos estudiantes subiendo y otros bajando, pero ningún Lobo.

Encontró el baño de señoras con la misma facilidad que Sarah. Imitando inconscientemente los movimientos de Pelirroja

Dos, miró a derecha e izquierda para asegurarse de que estaba sola. Luego también entró a hurtadillas.

Tras uno o dos segundos de silencio, susurró:

—¿Sarah?

—Estoy aquí. —La respuesta salió de un compartimento.

Sarah salió de detrás de la puerta y las dos mujeres se abrazaron con torpeza.

Karen retrocedió, miró el atuendo de embarazada y la peluca de pelo corto y negro y esbozó una sonrisa.

—Te debes de haber quedado... —empezó a decir Karen, pensando en las huellas del Lobo en la lápida. Se calló porque no sabía qué palabra emplear. «¿Asustada? ¿Aterrada? ¿Indignada?»

—Acojonada —repuso Sarah con determinación, aunque la palabra elegida parecía mucho más coloquial—. Cuando te llamé estaba presa del pánico. Pero me he serenado. Más o menos. Todavía estoy un poco nerviosa. ¿Y tú?

Karen pensó en explicarle que había estado en el escenario y que había oído el silbido y que había pensado que era el silbido del Lobo, pero se contuvo. Consideró que poner a Sarah más nerviosa no iba a servir de gran ayuda. «Sé la fuerte», se insistía. Aquella admonición era en parte fruto de su formación médica y en parte debido a la incapacidad de ver qué otra opción tenía.

—¿Has contado los minutos? —preguntó.

Sarah asintió.

—Unos quince, más o menos ahora.

—De acuerdo. Vamos.

Las dos mujeres salieron de los lavabos. Estaban solas en el pasillo pero, igual que antes, oían las voces juveniles que resonaban desde no muy lejos.

—Hacia abajo y a la derecha —dijo Sarah—. Es lo que indicó Jordan.

Esperaron un poco más moviéndose las dos a derecha e izquierda. A Karen le pareció curioso el sistema que habían ideado para asegurarse de que no las seguían. El hecho de estar solas en el pasillo de cemento ligero bien iluminado no resultaba tranquilizador. Pero ninguna de ellas quería ver al Lobo porque sabían lo que eso significaría: el fin.

El vestuario de chicas estaba justo donde Jordan les había dicho. Había dos adolescentes de pie fuera, charlando con un par de chicos. Las jóvenes tenían el pelo húmedo y el rostro sonrojado y Sarah las reconoció del partido. Se hicieron a un lado cuando las dos mujeres pasaron por su lado para entrar en el vestuario.

Inmediatamente quedaron rodeadas por el calor y el vapor. El ruido del agua corriente emergía de una ducha. Las risas rebotaban en las paredes alicatadas de blanco.

—No hay nada como ganar —dijo Sarah—. Hace desaparecer el resto de los problemas.

—No del todo —dijo Jordan, que sorprendió a las dos mujeres—. O, mejor dicho, no hace que «nuestro» problema desaparezca —se apresuró a añadir Jordan, haciendo hincapié en esa palabra en voz baja y moviendo la cabeza.

Llevaba solo una exigua camiseta blanca y unas bragas negras. Tenía un cepillo en una mano y, al igual que el resto de las chicas del equipo, tenía el pelo color fresa húmedo de la ducha. Las dos mujeres adultas sintieron una punzada de envidia ante el buen tipo de la adolescente. Musculada, vientre plano, caderas estrechas y piernas largas que brillaban gracias a unas cuantas gotas de agua. Jordan tenía esa edad en la que era fácil estar delgada y la sensualidad parecía enrojecerle la piel como al frotarse enérgicamente con una toalla.

Dedicó una sonrisa a Sarah.

—Me gusta el traje. ¿Embarazada, no?

Sarah asintió y se levantó el suéter para enseñarle el cojín que llevaba sujeto en el abdomen.

—Guay. Probablemente funcionaría en el metro de Nueva York o de Boston. Te dejarían sentar —dijo Jordan.

Pasó por el lado de Sarah y Karen para ir a su taquilla y sacó unos vaqueros descoloridos y una sudadera con capucha de color azul de Middlebury College. Sonrió y señaló el nombre de la escuela.

—Un centro prestigioso —dijo—. Antes de este curso habría entrado seguro. Ahora ni por asomo.

—No te infravalores —dijo Karen con una sonrisa maternal.

—No es eso —replicó Jordan—. Pero soy realista.

Karen pensó que no había adolescentes realistas. Pero no lo dijo en voz alta.

Las tres mujeres se sentaron a lo largo de un banco de madera mientras Jordan se ponía los calcetines y las zapatillas. Se hizo una lazada doble y sin alzar la vista hacia las otras dos pelirrojas, preguntó:

—¿Qué se supone que hacemos ahora?

Sarah fue quien respondió primero. Señaló la peluca y el cojín.

—¿Escondernos? —sugirió, empleando la palabra tanto como una opción como una pregunta.

—Te refieres a huir —repuso Jordan.

—Sí. Exacto.

Las mujeres guardaron silencio unos instantes, como si calibraran la sugerencia.

—Si me voy a casa, y teniendo en cuenta cómo están las cosas en casa no es posible, ¿qué te hace pensar que el Lobo no lo habrá previsto? Lo que sí sabemos es que hace tiempo que nos observa. Tal vez me haya seguido por mi pueblo y eso es lo que espera que haga porque tiene sentido. Asusta a la niña... —Jordan se señaló a sí misma—... y la niña corre a casa con papá y mamá. Solo que yo no lo puedo hacer porque mis padres son un desastre.

Karen meneó la cabeza pero respondió de forma contradictoria.

—A lo mejor podríamos ir a casa de algún amigo, visitarle...

—¿Y cómo sabríamos cuánto tiempo estar ahí? —preguntó Jordan—. Me refiero a que el Lobo no parece tener mucha prisa. Probablemente tenga un plan pero no tenemos ni idea de qué es. Y tarde o temprano reapareceremos por aquí, me refiero a que yo voy a este colegio y vosotras dos vivís cerca... ¡y bingo! Todo empieza otra vez. Tal vez ya se lo haya imaginado. O quizá quiere que huyamos porque cuanto más aisladas estemos, más fácil será para él. O quizá...

Jordan se calló.

Karen y Sarah la miraban con fijeza y ella esbozó una ligera sonrisa.

—He estado leyendo mucho sobre asesinatos —declaró—. No he hecho los deberes que me tocaba. He estado estudiando asesinos en la biblioteca.

—¿Qué has aprendido? —preguntó Sarah.

—Que no tenemos ninguna posibilidad —contestó Jordan con frialdad, como si fuera lo más sencillo del mundo y nada trascendente.

Las tres pelirrojas volvieron a sumirse en el silencio. Le tocó a Karen cambiar de tercio.

—De todos modos yo no puedo desaparecer así como así —reconoció Karen—. Tengo pacientes con visitas concertadas desde hace meses y no puedo dejarles.

Sarah cerró los ojos y se balanceó ligeramente adelante y atrás.

—Yo podría marcharme. Tal vez debiera. Empezar de nuevo en algún otro sitio. Cambiar de nombre y buscar un trabajo y convertirme en otra persona. A lo mejor podría huir e intentar esconderme. Quizá funcionara.

Tenía la impresión de que otra persona estaba pronunciando aquellas palabras. Tal vez tuvieran sentido. Pero la idea de alejarse para siempre de los dos ataúdes enterrados tan cerca le dolía casi tanto como el recuerdo de su pérdida.

Karen debió de advertir algo de todo aquello en la expresión de Sarah.

—Ese es el tópico —dijo—. Empezar de nuevo. Pero no es tan fácil. Y en realidad no se puede.

Sarah asintió.

—No. Se trata de seguir adelante. Y si sigues adelante el tiempo suficiente, supongo que al final es como empezar de nuevo.

Jordan la interrumpió.

—Tampoco sirve de nada —dijo—. No tenemos ni idea de lo que el Lobo es capaz o no de hacer. Así que aunque consiguieras largarte y empezar de nuevo, él quizá te siguiera. No habría manera humana de saber si estás a salvo o no.

La idea de pasar el resto de sus vidas mirando por encima del hombro y sobresaltándose con cada ruido raro embargó a las tres pelirrojas.

—Creo que estamos ligadas aquí, para bien o para mal —añadió Jordan—. Supongo que el Lobo lo sabe y lo tuvo en cuenta cuando nos eligió. Así pues solo hay un camino.

—¿Y cuál es? —preguntó Sarah.

—Tenemos que encontrarle antes de que actúe.

—Sí, pero...

—Y otra cosa. Tenemos que portarnos mal.

Esta palabra dejó confundidas a las dos mujeres adultas.

—¿Qué quieres decir?

—No tenemos que comportarnos con normalidad.

Tanto Karen como Sarah hicieron ademán de interrumpir pero Jordan levantó la mano.

—Ya sé que es lo que dijiste que hiciéramos pero, mirad, ¿ha servido de algo? No.

Vaciló y continuó.

—¿Qué somos? —preguntó. Ella misma se respondió—: Somos el producto de nuestras rutinas. ¿Qué nos hace sentir un poco más seguras? Conducir en círculo y llevar un disfraz e imaginar que en cierto modo burlamos al Lobo y aunque sepamos que no, sigue haciéndonos sentir mejor. Lo que estoy diciendo es que cada una de nosotras tiene que encontrar la manera de no ser nosotras mismas porque el Lobo nos conoce y nos ha seguido y la dichosa Caperucita Roja que tenéis delante no quiere caer a ciegas en la trampa que él le haya tendido.

Jordan se clavó el índice entre los pechos, llevando el compás con las palabras.

A Karen le sorprendió la furia apagada de la joven. También la dejó anonadada lo inteligente que era la idea de Jordan.

—Si el Lobo nos espera en el bosque que conoce... —empezó a decir, pero Jordan acabó.

—... Entonces deberíamos caminar por otro sendero de un bosque distinto.

—Es fácil decirlo —reconoció Sarah—. Es como que estamos encerradas en quienes somos. Jordan, ¿vas a saltarte de repente un partido de básquet? Karen, has mencionado a los pacientes. Tienen las visitas programadas. Probablemente el Lobo también haya planificado nuestras muertes. ¿Cómo cambias quién eres y lo que haces de la noche a la mañana para fastidiarle el plan?

Karen asintió.

—Bueno, no sé si se puede, pero podemos intentarlo. ¿Qué otra opción nos queda?

Jordan movió los brazos y señaló las paredes del vestuario. Durante el rato que llevaban hablando, el resto del equipo había salido de las duchas, se habían vestido y marchado, de modo que ahora estaban solas entre las hileras de taquillas de acero gris mientras el calor de las duchas había empezado a disiparse en el aire húmedo que las rodeaba.

—¿Qué? —preguntó Sarah.

—¿Habías estado antes en mi escuela? —preguntó Jordan.

—No.

—¿Y tú, Karen?

—No.

Jordan continuó.

—Bueno, yo nunca he estado en la escuela donde eras maestra, Sarah. Y mi médico no está en tu edificio, Karen. Hace que todo parezca completamente al azar, ¿verdad? Como si el Lobo hubiera elegido a tres pelirrojas de forma totalmente arbitraria y urdido sus planes. Mirad, si es el caso, pues entonces estamos jodidas. Lo único que podemos hacer es comprar más pistolas y esperar. Pero es una idea descabellada.

—Pero quizá no sea fortuito.

Iba a continuar pero de repente no supo qué decir.

Karen, sin embargo, parecía atrapada en algún pensamiento. Sarah empezó a balancearse adelante y atrás otra vez.

Las tres mujeres se quedaron calladas. Oían una ducha que alguna jugadora no había cerrado del todo y que goteaba en la sala contigua.

—Somos un triángulo —dijo Jordan—. Si encontramos las patas correctas, veremos la relación.

—Sí, ¿y? —preguntó Karen de repente.

—Creo que solo hay una respuesta —dijo Jordan.

—Pensaba que no teníamos respuestas —intervino Sarah con aire sombrío.

—Creo que hemos estado tomando el camino equivocado —dijo Jordan—. Es el error que cometen todos aquellos a los que acechan.

—¿Y qué es? —preguntó Karen, aunque ya sabía lo que la joven iba a proponer.

—Tenemos que hacer que se nos acerque más. Tan cerca que veamos quién es. «Qué ojos tan grandes tienes, abuelita... Qué orejas tan grandes tienes, abuelita... Qué dientes...»

Jordan abrió el puño de golpe.

—Así es como se salva Caperucita Roja...

—Sí, en la versión aséptica —masculló Sarah.

Jordan no le hizo caso.

—Sabemos que el Lobo nos quiere pillar. Tenemos que conseguir que nos quiera tanto que se precipite y meta la pata.

Jordan volvió a mirar a las dos mujeres. Pensó que eran maduras, sensatas, inteligentes y con talento, todo lo que ella esperaba ser algún día. Si es que iba a llegar a «algún día».

—Si fuéramos a la caza de un lobo, ¿qué haríamos?

—Acercarnos lo suficiente para verlo —dijo Karen.

—Cierto, ¿y luego qué? —preguntó Jordan. Le parecía de lo más curioso. Ella se comportaba como la profesora y las otras dos respondían como estudiantes.

Ni Karen ni Sarah respondieron, así que contestó a su propia pregunta con una única palabra.

—Emboscada.

Sarah se estremeció y luego se encogió de hombros. «¿Por qué no? —pensó para sus adentros—. Yo ya estoy medio muerta.»

No sabía por qué pero soltó una carcajada estridente y forzada, como si ella sola hubiera oído un chiste un tanto fuera de tono que resultara gracioso y ofensivo a la vez. Se levantó y se quitó el cojín de falsa embarazada y tiró toda la cinta de embalaje que había utilizado para fijárselo al vientre en una papelera cercana. Acto seguido, se quitó los alfileres con los que se sujetaba la peluca y sacudió el pelo para soltárselo. Parecía la lava que corre por el lateral de un volcán en activo.

Más o menos en el mismo momento el Lobo se encontraba al lado de su coche, contemplando una rueda que estaba prácticamente deshinchada. Estaba justo fuera de su casa, cargado con el maletín con la grabadora y la libreta y todas las preguntas que se le habían ocurrido para la sesión con el experto forense de la Asociación Americana de Escritores de Novela Negra. La luz del atardecer se iba apagando a su alrededor y lo primero que le vino a la cabeza fue que se perdería la charla por culpa de un poco de mala suerte, aunque no fuera tan raro. Le dio una patada a la rueda, enfadado. Se agachó y buscó el clavo que había causado el pinchazo y que había pisado pero no lo veía. Era igual de probable que se hubiera dado un golpe contra uno de los baches tan habituales en las calles de Nueva Inglaterra, que hubiera torcido la llanta del neumático y que aquello fuera la causa del problema. Sabía que tenía que llamar a la grúa, hacer que le cambiaran el neumático, perder tiempo al día siguiente arreglando los daños y todo aquello le apartaría de lo que realmente tenía ganas de hacer, que era seguir cercando a las tres Pelirrojas.

Se volvió para entrar en casa y vio a la señora de Lobo Feroz de pie en el umbral.

—¿Qué pasa, cariño? —preguntó.

—Rueda pinchada. Tendré que llamar al taller y...

Ella sonrió y le interrumpió.

—Coge mi coche. Llamaré al seguro y esperaré a la grúa. Vendrán enseguida. No me importa lo más mínimo y así puedes ir a la reunión de documentación.

—¿Seguro que no te importa? —preguntó el Lobo Feroz, alegrándose considerablemente por la oferta—. Es una putada, lo sé...

—Ni lo más mínimo. De todos modos iba a ponerme a ver la tele mientras tú no estás. No me cuesta nada esperar al de la grúa mientras tanto.

Le tendió las llaves de su coche.

—Cuida de mi niño —dijo, en broma—. Ya sabes que no le gusta correr mucho por la autopista.

El Lobo Feroz consultó la hora. Seguía teniendo tiempo de sobras.

—Vale, cariño —dijo alegremente—. Gracias. Llegaré tarde. Deja una luz encendida dentro y no te despertaré cuando llegue.

—Puedes despertarme. No pasa nada —dijo ella.

Se trataba de una conversación de lo más rutinaria y habitual, como la que mantenían un millón de parejas cada día con pequeñas variaciones. Era síntoma de normalidad.

—Toma —añadió el Lobo Feroz—. Toma las llaves de mi coche por si el de la grúa tiene que ponerlo en marcha.

Se las tendió a su mujer sin pensar y se situó al volante del coche de ella. Le dedicó un saludo desenfadado al salir por el camino de entrada.

21

La señora de Lobo Feroz contempló cómo se alejaba su coche por la humilde bocacalle de la periferia. En la esquina, antes de que desapareciese en la noche, se vio el destello de las luces de freno rojas. Un instante antes de que el vehículo se perdiese de vista, levantó la mano y le dijo adiós con un pequeño gesto de la mano, aunque sabía que su marido no miraba hacia atrás en su dirección. Estaba contenta de verlo marchar y todavía más contenta de haber ayudado a que se pudiese ir. Con un suspiro, entró en la casa, fue directamente a la cocina y diligentemente llamó al seguro como había prometido. El operador le dijo que la grúa para cambiar la rueda pinchada tardaría entre treinta y cuarenta y cinco minutos. Colgó el teléfono. En el salón, el televisor estaba encendido. Oía las risas enlatadas y las voces familiares de la serie televisiva que salían de la caja. Dejó las llaves del coche en la encimera de la cocina y, cuando estaba a punto de reunirse con los personajes que trabajaban arduamente en Dunder Mifflin o con los que estudiaban la teoría del Big Bang, se detuvo en seco. Se giró y miró la encimera.

Llave del coche.

Llave electrónica con luz roja de alarma.

Llave de casa sujeta a una anilla. La reconoció.

A su lado una tercera llave.

La llave del estudio de su marido.

La miró fijamente. Se dio cuenta de que nunca antes, ni tan solo una vez, la había tenido en la mano. De hecho, ni siquiera recordaba haberla visto, excepto en esos breves instantes en que su marido estaba de pie delante de su despacho. No había ninguna otra puerta con llave en toda la casa. Que ella supiera, era la única llave que abría esa puerta en concreto. Quizá tuviese una llave extra escondida en algún cajón o pegada con cinta adhesiva detrás de un espejo, pero nunca la había visto y no tenía ni idea de dónde la podría haber escondido y jamás se había propuesto buscar el escondrijo, pese a su constante curiosidad por saber qué sucedía exactamente en el despacho cuando él trabajaba. Levantó la vista de la llave, mirando a uno y otro lado como siguiendo la trayectoria de la pelota durante un partido de tenis. La llave no tenía nada de especial. Era una pieza de metal plateado que encajaba en la cerradura que su marido había instalado una semana después de la boda.

«El lugar donde escribo tiene que ser privado», le había dicho.

Se lo había manifestado quince años antes de una forma desenfadada y pragmática que parecía totalmente razonable. Que necesitase completo aislamiento para inventar argumentos, escenas y personajes no le había parecido nada fuera de lo común, sobre todo durante las primeras semanas de matrimonio, rebosantes de felicidad.

Lo recordaba arrodillado al lado de la puerta, con la taladradora y el material de ferretería a su lado en el suelo, un manitas de los secretos. No le había preocupado lo más mínimo. «Todos necesitamos tener secretos», pensó, recordando aquellos emocionantes primeros días.

Salvo que en ese preciso momento, mientras miraba la llave del despacho, no recordaba ningún secreto que ella le hubiese ocultado a él. Entonces se dijo que debía dejar de ser tan tonta. «Claro que tienes secretos —insistió para sí—. Como cuando te pusiste tan enferma que creíste que ibas a morir y no le dijiste lo asustada que estabas y el dolor que sufrías. Eso eran secretos.»

Pero ella sabía que él siempre había y conocía la verdad.

Sin embargo, la duda la embargó. «¿Comprendía realmente la verdad?

»Por supuesto que sí —repuso muy seriamente a la parte que dudaba—. ¿Recuerdas lo atento que era? ¿Recuerdas cómo se preocupaba? ¿Recuerdas las flores que te llevaba al hospital y cómo te cogía la mano y el tono de voz dulce y tranquilizador con el que siempre te hablaba? Era un hombre dulce.»

En el salón resonaban más risas enlatadas. Divertidísimas. Desbocadas. Entusiastas. Irrefrenables. E indudablemente la risa falsa fabricada por una máquina diseñada para ese propósito.

Sin ni tan siquiera plantearse en su interior la pregunta clave, contestó en voz alta.

—No puedes. Sencillamente no puedes.

En su fuero interno se produjo una discusión rápida.

«Es su lugar privado.»

«Nunca se enterará.»

«No puedes violar su confianza.»

«¿Qué tiene de malo? Lo compartís todo.»

«Lo único que vas a hacer es leer un pequeño fragmento de la novela que sabes que escribe solo para ti. Unas pocas palabras, simplemente para saber de qué va. Algo para poder soñar mientras él trabaja tanto para terminarla.»

La señora de Lobo Feroz repasó los pros y los contras de la discusión. El razonamiento final no tenía nada que ver con la privacidad y la curiosidad. Le parecía que se relacionaba con el amor y la necesidad, pero su curiosidad obsesiva enturbiaba estos dos sentimientos.

«Sé que querría que leyese unas cuantas páginas. Sé que le gustaría. De hecho, me sorprende que no me las haya leído todavía.»

Que esto fuese categóricamente falso y que en cierta manera lo supiese aunque no quisiese darse cuenta, no repercutió en la señora de Lobo Feroz. No iba a considerarse una mentirosa. Se sentía temeraria y aventurera, como una niña que espía por el ojo de la cerradura del cuarto de baño para ver el cuerpo desnudo de un adulto que nada sospecha, atraída por la incontrolable fascinación, excitada por la naturaleza ilícita de lo que estaba haciendo, pero incapaz de aprovechar su deseo, pues se mezclaba con la culpa de ver algo extrañamente prohibido.

Cogió la llave y, algo temblorosa porque en su fuero interno sabía que hacía algo que estaba muy mal, pero a la vez se sentía incapaz de detenerse, subió hasta la puerta del despacho.

La llave se deslizó fácilmente en el ojo de la cerradura.

La cerradura se abrió con un pequeño clic.

Empujó la puerta y se quedó de pie en ese espacio de transición entre dos estancias. La luz de la cocina y del salón que le llegaba por detrás se colaba en la negra oscuridad del despacho. Se dijo que no debía dudar y, al entrar en la habitación, alargó la mano para encender la lámpara de techo.

Durante unos instantes, cuando la luz inundó el despacho, cerró los ojos. La voz de la conciencia le dijo que se detuviese, que apagase la luz, que retrocediese, que mantuviese los ojos cerrados, que cerrase la puerta de golpe, que echase la llave y que se fuese a ver la tele, exactamente lo que había prometido hacer.

La asaltó una intensa sensación de peligro. Un peligro benigno matizado por la curiosidad. «Solo una ojeada —se dijo—. Será tu secreto.» Sonrió y abrió los ojos.

Lo primero que vio fue la pared cubierta con fotografías de diferentes tamaños. Debajo de las fotografías había fichas de rayas de 15 por 22 con fechas y observaciones breves y concretas sobre lugares y horas escritas con colores vivos: verde lima, lila, amarillo. Parecía muy organizado y a la vez extrañamente incoherente.

Se acercó a la pared. Se fijó en una sola fotografía. Vio el cabello pelirrojo.

—Pero si es la doctora Jayson —susurró en voz alta.

Se acercó más y miró otra fotografía. Más cabellos pelirrojos.

—¿Jordan? —preguntó aunque sabía la respuesta.

Alargó la mano como una ciega para tocar las fotografías.

—¿Quién eres? —preguntó a la tercera fotografía. Se trataba de una mujer pelirroja, de pie en un aparcamiento anónimo y vacío una tarde de verano. El rostro de la mujer no se distinguía muy bien, puesto que el sujeto retratado lo había enterrado en sus manos ahuecadas.

Vio hojas de papel con las palabras Pelirroja Uno, Pelirroja Dos, Pelirroja Tres y resúmenes de horarios: clase de Historia, edificio 2, 10.30 h LMMIJV. Se volvió y vio: Pacientes 8.30 a 12.30 h pausa de una hora. Lugares donde suele comer: Ace Diner. Subway. Fresh Side Salad Store. Regreso a las 13.30 h. Más pacientes.

Otra hoja de papel estaba dividida en tres secciones. Debajo de *Pelirroja Uno* había una lista de lugares preferidos con direcciones de empresas y de clubes nocturnos. *Pelirroja Dos* tenía una lista parecida, aunque más corta. Debajo de una fotografía de Jordan y de la identificación *Pelirroja Tres* estaba el horario del baloncesto.

La señora de Lobo Feroz retrocedió.

No estaba segura de si hablaba en voz alta o no, pero las palabras «¿por qué?» parecían reverberar con fuerza en la habitación.

A esto le siguió algo claro y susurrado.

—No lo entiendo.

Las fotografías parecían ambiguas y vagas. No lograba encontrar su razón de ser. Sin decirla en voz alta, pero rebotando a su alrededor, resonaba una frase poco coherente: «Tiene que haber una explicación simple y segura.»

Se devanó los sesos. Puede que fuese una visión clara de escritor sobre la forma de narrar una historia. Una parte esencial del procedimiento del suspense que ella no entendía, pero perfectamente razonable para cualquier escritor. Tenía que utilizar personas reales como modelos de los personajes. «Tiene que ser eso —insistió la señora de Lobo Feroz—. Es que no lo entiendes. No eres el tipo de persona creativa que comprende estas cosas tan complejas. Tal vez todas esas fotografías y las notas que hay al lado tendrían todo el sentido del mundo si fueses escritora.»

Pero parecían demasiado explícitas y demasiado provocativas. Y al observarlas, se dio cuenta de que todas estaban hechas desde diferentes lugares claramente ocultos. Desde detrás de un árbol. Desde el interior de un coche con la ventanilla bajada. Desde detrás de una pared de ladrillo. Desde la ventana superior de un edificio de oficinas. No había ni una sola fotografía que vagamente insinuase que el sujeto sabía que le estaban fotografiando.

Las podía haber hecho un acosador. Semejante muestra de fascinación en la pared podía ser obra de un admirador obsesionado o un amante perturbado. Sin embargo, a ella le costaba encontrar estas palabras en su interior. Parecía como si la lógica y la observación hubiesen sido reemplazadas por una especie de luz blanca abrasadora y un chirriante ruido discordante.

«No, no, no», pensó la señora de Lobo Feroz. La palabra, repetida como si se tratase de un mantra oriental, la tranquilizó un poco.

Retrocedió tambaleándose, todavía con paso inseguro, pero intentando tranquilizarse con cada centímetro, y se dirigió hacia el ordenador. En un extremo del escritorio, al lado de la impresora, había una caja con un montón de hojas tamaño folio cara abajo.

Sin duda era una novela.

La señora de Lobo Feroz se limitó a coger el primer folio y a darle la vuelta en la mano.

Leyó solo una línea al principio de la hoja: «Solo un tonto piensa únicamente en el final. Es el proceso de asesinar lo que genera verdadera pasión. Apenas puedo esperar a que llegue ese momento.»

La mano le tembló al devolver el folio al montón.

Por primera vez desde que se casó, no quiso leer más.

Por dentro, su mente parecía haberse quedado sumida en un vacío negro que rehusaba procesar cualquier información, especialmente la que tenía delante, y se negaba en redondo a sacar conclusiones. Se le ocurrían ideas, pensamientos, suposiciones que le exigían atención, pero ella ignoró todos los chillidos y los gritos que daban.

—No lo entiendo —dijo en voz alta. Entonces sintió miedo, como si la frase pudiese dejar una huella en la habitación—. Esto no puede estar bien —susurró.

Pero no estaba segura de si estaba o no estaba bien.

Miró el ordenador. Le temblaron los dedos al mover el ratón. El ordenador cobró vida con un mensaje que ocupó la pantalla negra: *contraseña*.

La señora de Lobo Feroz retrocedió. Una parte de ella insistía en que podía adivinar la contraseña —«puede que sea mi nombre»—, pero otra parte más ruidosa le gritaba que no quería abrir el portal del ordenador porque no quería saber lo que podría encontrar allí.

Con cuidado, apagó el ordenador. Le pareció algo ilícito.

Las ideas se agolpaban en su mente, pero se iban por las ramas y no llegaban a ninguna parte. Era similar a encontrarse con un montón secreto de imágenes pornográficas realmente cuestionables. Fotografías de niños. Solo que estas fotografías no eran sucias ni ilegales.

Significaban otra cosa.

Dirigió la mirada a la pared llena de fotografías, pero antes de que se concentrase de nuevo en su significado real, cerró los ojos. Si había algo que ver, ya no quería verlo.

Lo único que lograba decirse era que debía retirarse poco a poco, con cuidado, asegurándose de no alterar nada para que no quedase ninguna señal de su intrusión. «Retrocede y todo será como hace tan solo unos minutos», se dijo a sí misma. Pero la mirada se le iba a un álbum grande encuadernado en cuero rojo que sobresalía en un estante de libros y destacaba entre las ediciones de bolsillo de las novelas de su marido y las crónicas de no ficción que explicaban con gran detalle famosos crímenes modernos.

El álbum era idéntico a uno que tenía en su escritorio. El suyo contenía las fotografías de la boda y una copia de la invitación y del menú en el pequeño club de campo donde celebraron el modesto banquete. De pronto recordó cuando su marido compró los dos álbumes en una tienda de artículos de piel durante la breve luna de miel. Uno se lo dio a ella y el otro se lo quedó él.

«Fotografías de nuestra boda.»

Con esperanza y temor al mismo tiempo, se sintió atraída por el álbum.

Vio que la mano se le iba hacia él, durante unos instantes no supo si era la suya porque parecía pertenecer a otra persona.

El álbum cayó delante de ella y se abrió.

Lo primero que vio la tranquilizó. No su boda, que hubiese sido un descanso, sino un montón de críticas. «Claro —insistió para sí—, ¿por qué no?» Tenía todo el sentido y sintió cómo exhalaba lentamente.

Entonces miró un poco más de cerca. Mezcladas entre las críticas había extraños recortes de periódico sobre asesinatos famosos.

Quería encogerse de hombros. Otro «por supuesto».

«Tiene que ser parte del proceso de documentación», insistió.

Sin embargo, los artículos de periódico parecían estar fuera de lugar. No encontraba la relación entre las críticas de libros y los homicidios aparentemente inconexos. «Tiene que haber una conexión. Solo que tú no eres capaz de verla», se dijo. Se veían unos titulares horripilantes de letras grandes y unas fotografías con mucho grano de coches de policía. Nombres y fechas atrajeron su atención. Durante otro instante cerró los ojos. Cuando los volvió a abrir, temió que le llorasen.

Era parecido a contemplar una imagen oculta dentro de los cuadros con dibujos geométricos multicolores tan de moda en los ochenta. Un trampantojo. La imagen estaba pero no lograba reconocerla, aunque sabía que estaba escondida allí.

Hacía muchos años que la señora de Lobo Feroz no había conducido de forma imprudente, a más velocidad de la permitida. Pero así es como se sentía: fuera de control, como si se desplazase de forma descontrolada con las ruedas patinando desagradablemente sobre la calzada mojada. Cogió una ficha en blanco y un lápiz del escritorio de su marido y anotó con rapidez las fechas y los lugares mencionados en los recortes de periódico y los nombres de las víctimas de asesinato que gritaban desde los titulares. Cogió la ficha y se la deslizó en el interior de la camisa y quedó contra su piel. Daba la sensación de estar húmeda, como el tacto de algo muerto.

Sintió náuseas.

La cabeza le daba vueltas y las manos le temblaban, pero volvió a colocar con cuidado el álbum en el estante. Devolvió el lápiz al lugar exacto del escritorio. Miró a su alrededor, de repente con miedo de haber tocado algo, haber movido algo y haber dejado una marca reveladora. Durante un instante le invadió el pánico al pensar que el olor de su perfume podría permanecer en el ambiente cerrado del despacho. Retrocedió hacia la puerta, moviendo los brazos de un lado a otro para intentar que el olor saliese con ella.

Dio un último vistazo al despacho, grabando el espacio como una fotografía en su memoria. Apagó la lámpara de techo y cerró la puerta poco a poco. Las manos buscaron a tientas la cerradura y a punto estuvo de desmayarse cuando oyó un ruido fuerte y estridente que venía de algún lugar cercano, pero de un mundo distinto.

Lanzó un grito ahogado. Una descarga eléctrica le recorrió el cuerpo. Se le cayeron las llaves al suelo. Retrocedió tambaleándose como si le hubiese alcanzado un tiro o como si le hubiesen dado una fuerte bofetada en la cara, a punto de caer. Tuvo que sujetarse a la encimera para no perder el equilibrio. Notaba el sudor en la frente y lanzó un pequeño grito ahogado, un gorjeo aterrorizado.

El ruido se oyó de nuevo.

«El claxon de un vehículo.»

Como habían prometido, la grúa llegaba puntual.

22

Jordan maniobró a lo largo de hileras de libros desgastados de la modesta biblioteca del colegio. Encontró muchas obras sobre el ascenso del Imperio otomano o sobre las causas de la Primera Guerra Mundial. Había estantes enteros dedicados a la Reforma e innumerables volúmenes sobre los Padres Fundadores o sobre la Gran Depresión.

Apenas había libros sobre cómo evitar ser víctima de un asesinato.

Se sentía como una loca deambulando arriba y abajo entre los estantes buscando algún título alegre y desenfadado, algo así como: «¿Seguro que no quieres ser víctima de un homicidio? Doce pasos básicos para realizar en casa y evitar pasar a engrosar las estadísticas.»

—El asesinato como un plan de adelgazamiento —imaginó.

Hasta ese momento su investigación se había centrado sobre todo en intentar entender los asesinatos famosos con objeto de conseguir algún tipo de antiinformación de alguno de los casos. Su razonamiento era sencillo: si entendía lo que hacían los asesinos, quizá podría evitar cometer los mismos errores que sus víctimas. Había leído sobre la inocencia de Sacco y Vanzetti y el atraco, sobre los asesinatos de John Dillinger. Había fijado su atención en Billy *el Niño* y las veintiuna muescas de su revólver Colt, así como en Charles Manson, quien en realidad puede que no hubiese asesinado a nadie, aunque estaba considerado un asesino infame. Había inspeccionado los estantes dedicados a las obras de ficción y había encontrado algunas novelas de Agatha Christie que parecían anticuadas y pasadas de moda, y algunas de John Le Carré, aunque la verdad es que no se sentía como una espía que opera en mundos oscuros y no creía que sus libros pudiesen serle de ayuda. Elmore Leonard podría haberle sido más útil y quizá también George Higgings, pero vio que sus obras parecían tratar principalmente sobre mafiosos en Florida y Boston y eso no era en realidad lo que a ella le interesaba, pues el Lobo Feroz no era un tipo mafioso o un pandillero de una banda de los arrabales. Incluso había una estantería con un implacable montón de libros con la palabra «presa» salpicando de forma sensacionalista y llamativa cada página de títulos, pero aunque sintiese que intentaba evitar convertirse en eso, no le parecía que estos libros pudiesen enseñarle muchas cosas.

Llevó el portátil a un extremo de la biblioteca donde había unos cubículos pequeños y privados para que los alumnos preparasen exámenes o buscasen información para un trabajo de inglés. Buscó en Google «acechar» y aparecieron en menos de un segundo más de cuarenta millones de entradas. Echó una ojeada a algunas que parecía que pertenecían a organizaciones gubernamentales o de la policía.

Tampoco le ayudaron.

Todas empezaban con la advertencia sumamente sabia de «limitar el contacto con personas de personalidad obsesiva».

«Fantástico —pensó—. Eso sí que es una gran ayuda.»

Su problema derivaba del hecho de que toda conexión entre el Lobo Feroz y ella la había iniciado él. Sencillamente no era lo mismo que un ex novio o un compañero perturbado de clase o de trabajo. Por un lado pensaba que el Lobo Feroz era completamente anónimo. Por el otro, se encontraba tan cerca que podía sentir en el cuello su aliento caliente.

Y ninguna de las páginas web, igual que los libros sobre asesinatos, le ayudaron lo más mínimo a discernir qué hacer a continuación.

Así que Jordan pensó: «Estás sola y al mismo tiempo no estás sola, porque también están Pelirroja Uno y Pelirroja Dos. Pero lo que ya no puedes permitirte es hacer lo que el Lobo Feroz espera que hagas.»

Alzó la vista y miró alrededor de la biblioteca. En un escritorio de la esquina estaba la ayudante de bibliotecaria y media docena de alumnos deambulaban arriba y abajo entre los estantes, como había hecho ella, o se agachaban sobre un montón de libros en uno de los otros cubículos. La ayudante de bibliotecaria era una mujer de mediana edad inclinada con fascinación sobre un ejemplar de *Cosmopolitan*, mientras mataba los últimos minutos antes de ahuyentar a los alumnos de sus consultas para poder cerrar. Los otros alumnos eran del tipo empollón que se hubiese sentido avergonzado de utilizar información anónima de *Wikipedia* en el trabajo que estuviese escribiendo, algo mal visto por los profesores de todo el mundo, pero utilizado por casi todo el alumnado. La mujer se echó hacia atrás y se balanceó en la silla. Jordan dio un vistazo a la sala calibrando a todo el que veía. Sabía que el Lobo no estaba ahí en ese momento. Eso no cambiaba nada. Había logrado crear la sensación de que siempre estaba cerca, como si estuviese en el siguiente cubículo, sonriendo con satisfacción tras un montón de material de consulta, pero vigilándola. Esa sensación era la que paralizaba a las tres pelirrojas.

«¿Cómo sé cuándo estoy a salvo y cuándo no? —se preguntó para sus adentros—. Miras a tu alrededor y no ves a nadie, pero eso no significa nada, ¿verdad?»

Estas preguntas resonaban en su interior. Se levantó de repente, apartó todos los libros, cogió el ordenador, lo guardó en la mochila y salió de la biblioteca caminando con rapidez. En los escalones, rodeada de la noche temprana, se dio cuenta de que el Lobo podía estar allí, o no.

Si se decía a sí misma que no estaba, seguía ese pensamiento con la idea de que estaba. La incertidumbre la perseguía a cada paso.

Encorvó los hombros para protegerse del frío y regresó a su habitación. Esperaba pasar otra noche sin hacer los deberes y dando vueltas en la cama intermitentemente cuando el sueño la torturase.

Pero Jordan sabía que por mucha humedad y por mucho frío

que hiciese fuera, el verdadero helor se encontraba en lo que cada vez era más obvio. «No puedo huir. Todo lo contrario. Tengo que acercarme lo suficiente para verle con claridad.»

Sin embargo, el reto consistía en pensar cómo lograrlo.

Y comprendió que era algo más que un reto. Era sumamente peligroso.

Estaba tan concentrada en encontrar la respuesta que casi no oyó el teléfono móvil que sonaba en la mochila.

Sarah también estaba fuera a primera hora de la noche y dejaba que el aire fresco la envolviese de forma constante, pero sin sentir realmente el frío. «Es increíble —pensó— cómo un poco de miedo hace que no notes el frío.»

No había conseguido quedarse en casa. La omnipresente televisión no había logrado distraerla. Recuerdos y miedos se habían fundido en un batiburrillo de ansiedad y supo que tenía que hacer algo, pero era incapaz de pensar qué podría ser ese algo.

«¿Ir al cine? Ridículo.»

«¿Salir a cenar sola? Una estupidez.»

«¿Ir a un bar del barrio y emborracharme? Eso sería muy inteligente.»

Percibía su sarcasmo rebotando en su interior.

De modo que, a falta de otra idea, pensando que era sumamente tonto ponerse en semejante posición de vulnerabilidad, pero incapaz de soportar la tensión cada vez mayor, se había puesto un par de zapatillas deportivas y había salido a dar un paseo.

Subió una manzana, bajó por la siguiente, atravesó varias calles, caminaba de la forma más arbitraria posible, sin una dirección determinada. Había pasado por delante de varias casas donde en el pasado había visitado a amigos y vecinos, pero no se detuvo. De vez en cuando se había cruzado con otras personas, generalmente gente que sacaba a pasear al perro, pero en casi todas las ocasiones, había encorvado los hombros y había enterrado la cabeza y el cuello en el abrigo y se había negado a establecer contacto visual. No pensaba que un hombre de negocios que hubiese regresado del despacho y sacase a pasear a *Fido* o a *Spot* para que hiciese sus necesidades y un poco de ejercicio se convirtiese en el Lobo Feroz, aunque sabía que esta posibilidad podía ser tan cierta como cualquier otra. «¿Por qué un tipo que pasea a su chucho no puede ser un asesino?» De hecho, las únicas personas que descartaba eran aquellas cuyos perros eran irrefrenables y tenían la perruna costumbre y la perruna necesidad de mover la cola y olisquear a todo desconocido. Y entonces, después de haberle tocado las orejas y haber acariciado el cuello del tercer perro de este tipo que se le había acercado a pesar de las disculpas y las amonestaciones de su dueño, de pronto se preguntó: «¿Por qué un asesino no iba a tener un perro simpático?»

Tampoco tenía la respuesta a esta pregunta. La idea de que no parecía adecuado no la consoló mucho.

Medio esperaba que el hecho de que empezase a caer la noche la convirtiese en un blanco difícil. Sin embargo, su otra mitad esperaba que el Lobo Feroz aprovechase ese momento y acabase de una vez. Era casi como si la resolución fuese más importante que la vida.

Cuando se le ocurrió esta idea, se dijo que estaba actuando como si ya la hubiese vencido. «Puede que sea cierto —murmuró en voz alta—. Puede que no.»

No sabía cuánto tiempo llevaba andando. Las manzanas se extendían kilómetros. El barrio cambió, volvió a cambiar. Primero giró a un lado, después al otro y por último, cuando los pies empezaban a quejarse con ampollas en carne viva, se dio la vuelta y regresó cojeando a casa. Cuando llegó a la puerta de su casa, respiraba con dificultad y estaba agotada, cosa que consideró positiva. Le dolían un poco las rodillas y por primera vez sintió frío.

No entró enseguida.

En lugar de entrar, Sarah se quedó de pie bajo la luz de la entrada con la llave de la puerta en la mano.

«Tal vez haya entrado mientras estaba fuera, como hace en casa de la abuelita en *Caperucita Roja*, para así esperarme cómodamente en el interior.»

Se encogió de hombros. Por un momento sintió como si hubiese agotado todos los miedos que cabían en su interior, de la misma forma que siempre llega un punto en el que ya no se pueden derramar más lágrimas independientemente de lo triste que uno esté.

Pero cuando introdujo la llave en la cerradura, oyó que sonaba el teléfono.

Karen se había quedado en su consulta mucho después de haber terminado las visitas de la jornada. Había advertido la salida del personal de enfermería, de la recepcionista e incluso la del portero de noche, que había recogido la basura del día. Solo unas pocas luces zumbaban en la sala de espera. En su despacho, una solitaria lámpara de escritorio proyectaba sombras en la pared.

Se quedó en el escritorio, enfrascada en pensamientos erráticos, intentando imponer algún tipo de lógica a su situación, aunque, como les sucedía a las otras dos pelirrojas, era algo que constantemente se le resistía.

Una cosa estaba clara: siempre estaba asustada. «Pero ¿hasta qué punto tengo que asustarme?», se preguntaba. Como la escala de dolor colgada en la pared de la consulta, pensó que debería poder cuantificar el miedo. «En este instante, es ocho. En el club de la comedia era nueve. Me pregunto qué se sentirá con el diez.» No formuló una respuesta.

En su lugar, empezó a repetir una y otra vez, «Roja Uno, Roja Uno, Roja Uno», en voz baja, áspera y monótona que sonaba como si estuviese resfriada, aunque sabía que era la tensión lo que impedía que surgiese una voz melodiosa de su garganta.

Levantó la vista hacia el techo y se dio cuenta de que las palabras que repetía tenían una escalofriante similitud con la cantinela del niño de *El resplandor* en la adaptación que Kubrick hizo de la novela de Stephen King.

Así que Karen intentó unir las dos.

—Roja Uno, *redrum* —dijo en voz alta.

El techo no daba pistas de lo que había que hacer.

Karen se dio un empujón interior, como si intentase insuflar energía a unos músculos debilitados, a unos tendones deshilachados y conseguir fuerzas para irse a casa, cuando sonó el teléfono de su escritorio.

Su primer impulso fue no contestar. Cualquier consulta de cualquier paciente podía pasar al servicio de contestador, que informaría que si era muy urgente, podían llamar al 911 o llamar de nuevo durante el horario de visitas.

«Pero, por Dios, estás aquí —se dijo—. Este es tu trabajo. Una persona está enferma. Contesta el maldito teléfono y ayúdala.» Extendió la mano, cogió el auricular y contestó.

—Consultorio médico. La doctora Jayson al habla.

Al otro lado de la línea solo se oía el silencio.

La ausencia de sonido puede ser peor que cualquier grito.

Pelirroja Uno se quedó completamente inmóvil en el escritorio.

Pelirroja Dos por poco pierde el equilibrio y tuvo que apoyarse en la pared para no caer al suelo.

Pelirroja Tres se quedó completamente paralizada mientras la oscuridad la inundaba.

Ninguna oyó nada salvo una respiración durante los primeros segundos de la llamada. Las tres estuvieron a punto de sucumbir al deseo de colgar o de arrojar el teléfono al otro extremo de la habitación o de arrancar el cable de la pared. No lo hicieron, aunque Pelirroja Tres levantó el brazo y casi lo dejó caer, antes de, lentamente, volver a acercarse el móvil a la oreja.

Las tres esperaron a que la persona que estaba al otro lado de la línea dijese algo o colgase. La espera se hizo atroz, implacable.

Las tres esperaban que algo aterrador, una voz fría e incorpórea dijese «pronto», o «voy a por ti», o incluso una risa demoniaca, como salida de una película americana de serie B.

Pero no se oyeron ni esas palabras ni ruido alguno. El silencio meramente persistió, como si su timbre aumentase y alcanzase un *crescendo* parecido al de una orquesta al prepararse para las últimas notas sinfónicas.

Y de repente se acabó.

Pelirroja Uno devolvió con lentitud el teléfono al soporte que estaba en su escritorio. Pelirroja Dos hizo lo mismo. Pelirroja Tres volvió a guardar el móvil en la mochila. Pero antes de apartarse, todas hicieron lo mismo: miraron la identificación de llamadas de sus respectivos teléfonos. Ninguna albergaba la más remota esperanza de que ese número llevase a algún lugar cerca del Lobo Feroz.

23

La señora de Lobo Feroz yacía arrugada en la cama como si de un papel usado y desechado se tratase. Hacía poco que había amanecido y entre sábanas retorcidas y almohadas miró a su marido, que dormía plácidamente a su lado. Escuchó el sonido regular de su respiración y gracias a su larga experiencia supo que parpadearía y abriría los ojos en cuanto el reloj de la cómoda marcase las siete de la mañana. Su despertar era sumamente regular y así había sido durante los años de su matrimonio, al margen de lo tarde que se hubiese acostado la noche anterior. Sabía que se desperezaría al lado de la cama, se pasaría los dedos por el pelo ralo, se sacudiría un poco como un perro perezoso al que despiertan de un sueño y después cruzaría sin hacer ruido la habitación hasta el baño. Podía contar los segundos que tardaría en oír correr el agua de la ducha y la cadena del retrete.

Esta mañana todo sería exactamente igual.

Pero no lo era.

La señora de Lobo Feroz examinó cada arruga del rostro de su marido dormido, contó las manchas marrón oscuro de las manos propias de la edad y se percató de los pelos grises de sus pobladas cejas. Cada artículo en el inventario de su marido resultaba tan familiar como la débil luz del sol de la mañana.

Podía percibir el argumento que hervía en su interior. «Conoces a este hombre mejor que a cualquier otra persona aparte de a ti misma —y por otro lado—: ¿quién es en realidad?»

Había dormido poquísimas horas y sentía el desagradable cansancio que se suma a dar vueltas en la cama durante toda la madrugada. Y cuando al final había logrado conciliar el sueño, había tenido unos sueños implacables e inquietos, como pesadillas infantiles. Era algo que no había vuelto a experimentar desde la época de sus problemas de corazón, cuando los miedos la sacudían por la noche. Una parte de su ser deseaba con todas sus fuerzas descansar y olvidar, pero demasiadas preguntas la abrumaban y no podía formular ninguna en voz alta.

La noche anterior, después de haber violado el lugar de trabajo de su marido, había mirado, sin comprender, una sucesión de sus programas favoritos en la televisión que no había logrado hacer la más mínima mella en sus preocupaciones. Había apagado el televisor y todas las luces y se había sentado en su asiento habitual en la más absoluta oscuridad hasta que vio los faros de su coche reflejados en las paredes blancas del salón mientras el Lobo Feroz bajaba por la calle donde vivían. En ese momento, se apresuró con determinación a irse a la cama. Normalmente, daba igual lo cansada que estuviese, se habría quedado levantada para preguntarle sobre la conferencia forense. Esa noche, no. Cuando él entró sigilosamente en la habitación y se había deslizado en la cama a su lado, había fingido que dormía. Había sentido frío al preguntarse si era un extraño el que se tumbaba a su lado. Tiempo atrás, puede que le hubiese acariciado el brazo o el pecho para despertarla con deseo, pero esos días ya hacía mucho que habían pasado.

«¿Qué has visto en su despacho?»

Esta pregunta retumbaba en su interior. Le había parecido que se oía en la oscuridad de la noche y que solo se había suavizado un poco cuando el amanecer entró por la ventana del dormitorio.

«No lo sé.»

Se preguntaba si esto era una mentira. «Quizá no lo sepa.»

Explicaciones sencillas y benévolas combatían contra interpretaciones oscuras y siniestras. Se sentía como si estuviese de pie en una plaza de algún país extranjero intentando encontrar una dirección. Todos los letreros estaban escritos con un alfabeto que no conocía, todos los transeúntes hablaban una lengua que no comprendía.

—¡Eh, buenos días!

El Lobo Feroz se había despertado.

Ella pensó que le temblaría la voz, pero no fue así.

«Pregunta lo obvio», se dijo.

—¿Qué tal fue la conferencia? Intenté quedarme levantada para esperarte, pero me entró sueño antes de que regresases...

—Oh, ha sido fascinante. El tipo de la policía estatal era bastante listo y divertido y muy inteligente. He aprendido mucho. Volví tarde.

«¿Qué has aprendido?»

La pregunta le daba miedo.

Observó cómo se daba la vuelta en la cama y cruzaba la habitación.

—Casi no queda dentífrico —dijo.

«Normal —pensó—. No ha cambiado nada.»

Esta falsedad la hizo sentir bastante mejor. Decidió pensar en lo que le iba a preparar para desayunar, en lugar de preguntarse si había descubierto por casualidad un secreto morboso. No estaba muy segura de que decidir entre huevos o tortitas prevaleciese mucho tiempo sobre la pregunta: «¿Es tu marido un asesino?»

Cuando llegó al trabajo, la señora de Lobo Feroz no estaba segura de si de verdad quería respuestas a las preguntas que su transgresión había generado. Lo que quería era rebobinar el tiempo, como si fuese una cinta de vídeo, regresar al momento en el que se había dado cuenta de que tenía la llave del despacho de su marido y había decidido colarse en su interior. Una parte de su ser se avergonzaba de haber tenido que mentirle. Otra, estaba simplemente confusa.

Lo primero que hizo fue dirigirse al archivador negro donde estaban todos los expedientes de los alumnos y sacar la carpeta de Jordan.

En el interior de la carpeta estaba la fotografía oficial de Jordan que le habían tomado al principio del primer trimestre. A la señora de Lobo Feroz le recordó a las fotografías de la policía: de frente. De perfil. Perfil derecho. De perfil. Perfil izquierdo. Lo único que faltaba era el letrero con los números de identificación debajo de la barbilla.

La señora de Lobo Feroz pasó la página de las fotografías y estudió con detenimiento la información que contenía la carpeta. Conocía casi todo: las buenas notas que habían caído en picado; los problemas de actitud en las clases; la evaluación psicológica sobre los problemas de Jordan con el difícil divorcio de sus padres; la opinión pesimista del asesor de universidades que consideraba que sus posibilidades futuras se reducían; un informe de varios profesores y de su entrenador de baloncesto sobre su distanciamiento del resto del alumnado.

La señora de Lobo Feroz llevaba demasiados años de secretaria en el colegio privado como para no entender el patrón que los documentos del expediente plasmaban. Para ella resultaba típico hasta el aburrimiento. Tuvo una breve conversación interior: «Los alumnos siempre creen que todos sus problemas son especiales. No lo son.» Pero también sabía que a Jordan le esperaban más problemas, como había sucedido con tantos otros alumnos que habían pasado por la misma confusión en su adolescencia.

«¿Y ahora qué? —se preguntó—. Jordan experimenta con el sexo. Empieza a fumar hierba o a abusar de la receta de Ritalin de su compañera de clase. Se salta alguna norma del colegio de forma especialmente llamativa y la expulsan.»

Pero lo que no lograba ver era la conexión que Jordan tenía con su marido.

Y más: «¿Por qué ella? ¿Por qué era el objetivo de un asesinato o el modelo para el personaje de un libro?»

Ideas de este tipo parecían chocar, descontroladas y espásticas, en el pensamiento de la señora de Lobo Feroz.

Se dio cuenta de que miraba las muchas páginas del expediente de Jordan con una ira desbocada. Sentía que se encendía.

«¿Qué te hace tan especial para que mi marido tenga tu puta fotografía en la pared?»

Gritaba esta pregunta en su interior.

Y, en ese mismo instante se dio cuenta de que la odiaba.

Era un odio real, salvaje, de celos incontrolados. No podría decir por qué se sentía así ni tampoco podría haber explicado qué iba a hacer al respecto.

La señora de Lobo Feroz cerró el expediente de la adolescente y lo dejó dando un golpe en el escritorio.

Ahora le quedaba preocuparse por su médico y por la otra mujer desconocida.

«¿Por qué ellas?»

Alcanzó su bolso y sacó un trozo de papel en el que había garabateado los nombres y las fechas de los libros de su marido y los casos de asesinato que en apariencia no tenían conexión, pero que a él le había parecido apropiado recortar de los periódicos y guardarlos en su álbum de cuero.

Pensó que tenía que investigar un poco. No sabía cuánto tiempo tendría para hacerlo, pero sabía que tenía que darse prisa.

Esa mañana, en su despacho, el Lobo Feroz transcribía contento los apuntes de la conferencia. También estaba satisfecho con las llamadas que había hecho.

«A veces el ruido más fuerte que puedes hacer no es en absoluto ruido», escribió.

El teléfono móvil que había utilizado para llamar a las tres pelirrojas lo había comprado en una pequeña tienda de electrónica, en una que no tenía cámaras, de eso se había asegurado, y lo había pagado en efectivo. Después de parar junto a la autopista y haber realizado las llamadas, había sacado todos los chips de memoria y había aplastado el teléfono con el tacón. Parte del teléfono lo había tirado en un contenedor de un área de descanso. El resto lo había lanzado a un pequeño río no muy lejos de donde se había celebrado la conferencia. Una de las cosas con las que el Lobo Feroz más disfrutaba en el sistema de asesinato era la preparación para anticipar cada pequeño detalle de la muerte.

La clave —tecleó con furia— radica en asegurarse de que has logrado establecer el nivel adecuado de terror. El miedo en la víctima, tanto si se provoca en unos pocos segundos de pánico cuando se da cuenta del peligro como si se trata de una ansiedad incontrolable que aumenta poco a poco, es lo que hace que cometan errores inmensos y pone de relieve tu emoción igual de inmensa. Tropiezan y se exponen cuando intentan huir o esconderse. Pasa siempre. ¿Alguna vez has visto una de esas películas sangrientas de adolescentes? Da igual qué dirección tomen, Jason o Freddy Krueger o el tipo de Texas con la máscara y la motosierra ha anticipado sus movimientos y les está esperando. Lo que las víctimas no entienden es que las acciones provocadas por el miedo las hacen infinitamente más vulnerables. Cuando corren como locas, abren la puerta a alguien que conoce más el terreno para explotar su miedo. Decir que *Viernes 13* enésima parte realmente consigue plasmarlo puede resultar un poco exagerado, pero en verdad no lo es. ¿Te acuerdas de *La Caperucita Roja*? El lobo conoce cada milímetro del terreno hasta un extremo que ella no puede imaginar. Esas películas no son distintas. Son esos espacios creados por el miedo no planeado lo que el asesino verdaderamente sofisticado ha de aventurar. Algunos de los momentos más intensos de la experiencia de matar vienen de esos lugares, incluso aunque sean breves.

Todo segundo es valioso.

El mejor asesino gana tiempo.

El Lobo Feroz dudó, los dedos sobre el teclado. Sentía el progreso inexorable en las palabras que fluían en la pantalla del ordenador y en el aumento regular de las páginas en una caja a la altura del codo.

«Armas —pensó—. Hora de seleccionar las armas.»

La muerte de Pelirroja Uno sería diferente a la de Pelirroja Dos. Y ni la primera ni la segunda tendrían nada que ver con la de Pelirroja Tres.

Tres asesinatos al azar sin conexión aparente. Todo lo que había aprendido hablando con policías, en la conferencia de la noche anterior, en conversaciones con abogados defensores y fiscales bajo la apariencia de la investigación de un libro y de estudiar con detenimiento la literatura popular, tanto de ficción como de no ficción, le había enseñado que el día en que muriesen las tres Pelirrojas tendría que parecer que se trataba de una desgraciada coincidencia. Automáticamente, habría tres grupos de investigación separados que trabajarían en tres homicidios claramente únicos, en tres partes diferentes del país. Si la policía se tomaba el tiempo para que los investigadores comentasen los casos, vería un montón de contrastes, no tres asesinatos relacionados entre sí. Cada caso pertenecería a un tipo distinto de novela de suspense. Cada uno estaría diseñado para destacar por sí solo, cuando en realidad la verdad era totalmente diferente. De esta manera, creía con firmeza que cuando su libro llegase a las librerías lleno de detalles y verdades que solo un asesino consumado podía saber, se redoblaría la fascinación del público.

La publicidad que lo rodearía, abochornaría a la policía local y catapultaría el libro a los primeros puestos de las listas de éxitos. Estaba completamente seguro de que así sería.

Las tres Pelirrojas no solo satisfarían todos sus enrevesados impulsos asesinos. Le harían muy rico.

Cuchillos. Pistolas. Cuchillas. Cuerdas. Sus propias manos grandes.

Tenía una gran variedad de medios a su disposición. Simplemente era cuestión de encontrar el estilo adecuado para cada Pelirroja.

«Esto —pensó— no es nada inusual para el escritor de novelas de suspense. Es lo que se hace de forma rutinaria con los personajes y los argumentos.»

Sonrió, en realidad se rio con fuerza, antes de inclinarse de nuevo para proseguir con el trabajo de planificación que tanto le cautivaba. Le parecía que era como un arquitecto. Creía que cada línea que trazaba era una línea exacta.

24

Por extraño que parezca, Pelirroja Dos fue quien contestó la llamada telefónica silenciosa y reaccionó con calma. Sarah se había sorprendido a sí misma. Todos los contactos anteriores con el Lobo Feroz la habían abocado a una frenética respuesta llena de pánico revólver en mano y, sin embargo, esta vez, a pesar de lo siniestro y amenazador que había resultado el silencio al otro lado de la línea, la había empujado a un lugar muy diferente del que había esperado al principio. Había sentido frío, pero no el escalofrío del miedo, sino más bien el helor de una decisión que se había visto obligada a tomar. De repente supo con exactitud lo que tenía que hacer. Esa certeza casi la hizo sentir abrigada y cómoda.

Pelirroja Uno, por otro lado, se había echado a llorar.

El silencio parecía gritarle que era incompetente. Había dedicado toda su vida a encontrar respuestas a preguntas complicadas y, ahora, independientemente de lo que hiciese, se le escapaba la respuesta adecuada. ¿Gritar obscenidades? ¿Desafiarle a gritos? ¿Vociferar una falsa demostración de fuerza? Así que en cuanto el Lobo Feroz desapareció de la oscuridad del otro extremo de la línea, dejó el teléfono en el escritorio delante de ella y se permitió el desahogo del llanto. Las lágrimas le caían por las mejillas acompañadas de gritos ahogados y sollozos e incluso de un leve gemido de desesperación. Descontrolada e inconsolable, Karen se había dejado llevar por el torrente de emociones y se balanceaba hacia delante y hacia atrás en su asiento, abrazándose con fuerza, respirando agitadamente, angustiada. No sabía cuánto tiempo llevaba en aquel estado de desconcierto total. Pero como un niño pequeño que llora por un cachorro que se ha perdido, al final el llanto ahogado fue decreciendo y fue capaz de recuperar la respiración normal, a pesar de no tener la más mínima idea de lo que iba a hacer a continuación. Su único deseo era hablar con las otras dos pelirrojas porque sabía que por muy diferentes que fueran de ella, eran las únicas personas en todo el mundo capaces de entender por lo que estaba pasando. Excepto, cayó en la cuenta, quizá también el Lobo Feroz.

A Pelirroja Tres le embargó la ira.

Después de la llamada no había logrado dormir y había pasado gran parte de la noche revisando sin éxito los vídeos en YouTube del Lobo Feroz en un intento de encontrar alguna clave secreta que la ayudase a contraatacar. A las tres de la mañana, por fin se había metido de nuevo en la cama y se había tapado la cabeza con la colcha como una niña de ocho años a la que asusta la oscuridad. Pero debajo de las sábanas sudaba, con los dientes apretados. Al final, había tirado las sábanas y la colcha al suelo y se había quedado rígida como un cadáver mirando fijamente al techo. Cuando sonó el despertador, se había levantado sintiéndose sucia, una sensación que el agua caliente y el jabón no lograron eliminar. Y cuando esa mañana se dirigía a clase, se tropezó y a punto estuvo de caer al pasar por el lugar donde se encontraba la noche anterior cuando la llamada de silencio había llegado a su móvil. Parecía como si la memoria a corto plazo le hubiese puesto una zancadilla y ella le dio una patada al sendero como si este tuviese la culpa de que hubiese estado a punto de caerse.

La primera clase de esa mañana era Español de nivel avanzado.

La señora García, su profesora, era una mujer de mediana edad que había crecido en Barcelona, donde había estudiado inglés, así que invertir su formación para enseñar bachillerato a adolescentes estadounidenses no fue precisamente un desafío. Era morena y corpulenta, con una risa socarrona y una visión insistentemente positiva sobre cualquier cosa que estuviese remotamente relacionada con su país. Proyectaba películas como *El laberinto del fauno* o *El secreto de sus ojos* con un obvio entusiasmo y les ponía trabajos sobre libros de Cervantes y de Gabriel García Márquez, aunque dudaba de que sus alumnos entendiesen gran cosa de lo que leían. Mencionar el arte en clase casi siempre la lanzaba a una enardecida descripción del Prado de Madrid con sus famosos cuadros de Goya y de El Bosco. Su efervescencia la convertía en una persona apreciada en el colegio, así como la benevolencia con la que puntuaba los exámenes y los trabajos. A pesar de que Jordan iba muy justa en Español, la señora García se había negado a pasarla a un curso inferior y le había dicho en más de una ocasión que al final volvería a tener el nivel de antes. Jordan sabía que lo hacía por solidaridad con la turbulenta situación de su familia. Se preguntaba si la señora García mostraría la misma solidaridad si supiese lo del Lobo Feroz.

De todas formas, a Jordan le caía muy bien la señora García porque no era ni madre ni administradora ni intentaba actuar como si tuviese todas las soluciones a sus problemas.

Esa mañana Jordan se sentó en el asiento que solía ocupar en las filas traseras, cerca de la ventana, para poder mirar hacia fuera y observar a los mirlos posados en un árbol cercano. Estaba completamente distraída, repasando en su mente todos los aspectos de la silenciosa llamada telefónica. Si se hubiese oído alguna palabra o incluso sonidos guturales, una respiración pesada, silbidos o incluso los sonidos característicos de un hombre masturbándose, podría haberlos interpretado y haberse formado en la mente algún tipo de imagen. Sin embargo, la ausencia de sonido era como mirar un lienzo en blanco.

Apretó los puños, los colocó debajo del pecho y los juntó como si estuviese luchando contra ella misma.

—¿Jordan?

Tenía los nudillos blancos. Quería golpear algo.

—¿*Señorita Jordan*?

La ira cubría su rostro como si de una máscara se tratase.

—*¿Señorita Jordan, qué pasa?**

Fue la risita de los demás alumnos lo que la devolvió a la clase. Miró a su alrededor con los ojos desorbitados, a las sonrisas y las risitas de burla. No tenía ni idea de lo que pasaba, hasta que miró hacia delante y vio a la señora García observándola frente a la pizarra. Inmediatamente se dio cuenta de que le había hecho una pregunta y no la había contestado.

—Lo siento... —tartamudeó.

—*En español, por favor, Jordan.*

—No sé...

—*¿No estabas escuchando?*

—Sí, estaba escuchando, es que... —se interrumpió a mitad de la mentira.

—*¿Te pasa algo?*

—No, señora García, no me pasa nada.

Esto era otra mentira y sabía que tanto la profesora como los alumnos lo sabían.

—*Bueno. En español, por favor, Jordan* —repitió la señora García—. *¿Cuál es el problema?*

—Ningún problema, no estaba... —se calló al ver que estaba a punto de contradecirse. Entendía que se suponía que tenía que responder en español y tenía las palabras en su interior, aunque ligeramente fuera de su alcance. Frases, oraciones, fragmentos de pasajes de libros, diálogos de películas inundaban el cerebro de Jordan en un melódico español. Buscó desesperadamente la combinación de palabras adecuada para responder a la pregunta de la profesora.

La señora García, al frente de la clase, dudaba. Esa pausa permitió que un par de alumnas de la clase se susurrasen algo. Jordan no alcanzaba a oír bien lo que decían, pero sabía que era algo hiriente.

No pudo contenerse.

Se levantó y se volvió hacia las chicas. Veía las sonrisas medio burlonas en sus rostros.

—*¡Maldita puta idiota!* —gruñó a la que estaba más cerca.

---

* La señora García habla siempre en español en el original. *(N. de los T.)*

La chica retrocedió. Jordan se preguntó si alguien la había llamado alguna vez maldita puta idiota en el idioma que fuera.

—¡Jordan! —exclamó la señora García.

Pero Jordan, que sentía que liberaba días de ira, no hizo caso.

—¡*Bésame el puto culo!*

Insultó a otra chica.

Uno de los alumnos de la clase hizo ademán de incorporarse para defender a la chica que había insultado, pero Jordan soltó uno de los insultos más comunes en español, uno que estaba segura que el chico conocería. De hecho, todos lo conocerían, se dijo a sí misma.

—¡*Tu puta madre!* —soltó Jordan, señalando el pecho del muchacho.

—¡Jordan, basta ya! —La señora García había pasado a un inglés furioso. Casi nunca lo hacía.

Jordan sentía que todos los ojos de la clase se posaban en ella. Tiró la cabeza hacia atrás, desafiante y a punto de soltar otro insulto a la clase. Se acordó de un insulto que había visto en uno de los libros que habían leído a principios del trimestre. *El burro sabe más que tú*. Estaba a punto de gritarlo pero dudó.

—Puedes irte o quedarte, tú decides, Jordan —dijo la señora García en un tono lento pero furioso—. Pero decidas lo que decidas, ahora mismo dejas de hacer lo que estás haciendo.

La orden exigía silencio por parte de la clase. Susurros, risitas escondidas, obscenidades apagadas, todo se interrumpió.

Jordan alargó el brazo y empezó a recoger sus cosas. Tenía la idea de salir de la clase, hacer un gesto grosero a todos sus compañeros y encontrar un lugar aislado y bucólico donde estar sola y esperar pacientemente a que su asesino la encontrase y acabase con todo. Pero a medio camino de su dramática salida se detuvo. Levantó la vista hacia la señora García, cuyo rostro encendido empezaba a palidecer y que ahora simplemente se veía triste.

Jordan respiró hondo.

—*No* —dijo de repente—. *Esta es mi clase favorita.*

Se sentó bruscamente.

Otro silencio paralizaba a la clase. Tras una larga pausa la señora García carraspeó y miró otra vez con tristeza a Jordan.

—*Bien* —masculló, antes de proseguir con la lección del día.

Jordan volvió a sentarse en su sitio y continuó mirando por la ventana. No quería cruzar la mirada con ninguno de sus compañeros.

«*Lobo.*»

«*Feroz*», pensó

Unió las palabras en su mente. *Lobo feroz.* Tenían un bonito ritmo. «El español es así», pensó. Parecía que cada frase formaba parte de una canción. Jordan suspiró y se puso tensa, pues seguía negándose a darse la vuelta y tener algún contacto con sus compañeros. Se sentía como un pedazo de residuo radiactivo. Resplandeciente, peligrosa y nadie podía tocarla.

Cuando terminó la clase, Jordan esperó a que saliesen los demás. La señora García se había sentado en su mesa en la parte delantera. Le hizo un gesto a Jordan para que se acercase.

—Lo siento, señora G —se disculpó Jordan.

La profesora asintió.

—Sé que estás pasando por una época difícil, Jordan. ¿Puedo ayudarte en algo?

«¿Tienes una pistola? ¿Sabes disparar?»

—No. Pero gracias.

La profesora parecía decepcionada, pero logró esbozar una sonrisa.

—Dímelo si crees que puedo hacer algo. Aunque solo sea para hablar. En cualquier momento. Cualquier día. Por cualquier razón. ¿De acuerdo?

«¿Eres una asesina o nada más que profesora de Español? ¿Puedes matar a un hombre que quiere asesinarme?»

—De acuerdo, señora G. Gracias.

Jordan se colgó la mochila al hombro y abandonó la clase. No había ido muy lejos cuando oyó un zumbido, que reconoció como el del teléfono desechable que Pelirroja Uno le había entregado. Antes de sacar el teléfono y mirar la pantalla, se metió en el lavabo de chicas y buscó un compartimento vacío.

Era un mensaje de Pelirroja Dos.

«Quedamos esta noche. Para Hablar. Importante.»

Estaba a punto de contestar cuando recibió un segundo mensaje, este de Pelirroja Uno.

«Recoger en Pizzería a las 7.»

Escribió un mensaje para las dos: «De acuerdo.»

Le entraron ganas de añadir: «Si estamos vivas a las 7», pero se contuvo.

A continuación, Jordan se dirigió a la clase de Inglés. Los deberes para ese día eran sobre *Un lugar limpio y bien iluminado*, de Hemingway. Se había leído el relato dos veces, pero había decidido que si el profesor le preguntaba iba a hacer ver que ni siquiera había abierto el libro.

Lo que más le había gustado del relato había sido el camarero español. El camarero mayor que estaba dispuesto a dejar el bar abierto para el anciano solitario, no el joven que tenía prisa por irse a su casa con su mujer.

Nada y pues nada y pues nada.

Sabía exactamente lo que el camarero había querido decir con cada palabra y no necesitaba ninguna traducción.

25

—Esta ha sido la mejor idea que se me ha ocurrido con tan poco tiempo —dijo Pelirroja Uno—. Parece un lugar seguro.

«Un lugar seguro» era un concepto que resultaba extraño, salvo cuando estaban juntas, pues entonces parecía que la amenaza disminuía al dividirla: «¿El terror dividido entre tres es igual a...?»

Las tres pelirrojas estaban de pie en un cono de luz tenue en la puerta de la librería The Goddess, situada en un callejón oscuro y estrecho, alejado de las zonas más frecuentadas de la pequeña localidad. Un flujo regular casi exclusivamente de mujeres, de varias edades y tipos, incluidas unas cuantas que llevaban de la mano a niños pequeños o empujaban cochecitos, se dirigía al pequeño comercio. La librería tenía estantes llenos de novelas de New Age, obras sobre nigromancia y temas de salud femenina, junto con algún que otro libro de tarot o de predicciones de futuro a partir de los signos del zodiaco.

Esta noche una autora que no era de la ciudad iba a dar una charla sobre su última novela y, cerca de la pequeña tarima, por todo el pequeño espacio, habían colocado hileras de sillas plegables. Había un gran cartel de la escritora, una mujer de edad comprendida entre la de Pelirroja Uno y la de Pelirroja Dos y que llevaba la larga melena morena peinada en lo que Jordan consideraba estilo vampiresa, es decir suelto, ocultando algunas de sus facciones para darle un aspecto misterioso aunque no especialmente sutil. La escritora iba vestida completamente de negro: botas, pantalones, camisa de seda y una gruesa capa de lana, y lo único que sobresalía era el collar largo con un pesado colgante con incrustaciones de piedra que representaba un símbolo místico. Los ejemplares de su libro se encontraban en montones altos en el interior, al lado de las puertas. El cartel indicaba que se trataba de una serie en curso. La novela en concreto se titulaba *El retorno de la asesina* y en la sobrecubierta aparecía un dibujo exagerado de estilo cómic de una Valquiria, una doncella guerrera, con la brillante espada desenfundada y luchando contra una escuadra de vikingos claramente inferiores a ella, muy musculosos y tocados con cascos con cuernos. En el fondo de la contraportada, dragones voladores.

Karen condujo a las otras dos pelirrojas al interior y las guio a unos asientos en la parte lateral del improvisado estrado, desde donde podían ver a la ponente y a todo aquel que entrara en la librería para asistir a la conferencia. Se sentaron en las incómodas sillas y empezaron a examinar los rostros de todas las personas que acudían a la reunión. Cada una de las pelirrojas realizaba este examen sin comentar nada a las demás. La misma pregunta les revoloteaba por la cabeza: «¿Quién eres? ¿Eres el asesino?»

Solo había cuatro hombres entre el público. Los cuatro parecían sentirse incómodos por distintos motivos. Las tres pelirrojas los miraban a hurtadillas buscando alguna señal reveladora que sugiriese que estaban observando al Lobo Feroz.

Uno de los hombres era bajo, fibroso, con cierta cualidad furtiva, como de ratón, pero había llegado con una mujer el doble de alta y una hija de seis años, con la que pasó gran parte de la velada intentando que dejase de moverse en el asiento. Otro era corpulento, barbudo, no muy distinto de los hombres de la sobrecubierta del libro de la escritora. Tenía constitución de leñador y llevaba una chaqueta de lana de cuadros rojos. Pero había entrado acompañado por una joven de pelo teñido de rosa y múltiples *piercings,* vestida con una indumentaria exagerada parecida a la de la autora, y el hombre le había llenado los brazos de ejemplares de lo que parecían otros libros de la serie y, por lo visto, le había indicado que se encargase de conseguir que la autora se los firmase. Tenía una mirada de perro apaleado. Los otros dos hombres tenían un aspecto más intelectual, gafas de cristales gruesos, americanas de *tweed* y pantalones de pana, y los dos dejaban patente su incomodidad por haber sido arrastrados a la conferencia en el lenguaje corporal retorcido e incómodo que mostraban al lado de las mujeres a las que acompañaban. Los dos estaban repantigados en las sillas con los brazos cruzados y una expresión de aburrimiento en el rostro, mientras que las mujeres que los habían arrastrado hasta la lectura estaban encaramadas en los brazos de sus sillas, la mirada brillante, inclinadas hacia delante, escuchando con atención cada palabra.

Ninguno de estos hombres parecía en modo alguno ni siquiera levemente asesino.

Esto no significaba gran cosa para las tres pelirrojas. Estaban alerta a cualquier posibilidad, aunque ninguna de ellas sabía exactamente qué buscaba.

«Soy capaz de diagnosticar una enfermedad mortal —pensó Karen—. Soy capaz de reconocerla en un análisis de sangre o en una radiografía. No sé si soy capaz de reconocer a un asesino.»

Jordan perforaba con la mirada a cada uno de los cuatro hombres del público. Ella tenía más seguridad. «Si estás aquí, me voy a dar cuenta», le dijo a la imagen del Lobo Feroz que había creado en su mente. Era demasiado joven para hacerse la agobiante pregunta de cómo iba a darse cuenta. Seguía intentando fijar la feroz mirada en cada uno de los hombres pero, a pesar de su incomodidad, todos parecían estar más interesados en la oradora.

Sarah, por el contrario, dejaba que su mirada se deslizase entre los hombres. No se creía capaz de saber quién era el Lobo Feroz, ni siquiera aunque estuviese de pie a su lado, con un cuchillo ensangrentado en la mano y un cartel grande colgado del cuello. Sonrió. Eso ya no cambiaba nada para ella.

Las tres barrieron la reunión con la mirada como centinelas de guardia, incluso cuando la propietaria de la librería presentó con entusiasmo a la escritora, que subió al estrado entre aplausos entusiastas.

—Todos mis libros tratan sobre la potenciación del papel de la mujer —empezó la escritora con el énfasis esperado.

Ese fue el momento en que las tres pelirrojas dejaron de prestar la más mínima atención a lo que oían. Fue Sarah quien pensó «la verdadera fuerza viene del interior. Solo es cuestión de encontrarla».

La escritora siguió con su perorata mientras las tres pelirrojas esperaban.

El discurso duró poco menos de una hora y a continuación hubo una predecible serie de preguntas, que osciló entre cuestiones más detalladas como las manías asesinas de una doncella guerrera, hasta más generales como la falta de interés del mundo editorial comercial por libros con temática femenina. La sesión en general fue bastante sosa.

Karen en especial tenía ganas de que terminase. Se revolvía en la silla, desesperada por volverse hacia Pelirroja Dos y preguntarle qué era tan importante para tener que reunirse esa noche. Qué había sucedido.

«Aparte de la llamada telefónica», pensó. Eso les había sucedido a las tres. Karen estaba enfadada en parte. Estaba agotada por la tortura de la preocupación y por el dolor de la incertidumbre y quería que todo acabase. Pero todavía no estaba dispuesta a reconocer que una forma de que todo acabase sería que el Lobo Feroz lograse su objetivo.

La escritora terminó y se deleitó con los aplausos.

Hubo un frenesí de actividad en la librería cuando la escritora se sentó tras un escritorio cercano, blandió un bolígrafo grande y empezó a firmar libros. En otra mesa se servía al público que no se había puesto en cola para adular a la escritora *brownies* de chocolate, *hummus* y patatas fritas y vasitos de plástico con vino blanco y tinto muy barato.

Sarah se dirigió a la mesa. Cogió un *brownie* duro e hizo un gesto a Karen y a Jordan para que la acompañasen hasta un lateral del local, lejos de las firmas, de la caja y de la mesa con la comida. En medio de toda la gente las tres pelirrojas estaban solas.

Se quedaron de pie delante de una pared llena de libros con títulos de temática femenina que abarcaban desde el aborto hasta el derecho al voto. Miraban los libros, pero su conversación era exclusivamente entre ellas.

Empezó con una risita tímida.

—Bueno, si el maldito Lobo Feroz es capaz de aguantar todo

este rollo... —dijo dejando que su voz se debilitase. Incluso Jordan, que siempre parecía tan intensa, forzó una sonrisa.

Sarah negó con la cabeza.

—¿Alguna de vosotras tiene alguna duda de quién nos llamó anoche?

Jordan y Karen no tuvieron que responder.

—¿Alguna cree que esto puede terminar de otra forma que no sea que el lobo consiga lo que quiere?

De nuevo silencio.

—Me refiero a si os habéis planteado la posibilidad de que quizá no quiera asesinarnos como dice, sino tomarnos el pelo.

—¿Crees que somos tan afortunadas? —preguntó Jordan. Una pregunta para responder a otra.

—Parece que ha hecho los deberes —prosiguió Sarah.

La palabra «deberes» provocó los mismos pensamientos en las tres. «Nos ha vigilado. Nos ha estudiado. Nos conoce y nosotras no le conocemos a él. Estamos indefensas y él no.»

—¿No sentís las dos que cada vez se acerca más y más? —preguntó Sarah—. Me refiero a que a veces apenas puedo respirar porque creo que está escondido en alguna sombra o a la vuelta de la esquina o en un coche en la oscuridad, vigilándome.

Todas estas posibilidades se les habían ocurrido a las otras Pelirrojas.

Karen y Jordan asintieron con la cabeza, aunque Karen dijo:

—No hay forma de saber a quién está vigilando en un momento dado. Está continuamente jugando con nosotras.

—¿Crees que se está acercando? —repitió Sarah con un poco más de firmeza.

Karen respiró hondo.

—Sí, yo sí —repuso.

—Podría seguir haciendo esto hasta la eternidad —añadió Jordan—. Quizá sea eso lo que le gusta.

—No lo creo —repuso Sarah—. Quiero decir que sí, que seguro que le encanta lo que hace. Pero creo que le gusta todavía más algo mayor.

Todas sabían lo que «mayor» significaba.

Las tres mantuvieron la mirada hacia delante, como si los títulos y las sobrecubiertas de los libros que estaban en los estantes delante de ellas tuvieran una respuesta.

—¿Os habéis dado cuenta de que siempre hace las cosas de tres en tres? —prosiguió—. Las tres recibimos una carta el mismo día. Las tres recibimos un vídeo a la vez. Las tres recibimos una llamada, una después de otra...

—Claro —repuso Jordan—. ¿Por qué no iba a hacer las cosas de tres en tres?

Sarah no estaba tan segura.

Sin embargo, su voz cogió impulso, incluso cuando la bajó hasta casi un poco más que un susurro.

—Es evidente que tiene un sistema. Es obvio que tiene un plan. Nosotras somos las tres partes del plan —prosiguió, hablando cada vez más rápido—. Hace todo por triplicado, así que su disfrute se multiplica por tres. No le ha hecho nada diferente a alguna de las tres. Ni una sola vez. Es como si fuésemos tres guisantes en la misma vaina. He estado pensando en ello desde que nos llamó anoche. Quiero decir ¿y qué viene ahora? ¿Ponerse otra vez en contacto con nosotras para aterrorizarnos todavía más? O quizá vaya a empezar con los asesinatos. Podría hacerlo en cualquier momento. ¿No os sentís como un animal al que van a cazar?

Karen no dijo nada, pero así era exactamente como se sentía. Miró a Jordan de reojo. La más joven de las tres miraba fijamente hacia el frente. Con una expresión entre furiosa y resignada en el rostro.

—Cuanto más pienso en ello, más me parece como estar en una clase. Todas estamos aprendiendo sobre asesinatos, ¿verdad? No sé si sabéis, pero he pasado mucho tiempo dando clases. Y sé perfectamente cuándo sucede algo que rompe la clase. Arruina la planificación que has hecho de la lección. Todo lo que tienes preparado para la clase de ese día simplemente desaparece —continuó Sarah.

Su voz, aunque ansiosa, se quebró con algún recuerdo. Jordan imaginó que de repente Sarah había recordado qué era lo que la había puesto delante de todos esos jóvenes alumnos.

—Un pequeño altercado, bueno, se solventa de forma rápida

y efectiva. Envías al alumno desobediente al despacho del director. Un poco de firmeza restablece el orden en la clase. Prosigues con la lección.

Jordan sabía exactamente de lo que hablaba. Al fin y al cabo eso había hecho ella precisamente esa mañana.

—Pero a veces hay altercados que no se pueden resolver con facilidad. En ese caso todo explota de repente.

—¿Y entonces qué pasa? —preguntó Karen.

—Toda la planificación se va directa al carajo.

—Bueno —interrumpió Jordan—, ¿qué quieres decir?

—Estamos en su clase. Tenemos que interrumpir lo que tiene planeado para nosotras. Romper su sistema. Tenemos que conseguir desbaratar todos los malditos planes que haya diseñado para cada una de nosotras.

Karen asintió con la cabeza.

—Suena bien. Pero del dicho al hecho... —susurró.

—No —respondió Sarah. Extendió las manos y sujetó las muñecas de Karen, para acercarla un poco más—. Sé cómo desbaratársélo todo. A la mierda total y completamente con el Lobo Feroz y con lo que tenga pensado para nosotras.

La obscenidad parecía miel que se desliza por la lengua.

—¿Cómo? —espetó Jordan. Estaba confundida, pero de repente tenía esperanza. La sola idea de hacer algo en lugar de esperar a que le hiciesen algo a ella ya resultaba alentador.

De repente, a Sarah le empezaron a brillar los ojos por efecto de las lágrimas, al mismo tiempo que su boca esbozaba una sonrisa. Extendió la mano y acarició la mejilla de Jordan con rapidez, un acto de afecto sorprendente para alguien que apenas era algo más que una desconocida.

—Una de nosotras tiene que morir —sentenció.

Las otras dos se quedaron boquiabiertas. Karen dio un grito ahogado e intentó dar un paso atrás, pero Sarah la detuvo sujetándole el brazo con más fuerza. Sarah negó con la cabeza.

—No —repuso a la pregunta no formulada—. Yo.

26

La señora de Lobo Feroz había descubierto rápidamente que hay un límite a lo que se puede encontrar sobre crímenes específicos sentada a un escritorio y navegando por Internet. Todavía había recibido menos ayuda electrónica para desentrañar el misterio del hombre a quien amaba.

Como era secretaria de administración y devota de la rutina y el orden, creó una hoja de cálculo para mantener sus pesquisas organizadas. Cuatro libros. Cuatro asesinatos. Después la boda. Colocó las fechas de publicación y de homicidios en la parte superior de la hoja de cálculo. Hizo subcategorías de escenas y de personajes de las novelas y las contrastó con víctimas reales y lugares de los crímenes. Hizo una lista de armas utilizadas en la vida real frente a las que había leído en las novelas de su marido. Recogió cada pequeño detalle que vislumbró en los diversos artículos de periódico que aparecían en la pantalla del ordenador y los reexaminó como si fuese un crítico literario tremendamente afanado. La impresora que estaba al lado del escritorio zumbaba mientras ella buscaba con tenacidad patrones, similitudes y cualquier aspecto compartido entre los libros y los asesinatos que pudiesen llevarla por el camino de la comprensión.

Era un trabajo duro.

Mordisqueaba las gomas del extremo de los lápices, chupaba caramelos de menta y miraba por encima del hombro para asegurarse de que nadie veía lo que hacía, aunque sabía que no había nadie más en el despacho. Por suerte, el director había escogido esa semana para asistir a una conferencia académica en Nueva York. Le había dejado poquísimas tareas para terminar, así que pudo acometer sus propósitos con una fiebre que se asemejaba a sus sentimientos desbocados.

A media mañana, un alumno de segundo curso había pasado por el despacho para pedir información sobre un programa de idiomas en el extranjero. Lo echó enseguida con una mentira rápida, diciéndole que no sabía nada de ese programa, a pesar de que en el primer cajón tenía un extenso folleto que lo explicaba todo sobre él.

Un poco más tarde, justo antes de la pausa que normalmente se tomaba a mediodía, dos alumnas del último curso se presentaron en la puerta porque necesitaban el permiso del director para una visita de dos días a una universidad. Se trataba de una artimaña común, concebida no tanto para conocer una futura facultad, sino más bien para encontrarse con un par de alumnos que se habían graduado el año anterior. La señora de Lobo Feroz hizo marchar a la pareja con un resoplido áspero y sarcástico y dos preguntas sencillas y embarazosas: «¿Os pensáis que sois las primeras alumnas lo bastante listas como para urdir un plan así?», y «¿vuestros padres están enterados de la aventura que proponéis?».

Se saltó el almuerzo. En circunstancias normales hubiese estado muerta de hambre, pero ese día la ansiedad le llenaba el estómago.

Cuando la jornada laboral quedó reducida a la tarde, se dio cuenta de que cualquier verdad que había encontrado con su esfuerzo, quedaba atrapada en una especie de zona pantanosa. Veía que algunos elementos de las novelas y de los crímenes parecían concordar y otros divergían por completo. Un asesino que empuñaba una navaja en una novela parecía una espeluznante imitación de comportamientos descritos en artículos de prensa. Una joven prostituta descubierta en un callejón en la ficción se parecía a una prostituta cuyo cadáver fue abandonado en una callejuela de una pequeña ciudad.

A la señora de Lobo Feroz se le ocurrió pensar que estaba pisando un terreno peligroso. Cualquier cosa que descubriese podía dar igual o no dar igual. Se dijo que tenía que ser precisa. Se dijo a sí misma que tenía que ser concreta. Se dijo que debía ser analítica.

En dos de los asesinatos que había analizado, dos hombres habían sido condenados y cumplían duras condenas. En otros dos, la policía había incluido los asesinatos en la categoría de «caso abierto» que, por lo que sabía de los *reality-shows* que veía en la televisión, eran casos que cada cierto tiempo un policía aquí o allá investigaba de nuevo y, cuando por arte de magia surgía alguna prueba nueva, podía llevar hasta un arresto de lo más sonado. Era lo bastante inteligente para saber que estos desenlaces poco habituales hechos para ser éxitos de Hollywood ocultaban la gran mayoría de los fallos de la vida real.

La señora de Lobo Feroz estaba bloqueada.

Cuando vio que dos de los asesinatos que su marido había elegido habían acabado con la condena de otros hombres, el corazón se le desbocó y le bajaron las pulsaciones.

—Ves, ya te lo dije. No es gran cosa. Nada por lo que preocuparse —tuvo que susurrarse.

Sin embargo, el hecho de que dos de los asesinatos no se hubiesen resuelto le preocupaba. Y todavía le preocupaba más que el condenado por uno de los asesinatos hubiese dado una larga entrevista a un periodista en la prisión en la que insistía en su inocencia y afirmaba que el caso que se había construido contra él era por completo circunstancial; y el otro, según un artículo mucho más breve en un periódico menos importante, había aceptado que le representase el Proyecto Inocencia con sede en Nueva York, especializado en demostrar condenas erróneas basándose en las nuevas pruebas de ADN descubiertas.

Odiaba la palabra circunstancial. Quizás había sido suficiente en una sala de juicios. Sin embargo, a ella le suscitaba más preguntas que respuestas. Le daba miedo la idea de que pocas personas en el mundo eran mejores que su marido para crear circunstancias. «Eso es lo que hace un escritor», pensó.

«Pero lo hace para que sus libros resulten inteligentes y parezcan reales. Nada más. Nada menos. No hay un motivo encubierto», se dijo para sus adentros.

La señora de Lobo Feroz se agarró al escritorio como si la tierra amenazase con temblar bajo sus pies. Miraba con fijeza el artículo de un periódico sobre un asesinato especialmente sangriento que ocupaba la pantalla de su ordenador. Cuchillos, miembros descuartizados y sangre.

—¿De dónde demonios si no iba a obtener los detalles correctos que necesita para sus libros? —estalló en voz alta, sin importarle de repente que alguien la oyese.

Le parecía una pregunta razonable y se desplomó en la silla con brusquedad. Estiró el brazo y tecleó con indolencia una nueva entrada en la hoja de cálculo.

Era la fecha en que había conocido a su futuro marido.

Balanceándose en la silla, empezó a tararear fragmentos de canciones de amor pasadas de moda de los años ochenta. Al mismo tiempo, la señora de Lobo Feroz intentó imaginarse los cuatro asesinatos reales. La música que sentía zumbar en sus labios contradecía las imágenes que creaba en su imaginación de cuerpos abandonados dispersos por lugares aislados en el campo y de prendas salpicadas de sangre.

Podía ver cabellos rubios apelmazados y oler la carne en descomposición. Cerró los ojos y, en lugar de ahondar en imágenes mentales de asesinatos, de repente se vio subiendo las escaleras de la biblioteca local una tarde cálida de finales de la primavera. Recordaba que era la primera vez que el sonido de los grillos propio de la estación había llenado el aire. No sabía por qué había recordado ese detalle, pero se mezclaba con el recuerdo de ocupar un asiento en la parte delantera.

«Hasta esa noche estaba completamente sola.»

Tras la conferencia en la biblioteca, para avanzar hacia delante se había abierto paso a empujones entre otras mujeres que intentaban hablar con el Lobo Feroz.

Recordaba que él le había sonreído. Ella se había sentido un poco avergonzada; rara vez era tan agresiva en situaciones sociales.

—¿Así que te gusta la novela negra? —le había preguntado mientras bebía sorbos de un café templado y mordisqueaba galletas rancias con trozos de chocolate.

—Me encanta la novela negra —había contestado—. Vivo para la novela negra.

Las palabras que había pronunciado la sorprendieron.

—Especialmente las suyas.

Él había sonreído, se había reído a carcajadas y había inclinado la cabeza a la manera oriental en señal de agradecimiento. Después dirigió la conversación hacia los escritores de literatura barata, como Jim Thompson, comparándolo con la nueva hornada de autores muy centrados en los procedimientos, como Patricia Cornwell o Linda Fairstain. Les unió su afición a las novelas negras antiguas. Estaban de acuerdo en que *El asesino dentro de mí* era una novela muy superior a cualquiera del mercado actual.

La señora de Lobo Feroz abrió los ojos de repente y como un resorte se sentó derecha en la silla, la columna como un hierro. Hizo un esfuerzo por recordar cuál de los dos había sacado a relucir ese título.

De pronto parecía importante, mucho más importante que recordar el sonido de los grillos, pero no logró acordarse enseguida de quién lo había dicho. Esto la sorprendió. Pensaba que tenía grabada en la memoria la primera conversación. Se preguntó si veinticuatro horas antes habría sido capaz de recitar todo lo que se habían dicho aquella noche, palabra por palabra, frase por frase, igual que un actor que recuerda algún famoso soliloquio de Shakespeare.

Tenía un lápiz en la mano y lo partió en dos. Durante un instante, bajó la vista a los dos fragmentos idénticos de madera amarilla astillada y mina. Después retomó su tarea, a pesar de que la llenaba de una irrefrenable tristeza.

«Nada mejor que la muerte para centrar la mente», pensó el Lobo Feroz.

Se dio cuenta de que esto era tan cierto para el jubilado de noventa y cinco años que vive en una residencia, como para las enfermeras que cuidan de diminutos bebés prematuros en una planta de cuidados intensivos pediátricos. Pensó que un adolescente que ha bebido demasiado recobra de pronto la serenidad en la décima de segundo en la que pierde el control del coche de su padre porque va demasiado rápido en una carretera mojada y ve como un destello el grueso tronco del árbol contra el que está a punto de estrellarse. Lo mismo se puede decir del soldado que se agacha junto a una polvorienta pared, mientras los disparos de las armas automáticas explotan en el aire a su alrededor.

Así que se imaginó que Pelirroja Uno, Pelirroja Dos y Pelirroja Tres entraban en el mismo estado mental intensificado. Escribió: «Existe una curiosa simbiosis entre el asesino y la futura víctima. Los dos realizamos la misma prueba, con las mismas respuestas para las mismas preguntas. La diferencia es que uno de los dos emerge más fuerte. El otro no emerge en absoluto.

»En muchas culturas primitivas, los guerreros creían que absorbían la fuerza y las habilidades de los enemigos que derrotaban. Esto se lograba devorando el corazón del enemigo o simplemente, como cuando David derrotó al torpe Goliat, cortando la cabeza del pobre estúpido.»

En la actualidad, nuestro ejército es demasiado «sofisticado» para creer en estos mitos. Qué pena. Era verdad en el pasado. Es verdad hoy.

«El asesino moderno es como un guerrero antiguo. Cada éxito le hace más fuerte. Puede que no tenga que comerse el cerebro o el corazón o que no tenga que hacer un bocadillo con los genitales de su víctima vencida. Pero consigue el mismo efecto sin la cena.»

El Lobo Feroz se levantó de su escritorio, retiró la silla y dio puñetazos al aire como si boxease con su sombra. Se agachó y cogió el montón de páginas impresas de la caja donde las guardaba y las abrió en abanico en el aire como si con el pulgar fuese capaz de medir con exactitud el número de páginas. Estaba convencido de que los últimos capítulos en los que describía las diferentes maneras en que aterrorizaba a cada una de las Pelirrojas iba a fascinar a los lectores. Sabía instintivamente que cualquiera que leyese esas páginas compartiría su propia fascinación. Entendía que la obsesión de los lectores por él copiaría su obsesión con cada una de las Pelirrojas.

«Querrán saber cómo mueren las Pelirrojas, tanto como yo

deseo matarlas. Querrán estar de pie a mi lado y experimentar el momento exactamente igual que yo.»

Asesinar le haría rico. «En más de un sentido», pensó.

Sentía la energía que le recorría el cuerpo. Si el día no hubiese sido triste y lluvioso, probablemente habría rescatado unas zapatillas de deporte viejas y ropa deportiva y habría salido a correr. Hacía muchos años que no hacía ejercicio de verdad, pero sentía cómo le invadía la necesidad de hacerlo. Entonces se rio a carcajadas.

—Eso no es lo que sientes —dijo en voz alta.

«Es la cercanía», se dijo. Estaba tan cerca de lograr tanto.

Por un instante, ya no se sintió viejo. Ya no se sintió ignorado.

Sintió una fuerza desbocada.

El Lobo Feroz consultó su reloj. Su esposa regresaría pronto a casa. La rutina de la cena seguida de la rutina de la televisión y después la rutina de la cama.

Hizo un cálculo mental rápido. «El tiempo justo para pasarme un momento por delante en coche —pensó—. Pero ¿a quién debería ir a ver?» Pelirroja Tres no era una buena elección; no quería cruzarse accidentalmente con su mujer en el camino a casa desde el colegio; querría saber por qué iba en la dirección contraria al final del día. Pelirroja Uno probablemente estuviera todavía en la consulta visitando pacientes. Normalmente trabajaba hasta tarde varios días a la semana y ese era uno de ellos. «Es demasiado dedicada, incluso cuando está a punto de morir.» No quería esperar en el exterior del edificio de la consulta médica hasta conseguir verla fugazmente cuando se dirigiese a su coche.

El Lobo Feroz sonrió. «Tendrá que ser Pelirroja Dos.»

Sabía que era la que menos habilidad tenía para moverse. Estaba atada a su casa por sentimientos incontrolados.

«Pobrecilla —pensó—. Seguro que dará la bienvenida a la muerte incluso más que las otras.»

Apagó el ordenador y se fue a buscar su chaqueta.

«De hecho, cuando tengamos nuestra reunión especial, probablemente me dará las gracias», se dijo.

Era hora de dejar el despacho pues la jornada laboral se acercaba con rapidez a su fin, pero la señora de Lobo Feroz se entretuvo. Había aprendido mucho y poco. Había acumulado datos que no hacían más que crear más ficción. Le embargaban las dudas y la incertidumbre y tenía el estómago cerrado por la confusión.

«Si pudiese lograr un poco de claridad —pensó. Solo quería entender algo de forma sencilla y clara—. Es un asesino, o quizá no es un asesino. No es más que un escritor que roba detalles de la vida real. Como cualquier otro escritor.»

Levantó la mirada hacia el reloj de pared como si el tiempo pudiese darle algún tipo de fundamento concreto.

Después alargó la mano y cogió el teléfono. Había escrito un nombre que había encontrado en un artículo de prensa y lo había emparejado con un número que había conseguido con facilidad en Internet. Los dedos le temblaron un poco al marcar el número.

—Comisaría de policía —contestó una voz seca.

—Sí. Buenas tardes. Estoy intentando hablar con el agente Martin Young —repuso la señora de Lobo Feroz con rapidez.

—¿Es una emergencia?

—No. Se trata de un antiguo caso suyo.

—¿Tiene alguna información para él?

—Exactamente.

Esta afirmación era mentira. Ella necesitaba información.

—El agente Young regresará en una hora. Esta semana hace el turno de noche. ¿Quiere que lo llame ahora?

—¿Tiene línea directa?

—Le daré el número. Yo esperaría como mínimo cuarenta y cinco minutos.

La señora de Lobo Feroz anotó el número y empezó a esperar.

Siguió mirando el reloj. Siempre había pensado que cuando alguien miraba fijamente cómo el segundero daba la vuelta a la esfera del reloj parecía que el tiempo se hacía más largo y corría con más lentitud. Para su sorpresa, era lo contrario. La imaginación se le llenó de pensamientos retorcidos y de escenas inquietantes. Los minutos transcurrieron con rapidez hasta que le pareció que podía llamar al agente Young. Marcó su extensión.

Respondió una voz seca y diferente.

—Agente Martin Young al habla.

—Buenas tardes —saludó la señora de Lobo Feroz—. Me llamo Jones —mintió—. Soy profesora en un colegio privado de Nueva Inglaterra. —Al menos esto era un poco más cierto.

—¿En qué puedo ayudarla?

La señora de Lobo Feroz respiró y prosiguió con la historia que había decidido explicar. Se trataba de una mentira razonable, creía, de una mentira que el policía se tragaría enseguida.

—Tenemos una alumna de último curso que cursa una asignatura sobre temas de actualidad y ha hecho un trabajo sobre un crimen que ocurrió en su ciudad hace unos años. En el trabajo menciona su nombre. Solo quería asegurarme antes de puntuarle el trabajo que los datos son exactos.

—¿Qué tipo de trabajo? —preguntó el agente.

—Bueno —la señora de Lobo Feroz prosiguió con la mentira—, la tarea consistía en escribir sobre un crimen. O bien algo que hubiesen leído o que hubiesen oído comentar en su familia o que recordasen de cuando eran niños. El objetivo es que describan algo que recuerdan y después lo contrasten con las noticias.

—Parece un trabajo bastante raro.

La señora de Lobo Feroz fingió una risa.

—Bueno, ya sabe cómo son los jóvenes de hoy en día, nos esforzamos mucho en hacer exámenes y ponerles trabajos que no puedan plagiar en Internet o comprarlos en algún servicio de redacción de trabajos escritos. ¿Tiene hijos, agente?

—Sí, pero ya están en la universidad. Y tiene razón. Seguramente en este instante están comprando con una de mis tarjetas de crédito el trabajo que tienen que presentar mañana.

—Bueno, entonces ya sabe a lo que me refiero.

El detective medio resopló y medio rio para mostrar su acuerdo.

—Bien, ¿de qué caso se trata? —preguntó.

La señora de Lobo Feroz se estremeció mientras leía un nombre en la hoja de cálculo.

El agente emitió un largo suspiro.

—Ah, sí, uno de mis fracasos más frustrantes —reconoció—.

Eso nunca se olvida. ¿Y dice que su alumna ha escrito sobre ese caso? No podía ser más que un bebé cuando sucedió.

—Parece ser que ocurrió cerca de donde ella vivía y su familia había comentado el caso cuando ella era niña. Le impresionó mucho.

—No me sorprende. Desaparece una alumna de trece años cuando regresa a casa del colegio. Sucede, pero generalmente en otro lugar, no sé si me entiende. Esto no es una gran ciudad. En fin, todo el mundo en el barrio estaba aterrorizado. Los vecinos formaron patrullas de vigilancia. Los padres acompañaban a los niños a los colegios y los iban a buscar. Se celebraron reuniones en todos los centros cívicos, ya sabe, reuniones informales del tipo «qué podemos hacer». El problema fue que todos los agentes, incluido yo, estábamos bastante bloqueados porque no había ni testigos ni cuerpo. Como es normal, cuando tres años después un cazador encontró los huesos en el bosque, de nuevo el miedo se apoderó de la gente.

—¿Algún sospechoso? —preguntó, intentando dominar la voz.

—Un nombre aquí. Otro allá. Investigamos bien a todas las personas que conocían el camino de la joven hasta su casa. Pero nunca tuvimos caso.

—¿Y ahora?

—Ahora ya es historia.

La señora de Lobo Feroz se estremeció mientras colgaba el auricular. Intentó tomar unas notas, pero le resultaba difícil porque la mano le temblaba sin control, pues todo lo que el agente le había explicado le había dado todavía más miedo, aunque no sabría decir por qué.

El Lobo Feroz pasó con el coche lentamente por delante de la casa, mirando furtivamente las ventanas, con la esperanza de lograr vislumbrar un instante a Pelirroja Dos. No hubo suerte. Aceleró y dio la vuelta a la manzana.

«Solo una vez más —se dijo—. Puede que tengas suerte.» Sabía que debía ser disciplinado. Un coche que pasa más de dos veces por el mismo lugar seguro que llamaba la atención. Dos veces era el límite. De esta manera parecía un conductor que se había pasado la dirección que buscaba en esa calle y recorría una segunda vez el mismo camino. Más de eso podría resultar sospechoso. Sonrió, pasando por segunda vez con el coche por la calle de Pelirroja Dos. Notaba cómo le aumentaba la frecuencia cardiaca y le sudaban las axilas. Le apetecía reírse a carcajadas. «Como un desdichado adolescente enamorado», se dijo, conduciendo con lentitud a propósito, mirando las ventanas oscuras.

Pelirroja Dos estaba sentada a la mesa de la cocina. Tenía delante de ella un papel de carta con flores rosas y sujetaba con fuerza un rotulador. La noche se colaba en la casa, pero ella no se levantó a encender las luces, prefirió seguir trabajando en la penumbra.

Sarah escogía con cuidado cada palabra que escribía sobre el papel.

«Cuando escribes por última vez haz que cada palabra cuente.»

La hoja se llenó lentamente. Palabras tristes sobre su marido. Palabras atormentadas sobre su hija. Palabras angustiadas sobre su pérdida.

No obstante, se guardó todas las palabras cargadas de ira sobre el hombre que quería matarla, pero a quien pretendía engañar.

27

Pelirroja Uno sujetaba en las manos una lista muy breve. «Haz esto. Después haz lo otro.»

Karen no tenía la más mínima confianza en que lo que había planeado pudiese funcionar y a la vez tenía una confianza total en que todo funcionaría. Oscilaba entre dudas y creencias contradictorias como si fuese una bala perdida que se desvía al rebotar en una superficie de acero reluciente.

Estaba sentada al volante de un coche de alquiler, un Chevrolet de cuatro puertas de un gris indefinido que su enfermera, por encargo de ella, había alquilado esa mañana. Había intercambiado las llaves con la enfermera, antes de pedirle que le hiciese un recado imaginario con su coche.

La joven se había sorprendido un poco, especialmente cuando Karen le puso su abrigo y un gorro de lana sobre el cabello rubio. Karen pensó que había tenido suerte; las enfermeras estaban acostumbradas a seguir a regañadientes las instrucciones de los médicos, por muy locas, tontas o misteriosas que estas fuesen. Parece que su enfermera se había quedado conforme con la críptica explicación: «Creo que el tío con el que he cortado me sigue y quiero evitar un enfrentamiento desagradable.» La enfermera tenía mucha experiencia con una lista interminable de malos novios, así que para ella todo esto parecía tener sentido, aunque fuese de una manera un tanto extraña. Se había marchado de buen grado en el coche de Karen en la dirección contraria —para así dejar que la doctora saliese de la consulta sin ser vista, o eso se imaginaba ella—. Karen era consciente de que en algún momento en los últimos días había llegado a pensar que el Lobo Feroz siempre la vigilaba, daba igual el lugar o la hora. Había otorgado al Lobo Feroz capacidades sobrehumanas. Él no necesitaba ni dormir ni comer ni beber. Se podía tornar invisible o elevarse en el cielo como un halcón a la caza de su presa. Podía seguir su rastro como el lobo que era, al percibir su olor en la brisa más ligera.

Pero esta tarde esperaba que siguiese a la persona equivocada.

Miró al exterior, al mundo que la rodeaba, a través de los cristales empañados de las ventanas.

«Estás sola», se dijo para tranquilizarse.

El coche de alquiler estaba aparcado en una calle oscura y desierta, no muy lejos de unos almacenes decrépitos que en su día albergaron fábricas textiles e industrias manufactureras, pero ahora tenían las ventanas cubiertas de tablas, estaban cercados con verjas de tela metálica y sobre la entrada se extendían alambradas oxidadas. Muestras de *graffiti* deslucían las paredes. Hacía casi media hora que había pasado algún vehículo por su lado y nadie había deambulado por la acera agrietada y desgastada. Era una zona de la ciudad abandonada, triste y solitaria, desasosegante con la creciente oscuridad. Parecía un plató de Hollywood para una escena de asesinato; las paredes descoloridas de ladrillo rojo de los edificios adyacentes estaban manchadas de mugre y la lluvia fría caía sin clemencia sobre el macadán negro. La farola de luz amarilla poco servía para disipar la creciente oscuridad. Karen estaba aparcada en un lugar que clamaba vacuidad y decrepitud, como si alguna enfermedad le hubiese quitado toda la vida. Era el tipo de lugar donde nada bueno parecía posible.

Sin embargo, era el mejor lugar para lo que debía hacer.

Miró el reloj. Por un instante, le invadió una tristeza informe. No formó en su mente las palabras «sucede ahora», pero podía sentir que el pulso se le aceleraba.

Sarah aparcó el coche en una parada de autobús donde estaba prohibido estacionar y se aseguró de que bloqueaba de forma ilegal el espacio con toda tranquilidad.

Durante un instante cerró los ojos. Le daba miedo mirar por la ventanilla el lugar al que había llegado. Era la primera y única vez que se había acercado al cruce de calles que había destrozado su vida de forma tan repentina.

Sin embargo, no había duda de que era el único lugar para dejar lo que pretendía dejar atrás. La ubicación sería tan elocuente como cualquier mensaje final que pudiese escribir.

Con rapidez, con la cabeza gacha y dando la espalda a la intersección, se deslizó por detrás del volante y se dirigió más allá de la estructura de plexiglás donde la gente esperaba la llegada del autobús cuando hacía mal tiempo. Como esperaba, estaba vacía.

Al otro lado de la acera, detrás de la parada del autobús, había un roble grande que ofrecía sombra y protección en verano. Sarah miró las ramas desnudas. «Aquel día seguro que estaban completamente en flor. Montones de hojas verdes. Hojas que susurrarían con la brisa. Un lindo sonido que con calma recuerda a las personas los días bonitos que están por venir», pensó.

Sarah llevaba una cartera grande. Mientras caminaba hacia el árbol, sacó de un tirón un martillo pequeño y algunos clavos.

Puso una mirada decidida, de operaria, y sacó una fotografía brillante de ocho por diez de su esposo, su hija y ella, hecha un año antes de que muriesen. Con cuidado, la había recubierto de plástico transparente para protegerla de la fina lluvia que caía.

Clavó la fotografía en el tronco. A la altura de los ojos.

Con rapidez, sacó del bolso un sobre rosa grande. El sobre estaba dentro de una bolsa de plástico transparente e impermeable. Lo clavó directamente debajo de la fotografía, con dos clavos para asegurarse de que no cayese al suelo. El martilleo sonaba como los disparos de una pistola que se disipan en la oscuridad de la noche.

El exterior del sobre tenía un sencillo mensaje escrito con tinta roja en letras grandes:

ENTREGAR A LA POLICÍA

«No es muy educado —pensó—. Ni siquiera por favor o gracias.» Se dio media vuelta y dirigió una rápida mirada hacia la intersección. Se detuvo de repente, como hipnotizada. De pronto empezó a respirar con jadeos cortos e intensos. «Venían por esa dirección. El camión cisterna aceleró en el semáforo. Seguramente se estaban riendo cuando sucedió. Puede que él estuviese cantando. Siempre le gustaba cantarle a nuestra hija cuando iba en el coche. Era una tontería, se inventaba las letras de las canciones, pero ella no paraba de reír, porque no había nadie en todo el mundo mundial más gracioso que su papá.» Sarah se ahogaba. Le pareció poder oír el chirrido de las ruedas y el terrible estruendo del impacto y del metal retorciéndose. Era una explosión de recuerdos y las manos le temblaban y no lograba controlar el temblor, era como si de repente le hubiesen cortado todos los músculos del cuerpo. Se desplomó sobre sus rodillas como una suplicante en una iglesia, sin apartar la vista del lugar donde todas sus esperanzas habían muerto.

Levantó involuntariamente las manos y se cubrió el rostro. Por un momento las mantuvo ahí, como si jugase al escondite. Tuvo el terrible pensamiento de que no volvería a ser capaz de moverse, nunca jamás.

En ese mismo instante, oyó una voz firme que no reconoció inmediatamente y que le gritaba en su interior: «¡Hazlo Sarah, hazlo ya!»

Le costó un gran esfuerzo obligarse a levantarse.

Notaba que el pulso se le aceleraba. Todavía sentía las piernas débiles. Sabía que su rostro mostraba la palidez de un infartado.

Primero dio un paso, después otro, mientras daba la espalda a todas sus penas. Al principio avanzó a trompicones, poniendo un pie delante del otro como un borracho, para coger el ritmo.

Después empezó a correr.

Aterrorizada, embargada por el miedo, pero ganando velocidad con cada zancada y la certeza de que no le quedaba otro camino, Sarah se adentró corriendo en la creciente oscuridad.

Sentía la húmeda llovizna en las mejillas.

Al menos, eso creía que era. También podrían haber sido lágrimas. Para ella no cambiaba nada. Sentía como si estuviese gritando: «¡Adelante, adelante, adelante!», pero los únicos sonidos que la rodeaban eran el ruido urgente que sus pies emitían al chocar contra la calzada.

Recorrió una manzana, seguida de otra. No intentó controlar el ritmo; corría a toda velocidad. Apenas veía los edificios que dejaba atrás.

«Encuentra el río», pensó.

Corriendo desesperadamente con todas sus fuerzas, intentando dejar todos los recuerdos atrás, avanzó como una exhalación. La acera se estrechaba ligeramente cerca del puente, pero caminó hasta el final. Entonces se detuvo jadeando.

El puente tenía cuatro carriles y se extendía por una parte del río situada justo debajo de la catarata Western Falls. Cerca había una planta de tratamiento de aguas residuales que utilizaba la corriente natural del río para ayudar a depurar las aguas. El agua era oscura, veloz, turbulenta y peligrosa; más de un pescador, mientras pescaba en el trecho río arriba, había resbalado y se había ahogado en la fuerte corriente producida por las necesidades de la planta y por la caída de seis metros creada por la naturaleza y ayudada por los ingenieros de principios de siglo. Pero la planta apenas funcionaba ya y las industrias que habían surgido en sus aledaños habían cerrado, de manera que ahora lo único que parecía tener vida eran las aguas negras, arremolinadas y crecidas por la lluvia.

Incluso la pequeña valla, que se suponía tenía que evitar que la gente se acercase demasiado al peligro, estaba deteriorada. Una señal amarilla descolorida advertía al transeúnte de los riesgos. No muchas personas utilizaban el paso al lado del puente.

Era un buen lugar para que una persona consumida por la desesperación muriese.

Sarah se inclinó e intentó recuperar el aliento. De repente levantó la vista. «Pronto», pensó.

«Ahora en cualquier momento. Pelirroja Dos.»

Había llegado la hora.

«Catorce puntos, ocho tiros fallidos, un par de asistencias y hemos ganado por once.»

Pelirroja Tres se había sentado sola en el asiento habitual en la parte trasera de la furgoneta del colegio. Incluso después de su sólida, casi espectacular, aportación a la victoria del equipo, la seguían dejando sola en el viaje por carretera. Le habían dicho los rutinarios «buen partido» y «bien jugado» y dado unas cuantas palmadas inmediatamente después, pero para cuando el vapor de las duchas en el vestuario del equipo visitante se había disipado y se habían peinado los rizos mojados, Jordan ya había regresado a su habitual estatus de marginada y eso era con lo que había contado.

Estaba sentada en la última fila con el rostro pegado al cristal de la ventanilla. Notaba el frío contra la frente, pero tenía calor y estaba sudorosa. Las otras chicas del equipo estaban enzarzadas en varias conversaciones. El entrenador y su ayudante estaban en los dos asientos delanteros.

Jordan había jugado en ese colegio media docena de veces desde que había entrado en el primer equipo. Conocía la ruta que recorrería la furgoneta de regreso al colegio. Sabía lo que tardarían en llegar y las calles por las que pasarían.

Había adoptado una expresión triste y absorta, como si sus pensamientos estuviesen en otro lugar, cuando en realidad estaban clavados en lo que veía en el exterior.

«En el semáforo, giraremos a la derecha.»

«Cinco minutos. Tal vez menos.»

Notaba el cuerpo rígido por la tensión. Los músculos del brazo estaban tirantes y las piernas parecían cintas estiradas al máximo. Parecía la ansiedad que llenaba el vestuario antes de un partido importante.

«Todo depende de ti. Siempre ha dependido de ti.»

La duda se fue apoderando de ella, instalándose junto al miedo.

«No se detendrá. No hasta que hayamos muerto todas.»

Jordan despegó los ojos de la ventanilla. Examinó a los otros pasajeros de la furgoneta. El entrenador iba al volante y conducía lentamente y con cuidado, porque la aparatosa furgoneta era difícil de manejar en las autopistas resbaladizas. El ayudante revisaba la hoja de estadística del partido y utilizaba la luz del salpicadero para leer las cifras. Sus compañeras de equipo seguían hablando sobre chicos y fiestas y asignaturas y exámenes y música y trabajos y todas las cosas típicas que ocupan a los adolescentes; hablar sobre nada y sobre todo a la vez, pensó Jordan.

Volvió a dirigir la mirada a la ventanilla.

«Giramos a la izquierda, pasamos los apartamentos y la bodega donde seguramente venden drogas de tapadillo junto con otros productos alimenticios a un precio excesivo. Hay una señal de stop, en la que se detendrá solo un momento, porque este atajo nos lleva por un barrio muy malo de la ciudad y además la furgoneta está llena de niñas blancas ricas lo que, en potencia, es una mala combinación. Así que acelerará un poco incluso con lluvia, subirá por la calle hasta pasar los almacenes abandonados y después tirará por el puente.»

Apretó los dientes. Era como si fuese capaz de ver todo lo que iba a suceder segundos antes de que ocurriese. Podía sentir la presencia del Lobo Feroz como si estuviese sentado a su lado, respirando profundamente junto a su oreja.

El ruido del motor aumentó cuando la furgoneta cogió velocidad.

«¡Ahora! —exclamó Jordan para sí—. ¡Hazlo ahora!»

Respiró muy hondo y entonces soltó el aire con un potente grito a pleno pulmón, aterrorizado y cargado de pánico que explotó en el espacio reducido de la furgoneta.

Sarah miró por última vez la calzada y saltó la valla.

Dudó sobre las aguas negras arremolinadas. «Adiós a todo, Pelirroja Dos», se dijo.

La furgoneta viró descontrolada por el carril vacío, el entrenador-conductor a punto estuvo de perder el control por el penetrante chillido que venía de la parte trasera. Jordan se había incorporado un poco, agitaba los brazos y apuntaba frenéticamente a través de la ventanilla a la progresiva negrura del anochecer.

—¡Ha saltado! ¡Ha saltado! ¡Socorro! ¡Socorro! ¡Dios mío! La señora que estaba ahí, en el puente. ¡He visto cómo saltaba!

El entrenador consiguió dominar la furgoneta hasta frenarla y encender las luces de emergencia.

—¡No os mováis del sitio! —gritó.

El ayudante del entrenador forcejeaba con su cinturón de seguridad e intentaba abrir la puerta.

—¡Que alguien llame al 911! —gritó mientras salía por la puerta y corría hasta la barrera de hormigón en el lateral del puente para examinar la negra extensión del agua que fluía. Las otras chicas gritaban de manera incomprensible, en una algarabía de miedo y pánico, estirando el cuello en la dirección que Jordan señalaba. Una de ellas había cogido un móvil de una mochila y marcaba frenéticamente un número para pedir ayuda. Jordan de repente se desplomó en el asiento, la cabeza todavía pegada al cristal, gemía y sollozaba de forma incontrolada; emitía sonidos de desesperación profundos y guturales mezclados con: «Lo he visto. Dios mío. Lo he visto. Ha saltado. Ha saltado. La he visto saltar...»

28

La señora de Lobo Feroz estaba extrañamente familiarizada con la turbulenta sensación que sacudía sus sentimientos. Era la ridícula esperanza de que todo volviese a ser como era, enturbiada por la certeza de que nada volvería a ser como antes. Había pasado por una enfermedad que había amenazado con robarle la vida, había experimentado la fría creencia de que su propio cuerpo estaba a punto de traicionarla y se había enfrentado a la idea de que la muerte inminente la esperaba.

Y había sobrevivido.

Sin embargo, no estaba segura de poder sobrevivir a lo que la esperaba ahora. «¿Puede matarme la verdad?», se preguntaba.

Sabía la respuesta a esa pregunta.

«Claro que sí.»

Se le llenó la cabeza de advertencias furibundas.

«Idiota. Idiota. Idiota. Nunca debiste abrir la puerta del despacho. Antes de hacer esa estupidez eras feliz. Nunca abras una puerta cerrada con llave. Nunca.»

Al otro lado de la habitación el Lobo Feroz examinaba el correo y descartaba casi todo en el cubo de plástico que utilizaban para el reciclaje, haciendo una mueca a la factura ocasional que aparecía entre folletos, catálogos y cartas que ponían «importante» en el sobre pero que, en realidad, eran señuelos para nuevas tarjetas de crédito o peticiones para donaciones a partidos políticos o para buenas causas. La señora de Lobo Feroz se dio cuenta de que su marido guardaba algunas de esas cartas; sabía que hacía pequeñas donaciones para la investigación sobre el cáncer y las enfermedades cardiovasculares. Se trataba de unos pocos dólares aquí o allá, donaciones que le hacían bromear y decir: «Solo intento asegurarme de que iremos al cielo.»

No estaba segura de que el cielo todavía fuese una posibilidad para cualquiera de los dos.

—¿Quieres que veamos un poco la tele? —preguntó el Lobo Feroz cuando, con una floritura tiró la última carta inútil a la basura.

La señora de Lobo Feroz sabía que la respuesta habitual era «sí», a la que le seguía que cada uno se sentase en su asiento habitual y zapease por los canales de siempre hasta encontrar los programas usuales. Había algo maravillosamente reconfortante, casi seductor, en la idea de que con solo decir «sí» y colocarse suavemente detrás de su marido, las cosas volverían a ser como antes. Con palomitas.

Albergaba muchas dudas. Gran parte de su ser insistía en callar la boca, hubiese pasado lo que hubiese pasado, y dejar que todo volviera inexorablemente a la vida que la había hecho tan feliz. Pero una pequeña parte de su ser se daba cuenta de que no había nada en el mundo más pernicioso que la incertidumbre. Había pasado por ello con la enfermedad y ahora se preguntaba si alguna vez podría volver a tomar la mano de su marido y estrecharla en la suya sin que la embargasen dudas persistentes y aterradoras.

Y mientras este debate se lidiaba en su interior y hacía que casi se mareara por la ansiedad, oyó que decía:

—Tenemos que hablar.

Era como si alguien hubiese entrado en el salón y otra señora de Lobo Feroz hablase en voz alta, en un tono de voz siniestro y teatral, muy dramático. Quería gritar a esa intrusa: «¡Mantén la boca cerrada!» y «¿cómo te atreves a inmiscuirte entre mi marido y yo?».

El Lobo Feroz se volvió con lentitud hacia ella.

—¿Hablar? —preguntó.

—Sí.

—¿Sucede algo? ¿Te encuentras mal? ¿Tengo que llevarte al médico?

—No. Estoy bien.

—Qué alivio. ¿Tienes algún problema en el trabajo?

—No.

—Bien, de acuerdo. Hablemos. Será otra cosa, supongo. ¿Qué te pasa?

Parecía tan solo ligeramente confundido. Se encogió de hombros e hizo un gesto en su dirección, como invitándola a continuar.

La señora de Lobo Feroz se preguntó qué aspecto tenía su rostro. ¿Estaba pálida? ¿Estaba surcado por miedos? ¿Le temblaba el labio? ¿Tenía un tic en el ojo? ¿Por qué no veía la angustia que ella sabía que llevaba como un traje llamativo de vivos colores?

Pensó que era incapaz de respirar. Se preguntó si se iba a ahogar e iba a desplomarse en el suelo.

—Yo... —se calló.

—Sí. Tú, ¿qué? —respondió. El Lobo Feroz todavía parecía no darse cuenta de la terrible agonía que embargaba a su mujer.

—He leído lo que estás escribiendo —añadió.

La amplia sonrisa se borró rápidamente del rostro de su marido.

—¿Qué?

—Te dejaste las llaves del despacho cuando cambiamos de coche la otra noche. Entré y leí algunas de las páginas en el ordenador.

—Mi nuevo libro —repuso.

Ella asintió con la cabeza.

—No tenías que haberlo hecho —declaró el Lobo Feroz. El timbre de su voz había cambiado. Ya no tenía un tono divertido; este había sido reemplazado por un tono uniforme y monótono, como una sola nota disonante en una melodía de piano desafinada que se toca una y otra vez. Había esperado que gritase indignado e iracundo. La ecuanimidad de su voz la asustaba.

»Mi despacho, mi trabajo, me pertenecen. Es algo privado. No estoy preparado para enseñárselo a nadie. Ni siquiera a ti.

La señora de Lobo Feroz quería decir «perdóname» o «lo siento». De repente se sentía confusa. No estaba segura de quién de los dos había hecho algo peor. Ella, por violar el espacio y el trabajo o él, porque quizá fuese un asesino.

Pero se tragó todas sus disculpas como si fuese leche agria.

—¿Las vas a matar? —preguntó.

Le parecía increíble que hiciese esa pregunta. Se había pasado de directa. Si él contestaba que sí, ¿qué significaría para ella? Si decía no, ¿cómo podía creerle?

Él sonrió.

—¿Qué crees que voy a hacer? —preguntó. El timbre de su voz había cambiado de nuevo. Ahora hablaba como alguien que está repasando la lista de la compra.

—Yo creo que tienes intención de matarlas. No entiendo por qué.

—Puede que saques esa conclusión de lo que has leído —repuso.

—¿Son tres...? —empezó una pregunta, pero se detuvo porque no estaba segura de cuál debía ser.

—Sí. Tres. Es una situación única —contestó a algo que ella no había preguntado.

—La doctora Jackson y esa chica de mi colegio, Jordan...

—Y otra más —añadió interrumpiéndola—. Se llama Sarah. No la conoces. Pero es especial. Las tres son muy especiales.

Esta palabra, «especial», le parecía errónea, pensó, pero no sabría decir cómo o por qué. Negó con la cabeza.

—No lo entiendo —prosiguió—. No lo entiendo en absoluto.

—¿Hasta dónde has leído? —inquirió.

La señora de Lobo Feroz dudó. La conversación no se desarrollaba como ella había pensado. Había hablado cara a cara con su marido y le había preguntado si era un asesino y esto tendría que haberlo aclarado todo, sin embargo ahora hablaban sobre palabras.

—Solo un poco —contestó—. Quizás una página o dos.

—¿Eso es todo?

—Sí. —La señora de Lobo Feroz sabía que era la verdad, pero daba la sensación de ser una mentira.

—Así que en realidad no sabes de qué trata el libro, ¿no? Ni lo que intento conseguir ni en qué contexto. Si te pregunto sobre el argumento o sobre los personajes o sobre el estilo, no serías capaz de contestarme, ¿verdad que no?

La señora de Lobo Feroz negó con la cabeza. Tenía ganas de llorar.

—Trata de asesinatos.

—Todos mis libros tratan de asesinatos. Sobre eso escriben los escritores de novela negra o de misterio. Pensaba que te gustaban.

Este comentario, que incluso podría ser una crítica, dio en el blanco.

—Claro que me gustan. Ya lo sabes —contestó. Parecía como si lo que pronunciaba fuese un ruego. Lo que quería decir era «esos libros fueron lo que nos unió. Esos libros me salvaron la vida».

—Pero solo has leído... ¿qué es lo que has dicho? ¿Un par de páginas? ¿Y crees que sabes de lo que trata el libro?

—No, no, claro que no.

—¿Te das cuenta de que ese manuscrito tiene varios cientos de páginas que no has leído?

—Sí.

—Si coges una novela de espías de John Le Carré, por ejemplo, y lees dos o tres páginas al azar por en medio del libro, ¿crees que podrías decirme de qué trata?

—No.

—¿Sabes siquiera si mi novela está narrada en primera o en tercera persona?

—Parecía en primera persona. Hablabas sobre un asesinato...

Él la interrumpió.

—¿Yo? ¿O mi personaje?

De nuevo tenía ganas de llorar. Tenía ganas de sollozar y de tirarse al suelo porque no sabía la respuesta. Una parte de ella temía que fuese «tú» y otra parte rogaba que fuese «tu personaje».

—No lo sé. —Es todo lo que fue capaz de decir. Pronunció las palabras en una especie de lamento.

—¿No confías en mí? —preguntó.

Al final, las lágrimas empezaron a empañar los ojos de la señora de Lobo Feroz.

—Claro que confío en ti —repuso.

—Y, ¿no me quieres? —preguntó

Esta pregunta le afectó sobremanera.

—Sí, sí —repuso con voz ahogada—. Ya sabes que sí.

—Entonces, no veo cuál es el problema —añadió.

A la señora de Lobo Feroz le daba vueltas la cabeza. Nada sucedía como había pensado.

—Las fotografías de la pared. Los horarios. Los diagramas. Y después las palabras que he leído...

Esbozó una sonrisa bondadosa.

—Todo junto te ha hecho imaginar una cosa...

Ella asintió con la cabeza.

—... sin embargo, la verdad puede ser totalmente diferente. —Terminó su declaración.

Movía la cabeza arriba y abajo en señal de asentimiento.

—Así que —continuó hablando con voz suave, casi con las palabras sencillas que uno utilizaría con un niño—, todo lo que viste te preocupó, ¿no?

—Sí.

Se reclinó en el asiento.

—Pero soy escritor —prosiguió, con una amplia sonrisa en su rostro—. Y a veces para dejar volar la creatividad tienes que inventar algo real. Algo que parezca que está sucediendo delante de tus ojos. Algo más real que lo real, supongo. Es una buena manera de decirlo. Este es el procedimiento. ¿Crees que es así?

De nuevo temía ahogarse.

—Supongo que sí —repuso lentamente la señora de Lobo Feroz. Se secó algunas de las lágrimas en el rabillo del ojo—. Quiero creer... —empezó a decir pero se detuvo bruscamente. Volvió a respirar hondo. Se sentía como si estuviera debajo del agua.

—Piensa en los grandes escritores Hemingway, Faulkner, Dostoievski, Dickens... o los escritores actuales que más o menos nos gustan como Grisham y Connolly y Thomas Harris. ¿Crees que eran diferentes?

—No —contestó dubitativa.

—Lo que quiero decir es que, ¿cómo inventas a un Raskolnikov o a un Hannibal Lecter si no te metes completamente en su piel? Si no piensas como ellos. Si no actúas como ellos. Si no dejas que se conviertan en parte de ti.

El Lobo Feroz no parecía que quisiese una respuesta a su pregunta. Su esposa se sintió vapuleada de un lado a otro por la incertidumbre. Lo que le había parecido tan obvio y aterrador cuando invadió su despacho, ahora parecía algo diferente. Cuando leyó la novela que estaba escribiendo, ¿ya se había acercado a ella con sospechas o de forma ingenua e inocente? De pronto, se recordó sentada en la consulta médica austera y estéril, escuchando los complicados tratamientos y los programas terapéuticos, aunque en realidad solo oía las pocas posibilidades que tenía de vivir. Le parecía que toda esta conversación era igual. Tenía dificultad para oír cualquier otra cosa que no la reconfortase, aunque todo parecía volverlo más complejo. Pero al mismo tiempo, la señora de Lobo Feroz se agarraba a hilos de certeza. Una sola voz aterrorizada gritaba en su interior y al final cedió y formuló la atrevida pregunta.

—¿Has matado a alguien?

Hubiese deseado poder convertir esta pregunta en una exigencia, como un fiscal cargado de ira justificada e insistencia en la verdad en un juicio de ficción, pero sentía que se deshacía. Qué fácil era ser dura y firme en el colegio con todas las peticiones estúpidas de adolescentes egoístas y privilegiados. Ser dura con ellos no era un reto. Esto era distinto.

—¿Crees que he matado a alguien? —preguntó.

Cada vez que le devolvía las preguntas, ella se sentía más débil. Era como estar delante de uno de los espejos de la Casa de los Espejos y ver cómo el cuerpo se ensanchaba y era gorda y después se alargaba y era delgada y sabía que ese no era exactamente su aspecto, aunque temía de alguna forma quedar atrapada en la imagen distorsionada del espejo y que esa imagen deforme, rara, se convirtiese en ella. Con paso inseguro, la señora de Lobo Feroz se incorporó, caminó hasta donde había dejado su cartera y extrajo varios manojos de papel. Cogió todas las copias impresas y las hojas de cálculo que había recopilado ese día. La mano le temblaba mientras las sostenía, miró hacia abajo y de repente se sintió confusa; las había colocado en perfecto orden antes de salir del despacho. Estaban organizadas y ordenadas por horas y fechas y detalles como si demostrasen por sí mismas algunos puntos. Pero a la señora de Lobo Feroz le parecía que de alguna manera, como por arte de magia, habían cambiado. Ahora estaban completamente desordenadas, un desorden inconexo y enmarañado que no servía de nada.

—¿Qué es todo eso? —preguntó bruscamente el Lobo Feroz. De nuevo la irritación se había deslizado en su voz.

—¿Por qué guardabas recortes de periódico de estos asesinatos? —intentó formular una pregunta sensata, una pregunta que ayudase a aclarar las cosas.

—Documentación —repuso con rapidez en tono cortante—. Basar las novelas en hechos reales. Guardar recortes. Recordar la técnica que ha funcionado.

La miró fijamente.

—Así que no solo has leído mi nueva novela, sino que además has mirado mi álbum de recortes.

Se sintió como si la estuviesen interrogando. No lograba decir sí, de manera que se limitó a asentir con la cabeza.

—¿Qué más? —preguntó.

Ella negó con la cabeza.

—¿Qué más? —preguntó de nuevo.

—Eso es todo —repuso. Las palabras, al pronunciarlas, le arañaban la garganta.

—Pero eso no es todo, ¿no es así?

Ahora las lágrimas sí que le quemaban los pómulos. Quería rendirse a la desesperación.

—He intentado comprobar —gimió.

No hacía falta que dijese lo que había intentado comprobar.

—¿Comprobar? ¿Cómo?

—He llamado al agente que se ocupaba de este caso.

Le pasó un recorte de periódico. El artículo trataba sobre una adolescente que había desaparecido cuando regresaba andando a casa desde el colegio. En el lenguaje periodístico de un periódico de poca monta, describía un terror inconmensurable. En un momento había desaparecido de la tierra y había sido asesinada. El caso era peor que una pesadilla y la señora de Lobo Feroz se estremeció levemente cuando su mano rozó la de su marido. Pensó que estaba atrapada entre la esterilidad del artículo periodístico y la verdad completamente terrible de los últimos minutos de la chica desaparecida. La señora de Lobo Feroz miró a su marido mientras sus ojos recorrían el artículo. Esperaba una explosión de ira de superioridad moral, aunque no estaba segura de por qué iba a reaccionar de esta manera. O de cualquier otra manera.

El Lobo Feroz echó una ojeada a las páginas y después se encogió de hombros. Se las devolvió a su mujer.

—¿Qué te dijo?

—No mucho. Es un caso abierto. Archivado. No espera que haya ningún avance.

—Eso es lo que hubiese esperado yo. Si me hubieras preguntado, te lo podría haber dicho. Seguramente has hablado con el mismo agente con el que yo hablé hace años, cuando estaba escribiendo el libro.

Eso no se le había ocurrido a la señora de Lobo Feroz.

—No sé si recuerdas, en mi novela la chica es de octavo curso. Es rubia y proviene de una familia desestructurada. —Ahora el Lobo Feroz hablaba como un maestro a una clase de alumnos especialmente tontos—. Pero como ves en esta fotografía, la víctima era más mayor, morena y formaba parte de una familia extendida.

La señora de Lobo Feroz se estremeció. «Claro. Tenías que haberlo recordado. Todo es diferente.»

El Lobo Feroz cruzó los brazos.

—Pensaba que siempre habíamos confiado el uno en el otro —prosiguió—. Cuando estuviste enferma, ¿no confiabas en que cuidaría de ti?

—Sí —masculló.

—Desde el mismísimo día en que nos conocimos, ¿no hemos tenido siempre, no sé, algo especial?

—Sí, sí, sí —contestó. Parecía que rogaba.

—Siempre hemos sido compañeros, ¿no es así? ¿Cuál es esa palabra tonta que utilizan los niños hoy en día? ¿Almas gemelas? Eso es. Bueno, dos palabras. Desde el primer momento supiste que estabas en la tierra para mí y yo supe que estaba aquí para ti...

De los labios de la señora de Lobo Feroz brotaban síes pronunciados con suavidad.

El Lobo Feroz sonrió.

—Entonces, no entiendo —añadió—. ¿Qué es lo que tanto te preocupa?

—Las otras... —empezó a decir.

—¿Cuáles?

—Antes de que nos casásemos. Antes de conocernos.

—¿Otras mujeres?

—No, no, no...

—Entonces, ¿qué otras?

Hablaba con suavidad. Las palabras parecían flotar en el aire entre ellos, como nubes.

—Las mujeres en los artículos de los periódicos.

—¿Te refieres a los casos reales que utilicé para mis novelas?

—Sí.

—¿Qué pasa con ellos?

—¿Las asesinaste? ¿Y después escribiste sobre ellas?

El Lobo Feroz dudó. Señaló el sofá del salón, movió la mano para que su esposa ocupase su asiento habitual. Ella hizo lo que le indicaba, dejando que las preguntas reverberasen en la casa como un trueno lejano cuyo sonido disminuye entre el martilleo de la lluvia. Cuando se sentó, incómoda, el Lobo Feroz se dejó caer en el sillón donde normalmente se sentaba por las tardes. Se reclinó, como si se relajase, pero miró hacia el techo como buscando orientación.

—¿No tiene más sentido leer sobre esos casos y después escribir sobre ellos? —preguntó al final, bajando los ojos para fijarlos en los de ella.

La señora de Lobo Feroz intentaba organizar sus pensamientos, comparaba las fechas de las muertes con las fechas de publicación, añadiendo el tiempo que tomaba escribirlas, el intervalo entre la complexión y la publicación. Todos los factores matemáticos implicados. No entendía por qué las fechas que estaban claramente grabadas en su memoria ahora parecían borrosas e ilegibles.

—¿De verdad crees que he matado a alguien? ¿A cualquiera? ¿Crees que ese soy yo?

No estaba segura. Una parte de su ser quería decir sí. Pero otra parte no. Se encontró moviéndose hacia delante de forma involuntaria, de manera que estaba sentada al borde del sofá, casi a punto de deslizarse al suelo. Se sentía mal, tenía náuseas, la cabeza le daba vueltas y notaba un dolor inconexo por todo el cuerpo. El corazón le latía con fuerza, lo sentía empujando con furia contra su pecho y las sienes le palpitaban con un repentino y terrible dolor de cabeza. Tenía sed, la garganta reseca y de repente pensó: «Si me dice la verdad, ¿tendrá que matarme?

»Quizás eso sería mejor.»

—Por supuesto que no —repuso.

El Lobo Feroz suavizó la mirada y contempló a su mujer de la misma manera que un niño miraría a un gatito. Su cabeza no paraba, en parte felicitándose y en parte pensando con rapidez nuevos planes. En primer lugar, le parecía que la conversación había ido exactamente de la forma que esperaba. No había sabido «cuándo» su mujer iba a tropezarse con su realidad, pero sí había sabido que sucedería y en muchas ocasiones, solo en su despacho o encaramado en alguna atalaya observando a las tres pelirrojas, imaginaba lo que ella diría y cómo él le respondería. Y estaba contento con la forma en que había limitado las mentiras. Creía que era un factor importante. Siempre hay que decir la máxima verdad posible, para que así las mentiras sean bastante menos reconocibles.

Pero más allá de su sensación de satisfacción por haberse preparado para ese momento, ya estaba acelerando el siguiente paso. «Escribe un capítulo titulado "Mantener el disfraz adecuado" —se dijo—. La clave para un asesinato perfecto radica en crear el escondite apropiado. No tiene sentido ser un solitario, estar aislado, apestando a obsesión al primer policía que llegase olfateando algo. Los mejores asesinos parecían a simple vista ser algo muy diferente. Jamás nadie podría decir sobre él: "Parecía que tramaba algo malo." No. Sobre el Lobo Feroz dirían que no tenían ni idea de que era tan especial. "Parecía tan normal. Pero no lo era, ¿no es así?"

»"No teníamos ni idea de que era tan increíble."

»Eso es lo que dirán sobre mí.»

Miró a su mujer. Veía todos los problemas y las dudas que todavía retumbaban en su interior como si fuesen destellos de luz que brotaban de sus ojos.

El Lobo Feroz alargó el brazo y le cogió la mano. Todavía temblaba.

—Creo que he sido demasiado celoso de mi trabajo —declaró—. Demasiado, demasiado celoso —recalcó—. Me conoces tan bien —continuó, mintiendo ligeramente—. Creo que tendría mucho más sentido que estuvieses un poco más involucrada. Sabes tanto sobre literatura y te gustan tanto las palabras y me conoces tan bien, tal vez sería una ventaja que me ayudases un poco. Bueno, tú siempre has sido mi mejor fan. Tal vez con esta novela también podrías ayudarme un poco. Ser una especie de ayudante de producción o mi editora, de hecho.

Vio que su mujer levantaba un poco la cabeza. Su ternura tuvo un claro impacto.

—Sécate las lágrimas —dijo, mientras alargaba la mano y cogía un pañuelo de papel de una mesa auxiliar para después secarle los ojos con delicadeza.

La señora de Lobo Feroz asintió con la cabeza. Consiguió responder a su sonrisa con otra propia.

—Pero no estoy muy segura de lo que puedo hacer... —empezó a decir, pero él movió la mano en el espacio que había entre ellos, cortándola.

—Ya se me ocurrirá algo —repuso.

Se incorporó de su asiento habitual y se sentó a su lado.

—Me alegro de haber tenido esta charla —prosiguió—. Quiero hacerte sentir mejor y sé que cuando te preocupas tanto no es bueno para tu corazón.

—Estaba tan... —de nuevo dejó la frase inacabada.

«¿Asustada? ¿Preocupada? ¿Inquieta? —pensó—. Bueno, pues tenías todo el derecho a estarlo.»

Se rio y le dio un apretón de hombros, rodeándola con suavidad con sus brazos, como si fuesen un par de preadolescentes en su primera salida al cine.

—Es difícil vivir con un escritor —añadió.

La cabeza de la señora de Lobo Feroz subía y bajaba.

—Muy bien —dijo el Lobo Feroz con una sonrisa—. ¿Así que me ayudarás a matarlas?

Pronunció la palabra «matar» en un tono que implicaba que estaba rodeada de signos de interrogación. «Una mentira más —pensó—. Y después podremos ver la tele.»

La señora de Lobo Feroz asintió con la cabeza.

—En la ficción, claro —puntualizó el Lobo Feroz con una risa feliz.

29

El policía que le tomó declaración pensó que Pelirroja Tres estaba al borde de la histeria, pero el sargento era un veterano con veintiún años de experiencia en el cuerpo y dos hijas mellizas de catorce años en casa así que estaba acostumbrado a manejarse con el sonido agudo que las adolescentes utilizan como lenguaje en situaciones de estrés, aunque en secreto deseaba que todas tuviesen un control de volumen que se pudiese graduar para bajarlo un poco.

En su libreta escribió frases como «la he visto saltar» y «ha desaparecido por el borde» y «en un momento dado estaba ahí de pie y al otro había desaparecido», que Jordan había soltado a toda velocidad entre sollozos. Él había intentado que la adolescente describiese con exactitud a la mujer que había visto saltar desde el puente, pero Jordan, con los ojos desorbitados, se limitaba a mover los brazos y a decir: ropa oscura, abrigo, gorro, altura normal, treinta y pico.

El policía interrogó al entrenador, al ayudante del entrenador y a las otras jugadoras. Nadie había visto lo que Jordan vio. Todos dieron razones plausibles para explicar por qué su atención estaba en otra parte.

Se ofreció a llamar a una ambulancia, pues temía que Jordan, que continuaba alternando entre las lágrimas y una mirada retraída, gélida e inexpresiva, sufriese un ataque. Ciertamente, el policía creía que la reacción de la adolescente era la prueba más convincente de un suicidio en el puente.

«Vio algo», pensó.

Ninguno de los demás agentes de la media docena de coches de policía desplegados en el puente había conseguido nada importante. Las luces intermitentes rojas y azules de los coches de policía se reflejaban en la calzada húmeda y dificultaban que los agentes que iban y venían por la estrecha pasarela encontrasen alguna prueba. Los potentes focos dirigidos a las aguas que fluían con rapidez hacían resaltar pequeños trozos de la superficie negra del río. Mediante la inspección ocular de la zona se encontraron pocos indicios de suicidio; al principio de la acera del puente había una reveladora huella de barro de una zapatilla de correr de un número de mujer, y en el lugar donde Jordan había dicho que la mujer misteriosa se había tirado había una marca en el cemento. Sin embargo, la falta total de indicaciones manifiestas de una muerte no sorprendieron al policía. No era la primera vez que tenía que ir al puente porque habían informado de un suicidio. Era uno de los lugares preferidos de los suicidas. Sobraba mucha desesperación en la pequeña y decadente población dedicada a la industria textil donde los trabajos en las fábricas habían sido reemplazados por las drogas ilegales. Él, como muchos de sus conciudadanos, sabía que las fuertes corrientes podían arrastrar un cuerpo río abajo, quizás hacia la planta depuradora, posiblemente hacia las cataratas. La fuerza de las aguas implacables podría arrastrarlo kilómetros río abajo. También se podía dar el caso de que el cuerpo quedase atrapado entre los desechos que ensuciaban el lecho del río. A veces la policía había tardado semanas en recuperar los cuerpos de las personas que se habían lanzado desde el puente y algunos nunca se encontraron.

Ya estaba escribiendo en su mente el informe que iba a dejar a los agentes de la mañana. El seguimiento del caso les correspondería a ellos. Identificar a la persona. Notificar a sus familiares. El hecho de que para el policía no parecía haber una prueba fehaciente no significaba que no hubiese sucedido. Quería terminar con su parte del caso. Submarinistas de la policía y la tripulación de un barco patrulla esperarían hasta que se hiciese de día para empezar con la búsqueda del cadáver. «No se pondrán contentos cuando reciban esta orden», pensó. Era un trabajo oscuro y difícil en aguas negras como la tinta y con toda probabilidad una tarea totalmente inútil.

«Lo más probable es que el cadáver aparezca por accidente. Puede que un pescador lo enganche algún día este verano. Una buena sorpresa al enrollar el sedal.»

Puso una mano sobre el hombro de Jordan.

—¿Quieres que llame a una ambulancia y que te vea el médico? —preguntó con suavidad, pasando del tono de voz de policía al de padre.

Jordan negó con la cabeza.

—Estoy bien —contestó.

—Tenemos personal de apoyo en el colegio que puede ayudarla si lo necesita. Especialistas en experiencias traumáticas —interrumpió el entrenador.

El policía asintió lentamente con la cabeza. Le sonaba un poco presuntuoso.

—¿Estás segura? —preguntó de nuevo, dirigiendo la pregunta a Jordan. No le gustaba el entrenador, parecía un poco enfadado con todo el asunto. «Como si fuera una gran molestia que una mujer se suicide justo cuando pasas tú», pensó el agente—. No me cuesta nada llamar —agregó, dirigiéndose a Jordan, que se enjugaba los ojos con el dorso de la mano y cuya respiración acelerada parecía ya más normal. No le importaba hacer esperar un poco más al entrenador en el puente, bajo la fría llovizna. Además, por experiencia sabía que los servicios de emergencias sanitarias eran mucho mejor para tratar este tipo de choques emocionales que cualquier otro.

—Gracias —repuso Jordan. Su voz parecía tener un poco más de fuerza—. Pero estoy bien. Lo único que quiero es volver al colegio.

El policía se encogió de hombros. Siempre resultaba tentador ver a través de los ojos de sus hijas a cualquier joven normal atrapado en una cuestión policial, pero sus años como policía le habían hecho más duro y le habían dado un aspecto más seco. Tenía las declaraciones. Tenía los teléfonos de contacto de todos los pasajeros de la furgoneta. Había ordenado a otros agentes que continuasen con el infructuoso registro de la zona.

Había hecho todo lo que estaba en su mano esa noche.

El policía vio que el entrenador marcaba un número en su móvil.

—¿A quién llama? —preguntó.

—A la dirección del colegio —repuso el entrenador—. Querrá saber por qué nos retrasamos. El comedor tiene que estar abierto. Y se encargará de que alguien hable con Jordan esta noche, si es necesario.

El policía pensó que, en realidad, lo que el entrenador pretendía era cerciorarse de que no le culpasen del retraso al regresar al colegio.

—Bien —dijo—, podéis marcharos. Si necesitamos algún seguimiento, un agente se pondrá en contacto con vosotros.

—Tendrán que llamar al despacho del director si quiere hablar con alguna de las chicas —repuso el entrenador.

—¿Ah sí? —contestó el policía. No añadió «por supuesto», que era lo que pensaba. Simplemente dejó que el tono escéptico que había utilizado con esa sola palabra transmitiese esa impresión.

Observó cómo el equipo se subía a la furgoneta. Algunas de las chicas todavía parecían afectadas e iban de la mano o se abrazaban. Se dio cuenta de que a Jordan nadie le puso un brazo sobre los hombros para consolarla y confió en que sus hijas fuesen más sensibles.

El policía observó que Jordan iba hasta el fondo de la furgoneta y que se sentaba sola.

Le dijo adiós cariñosamente con la mano, algo no muy profesional, pero que le salió de forma natural. Se puso contento cuando vio una sonrisa fugaz en el rostro de Jordan y que tímidamente le devolvía el saludo.

«Malditos chavales, qué crueles pueden ser», pensó. Sabía que no llegaría a casa antes de que sus hijas se acostasen, pero decidió que iría a verlas y a lo mejor se quedaría unos minutos observando sus rostros dormidos. Sabía que su mujer entendería por qué lo hacía y que no le haría ninguna pregunta.

No fue hasta la mañana siguiente, temprano, cuando los agentes asignados para completar la investigación del suicidio recibieron una llamada de dos empleados de la oficina local de registro de vehículos. Mientras estaban en la parada esperando el autobús, vieron el sobre que Pelirroja Dos había clavado en el árbol y diligentemente cumplieron lo que decía en su exterior y llamaron a la policía. Habían sido lo bastante inteligentes como para no tocar nada y lo bastante entregados como para esperar a que llegase un agente y cogiese la nota y la fotografía, a pesar de que esto supuso que llegasen tarde a trabajar.

Más o menos a la misma hora, Pelirroja Uno estaba sentada frente a una mujer tan solo un poco más joven que ella, pero el doble de tamaño. La mujer llevaba el pelo muy corto y tenía unos brazos enormes y un contorno acorde. Media docena de pendientes, como mínimo, perforaban su oreja y debajo de la blusa asomaba el borde de un tatuaje. Era el tipo de mujer que daba la sensación de que iba al trabajo en una Harley-Davidson y que por diversión retaba a los leñadores a echar un pulso que rara vez perdía. Sin embargo, a Karen le sorprendió su suave tono de voz.

—Esto es lo que podemos hacer —propuso la mujer—. Podemos proteger a su amiga. Podemos proteger a sus hijos. Podemos encontrarle un lugar seguro como transición a una nueva vida. Podemos ayudarles con el asesoramiento de asistentas sociales y con ayuda legal mientras se adaptan. También les podemos proporcionar terapeutas, porque una serie de psiquiatras muy destacados de la zona hacen trabajo voluntario con nosotros. Podemos ayudarles a empezar de nuevo.

—¿Sí? —dijo Karen porque percibió un «pero» al final.

—No hay nada infalible —repuso la mujer.

El sonido distante de unos niños riendo traspasaba las paredes. Karen supuso que provenía de una guardería que debía de haber arriba.

—¿Qué quiere decir? —preguntó Karen.

La mujer se reclinó en la silla de su escritorio, balanceándose hacia atrás como si descansase, pero con la mirada fija en el rostro de Karen, calibrando sus reacciones.

—Por ley estoy obligada a decirlo.

—Pero hay algo más, ¿no es así? —preguntó Karen.

La enorme mujer suspiró.

—Aquí en Lugar Seguro estamos a tres manzanas de la comisaría. Está abierta todo el día y todo el año. El tiempo de respuesta desde allí hasta nuestra puerta, después de una llamada al 911, es de menos de noventa segundos. Tenemos un acuerdo con la policía, tenemos una contraseña que el personal al completo y todos nuestros clientes conocen, eso significa que algún hombre se ha presentado con intención de hacer algo violento y la policía ha respondido con contundencia, con las armas desenfundadas. Organizamos esto después de un incidente que ocurrió el año pasado. Puede que usted lo recuerde.

Karen lo recordaba. Titulares e intensos artículos se prolongaron durante varios días. Un hombre, su ex mujer, dos niños, de seis y ocho años, y tres policías. Cuando terminó el tiroteo, la mujer y uno de los agentes estaban muertos y uno de los niños, herido de gravedad. El ex marido había intentado suicidarse, pero había gastado todas las balas de su pistola, así que se había arrodillado en la acera, con la pistola en la boca, apretando el gatillo que inútilmente hacía clic en la recámara vacía hasta que lo esposaron y se lo llevaron. El caso todavía se estaba juzgando. El hombre alegaba enajenación mental transitoria.

—Mi amiga está preocupada por el carácter violento de su marido —dijo Karen. Después negó con la cabeza—. Dicho de esta manera parece que se trate de un resfriado común. El tipo es un salvaje. Le ha pegado palizas tremendas, una y otra vez. Huesos rotos y ojos morados. La ha amenazado con matarla. No sabe adónde ir.

—Para eso estamos aquí —repuso la oronda mujer. Karen notaba la ira en sus palabras, dirigida hacia algún hombre anónimo. En este caso un hombre imaginario. La historia que Karen se había inventado era «una amiga, dos hijos pequeños, un marido violento, ella intenta huir antes de que él la mate». Había utilizado situaciones de la vida real y las había mezclado. Sabía que la directora de Lugar Seguro no iba a hacer demasiadas preguntas.

—Entonces serán tres, su amiga y los niños...

—Creo que a los niños los puede enviar con una familia con la que estarán seguros. Pero el marido perseguirá a mi amiga hasta el fin del mundo y más allá, si tiene que hacerlo. Está obsesionado y está loco.

—No sé si separarlos...

—A él no le importan los niños. Al fin y al cabo no son suyos, de manera que se interponen en el camino de lo que sea que pretende hacer. Es mi amiga la que está en peligro.

—Ya. ¿Está armado?

—No lo sé, pero supongo que sí.

Karen se preguntó qué tipo de armas tendría a mano el Lobo Feroz. Revólveres. Rifles. Espadas. Cuchillos. Bombas. Arcos y flechas. Venenos. Piedras y palos afilados. Sus manos. Cuchillas. Todas eran potencialmente letales. Cualquiera de ellas podría ser la que pretendía utilizar con las tres Pelirrojas.

—¿Y su amiga? ¿Va armada?

Karen se imaginó el revólver de Pelirroja Dos. Se preguntó si sería capaz de cargarlo, apuntar y disparar. Ni siquiera se atrevía a contemplar la parte de la ecuación que se ocupaba del asesinato.

—No —repuso.

La directora hizo una pausa.

—Se supone que esto no lo debería decir —añadió. Bajó la voz, casi un susurro, y se inclinó hacia delante—. Pero no voy a permitir otro incidente como el del año pasado.

Levantó la mano y colocó una pistola semiautomática grande en el escritorio. Era negra y despiadada. Karen la miró fijamente unos instantes y después asintió con la cabeza.

—Esto me hace sentir bastante mejor —dijo con una pequeña risa.

La directora guardó la pistola en el cajón de su escritorio.

—Tomo clases de tiro en el campo de tiro.

—Una afición acertada.

—Me he convertido en una experta tiradora.

—Resulta tranquilizador.

—¿Cuándo traerá a su amiga?

—Pronto —repuso Karen—. Muy pronto.

—La admisión es todo el día. Cualquier hora es la hora adecuada. Dos de la tarde. Dos de la mañana. ¿Entendido?

—Sí.

—Diré al personal que esperamos a una nueva huésped en cualquier momento.

—Será de gran ayuda.

Karen cogió sus cosas. Pensó que la entrevista se había acabado, pero la directora todavía tenía una última pregunta.

La directora la miró de cerca.

—Hablamos de una amiga, ¿no es así?

Pelirroja Uno solo tenía que hacer una parada antes de dirigirse a su consulta para el resto de la jornada. Era un lugar donde había estado muchas veces antes, pero que incluso con su formación médica y su experiencia como doctora le parecía irreprimiblemente triste.

Una de las cosas que siempre había notado en el hospital para enfermos terminales era que las luces de la entrada eran brillantes fluorescentes cegadores e implacables, pero que a medida que uno se adentraba en el edificio, se suavizaban, las sombras se hacían mayores y las paredes blancas adoptaban tonos de gris amarillento. El edificio en sí parecía reflejar el proceso de morir.

«Gaitas», recordó de su última visita.

Las enfermeras del hospital se sorprendieron un poco al ver a Karen. No la habían llamado.

—Solo vengo a revisar unos antiguos papeles —explicó Karen con aire despreocupado al pasar por delante de los escritorios donde las enfermeras se reunían cuando se tomaban breves descansos de la implacabilidad de la muerte que llenaba todas las habitaciones. Sabía que esa explicación era más que suficiente para tener privacidad.

Entró en una pequeña habitación lateral que tenía una fotocopiadora, una máquina de café en una mesa y tres archivadores grandes de metal negro. No tardó mucho tiempo en encontrar la carpeta de papel Manila que necesitaba.

Se la llevó a su escritorio. Por un momento, le tentó el paquete viejo de cigarrillos cuidadosamente marcado que la esperaba en el primer cajón. Se dio cuenta de que no había fumado en varios días.

«Bien por ti, señor Lobo Feroz —pensó—. Puede que me hayas ayudado a dejar el vicio de una vez por todas. Así que cuando me mates me estarás salvando de un final realmente horrible. No sé cómo agradecértelo.»

«Cáncer» era lo que buscaba en el informe. No exactamente la enfermedad. Pero era lo que había matado a la persona cuyo informe extendió sobre su escritorio.

Cynthia Harrison. «Un nombre bastante común —pensó Karen—. Eso es bueno.»

Treinta y ocho años. «Joven para un cáncer de mama. Eso era triste. Pero solo tres años mayor que Pelirroja Dos.»

Marido. Sin hijos. «Probablemente así es como descubrió la mala noticia: cuando no pudo concebir. Empezaron a hacerle las pruebas rutinarias de fertilidad y en los resultados aparecieron algunas indicaciones preocupantes. Después debió de ser una rápida sucesión de médicos, tratamientos y un dolor interminable.»

Solo tres semanas en el hospital para terminales, luego de las sesiones de radioterapia fallidas seguidas de cirugía igualmente fallida. «La enviaron aquí porque es el lugar menos caro para morir. Si se hubiese quedado en el hospital les hubiese costado miles de dólares. Y sabían que solo le quedaba el tiempo suficiente para que la familia hiciese las disposiciones adecuadas.»

Comprobó la información de la funeraria y vio cuál de sus compañeros había firmado el certificado de defunción. Había sido el cirujano. «Probablemente quería firmar y olvidar su fracaso.» Anotó toda la información necesaria en un bloc. Datos relevantes de Cynthia Harrison: fecha de nacimiento. Lugar de nacimiento. Último domicilio. Profesión. Familiares más cercanos. Número de la Seguridad Social. Historia médica relevante. Altura. Peso. Color de ojos. Color de pelo. Karen buscó el máximo de detalles en el extenso informe del hospital.

Después caminó por el pasillo en dirección a uno de los puestos de enfermería. Se trataba de la sencilla tarea de encontrar una bolsa de plástico roja con la leyenda: «¡Peligro! Residuos médicos infecciosos» y un recipiente grande sellado donde se tiraban las agujas, los recipientes de muestras y cualquier cosa que hubiese podido contaminarse con un potente virus o con bacterias letales.

—Lo siento, Cynthia —susurró—. Me hubiese gustado conocerte.

«Aunque ahora ya te conozco.» Karen terminó el pensamiento. Enrolló bien todo el informe, lo metió en la bolsa de plástico y la selló con cuidado antes de introducirlo en el recipiente cerrado diseñado con el único propósito de mantener a todo el mundo sano y salvo.

Pelirroja Dos bailaba.

Bailaba el vals con un compañero invisible. Bailaba el tango al son de un ritmo sensual. Saludó a un espacio vacío en la habitación, como si siguiese los majestuosos pasos de un elaborado baile en parejas de la época isabelina. Cuando la música cambió, empezó a contraerse y a moverse como si estuviese en una pista de baile moderna. «Bailando con las estrellas —pensó—. No, Bailando con el Lobo.» Imitó bailes ridículos de los sesenta como el *frug* y el *watusi* que recordaba que sus padres le habían enseñado en ratos desenfadados. En un momento determinado incluso se lanzó con *Macarena* moviendo las caderas de forma sugerente. Al final, cuando el cansancio se apoderó de sus pasos, se convirtió en bailarina, moviendo los brazos lentamente por encima de la cabeza y dando vueltas. *El lago de los cisnes,* esperaba. De adolescente había visto el ballet. Conmovedor. Precioso. Era el tipo de recuerdo mágico que una impresionable adolescente de quince años nunca olvida. Hubo un tiempo en que esperaba llevar a su hija a ver un espectáculo similar. Ya no. En el pequeño mundo del sótano, levantó los brazos por encima de la cabeza e intentó ponerse de puntas, como haría una bailarina interpretando al cisne blanco, pero le resultó imposible.

Su música era contradictoria. Ninguna de las canciones que llenaban su cabeza coincidía con sus movimientos. El rock and roll no era como el baile por parejas, a pesar de que eso era lo que oía y lo que bailaba.

Pelirroja Tres le había dejado su iPod con varias listas de canciones con el nombre de «música de espera». No reconocía a todos los cantantes, nunca había escuchado a The David Wax Museum ni a The Iguanas y no tenía ni idea de quién era una tal Silina Musango o quién constituía el grupo llamado The Gourds. Pero la música que Pelirroja Tres había seleccionado era irreprimible, entusiasta, animada y ella agradecía los ritmos alegres y la desenfrenada energía que todas las canciones destilaban.

«Pelirroja Tres intenta ayudar —pensó Sarah—. Qué detalle por su parte. Sabía que después de suicidarme estaría aislada y un poco loca.»

«Chica lista.»

Pelirroja Tres había creado otra lista de canciones, pero Sarah no la había escuchado porque no creía que fuese el momento adecuado. Sabía que tendría sonidos y selecciones completamente diferentes. Esta lista de canciones se titulaba: «Música para matar.»

Cuando por fin la venció el cansancio, Sarah se quitó los auriculares y se desplomó en el suelo de cemento del sótano de Pelirroja Uno. Lo notaba frío contra su mejilla. Sabía que se estaba ensuciando, por todas partes había polvo y porquería y notaba el sudor que le caía por la barbilla, pero no le importaba. El aire era caliente y espeso debido a la caldera que había en un extremo y que se esforzaba en calentar la casa. No había ventanas, así que no podía mirar al exterior. Solo sabía que estaba escondida y que incluso aunque el Lobo Feroz estuviese aparcado en el exterior, vigilando la puerta principal, no podría verla. Una parte de su ser se preguntaba si cerrar la única bombilla que colgaba del techo e iluminaba la habitación con una débil luz sería como la negra turbulencia de las aguas del río en que había simulado lanzarse.

La noche anterior, cuando había corrido a través de la noche creciente hasta donde sabía que Pelirroja Uno la esperaba, había imaginado el grito desgarrador de Pelirroja Tres. «Seguro que ha convencido a todos.»

Se acurrucó en un ovillo.

«Sarah murió anoche —pensó—. Nota de suicidio y adiós me he ido para siempre. Me enterrarán al lado de mi marido y de mi hija. Pero no seré yo. Será un ataúd vacío.»

Sabía que su destino era convertirse en otra persona. No estaba segura de que eso le gustase.

Pero hasta que renaciese, tan solo sería Pelirroja Dos.

«Una mortífera Pelirroja Dos —se dijo—. Una Pelirroja Dos homicida.» Un escalofrío de furia la recorrió y una ira incontrolable se apoderó de ella.

Entonces, de pronto, se dejó llevar por todas las emociones que reverberaban en su interior y empezó a sollozar sin parar en el suelo mientras acunaba no una fotografía de su familia muerta, sino la Colt Magnum .357.

30

El Lobo Feroz dio un grito ahogado y después empezó a chillar una retahíla incomprensible de maldiciones. Se volvió y tuvo que reprimirse para no golpear la pared de la cocina. En su lugar, estrujó en su puño la sección de noticias locales del periódico y cerró los ojos como si alguien estuviese arañando una pizarra con las uñas e hiciese un ruido que agrediese cada terminación nerviosa de su cuerpo. Debajo de sus dedos tenía el titular de un breve artículo: «Antigua maestra, presunto suicidio.»

—¡No, maldita sea! ¡No! —bramó con una ira repentina e incontrolable.

Una luz brillante se reflejaba en la superficie del río. Al fin había dejado de llover y la temperatura había subido un poco. El viento había parado de soplar y el sol de la mañana había aparecido en un cielo azul sin nubes. Una pequeña muchedumbre se había congregado en el puente, apoyada en la barrera de cemento de poca altura y mirando la actividad abajo. Un reducido equipo de noticias parecía aburrido, la cámara de hombros yacía inútil en el suelo, junto a la rueda de su furgoneta. Los coches que pasaban por el puente disminuían la velocidad y sus ocupantes miraban boquiabiertos la actividad antes de acelerar. Tres mujeres hispanas, cada una empujando una sillita de paseo con un bebé, se habían detenido y hablaban deprisa y gesticulaban señalando la superficie plana de agua negra. Una mujer cruzó rápidamente tres veces. El Lobo Feroz se deslizó entre un par de hombres no mucho mayores que él. Sabía que los dos serían observadores y que compartirían sus opiniones de buena gana. Fumaban y dejaban que las volutas de humo llenasen el aire de un olor acre.

—Te lo digo yo, no van a encontrar nada —dijo uno de los hombres con seguridad, a pesar de que no le habían preguntado nada. Llevaba un abrigo gris andrajoso y un sombrero de fieltro gastado calado en la frente curtida. Se protegió los ojos del sol de la mañana con la mano.

—Yo no me metería ahí —repuso su compañero—. Ni siquiera con una cuerda de seguridad.

—Tendrían que poner carteles de PROHIBIDO BAÑARSE por todo el puente.

—Sí, lo único que no están buscando a ninguna nadadora.

Los dos hombres gruñeron en señal de asentimiento.

A treinta metros de los pilares del puente había dos pequeñas lanchas fueraborda de aluminio. Dos policías, con trajes de buzo negros y con dos botellas de oxígeno cada uno, se turnaban para sumergirse en el río, mientras otros sujetaban cuerdas y maniobraban las lanchas en la fuerte corriente.

El Lobo Feroz observaba con detenimiento. Había algo fascinante en la forma en que desaparecía un submarinista, dejando un rastro de burbujas y una ligera alteración en la superficie del agua, para emerger al cabo de unos instantes, luchando contra la fuerte corriente del río. Percibía la frustración y el cansancio cuando sacaban a los submarinistas del agua y las lanchas se dirigían a una ubicación distinta. «Una búsqueda por cuadrículas —pensó el Lobo Feroz—. Procedimiento policial estándar: dividir la zona en segmentos manejables e inspeccionar cada uno antes de pasar al siguiente.»

—¿Han encontrado algo? —preguntó a los dos hombres que sin duda llevaban toda la mañana mirando. Utilizó un tono de mera curiosidad escogido con cuidado.

—Algunas porquerías. Como una chaqueta de niño o algo así. Eso les ha tenido entusiasmados un rato y los dos tipos se han sumergido unos quince minutos. Pero nada más. Así que ahora van de un lado a otro. Supongo que con la esperanza de tener suerte.

—A veces pesco en ese tramo —añadió su compañero—. Pero nadie es tan tonto como para acercarse al río antes del verano, cuando baja el nivel. Al menos nadie que quiera vivir. —Este otro viejo llevaba una gorra de béisbol con el nombre del *USS Oriskani*, un portaaviones de la época de la guerra de Vietnam, retirado de servicio, que fue hundido para formar un arrecife artificial. La gorra tenía una visera deshilachada. El Lobo Feroz se dio cuenta de que tenía unas manos nudosas llenas de cicatrices, como las raíces de un vetusto roble.

—Que te lo digo yo, no van a encontrar nada —repitió el otro hombre—. Lo único que hacen es malgastar el dinero de nuestros impuestos. Compran todos esos sofisticados aparejos de submarinismo y no tienen oportunidad de utilizarlos.

—Enseguida se van a rendir —dijo el de la gorra al del sombrero.

El Lobo Feroz decidió seguir observando. Pero pensó que probablemente el viejo tuviese razón.

«No van a encontrar nada.»

«Puede —pensó—, que no haya nada que encontrar.»

Pero no estaba seguro, cosa que lo irritaba sobremanera. Sabía que la certeza era la base del asesinato. Pequeños detalles y valoraciones exactas. A veces se consideraba un contable del asesinato. Este era uno de esos momentos en que la atención al detalle era decisiva. «Es como hacer una declaración de la renta sobre la muerte.»

«Quizá la haya matado —pensó. Ciertamente la intensa presión que había ejercido el Lobo Feroz era suficiente para empujar a una persona a suicidarse—. Si sabes que están a punto de asesinarte, ¿no preferirías suicidarte?» Tenía cierto sentido. Pensó en los prisioneros que esperaban su ejecución y que se ahorcaban en sus celdas o en las personas a las que les diagnostican una enfermedad terminal. Le vino a la mente la imagen de los desgraciados agentes financieros y oficinistas que se lanzaron al vacío desde las Torres Gemelas el 11 de Septiembre. «La incertidumbre de esperar a que te maten puede ser mucho peor que el dolor del suicidio.» Y sabía que Pelirroja Dos era la más débil de las tres. Si se había tirado al río, bueno, pues era «casi» lo mismo que si la hubiese estrangulado él. Por un momento sintió la tensión en las manos, como si rodeasen el cuello de Pelirroja Dos y la estuviese estrangulando debajo de él. «Verdaderamente merece la pena hacer una muesca en la pistola», se dijo, pensando como un viejo pistolero del Oeste.

«La muerte es como la verdad. Responde las preguntas.»

Pensó que tenía que recordarlo para ponerlo en el siguiente capítulo.

Quizá pudiese revindicar legítimamente su muerte junto con el asesinato de las otras dos. Consideró esta posibilidad y pensó que la ira que le había embargado podría haber estado mal enfocada. «Los lectores estarán intrigados con la idea de que he logrado que se quite la vida. Será espeluznante. Como todas esas personas disminuyendo la velocidad en el puente para intentar ver algo, los lectores necesitarán ver lo que sucede después. Hará que se sientan más intranquilos por Pelirroja Uno y Pelirroja Tres. Y eso supondrá que los últimos días de las Pelirrojas que quedan sean más fáciles de manejar con una parada menos en el camino de la muerte.»

Como un periodista que reúne los elementos de un artículo con una fecha de entrega y que ha de ser publicado en un futuro cercano, el Lobo Feroz miró a su alrededor. Se fijó en los policías que trabajaban en el río, contó las personas que observaban desde el puente, se percató del equipo de noticias que guardaba las cámaras y los aparatos de sonido y se preparaba para irse en busca de una historia mejor y más importante. Esto le hizo sonreír. «No lo saben —pensó—, pero esta es la mejor historia de toda la zona. Con diferencia.»

Sonrió.

«Pero esta historia es toda mía.»

El Lobo Feroz decidió que daría a los agentes que peinaban el río media hora más para que sacasen a Pelirroja Dos de la negra corriente, pero no más. Se instaló en su atalaya sobre el río y esperó las respuestas que en realidad no pensaba obtener. Mientras miraba, formuló otras maneras de encontrar esas mismas respuestas.

El director se apoyó en la puerta y esbozó una leve sonrisa a la señora de Lobo Feroz. Parecía preocupado, tanto por el tono suave de su voz como por su postura encorvada.

—¿Ha leído el informe del entrenador del equipo de baloncesto? Han tenido un viaje de regreso al colegio muy movido. —Mientras decía esto negaba con la cabeza.

En la pantalla del ordenador, la señora de Lobo Feroz tenía una copia del informe de una sola página que el entrenador había enviado por correo electrónico al director. Se trataba de una corta descripción, tan solo un breve informe de las razones del retraso de su regreso después de la victoria. Tuvo la clara impresión de que el entrenador hubiese preferido escribir sobre la victoria, no sobre lo que sucedió después. Hizo un gesto de asentimiento al director con la cabeza.

—Envíe una nota y un correo electrónico de seguimiento al profesor de Historia de Jordan Ellis. Esa es la clase que tiene la próxima hora. Dígale que envíe a Jordan a mi despacho antes del almuerzo.

—Ahora mismo —repuso la señora de Lobo Feroz jovialmente.

—Dígale que quiero verla —añadió el director después de pensar unos segundos.

Tecleó los mensajes. Después de enviarlos, abrió el horario de Jordan en la pantalla. Después miró el reloj de la pared y supuso que Jordan cruzaría la puerta del despacho a las once.

Se equivocó por dos minutos.

Jordan parecía distraída, como con prisa.

La señora de Lobo Feroz adoptó su expresión más compasiva y utilizó su tono de voz más comprensivo.

—Dios mío, anoche tuvo que ser terrible. Me imagino lo que te debiste de asustar. Tuvo que ser horrible para ti. Y tan triste.

—Estoy bien —repuso Jordan con brusquedad—. ¿Está en el despacho? —Hizo un gesto señalando el despacho interior.

—Te está esperando. Ya puedes pasar.

La señora de Lobo Feroz sintió cómo se le aceleraba el corazón. No se había dado cuenta de lo emocionante que iba a ser para ella estar cerca de Jordan, saber que era un modelo literario de una víctima de asesinato. De repente se sintió viva, como si estuviese atrapada en el remolino de la creación de secretos. Las respuestas hurañas de Jordan y su actitud pasota y despectiva hicieron que la señora de Lobo Feroz asintiese con la cabeza con total comprensión. «No me extraña que la haya elegido.» De repente encontraba cientos de razones para matar a Jordan.

«Mátala —pensó la señora de Lobo Feroz—. En el libro.»

Las manos le temblaron ligeramente, estremeciéndose con una deliciosa especie de intriga. «Es como si estuviese atrapada en mi propia novela», se dijo.

La señora de Lobo Feroz sintió que resbalaba, como si se deslizase en un mundo donde la ficción y la realidad ya no eran distintas. Era como introducirse en un baño caliente y relajante.

Jordan pasó por delante de su escritorio a grandes zancadas y la señora de Lobo Feroz la observó por detrás. De pronto veía la arrogancia, el egoísmo, el aislamiento de adolescente y el carácter desagradable presentes en cada una de sus zancadas.

Respiraba de forma superficial y tenía ganas de soltar una carcajada. Era como cuando te hacen partícipe de un secreto enorme y maravilloso. De repente podía imaginar todo el proceso de la escritura, convertir a una joven privilegiada y egoísta en personaje de una novela. Era como estar presente en la creación, pensó, aunque admitía que tal vez eso fuera exagerar un poco.

Jordan no había cerrado la puerta del despacho interior del director, que era lo que se suponía que tenía que hacer. Normalmente, la señora de Lobo Feroz se hubiese levantado con un bufido y la hubiese cerrado enfadada para darle privacidad al director cuando hablaba con una alumna, especialmente una con tantos problemas con las notas como Jordan. Se había medio incorporado en la silla cuando se dio cuenta de que podía escuchar toda la conversación del interior del despacho. Y en el mismo instante se dio cuenta de que quizás oyese algo que pudiera ayudar.

«Soy mucho más que una secretaria», pensó.

Estiró la cabeza para escuchar y colocó un bloc en el escritorio delante de ella para tomar notas.

Lo primero que escuchó fue:

—Mire, estoy bien. No necesito hablar con nadie, especialmente con un psicólogo ultracomprensivo y tocón. —La voz de Jordan sonaba enfadada y cargada de desprecio.

—Mira, Jordan —repuso el director lentamente—, este tipo de incidentes traumáticos tienen repercusiones ocultas. Ser testigo del suicidio de una mujer, como fuiste tú, no es algo intrascendente.

—Estoy bien —repitió Jordan tozuda. En su fuero interno estaba desesperada por salir del despacho. Cada segundo que pasaba sin ocuparse de la verdadera amenaza era potencialmente peligroso. Sabía que el único respiro lejos del Lobo Feroz eran los momentos que pasaba en la cancha de baloncesto donde lograba perderse en el esfuerzo. Quería gritarle al director: «¿No sabe que estoy haciendo algo mil veces más importante que una clase o una sesión con un psiquiatra o cualquier cosa que pueda imaginar en su pequeña mente cerrada de colegio privado?»

No dijo nada de esto. En cambio sintió una tensión en su interior que apretaba como un nudo y sabía que tenía que decir lo adecuado para poder salir y regresar a otro asunto más serio que consistía en evitar ser asesinada.

—Bueno, bien, te creo —continuó el director—. Y me fiaré de tus palabras. Pero insisto en que veas a alguien. Si lo haces y el médico te da el alta, dice que todo está bien, entonces ya está. Pero quiero que te vea un profesional. ¿Dormiste anoche?

—Sí. Ocho horas. Dormí como un bebé. —Jordan salió con un cliché, aunque en realidad no imaginaba que el director la creyese.

Negó con la cabeza.

—Lo dudo, Jordan —dijo. No añadió «por qué me mientes», aunque eso es lo que le pasó por la cabeza.

Le entregó un papel.

—A las seis en punto. Esta tarde en el centro médico para el alumnado. Te estarán esperando.

—Bueno, bueno, iré, si eso es lo que quiere —repuso Jordan.

—Eso es lo que quiero —contestó el director—. Pero también debería ser lo que tú quieres. —Intentó decirlo en un tono más suave, más comprensivo, pero era como tirar palabras a una playa pedregosa, pensó.

—¿Puedo irme?

—Sí. —Suspiró el director—. A las seis en punto. Y si no te presentas, nos volveremos a ver aquí mañana por la mañana, y haremos lo mismo de nuevo, solo que esta vez haré que te acompañen a la cita.

Jordan metió el papel de la cita en la mochila. Se levantó y salió sin decir nada más. El director la observó al marchar y pensó que jamás había visto a nadie tan decidido como Jordan a tirar por la borda cualquier oportunidad.

Fuera del despacho, la señora de Lobo Feroz se apresuró a anotar todo lo que había oído. «Seis de la tarde. Centro médico para el alumnado.» Levantó la vista cuando Jordan pasó por delante de ella y cogió el teléfono. La adolescente ni siquiera miró en su dirección.

31

Jordan no veía nada por la ventana salvo la creciente oscuridad. El ángulo a través del cristal mostraba canchas vacías que se mezclaban con hileras de árboles lejanos que marcaban el principio de la zona protegida de tierra sin explotar. Esto era algo típico en los colegios privados de Nueva Inglaterra; preferían la imagen arbolada, aislada y boscosa que daba a los visitantes la impresión de que no había nada que distrajese del mundo del estudio, los deportes y las artes que el colegio promovía. Jordan sabía que en otras direcciones había luces brillantes, música a todo volumen y los típicos problemas que habitualmente encontraban las adolescentes. Sus problemas no tenían nada que ver con el de ellas.

Esperó pacientemente a que la psicóloga que estaba sentada detrás del escritorio frente a ella terminase la conversación que mantenía con un psiquiatra local especializado en soluciones farmacológicas para los miedos adolescentes. Discutían sobre una receta de Ritalin, el medicamento preferido para el tratamiento por déficit de atención con hiperactividad. La psicóloga, una mujer joven angulosa y desaliñada, probablemente tan solo unos diez años mayor que Jordan pero que se esforzaba en parecer más madura, tenía cuidado de no mencionar nombres porque estaba Jordan. Parece que el problema era una nueva receta que no se debería haber extendido. Jordan sabía exactamente por qué este alumno anónimo se había quedado sin Ritalin antes de tiempo: porque había vendido algunas o le habían robado unas cuantas, o quizá las dos cosas. Se trataba de una de las drogas preferidas para las fiestas.

«Diversión para algunos —pensó—, y ahora el chaval no se puede concentrar lo suficiente para aprobar el examen trimestral de Historia.»

Tenía ganas de reír por el dilema y por la forma patética en que el alumno había intentado convencer a la psicóloga para que le recetase más. Jordan sabía que el colegio controlaba el número de pastillas que cada alumno «debía» tener en un momento dado: lo justo para un respiro de la distracción una vez al día.

La psicóloga gesticuló en el aire, como si quisiese puntualizar algo y, con el teléfono todavía en la oreja, hizo un gesto en dirección a Jordan, un movimiento que significaba «espera un momento», y Jordan volvió a mirar por la ventana. Distinguía su reflejo en un extremo de la hoja de cristal, pálida, como si la imagen fuese algo diferente a Jordan. «Esa es Pelirroja Tres, no Jordan», decidió.

La psicóloga colgó el teléfono con un coro de «de acuerdo, de acuerdo, de acuerdo» repetidos antes de desplomarse en la silla y mirar a la adolescente. Sonrió.

—Bueno, Jordan, háblame sobre lo que viste anoche.

«No se anda con rodeos», pensó Jordan.

—Tal vez si me diese una receta de Ritalin... —empezó Jordan.

La psicóloga fingió reírse.

—Era una conversación bastante predecible, ¿no crees?

Jordan asintió con la cabeza.

—Pero intentar sin éxito convencer al personal de que no hay necesidad de utilizar sustancias de clase 4 no es lo mismo que ver cómo se suicida una mujer.

«Directa al grano», pensó Jordan.

—Volvíamos al colegio en la furgoneta después del partido. Yo era la única que miraba por la ventanilla. Vi a una mujer que se subía a la barandilla del puente y la vi saltar. Entonces grité. Simplemente una reacción natural, supongo.

La psicóloga se inclinó hacia delante esperando más.

Jordan se encogió de hombros.

—No es como si yo la hubiese matado.

«Pero ahora ella es libre», pensó Jordan. Era como ver a alguien que recibe un regalo que le hace una ilusión especial. Envidiaba a Pelirroja Dos.

Jordan se revolvió en su asiento. La psicóloga le hacía más preguntas, pretendiendo averiguar los sentimientos, las impresiones. Era inevitable que intentase encajar esta conversación con una discusión sobre sus padres, sus notas y su mala actitud. Jordan ya se lo esperaba y contestó de la forma más escueta posible. Solo quería irse de la consulta con el mínimo daño posible y retomar la tarea de salvar su vida. Estaba dispuesta a decir cualquier cosa, a comportarse como fuese necesario o a actuar de la forma más indicada para lograrlo.

«Nada de lo que diga aquí significa nada.»

Por un instante se planteó contarle todo a la psicóloga: las cartas. El vídeo. Todo lo que suponía haberse convertido en Pelirroja Tres. Era como contarse un chiste y tuvo que reprimir una sonrisa.

«¿Y qué hará? Pensará que estoy loca. O quizá llame al director. Es una idiota bien intencionada y llamará a la policía. Más idiotas bien intencionados. Y entonces el Lobo Feroz simplemente desaparecerá en el bosque y esperará hasta que vuelva a estar sola y pueda hacer lo que le dé la gana. Quizá me dé un año o dos y después volveré a ser Pelirroja Tres de nuevo. Y sé lo que él hará entonces.»

Jordan se oía a sí misma contestando a las preguntas de la psicóloga, pero apenas prestaba atención a lo que ella decía. Las palabras que pronunciaban sus labios eran inconsistentes y débiles y no guardaban una verdadera relación con lo que le estaba sucediendo. Creía que el hierro forjado y el acero verdaderos estaban en su interior, bien guardados por el momento, reservados para cuando los necesitase de verdad. «Que será bastante pronto —pensó.

»El Lobo Feroz es nuestro problema —se dijo—. Y lo resolveremos nosotras.»

Sonrió a la psicóloga, preguntándose despreocupadamente si una sonrisa era justo la reacción adecuada, pensando que quizá la forma más rápida de salir de la consulta y de la visita sería admitir un pequeño trauma para que la psicóloga tuviese algo de lo que escribir en un informe para enviarle al director y que todo el mundo pensase que estaban haciendo su trabajo. De manera que Jordan se planteó durante un instante esta posibilidad y dijo:

—Me da un poco de miedo tener pesadillas. Me refiero a que veo a esa pobre mujer al saltar. Fue tan triste. Sería terrible estar así de triste.

La psicóloga asintió con la cabeza. Escribió algo en un bloc de notas. «Pastillas para dormir —pensó Jordan—. Me va a recetar somníferos. Pero solo un par para que no pueda suicidarme.»

Sobre la entrada del centro médico había una única luz tenue y Jordan se detuvo un instante al salir para contemplar la noche que se extendía ante ella. El edificio estaba encajado en una bocacalle de una de las zonas menos concurrida del campus, de manera que Jordan supo que tendría que pasar por una zona en penumbra a esas horas para llegar a un lugar donde hubiese estudiantes por los senderos.

De pronto, sintió una vacilante sensación de soledad, como si la oscuridad tuviese la misma cualidad trémula e incierta que las olas de calor en una calzada un abrasador día de verano. Esto no tenía sentido para Jordan; hacía frío. Tendría que haber sido un mundo de claridad casi helada, pero no lo era.

Al salir, encogió los hombros para protegerse del frío que había arreciado y avanzó con premura.

No había dado más de media docena de pasos cuando vio la figura en las sombras, en el lugar donde un roble grande rozaba contra la parte trasera de uno de los edificios de clases ahora vacías.

Fue como ver a un fantasma. A punto estuvo de tropezar y caer. Tuvo la típica sensación de que el corazón se le paraba y todo empezaba en el mismo microsegundo.

La figura iba vestida de negro. Una bufanda y un gorro escondían su rostro. El único rasgo que parecía brillar con vida eran sus ojos.

Jordan levantó una mano, moviéndola a través de la noche delante de ella, como si quisiese borrar la visión. La figura permaneció quieta, mirándola. Lentamente, vio cómo el hombre levantaba la mano y la señalaba.

La voz parecía amortiguada, como si la brisa la hubiese llevado hasta ella desde varias direcciones diferentes.

—Hola, Pelirroja Tres.

Una parte de su ser se quedó clavada. Otra entró en pánico, como si se hubiese soltado de algún amarradero en su interior. Quería echar a correr, pero tenía los pies pegados al suelo. Era como si el miedo hubiese dividido su cuerpo en dos y como gotas de mercurio que caen en el suelo y se dispersan, partes de Jordan se desperdigaban en diferentes direcciones. Por su cabeza pasaban órdenes contradictorias, todas fuera de control. Sintió que la debilidad de sus rodillas se extendía como una infección por todo su cuerpo y pensó que se desmoronaría en el suelo, se acurrucaría en posición fetal y simplemente esperaría. «Ha llegado el momento —pasó por su cabeza, seguido de—: ¡me va a matar ya!»

Jordan retrocedió tambaleándose, como si la hubiesen golpeado.

La figura pareció deshacerse en el grueso tronco negro del árbol. Era como si Jordan ya no pudiese enfocar la mirada, ya no pudiese diferenciar entre una persona y una sombra. Sin darse cuenta, levantó los dos brazos y los mantuvo así delante de su rostro, como si quisiese protegerse de un golpe.

Un extraño sonido la rodeaba, al principio no lo reconoció, pero de repente se dio cuenta de que era su respiración, superficial, áspera y convertida en un gimoteo infantil.

Miró a su alrededor descontrolada, pensando «que alguien me ayude», pero no lograba formar estas palabras con la lengua y los labios para después gritarlas. No había nada excepto oscuridad y silencio. Cuando dirigió de nuevo los ojos a la figura, ya no estaba. Como si se tratase del espectáculo de un mago, había desaparecido en las sombras.

«Corre», gritó para sus adentros.

Apenas fue consciente de haber dado la espalda al lugar donde había visto la figura y se había lanzado hacia delante.

Era una atleta y era rápida. Daba igual que llevara la mochila cargada de libros o, dado el caso, los tacones de una reina del baile de fin de curso. No había hielo en los senderos y daba unas zancadas cada vez más largas. Sus pies machacaban el macadán negro del sendero con un crujido que parecían disparos que se oyen a lo lejos. Movió los brazos y corrió a toda velocidad, la desesperación le hacía ganar rapidez y lo único que era capaz de pensar era que no lograría ser lo bastante veloz. Notaba al lobo detrás de ella, acortando la distancia, intentando morderle los talones con las fauces, los dientes acercándosele. La sensación de que solo le quedaban segundos de vida la destrozó y quiso gritar que no era justo, que quería vivir, que no quería morir allí, esa noche, en un colegio que odiaba, rodeada de personas que no eran sus amigos. Jadeando pronunció las palabras: «¡Mamá, socorro!» A pesar de que sabía que su madre no podría ayudarla, porque nunca había ayudado a nadie salvo a sí misma. Se sintió como una niña pequeña, poco mayor que un bebé, impotente e indefensa, aterrorizada y asustada de la oscuridad, de los truenos, de los relámpagos, a pesar de que el mundo a su alrededor todavía permanecía en calma.

Justo en el instante en que notó una mano que la agarraba por detrás, tropezó. Parecía que todo le daba vueltas y se cayó, despatarrada como un patinador que pierde el equilibrio. Extendió las manos para protegerse de la caída y dio un pequeño grito. La superficie dura del sendero le había arañado dolorosamente las palmas y se había golpeado la rodilla. Le dolía todo el cuerpo y se quedó aturdida durante unos instantes. Estaba boca abajo sobre la tierra fría, pero tuvo la sensatez de darse la vuelta y darle una patada al lobo que sabía que le había mordisqueado los tobillos y la había hecho caer. Podía oír sus gritos «¡Largo! ¡Largo!», como si viniesen de otro lugar y no de ahí en ese mismo instante. Todo parecía deshilvanado, inconexo, irreal y extraño.

Devolvió los golpes. Los ojos se le llenaron de lágrimas. Dio puñetazos, luchó utilizando todos los músculos, los tendones tirantes hasta el límite, golpeando la oscuridad que la amenazaba. Sintió que sus manos golpeaban el pelo, la piel y los dientes desnudos y afilados que la desgarraban; sintió la saliva y la sangre caliente que le salpicaban en la cara, impidiéndole ver bien. Sintió que la agarraban y la levantaban y ella arañaba y rasgaba, utilizando hasta la última fibra porque no estaba dispuesta a morir ahí. Luchó con todas sus fuerzas.

Contra nada.

Tardó unos segundos, segundos que parecieron mucho más que cualquier espacio de tiempo que Jordan había experimentado jamás, incluso el final de un partido reñido, donde la tensión y el tiempo se fundían para que todo pareciese ir más deprisa o más lento, como si las reglas de la naturaleza hubiesen quedado suspendidas, en darse cuenta: «Estoy completamente sola.»

«Nada de lobo.»

«Nada de asesino.»

«Nada de morir.»

«Al menos no todavía.»

Jordan estaba tumbada despatarrada sobre el suelo frío. Sentía el calor que emanaba rápidamente de su cuerpo. Miró el cielo negro de la noche y vio estrellas que parpadeaban. Cerró los ojos y escuchó. Sonidos familiares abarrotaban su oído: un coche lejano que aceleraba, estudiantes ruidosos en el internado, unos pocos acordes de una guitarra eléctrica acompañados de las fuertes notas de un saxofón. Cerró bien los ojos, antes de abrirlos de golpe.

«Pasos.»

Dio un grito ahogado de nuevo y se sentó. Miró a la derecha y después a la izquierda, girando la cabeza de un lado a otro.

«Nadie.»

—Pero le he oído —murmuró en alto, como si estuviese discutiendo consigo misma. Pelirroja Tres pensaba una cosa. Jordan Ellis pensaba otra.

Escuchó atentamente e imaginó que oía un lejano y mortecino aullido de lobo inconfundible, imposible. Sabía que tenía que ser una alucinación, pero a ella le parecía real. Era como estar atrapada en una época diferente, en un mundo distinto donde los depredadores merodeaban a sus anchas después del atardecer. Sabía que formaba parte de la vida moderna, con todas las luces y la energía del progreso, pero que el grito desesperado que había escuchado con claridad pertenecía a una época muy distinta. Existía y no existía a la vez.

Jordan se puso de pie como pudo. Tenía los vaqueros desgarrados y sentía la sangre pegajosa en las palmas de las manos y en la rodilla. Con urgencia buscó entre las sombras a su alrededor otra señal del Lobo Feroz.

Pero solo encontró sombras negras.

Jordan notaba cómo el miedo desaparecía y la urgencia lo reemplazaba y empezó a correr de nuevo. Pero esta vez el ritmo era más controlado, sencillamente sabía que tenía que regresar a algún lugar iluminado lo antes posible.

Cuando el móvil sonó en su bolso, Pelirroja Uno estaba de pie en el rellano de la escalera que bajaba hasta el sótano y llevaba una bandeja con una ensalada, un sándwich de jamón y una botella de agua. Había llamado a Pelirroja Dos, que la esperaba abajo, fuera de la vista, oculta de las miradas fisgonas.

Dejó la bandeja y sacó el teléfono de la cartera.

—¿Sí? ¿Jordan? —contestó Karen.

—Estaba aquí, estaba aquí mismo, me estaba esperando y me ha perseguido, al menos, eso creo, pero he conseguido escapar. O quizá, no lo sé... —Jordan hablaba deprisa, excitada, las palabras apenas se entendían, pero el impacto era inconfundible.

La voz de la adolescente se fue debilitando hasta acabar en una confusión silenciosa.

La racionalidad de la doctora tomó el relevo.

—¿Qué has visto exactamente?

—Estaba en el centro médico. Me han obligado a ver a una psicóloga porque creen que estoy traumatizada después de haber informado del suicidio de Sarah...

—Aunque tú sabías...

—Sí, claro, yo sabía que ella estaba bien, ese era el plan, pero cuando salí había un hombre entre las sombras, lo vi, pero después ya no estaba allí...

—¿Estás segura?

Pelirroja Tres dudó. Jordan no estaba en absoluto segura de

nada. El miedo, lo entendía, crea confusión. Así que no fue completamente honesta.

—Sí. Estoy segura. Bastante segura. Me habló. Le oí llamarme Pelirroja Tres. Al menos, eso creo que oí.

—¿Cómo podía saber que estabas en el centro médico?

—No lo sé. Tal vez me había seguido antes y yo no me había dado cuenta y se limitó a esperarme fuera.

—De acuerdo —repuso Karen con lentitud.

—¿Karen? —dijo Jordan bruscamente.

—¿Sí?

—Me siento muy sola.

Karen quería decir algo reconfortante, pero no se le ocurría ninguna palabra que pudiese ayudar. En cambio, la cabeza le bullía de ideas.

—¿Estás segura de que era él?

—Sí. Todo lo segura que puedo estar.

—No estás sola. Estamos en esto todas juntas —añadió Karen, aunque en realidad no lo creía—. Mira, Jordan, aguanta. Te llamaré más tarde. —Cerró el teléfono y miró a Sarah.

»Coge tus cosas —dijo, con la brusca decisión de un capitán marino—. Tenemos un par de minutos. El Lobo Feroz ha estado siguiendo a Jordan, así que sabemos que ahora mismo no está aquí fuera. Tenemos que irnos.

—¿Jordan está bien? ¿Crees que deberíamos ir a verla?

—Estaba asustada. Pero se le pasará, creo. Tenemos que seguir con el plan. No puede enterarse de que estás viva. Tenemos que mantenerte oculta. Es la única forma.

Sarah asintió con la cabeza. Todo lo que tenía era una pequeña talega de lona con algunas prendas que Karen le había dejado, el ordenador portátil de Karen y algunas hojas de papel llenas de información sobre una mujer fallecida llamada Cynthia Harrison. También llevaba el revólver de su difunto marido. Ese revólver era lo único de la vida pasada de Sarah Locksley que permanecía intacto.

Las dos mujeres, que se movían lo más rápido posible y comprendían que algo había pasado esa noche que debería asustarlas, salieron de la casa como una exhalación y cruzaron a toda prisa el jardín hasta el coche de Karen. Esta introdujo la llave en el contacto y al acelerar las ruedas giraron sobre el camino de entrada de tierra y grava.

—Te están esperando en cualquier momento —dijo—. Y aunque él sospeche algo, ya no sabrá dónde buscar. Al menos estarás a salvo mientras hacemos lo que debemos hacer.

Ni Pelirroja Uno ni Pelirroja Dos se creían por completo esta afirmación. Quizá, pensaban ambas, tal vez pequeñas partes de sus vidas podrían estar seguras.

Pero toda no.

La puerta principal se cerró con un golpe sordo. Oyó lanzar una chaqueta al colgador y guardar las botas en un armario.

—Hola, cariño. Siento haber llegado tarde.

—No te preocupes. La cena estará lista en un par de minutos.

—Quiero tomar unas cuantas notas y luego salgo.

—¿Qué tal ha ido?

—Guay. Muy guay. He ido a la cita como me dijiste. La he visto entrar. Fue fantástico. Fantástico de verdad. El tipo de escena que ayudará de veras al libro. Me hubiera gustado poder entrar en la consulta con ella para escuchar lo que decía. Pero eso me lo puedo inventar, no es problema. Conseguir plasmar bien el lenguaje de los adolescentes es todo un reto. Vaya, lo ha sido desde que J. D. Salinger en cierto modo definiese el género entero. Pero añadir estos pequeños detalles es lo que da vida a la historia. La verdad es que te debo una.

La señora de Lobo Feroz sintió una oleada de placer. Cuando le llamó no estaba segura de si su marido iba a estar interesado en la cita. Ahora sentía que realmente formaba parte del proceso creativo.

—Eso es lo que esperaba. Por eso te llamé. Así que si me debes un favor, ¿fregarás los platos esta noche?

El Lobo Feroz besó a su mujer en la mejilla, después le pellizcó el trasero y ella dio un pequeño chillido de placer y le pegó en la mano con una indignación fingida.

—Sí. Por supuesto. —Los dos se rieron—. Solo voy a apuntar algunas ideas para el próximo capítulo, me lavo y estoy listo para cenar. Me muero de hambre.

El Lobo Feroz estaba sorprendido del hambre que tenía. Acercarse tanto a Pelirroja Tres, aunque solo hubiesen sido unos pocos segundos, le había provocado un hambre atroz. Sintió una sensación paralela de deseo; era todo lo que podía hacer para no agarrar a su mujer y arrancarle la ropa. Se maravilló ante la intensidad de sus sensaciones. «La pasión y la muerte van de la mano», pensó.

—¿Pronto me dejarás leer un poco más?

Sonrió.

—Pronto. Cuando esté más cerca del final.

Hubo un momento de duda en la cocina, cuando el Lobo Feroz hizo una pausa, antes de dirigirse a su despacho. Volvió la vista atrás para mirar a la señora de Lobo Feroz que estaba de pie delante de la cocina, removiendo el arroz que hervía en una cazuela. Tarareaba una canción y él intentó reconocer cuál. Le resultaba familiar y estaba a punto de recordarla. Solo necesitaba oír unas cuantas notas más. Miró a su alrededor durante unos instantes. Vio la mesa puesta con dos cubiertos y olió el pollo que se asaba en el horno. Se deleitó con la casi aplastante normalidad de toda la escena. «Eso es lo que hace que asesinar sea especial —pensó—. En un momento dado estás sentado en la cabina cumpliendo con tu rutina, completamente prosaica, comprobaciones previas al vuelo hechas un millón de veces, y al cabo de un minuto estás acelerando por la pista de despegue, ganando velocidad e impulso para despegar hacia algo completamente diferente cada vez. Te liberas de todas las ataduras terrenales.»

La señora de Lobo Feroz golpeaba el borde de la cazuela que hervía a fuego lento con una cuchara de palo grande. Como un batería que intenta capturar un ritmo esquivo, se dio cuenta de que el ritmo de su vida había cambiado de una forma misteriosa y agradable. «Escribir, asesinar y amar —pensó—, todas son a su manera exactamente la misma cosa, como diferentes puntadas en la misma tela.» Golpeó el borde de la cazuela con el mango de la cuchara con una secuencia conocida: bum, pam bum, pam bum bum. El famoso compás del bajo de *Not Fade Away*, la canción de Buddy Holly tantas veces versionada.

32

Durante los días siguientes, el Lobo Feroz vio todos los noticiarios, leyó todos los artículos en los periódicos locales, incluso puso la emisora de radio local con la esperanza de descubrir dónde paraba Pelirroja Dos. Diligentemente, procuró pasar por el lugar del suicidio a menudo, para ver si la policía había descubierto el cadáver. Se enfadó cuando pareció que habían desistido de buscarla. Eso no quería decir que no estuviese en el fondo del río. Maldijo a los policías y pensó que eran unos incompetentes. Necesitaba respuestas y se suponía que ellos debían dárselas.

Dos noches después de haber seguido a Pelirroja Tres hasta el exterior del edificio del centro médico —un delicioso punto álgido—, pasó una hora frustrante caminando por el vecindario de Pelirroja Dos. En su casa las luces estaban apagadas y lo habían estado desde la noche en que presuntamente había saltado y no vio ningún signo de vida, salvo un ramo de flores blancas que alguien había dejado apoyado en la puerta principal. Las flores ya empezaban a marchitarse.

Parado en la calle al lado de la casa, se dio cuenta de que ya no tenía que esconderse de ella. Se había ido, eso estaba claro.

Estaba enfadado y se sentía engañado.

La noche anterior había dejado la compañía de su mujer y se había encerrado en su despacho. Había comprobado dos y tres veces su extenso informe sobre Pelirroja Dos. Nada en su investigación sugería que alguien, familiares lejanos o amigos ocasionales, la hubiese acogido para esconderla de él. Se reprendió porque imaginaba que, de algún modo, se le había pasado alguna conexión.

Pero entonces recordó las tumbas con los dos nombres, que ahora esperaba un tercero. Esos dos nombres eran la principal razón por la que se le había ocurrido escoger a Pelirroja Dos. «Nunca, nunca, los abandonaría. No podía. Solo había dos maneras de unirse a ellos: yo o ese dichoso puente sobre ese maldito río.»

Para el Lobo Feroz era algo doloroso. Sabía que había hecho todo lo necesario para abocarla al suicidio. Pero creía que había sido lo bastante listo como para llevarla justo al borde, de manera que cuando él llegase a su lado, por extraño que parezca, ella aceptaría la muerte.

Sabía que esto suponía un reto literario. Sus lectores querrían saber cada paso que había dado. Querrían experimentar la tensión y sentir la opción por la que Pelirroja Dos se había inclinado. Morir de una manera. O morir de otra.

«Siempre hay que pensar en los lectores», recordó.

Hizo las comprobaciones rutinarias con Pelirroja Uno. Parecía que continuaba con su día a día, como había sospechado que haría. Por muy asustada que estuviese por la muerte de Pelirroja Dos, entendía que Pelirroja Uno encontraba seguridad manteniendo una fachada normal, algo que a él le tranquilizaba. Ya no frecuentaba los clubes de la comedia ni siquiera se fumaba un cigarrillo a escondidas en un aparcamiento. «Demasiado asustada para permitirse una adicción», pensó. Llegaba al trabajo temprano y se quedaba hasta tarde y después se iba en coche directamente a casa. Esto le complacía. Y no creía que Pelirroja Tres fuese a huir. «Ese es uno de los grandes misterios de matar —pensó mientras observaba la casa a oscuras de Pelirroja Dos—. Nuestro lado racional piensa que podemos huir, escondernos, pedir ayuda a los amigos y, de alguna forma, tomar medidas para mantenernos a salvo. Sin embargo nunca lo hacemos. Cuando la distancia entre el cazador y la presa se va estrechando, uno se muestra más centrado, más experto y con una mayor determinación, mientras que el mundo del otro se empequeñece cada vez más, se deteriora y cada vez le cuesta más pensar con claridad.»

Pensó en los documentales del Discovery Channel de leones

que persiguen a antílopes o de lobos como él que siguen a los caribúes. Las presas corren como locas de un lado a otro, aterrorizadas, descontroladas. El cazador se acerca de forma singular, cortando todas las posibilidades de huida. Decidido. Directo. No pensaba que él fuese diferente. Tenía que subrayar ese punto en la novela.

Se le ocurrió un pensamiento extraño: «Los leones dejan que las leonas cacen, pero son los primeros en devorar a la presa.» Se preguntó si los lobos harían lo mismo. «No lo creo. No somos perezosos.»

El Lobo Feroz dirigió una última mirada furtiva a la casa de Pelirroja Dos. No creía que fuese a regresar otra vez, sin embargo en ese mismo instante tuvo la sensación de que apenas lograba apartarse de allí. Recordó el placer que le había procurado pasar con el coche por delante de la casa de Pelirroja Dos y espiarla durante semanas y meses. Le costó pensar que esa fase había tocado a su fin. Era hora de irse a casa, pero no podía sacudirse la sensación de que algo quedaba incompleto. Esperaba que asesinar a Pelirroja Uno y a Pelirroja Tres le produciría el placer que ansiaba. Pero por primera vez estaba preocupado. Arrastraba los pies por la acera y sintió que su paso perdía alegría. Mientras regresaba al coche hablaba entre dientes.

—Has trabajado muy duro y entonces se presenta algo inesperado y lo fastidia todo.

Pensó que no tenía que ser tan severo consigo mismo. Todo estaba saliendo según lo planeado. Dejó que su creciente enfado definiese su insistencia en que nada más podía fallar. Citó al poeta erróneamente en voz alta: «Oh, los mejores planes de ratones y hombres a menudo se extravían.»

El Lobo Feroz soltó una carcajada. «Flexibilidad —pensó. Tenía que escribir algunas páginas sobre la flexibilidad—. Estar preparado para lo inesperado. No importa que las cosas salgan según lo previsto, siempre hay que estar preparado para los cambios repentinos.»

Cuando llegó al coche, se desplomó en el asiento como si estuviese exhausto.

—Ahora ya solo faltan unos días —dijo de nuevo en voz alta

aunque estaba solo. Le gustaba la contundencia de su voz. Cuando puso la marcha, empezó a pensar en armas y ubicaciones. Durante unos instantes pensó que debería dividir el manuscrito en dos partes: «La caza» y «El asesinato».

Karen estaba sentada con remilgo enfrente del director de la funeraria.

—Se trata de una petición inusual —titubeó—, pero no imposible.

El despacho tenía un apropiado tono sombrío, mucha madera oscura y ventanas sombreadas que evitaban que entrase demasiada luz. El director era un hombre calvo, bajo y robusto de dedos regordetes, que incluso con su impecable traje negro parecía un hombre simpático. «Un fuerte apretón de manos, una sonrisa cálida y una voz entusiasta cuando el asunto es la muerte», pensó Karen. Había esperado un cliché, un hombre estilo Uriah Heep, alto y cadavérico de voz profunda.

—Simplemente un funeral muy reducido —dijo Karen—. Me temo que desde el accidente que la dejó viuda, Sarah abandonó todas sus amistades. Estaba sola y muy aislada. Pero eso no quiere decir que no haya algunos amigos que quieran darle el último adiós. Tal vez algunos maestros con los que trabajó o algunos compañeros de su marido del parque de bomberos.

—Sí, cierto —añadió el director de la funeraria—. ¿Y la familia?

—Desgraciadamente está muy esparcida. Era hija única y sus padres ya fallecieron. Y los primos que le quedan no quieren aceptar la realidad de su muerte. O puede que simplemente les dé igual.

Karen evitó utilizar la palabra «suicidio», como sabía que también la evitaría el director de la funeraria.

—Es una pena —manifestó el director, aunque implicaba lo contrario, que todo sería mucho más fácil.

—Pensé en hacerlo en mi casa, ¿sabe? —continuó Karen—, una sencilla reunión para hablar de nuestro cariño por la difunta, pero me pareció que resultaría demasiado informal.

Ella sabía que al director no le iba a gustar esta sugerencia.

—No, no, en la iglesia o en una de nuestras salas pequeñas es mucho mejor. He visto que en muchos casos personas que dejaron de ver a sus amigos se sorprenderían de la gran concurrencia.

«Eso, se sorprenderían si no estuviesen muertas», pensó Karen. Asintió.

—Cuánta razón tiene —añadió. «Y en mi casa no cobraría»—. Entonces, ¿me puede enseñar las salas disponibles?

—Por supuesto —repuso el director con una sonrisa—. Permítame que traiga los horarios también.

Condujo a Karen por un pasillo estrecho y enmoquetado con una moqueta gruesa y con las paredes pintadas en sombríos tonos de blanco roto. Se detuvo al lado de un conjunto de puertas dobles con una placa con la leyenda: SALA DE LA PAZ ETERNA.

—¿Ataúd?

—No —contestó Karen—. La policía todavía no ha recuperado el cadáver, si es que alguna vez lo recupera. He pensado que bastan unos arreglos florales alrededor de un montaje fotográfico.

Asintió con la cabeza.

—Ah, quedará precioso.

Karen tuvo la impresión de que podría haber dicho: «Quiero mostrar unas películas pornográficas caseras», y él hubiese contestado: «Ah, quedará precioso.»

El director le sujetó la puerta para que pasara.

Era una sala con asientos para unas cincuenta personas. En las paredes, unos altavoces empotrados emitían suave música funeraria de órgano. En las esquinas había jarrones para poner flores. Resultaba muy artificial y sin alma. Karen pensó que era perfecta.

—Oh, está muy bien —exclamó, mientras en su fuero interno pensaba que si el Lobo Feroz lograba asesinarla, no podría imaginar un lugar peor para yacer en capilla ardiente. «Dios santo, espero que si gana él, alguien coja mi cuerpo sin vida y lo suba a un escenario y convoque a todos los cómicos del país para que se pasen por allí y hagan los peores chistes, lo más escandalosos posible, para que todo el mundo se divierta a mi costa.»

»Bonitas cortinas —comentó, mientras señalaba la parte trasera. Eran de imitación a seda.

—Sí —repuso el director—. Dan a una pequeña sala que hay detrás. Ya sabe, algunas familias necesitan más privacidad.

—Por supuesto —dijo Karen. Pensó que eran perfectas para lo que tenía planeado.

Como el Lobo Feroz, Pelirroja Tres pensaba en armas mientras la furgoneta del colegio entraba en el aparcamiento del centro comercial.

—Ya sabéis, solo dos horas, comprobad ahora los relojes —anunció un profesor joven, mientras abría la puerta para que saliese la docena de alumnos que iba en el vehículo—. Y no os separéis. Portaos bien. Y que nadie se meta en problemas.

El colegio llevaba regularmente a los alumnos al centro comercial para ir de compras. Jordan pocas veces se había apuntado a este tipo de excursiones. No le gustaban en especial las luces brillantes y la música enlatada que llenaban el lugar, tampoco disfrutaba mirando escaparates o probándose lo que se suponía era moda para adolescentes, pero que en general era ropa llamativa y barata.

El profesor, un joven de treinta y pocos que impartía Geografía, se tomaría un café demasiado caro y buscaría un lugar en la zona de restaurantes para leer y esperar a que pasasen las dos horas. Su función consistía principalmente en contar cabezas y en hacer que se cumpliesen las normas del colegio o del centro comercial.

La intención de Jordan era básicamente saltarse una norma importante.

Llevaba en el bolsillo una de las tarjetas de crédito de Pelirroja Uno e instrucciones específicas sobre qué artículos comprar. No tenía demasiado tiempo, no solo porque el profesor había puesto una hora límite en el centro comercial, sino porque Jordan sabía que después, más tarde, Karen llamaría a la central de tarjetas de crédito para decir que había perdido la tarjeta o que se la habían robado y la cancelaría.

Su primera parada fue una tienda de electrónica. La cámara de vídeo que el vendedor tenía tantas ganas de vender era un poco más grande que un teléfono móvil y se podía manejar con una sola mano. Como accesorio, tenía también un gran angular y a Jordan le pareció que podía ser útil. Enseguida le aceptaron la tarjeta de crédito de Pelirroja Uno y le empaquetaron la compra.

Su siguiente tarea no la había comentado con Karen. Se sintió un poco culpable al entrar en la tienda de ropa. Se trataba de una tienda elegante, dirigida a una clientela de jóvenes profesionales. Fue directamente a las estanterías de jerséis caros de cachemir y de algodón y escogió uno que le gustó, un jersey negro de cuello alto de su talla. Lo llevó a la caja, donde una chica apenas mayor que ella esperaba detrás del mostrador.

—Es un regalo para mi madre —dijo Jordan con una sonrisa falsa.

La cajera pasó la tarjeta de crédito.

—¿Quieres una caja de regalo? —preguntó.

—Sí —repuso Jordan. Había contado con este pequeño detalle, que las tiendas del centro comercial ya no empaquetaban los artículos en cajas para regalo. Ahora se limitaban a poner una caja doblada y el jersey en una bolsa de papel con el logo de la tienda.

Jordan firmó el recibo con un garabato que imitaba el nombre de Karen. Echó un vistazo al reloj. Tenía que darse prisa.

Hizo una parada rápida en una papelería y compró una felicitación de cumpleaños, un llamativo papel plateado y celo. Después caminó con paso decidido por los pasillos del centro comercial hasta el otro extremo donde se encontraba una tienda grande que pertenecía a una cadena especializada en artículos deportivos. Rodeada de camisetas Nike, Adidas y Under Armor, sudaderas y maniquíes vestidas con prendas para correr de última moda, Jordan fue directamente a la sección de caza y pesca. El dependiente, un hombre de mediana edad, estaba oculto entre prendas de camuflaje, cañas de pescar y cebos y kayaks en brillantes colores rojos, azules y amarillos, con montones de chalecos de seguridad y cascos para kayak distribuidos por las paredes.

—Hola —saludó Jordan con energía—. ¿Podría ayudarme?

El dependiente no parecía estar demasiado ocupado. Levantó la vista mientras ponía los precios a los arcos y las flechas y Jordan se dio cuenta de que enseguida había decidido no hacerle caso.

Las adolescentes como ella solían ir a la sección de las zapatillas de correr o buscaban auriculares para un iPod.

—A mi padre le gusta mucho cazar y pescar —dijo Jordan riendo. Quiero comprarle algo para su cumpleaños.

—Bien, ¿qué tipo de regalo? —preguntó el dependiente.

—Le encanta traer pescado fresco a casa para la cena —repuso—. Tiene una barca de pesca.

El padre de Jordan era un ejecutivo de una sociedad de inversión en Wall Street. Que ella supiera, nunca había pasado una noche al aire libre y evitaba dejar su despacho para cualquier cosa más rústica que una comida de negocios y un par de martinis en un restaurante francés.

Señaló un expositor.

—¿Qué le parece algo así? ¿Cree que utilizará uno de esos?

El dependiente siguió su mirada.

—Bueno —repuso—, no hay pescador al que le guste llevar la pesca a casa que no tenga uno. Son muy buenos. De lo mejor. Un poco caros, pero le encantará.

Jordan asintió con la cabeza.

—Pues eso es lo que me voy a llevar.

El dependiente cogió del expositor el cuchillo para filetear con hoja de 20 cm.

—Son suecos y tienen una garantía indefinida de afilado.

Jordan admiró la hoja estrecha y curvada y la empuñadura negra. «Como una cuchilla», pensó.

No le quedaba mucho tiempo antes de que el profesor empezase a recoger a los alumnos para llevarlos en la furgoneta de regreso al colegio, así que deprisa se dirigió a los aseos de señora de la segunda planta, pues pensó que estarían menos concurridos que los más cercanos a la zona de restaurantes de mayor tamaño. Entró corriendo y para su alivio, no había nadie.

Cogió el cuchillo de pescar de la bolsa de plástico y sacó la hoja de la funda de cuero. Cogió un pañuelo de papel y lo cortó con facilidad. Después, blandió el cuchillo en el aire, como un espadachín. «Me servirá», pensó. A continuación, con cuidado, lo deslizó entre los pliegues del jersey negro de cuello alto. Colocó el jersey en la caja que le habían dado en la tienda. Después, trabajando lo más rápido posible, cogió el papel de vivos colores y el lazo y envolvió el paquete, cerrando todos los pliegues con celo. Cogió la tarjeta de felicitación y en su interior escribió: «Feliz cumpleaños, mamá. Espero que todo vaya bien. Con cariño, Jordan.» La puso en un sobre y lo pegó con celo en el paquete.

El colegio no permitía que los alumnos tuviesen armas de ningún tipo, pero Jordan sabía que necesitaba una. No tenía intención de enviar el jersey a su madre, además faltaban muchos meses para su cumpleaños. Pero ningún profesor le pediría que desenvolviese un paquete así e incluso si lo hiciese, echaría un vistazo al jersey pero no miraría entre los pliegues para ver si había algo más.

Jordan se preguntó si el Lobo Feroz sería tan buen contrabandista como ella.

Intentó recrear la sensación de clavarle un cuchillo de pescar entre las costillas y hasta el corazón. «Clávaselo por debajo del esternón —pensó—. Tienes que ser implacable. Clavarlo con todo tu peso y con todas las fuerzas que seas capaz de reunir y sin titubear. Mátalo antes de que te mate él a ti.» La idea de sorprender al Lobo Feroz con un arma tan letal como un cuchillo de pescar le dio una sensación de seguridad, aunque, en su asesinato imaginario, el Lobo Feroz, cada vez que imaginaba en su mente un enfrentamiento, siempre estaba mal preparado y a su merced. Y cuando imaginaba su encuentro cara a cara, el Lobo Feroz nunca llevaba una pistola o un cuchillo o cualquier otra arma. En su imaginación, Jordan no lograba exactamente reconstruir cómo conseguía tener ventaja, solo sabía que tenía que encontrar una manera.

Una de las primeras cosas que Sarah notó sobre Lugar Seguro fue que algunas de las leyes comunes que la gente normalmente da por hechas, se ignoraban por completo. Esto le gustó. Tenía toda la intención de saltarse otras normas en los días venideros.

Por ejemplo, cuando se encorvó sobre el ordenador portátil y empezó a construir una nueva identidad con la información sobre Cynthia Harrison que Pelirroja Uno le había proporcionado, pensó que tendría que mantener en secreto lo que hacía, y entonces descubrió que el personal que trabajaba en el centro de acogida era experto en crear identidades nuevas a partir de estelas electrónicas.

En poco tiempo, la habían ayudado a conseguir una copia de la partida de nacimiento de Cynthia Harrison, en la pequeña ciudad donde había nacido la mujer fallecida, que posteriormente lograron legalizar ante notario y así tener una maravillosa copia mágicamente oficial. Solicitaron una nueva tarjeta de la seguridad social y mediante mareantes tejemanejes informáticos tramitaron un nuevo carné de conducir. Y con algo de efectivo que Karen le había dado, abrieron una cuenta bancaria en un importante banco nacional, nada local que se pudiese localizar.

Sarah estaba desapareciendo. En su lugar se formaba una nueva Cynthia.

No era la primera vez, le había dicho la directora del centro, que la línea de acción más fácil para una mujer maltratada y víctima de violencia doméstica era sencillamente convertirse en otra persona. La policía local conocía esos métodos marginales del centro y no hacía nada para evitarlos. Tenían un acuerdo tácito, si alguien intentaba evitar convertirse en víctima, la policía miraba al otro lado.

Esconder era el principal propósito del centro.

La protección era el segundo.

Cuando Karen la dejó en la puerta del centro para que ella entrase, la habían recibido con abrazos y palabras de aliento. Antes de llevarla a una habitación pequeña y funcional, iluminada por el sol y situada en la tercera planta de una antigua casa victoriana, la habían acompañado al despacho principal y la directora le había hecho varias preguntas. Preguntas muy moderadas sobre lo peligroso que era el hombre que ellas creían que era su marido.

Sarah no dijo nada sobre Pelirroja Uno, Pelirroja Dos y Pelirroja Tres. No mencionó al Lobo Feroz. Se mantuvo fiel a las líneas generales de la historia que Karen había inventado: víctima de violencia doméstica y perseguida.

—¿Vas armada? —le habían preguntado.

Su primer instinto había sido mentir sobre el revólver que llevaba en el bolso. Pero estaba mintiendo sobre tantas otras cosas, que decir esa mentira adicional le parecía fatal así que había respondido:

—He robado un revólver.

—Déjamelo ver —le había pedido la directora.

Sarah había sacado el revólver y se lo había entregado por la culata. La directora había abierto el cilindro con manos expertas y había sacado las balas. Las había sostenido en la mano, acariciando el bronce pulido antes de volver a cargar el revólver, mirar el cañón y decir «Bang» en voz baja y devolvérsela a Sarah.

—Es una buena arma —había dicho.

—Nunca la he utilizado —había contestado Sarah.

—Bueno, eso se puede arreglar —había proseguido la directora—. Pero siempre es motivo de preocupación cuando los niños se quedan aquí con las madres. No queremos un accidente. Y los niños, ya sabes, los más mayores, de ocho, nueve, diez años, pueden estar tentados porque tienen mucho miedo de los hombres que puedan aparecer por aquí.

Entonces había buscado en un cajón del escritorio, había sacado un candado para el gatillo y se lo había entregado a Sarah.

—La combinación es siete, seis, siete —le había dicho a Sarah—. Es fácil de recordar porque es el equivalente numérico de SOS. Bien, ¿sabes cómo utilizar una pistola?

De nuevo Sarah se había decidido por la honestidad, pero esta vez era una verdad fácil.

—No. La verdad es que no.

La directora había sonreído.

—Yo te enseñaré —había contestado—. Es mucho mejor saber qué hacer y no tener que hacerlo, que no saber qué hacer y necesitar hacerlo sin remedio.

En ese instante Sarah pensó que durante todo el tiempo que le quedaba como Pelirroja Dos, tendría esa idea en mente.

33

«Puerta trasera. Maceta. Llave de repuesto.»

Karen había aparcado a una manzana de la casa vacía de Sarah, había esperado a que se hiciese de noche y había recorrido dos manzanas más en la dirección equivocada, mirando constantemente hacia atrás por encima del hombro para asegurarse de que no la seguían. Pensó que simplemente por encontrarse en el vecindario de Pelirroja Dos su destino era muy evidente y el Lobo Feroz probablemente estaría al acecho en algún lugar oculto. Sus sentimientos eran típicos del comportamiento loco que el Lobo Feroz había provocado en las tres: «Camina en dirección contraria. Imagina que hay un asesino fuera de tu ventana. Oye cosas. Ve cosas. No confíes en nadie, porque si bajas la guardia morirás y, si no la bajas, igual también te matan.»

Karen se detuvo en la calle y respiró lentamente. Llevaba una pequeña mochila al hombro y la ajustó, como si le molestase, cuando sabía que no era la mochila, sino todo lo demás. Su lado científico tenía en cuenta la intensidad del miedo y la alteración que había provocado en cada una de las Pelirrojas. «Yo no puedo ser médico ni humorista. Sarah no puede ser una viuda. Jordan no puede ser una adolescente normal si es que eso existe.» Le abrumaba la idea de que todos nos enfrentamos con el fin algún día, pero es la incertidumbre del último acto lo que hace que las personas sigan tirando. Cambia la ecuación —introduce una enfermedad mortal o un repentino accidente o un asesino sin rostro en el algoritmo de la muerte— y nada es exactamente igual.

Intentó tranquilizarse. No lo consiguió.

«Pelirroja Uno siempre tiene miedo y le embargan las dudas. Como en el cuento.

»—Qué dientes tan largos tienes, abuelita.

»—Para comerte mejor, nietecita mía.»

Esto lo tenía claro.

Pero ¿qué es Karen?

Se hizo la pregunta una y otra vez, las palabras resonaban en su cabeza con el mismo ritmo regular con que sus zancadas golpeaban la acera. Giró bruscamente y bajó la calle que discurría por detrás de la casa de Sarah.

«Los vecinos de la parte posterior tienen contraventanas azules en las ventanas delanteras y la puerta pintada de un rojo vivo. La casa está pintada de un blanco luminoso. Todo muy patriótico. No hay valla en la parte delantera, puedes entrar directamente al patio trasero. Por detrás, en una esquina, hay una estructura de madera para niños. Puedes subir hasta la mitad de la escalera y desde allí saltar por encima de la cadena que separa mi casa de la de ellos. Hay un árbol en el borde de la parcela. Escóndete ahí un momento y después agáchate y ve a la parte de atrás. Nadie te verá.»

Las instrucciones de Sarah eran explícitas; un plan bien pensado preparado por una maestra: «Haced esto. Haced lo otro. ¡Niños, prestad atención!» Karen mantuvo la cabeza agachada, mirando furtivamente las casas de la calle, buscando la casa roja, blanca y azul. Cuando la localizó, dudó, miró a su alrededor para asegurarse de que nadie la observaba y fue consciente de que, como siempre, era imposible estar segura, y pegándose a la fachada lateral de la casa, se agachó y entró en el patio trasero.

Avanzaba lo más rápido posible, casi a la carrera. Vio la estructura de juego y se dirigió corriendo hacia ella. Oyó a un perro ladrar a lo lejos, «al menos no es un lobo», pensó, y tal como Sarah le había dicho, subió hasta la mitad de la escalera. La estructura se movió un poco cuando extendió el pie derecho hasta la parte superior de la cadena de separación y, entonces, con un impulso, se tiró.

Perdió el equilibrio, se cayó de bruces sobre la hierba húmeda detrás de la casa de Pelirroja Dos. Se acercó con dificultad hasta la base del árbol donde Sarah le había dicho que se escondiese y esperó hasta que la respiración se le normalizó. La adrenalina que le subía hasta los oídos era como el ruido de una catarata y tardó varios minutos en tranquilizarse lo bastante para poder oír los ruidos de la noche: un coche a varias manzanas de distancia. Una sirena lejana. Más perros, pero no tan ruidosos como para que alguien pensase que estaban alarmados de verdad.

«Espera», se dijo.

Aguzó el oído por si oía pasos amortiguados. Dirigió las orejas hacia cualquier ruido que pudiese ser un hombre siguiendo sus pasos.

«Nada.»

No logró sentirse más tranquila.

Lo que necesitaba de la casa de Pelirroja Dos no era complicado. Si hubiese estado centrada, le habría dicho a Sarah que trajese algunas cosas con ella cuando simuló el suicidio. Pero Karen no había estado tan acertada y ahora tenía que cogerlas ella.

Se había planteado limitarse a caminar hasta la puerta principal y entrar, sin importarle si el lobo la veía o no. Pero esta muestra de bravuconería no le pareció bien. «Es mejor el secretismo», se dijo, aunque no sabría decir por qué.

Si hubiese podido observarse desde alguna atalaya segura, quizás habría visto que cada movimiento estaba definido por el miedo. Pero eso ya no era posible, ni siquiera para alguien tan sensato y culto como Karen.

«Estamos cerca del final», lo sabía. Y eso hacía que cada maniobra fuera mucho más peligrosa.

«Puerta trasera. Maceta. Llave de repuesto.»

Karen se puso en pie con dificultad, se encorvó y corrió como un soldado que esquiva las balas enemigas.

En los escalones que llevaban a la casa dudó y hundió las manos en la tierra fría de la maceta. Le costó unos segundos encontrar la llave, limpiarla y llegar hasta la puerta. Tanteó un poco en la oscuridad para introducirla en la cerradura, pero le dio media vuelta y oyó el clic del pestillo, se abrió y se lanzó al interior.

Las sombras llenaban la casa. Había un poco de luz que llegaba de la casa de los vecinos y de una farola en el exterior, pero esto poco servía para que la casa fuese algo más que una variedad de negros. Karen, sensata, había traído una linterna, no iba a encender luces y, como un ladrón, se movía con sigilo por los pasillos, mientras su pequeña linterna dibujaba círculos de luz al moverla de un lado a otro.

La asustaba hasta su respiración.

Era consciente de que no estaba haciendo nada malo.

Pero la casa parecía cargada de muerte.

Veía la luz lánguida de la linterna temblando en su mano. Sarah le había dicho dónde tenía que buscar, pero todavía se sentía como si estuviese caminando por un paisaje extraño en un mundo que no era el nuestro y, si hacía algún ruido, despertaría a los fantasmas dormidos a su alrededor.

Tirando de la mochila que llevaba al hombro, Karen empezó a coger las pocas cosas que necesitaba. Iba de una habitación a otra evitando entrar en el estudio del difunto marido y en el dormitorio de la hija muerta, como Sarah le había indicado. Una fotografía enmarcada que estaba en un pasillo, una fotografía pegada a la nevera con un imán; Karen cogía fotografías para hacer un montaje. «Tiene que parecer que ha muerto. Las fotografías tienen que subrayar una época diferente, cuando Sarah rebosaba esperanza. El contraste es importante.»

Es lo que habían acordado.

Estaba a punto de terminar, tan solo le quedaba buscar un último retrato familiar que según Sarah le había explicado estaba en la pared de su dormitorio, cuando de repente creyó oír un ruido que provenía de la parte delantera.

Era incapaz de describir el tipo de ruido que era. Puede que fuese un chirrido, quizás el crujir de papeles. Su primera y aterradora sensación fue que alguien estaba en la casa con ella.

«Alguien no. Él.»

«Me va a matar aquí.»

Para Karen esto no tenía sentido. «Sarah debería morir aquí. Es su casa.» Esto tampoco tenía sentido. Es como si no se hubiese planteado la posibilidad de que el Lobo Feroz matase donde quisiera y que le daba igual dónde muriesen, siempre y cuando él las matase.

Karen se quedó paralizada, inmóvil mientras apagaba la linterna. Pensó que cada respiración entrecortada que robaba a la noche sonaba fuerte, como un estruendo.

Esperar le parecía terrible. No sabía si esconderse debajo de la cama o en el armario o arrastrarse hasta un rincón de la habitación y esperar acurrucada a que la asesinasen.

Aguzó el oído. «Nada.»

«Los oídos te están jugando una mala pasada.»

Aun así cogió el último retrato de la pared y lo metió en la mochila. Pensó que incluso el sonido de la cremallera al cerrar la mochila era fuerte y estridente.

Avanzando poco a poco, se abrió camino hasta el pasillo y miró a través de la oscuridad hacia la parte delantera. Algo veía a través del ventanal del salón.

Miró fijamente. Parecía como si las sombras se fundieran en una forma. La forma reunía bordes del negro de la noche que se convertían en brazos, piernas, torso, cabeza. Karen veía unos ojos cuya mirada la quemaba.

«El Lobo.»

Sabía que era una alucinación. Sabía que estaba creando algo de la nada, pero también sabía que todos los depredadores preferían las horas vacuas después del atardecer y sabía lo que Jordan le había dicho que había visto en el exterior del centro médico, así que Karen creó la misma imagen en sus ojos.

—No estás aquí —susurró mientras miraba fijamente la forma, como si las palabras por sí solas pudiesen hacer explotar la imagen que tenía ante ella.

Las sombras se movieron. Jamás había imaginado que pudiesen existir tantos tonos de negro.

De puntillas, se replegó en la casa de Sarah, consciente de que la neblina-lobo detrás de ella seguía sus pasos. Cuando llegó a la puerta de la cocina, se detuvo, dio media vuelta y miró hacia atrás.

La forma había desaparecido.

Se volvió de nuevo hacia la puerta.

«No, está ahí. Esperándome.»

Intentó decirse que estaba completamente loca. «Así que esto es lo que se siente con la locura.» No estaba segura de que esta advertencia fuese útil.

Le costó un inmenso esfuerzo lanzarse por la puerta. Estuvo a punto de tropezar y de caerse por las escaleras. Corrió hasta la valla trasera esperando caerse en cualquier momento y se sorprendió cuando fue capaz de agarrarse a la parte superior y treparla. La cadena de separación parecía que intentaba agarrarla, como dedos desesperados que se aferraban a sus ropas.

En la casa roja, blanca y azul se encendió una luz.

La ignoró y corrió hacia la noche acogedora.

Por segunda vez esa noche, a Karen le tembló la mano. Se le cayeron las llaves del coche al suelo y maldijo en voz alta mientras se agachaba y las buscaba a tientas antes de encontrarlas. Órdenes contradictorias reverberaban en su interior: «¡Sal de aquí!», que chocaban con: «Tómate tu tiempo.» «Mantén la calma.»

Pasaron varios minutos y varios kilómetros antes de que se le tranquilizara el corazón desbocado. Se imaginó que era un ciervo que había logrado escapar de una manada de perros salvajes. Quería acurrucarse en un rincón oscuro de algún café hasta recobrar la compostura.

Un coche la adelantó zumbando. Controló el impulso de girar bruscamente, como si el otro vehículo se hubiese acercado demasiado, cuando en realidad la había adelantado de una forma normal, rutinaria. «Ese es el Lobo, que me espera», pensó entonces. Negó con la cabeza, en un intento de deshacerse de todos los miedos que la ahogaban. Eso formaba parte de su miedo: que lo que en realidad era normal y ordinario se transformase en algo escalofriante y aterrador.

Ningún curso de psicología de los que había hecho cuando empezó sus estudios universitarios, ni los que hizo durante sus años como estudiante de medicina, le habían enseñado la realidad del terror.

Mientras reflexionaba al respecto y dejaba que los pensamientos se arremolinasen descontroladamente en su interior, sonó el teléfono. De nuevo estuvo a punto de dar un volantazo. El timbre del teléfono era desgarrador, alargó la mano y a punto estuvo de soltar el volante. No era el móvil especial con el número que solo tenían Jordan y Sarah. Era el normal. Lo cogió del asiento del pasajero.

«Una emergencia médica», fue su primer y único pensamiento.

—¿Doctora Jayson? —preguntó una voz seca y autoritaria.

—Al habla.

—Llamamos de Alpha Alarm Systems. ¿Está en casa?

Karen no entendía. Entonces recordó el sistema de alarma que había instalado en su casa después de recibir la primera carta del Lobo Feroz y el caro servicio de alarma que había contratado.

—No, estoy en el coche. ¿Hay algún problema?

—Su sistema muestra una intrusión. ¿No está en casa?

—No, maldita sea, ya se lo he dicho. ¿Qué tipo de intrusión?

—De acuerdo con el protocolo tengo que decirle que no regrese a su casa antes de que contactemos con la policía local para que así puedan esperarla allí. Si están robando en su casa, no queremos que sorprenda al ladrón. Ese es el trabajo de la policía.

Karen intentó responder, pero no lograba articular las palabras.

Un coche de policía esperaba en el camino de entrada. Un policía joven estaba de pie, ocioso, al lado de la puerta del conductor, esperándola. Estaba apoyado en su vehículo y no daba la impresión de que hubiese ninguna emergencia.

—Esta es mi casa —dijo Karen mientras bajaba la ventanilla—. ¿Qué ha pasado?

—Su documentación, por favor —contestó el policía.

Le entregó el carné de conducir. El policía lo cogió, aparentemente sin notar su mano temblorosa, lo miró y comparó su cara con la de la fotografía del carné antes de devolvérselo.

—Ya hemos registrado la casa —añadió—. Allí arriba hay otro coche patrulla. ¿Puede seguirme, por favor? —Era una pregunta formulada como una orden.

Karen hizo lo que le decía. Como había dicho el joven agente, había otro coche de policía delante de su garaje. Estaba ocupado por dos agentes, uno de ellos era una joven nerviosa que tenía la mano en la culata de su pistola 9 mm enfundada en la pistolera, el otro era un hombre bastante más mayor, con mechones grises que le sobresalían por debajo de la gorra.

Al salir del coche, Karen sintió que le temblaban las piernas. Temía tropezar y caer de bruces o que la voz se le quebrase por el miedo.

—Hola, doctora —saludó el policía más mayor de manera jovial—. Ha tenido suerte de no llegar a casa antes.

—¿Suerte? —preguntó Karen. Era todo lo que pudo estrujar en una sola palabra.

—Déjeme que le enseñe.

Acompañó a Karen hasta una ventana adyacente, pasando primero por delante de la puerta principal que estaba abierta. El cristal de la ventana estaba roto, había fragmentos esparcidos por el suelo del interior.

—Por aquí es por donde ha entrado —indicó el policía—. Entonces, cuando sonó el teléfono, eso es lo que hace la empresa de seguridad, llamar a la casa y si responde le piden la contraseña, y si después de sonar cuatro veces no hay respuesta, nos llaman, bueno, el teléfono suena, el ladrón ve la identidad de quien llama, le entra el pánico, puede que agarre algo, sale corriendo por la puerta principal y se dirige hacia el bosque o hacia donde sea que haya aparcado su coche. Tardamos unos minutos en llegar, pero ya hacía mucho que se había marchado y...

—¿Cuántos minutos? —interrumpió Karen. Su voz parecía pálida, como si las palabras pudiesen perder su color.

—Tal vez cinco. Diez como mucho. Hemos venido enseguida. Uno de nuestros agentes estaba a tan solo unos tres kilómetros en la carretera principal en un control de velocidad cuando recibimos la llamada. Dio la vuelta, puso las luces y la sirena y llegó aquí enseguida.

Karen asintió con la cabeza.

—Ya he llamado a un cristalero. Espero que no le importe. En los archivos de la comisaría tenemos algunos nombres de trabajadores que vienen inmediatamente, día o noche.

—No, está bien.

—Estará al llegar. Le cambiará el cristal roto. Le conectará de nuevo el sistema de alarma. Pero mientras esperamos, nos gustaría inspeccionar la casa, para ver lo que ha cogido antes de salir corriendo. Los del seguro, ya sabe. Quieren que el informe de la policía contenga la mayor cantidad de información posible para cuando haga la reclamación.

De nuevo, Karen asintió con la cabeza. No se le ocurría nada que decir. Su mente rebosaba con demasiadas posibilidades.

«Era el Lobo.»

«No, ha sido demasiado burdo. Él tiene que ser más sutil. Más listo.»

«¿Por qué iba otra persona a entrar en la casa? No puede ser una coincidencia.»

«¿Ha venido a matarme?»

No sabía qué decirle al policía. En lugar de decir algo, se limitó a caminar despacio por su casa, en busca de alguna señal que indicase que algo faltaba. Pero aparte de los cristales debajo de la ventana rota, no encontraba nada más. Parecía como si quienquiera que fuese hubiese roto la ventana, hubiese saltado al interior, se hubiese dado media vuelta inmediatamente y se hubiese marchado. «Y el Lobo sabía que yo no estaba en casa.»

Con el policía cernido sobre su hombro, Karen entró en todas las habitaciones, comprobó todos los armarios, abrió todas las puertas y encendió todas las luces. No faltaba nada. Esto todavía la confundió más.

A mitad de inspección, un hombre de mediana edad de «Reparación de cristales Smith 24 horas», se presentó en su casa y enseguida empezó a reparar la ventana. El cristalero había saludado a los policías como si fuesen de la familia y Karen supuso que quizá lo fuesen.

—¿Alguna cosa? —preguntó el policía canoso.

—No. Todo parece estar en su sitio.

—Siga mirando —sugirió el policía—. A veces no es tan obvio como un televisor de plasma arrancado de la pared. ¿Tenía dinero en efectivo o joyas en la casa?

Karen miró por los cajones de la cómoda de su dormitorio. Su exigua colección de pendientes y de collares estaba donde la había dejado por la mañana.

—No falta nada —dijo. Sabía que debería sentirse más tranquila, pero por el contrario, se sentía mareada, con náuseas.

—Ha tenido suerte. Creo que el sistema de alarma ha cumplido su función.

Karen no se sentía afortunada.

Siguió inspeccionando la casa. Seguía habiendo algo que le parecía que no cuadraba y tardó un segundo en darse cuenta de que *Martin* y *Lewis* no se veían por ninguna parte.

—Tengo dos gatos... —empezó.

El policía miró a un lado y a otro.

—Vive sola, debería tener un perro grande y agresivo.

—Ya lo sé. Pero no están aquí —repuso—. Son gatos de interior, ya sabe, apenas salen fuera.

El policía se encogió de hombros.

—Probablemente salieron como balas por la puerta principal detrás del ladrón, tan asustados como él. Yo diría que están escondidos en algún matorral por aquí cerca. Ponga un recipiente con comida en la pasarela trasera cuando nos vayamos. Regresarán enseguida. Los gatos, ya lo sabe, se saben cuidar muy bien. Yo no me preocuparía. Aparecerán cuando tengan hambre o haga mucho frío. Pero de todas formas lo pondré en el informe.

Karen pensó que debería llamar a *Martin* y a *Lewis*. Pero sabía que no vendrían.

No porque no obedeciesen cuando les llamaba sino porque estaba completamente segura, cien por cien segura, de que estaban muertos.

34

El Lobo Feroz sostenía en la mano un cuchillo de caza de 23 cm, balanceándolo en la palma. Tenía un peso adecuado, no era ni muy pesado para resultar aparatoso ni tan ligero que no pudiese utilizarse para cortar piel, músculos, tendones e incluso hueso. Colocó el pulgar contra la hoja dentada, pero controló la tentación de pasarlo por el borde afilado. En cambio, movió el dedo índice por la parte plana y con suavidad golpeó la longitud del cuchillo, hasta que llegó a la punta y se detuvo. Al cabo de un instante, rascó un poquito de sangre seca cerca de la empuñadura, antes de sacar de debajo de su escritorio un espray de desinfectante para la cocina y aplicarlo con generosidad por todo el cuchillo y a continuación, limpiar cuidadosamente toda la superficie para destruir cualquier resto de ADN.

—No queremos mezclar la sangre de gato con la sangre de la Pelirroja —dijo en voz alta. Aunque no era mucho más que un susurro, pues no quería que la señora de Lobo Feroz oyese nada. Y recordó para sus adentros que ella no aprobaría en absoluto que matase lindos gatitos, ni aunque le dijese que era esencial para el plan general.

Ni siquiera le habían arañado. Se preguntó por un momento cómo se llamarían. Ese era un detalle que tendría que haber aparecido en su investigación sobre la vida de Pelirroja Uno. Odiaba los deslices.

Entonces sonrió. «Puede que no esté muy segura respecto al asesinato, pero no respecto a matar gatos.»

Esta contradicción estuvo a punto de hacerle soltar una carcajada. Se removió en el asiento, miró el cuchillo y la pantalla del ordenador y se recordó:

«Sé meticuloso.

»Los detalles de la muerte hay que sopesarlos, anticiparlos, diseñarlos al milímetro. La documentación ha de ser igual de precisa. Las descripciones que escribes han de ser completamente perfectas.»

—No olvides —volvió a hablar para sí—, que también eres periodista.

Estaba en su despacho, rodeado de sus fotografías, sus palabras, sus planes y sus libros. No solo se sentía en casa, sino que sentía una inmensa sensación de comodidad con todo lo que había sucedido desde el día que había enviado a cada Pelirroja su primera carta.

—Hemos llegado al final del juego —dijo en voz alta, esta vez girándose hacia la pared llena de fotografías y dirigiéndose a cada Pelirroja. Apuntó el cuchillo a las imágenes.

Quería bailar una danza de la victoria tipo «yo soy el mejor» a lo Muhammad Ali, pero contuvo el impulso, porque en realidad todavía no había concluido nada.

El Lobo Feroz blandió en el aire la navaja una vez más, cortando cuellos imaginarios antes de bajarla al escritorio. A continuación, dio un pequeño empujón a la silla de escritorio para que girase y fuese hasta la librería. Cogió varios volúmenes: *Para ser novelista,* el último de John Gardner; *The Making of a Story*, de Alice LaPlante; *Mientras escribo*, de Stephen King. Colocó estos libros al lado de la copia de *The Elements of Style*, de Strunk y White que siempre tenía a mano. Sonrió y pensó: «Algunos asesinos locos leen la Biblia y el Corán para encontrar una justificación y una guía en las escrituras. Creen que hay mensajes en cada palabra sagrada dirigidos solo a ellos. Pero los escritores creen que Strunk y White son de hecho la biblia de su oficio. Y yo prefiero John Gardner porque sus consejos son serios a pesar de que estaba un poco loco. O quizás es que era muy excéntrico: conducía una Harley-Davidson, vivía en el bosque en la parte norte del estado de Nueva York y tenía una melena plateada hasta los hombros, que a veces le hacía parecer un loco.»

«Como yo.»

Movió el cuchillo para ponerlo al lado de los libros como si estuvieran relacionados.

Entonces escribió:

Un cuchillo es una elección maravillosa y a la vez una mala elección como arma para matar. Por un lado, ofrece la intimidad que requiere la experiencia de matar. Los psicólogos y los freudianos de poca monta creen que representa algún tipo de sustituto del pene, pero evidentemente eso simplifica las cosas de manera significativa. Lo que logra es crear la proximidad necesaria y una gran intimidad en el asesinato, de modo que no haya barreras en ese momento final entre el asesino y la víctima, que es el néctar del que todos bebemos. La unión va más allá de la que existe entre compañeros, entre gemelos, entre amantes.

Por otro lado es muy escandalosa.

La sangre es a la vez el deseo del asesino y su enemigo. Sale a chorros de forma incontrolable. Fluye con rapidez. Mancha, se filtra por las suelas de los zapatos, en los puños de las camisas y deja pequeños recordatorios microscópicos del asesinato que algún policía pesado puede encontrar en una fase posterior de la investigación. Todo esto la convierte en la sustancia más peligrosa con la que entrar en contacto.

Una de las mejores teorías sobre los infames asesinatos de Fall River cometidos por Lizzie Borden en 1892 —«Lizzie Borden cogió un hacha y golpeó a su madre cuarenta veces... y cuando vio lo que había hecho, golpeó a su padre cuarenta y una...»— es que se desnudó para matar a sus padres y una vez que hubo terminado, se bañó y se vistió, de manera que cuando apareció la policía, no había nada en ella que la incriminase.

Salvo, evidentemente, los dos cuerpos en la casa. No te puedes llevar nada del lugar del asesinato a no ser que estés seguro al cien por cien —una prenda o un mechón—, y siempre has de ser consciente de que al final puede suponer tu perdición.

Se detuvo, los dedos sobre el teclado, y pensó: «No soy como tantos asesinos baratos; no necesito un recuerdo sangriento. Tengo mis recuerdos y todos esos artículos de periódico tan detallados. Son como críticas de mi trabajo. Buenas críticas. Críticas positivas. Críticas exultantes, fantásticas, loables. El tipo de críticas que obtienen cuatro estrellas.»

Se inclinó otra vez sobre el escrito:

El riesgo, por supuesto, siempre resulta atractivo y la sangre siempre es un riesgo. Un asesino de verdad ha de comprender la naturaleza narcotizadora, adictiva, de su alma. No la puedes ignorar, pero tampoco puedes dejar que te esclavice.

Pero lo mejor es el riesgo controlado.

El equilibrio es importante. Disparar a alguien con una pistola, o incluso con un antiguo arco y una flecha, te da la distancia necesaria para eliminar muchos de los sutiles hilos que llevan a la detección, pero al mismo tiempo aumenta otros riesgos. ¿La pistola es robada? ¿Hay huellas en los casquillos de las balas? Ahora bien, mi antipatía por las pistolas es diferente; odio la separación. Cada paso que te alejas de tu Pelirroja disminuye la sensación. Obviamente no quieres alejarte de un asesinato planeado con todo detalle con una sensación de frustración y de haber dejado algo inacabado.

Por lo tanto, el asesino cuidadoso anticipa los problemas y toma medidas para evitarlos. Sabe que con cada elección hay problemas. Los guantes quirúrgicos, por ejemplo. ¿Vas a utilizar cuchillo? Buena elección, pero no exenta de peligros. Esos guantes son una parafernalia imprescindible.

Durante unos minutos se preocupó de sus palabras. Le inquietaba que su tono fuese demasiado familiar y hablar a sus futuros lectores de una forma demasiado directa. Se preguntó durante unos instantes si debería rehacer las últimas páginas. John Gardner, en particular, y Stephen King también escribieron extensamente sobre la planificación detallada y sobre la importancia de rescribir. Sin embargo, no quería que el manuscrito perdiese espontaneidad por haberlo trabajado en exceso. «Eso es lo que hará que los lectores vayan a las librerías —pensó—. Sabrán que están conmigo en cada paso del camino.»

«Pelirroja Uno. Pelirroja Tres.»

Con rapidez, dio una vuelta, se apartó del escritorio y salió disparado hasta la librería, pasó un dedo de arriba abajo por los lomos de los libros allí reunidos. En el tercer estante que examinó, encontró lo que buscaba: *A Time to Die,* las memorias del fallecido columnista Tom Wicker sobre el levantamiento y aplastamiento de la prisión estatal de Attica. Hojeó las primeras páginas, antes de encontrar el párrafo que buscaba. En él, el autor se lamentaba de que pese al reconocimiento como periodista y como escritor, en su opinión no había hecho lo suficiente para dar un significado a su vida.

Se rio a carcajadas.

«Eso no va a ser un problema para mí.»

Regresó al ordenador, se encorvó y escribió febrilmente.

He estudiado. He revisado. He observado. Un asesino es como un psicólogo y como un amante. Uno debe conocer a fondo su objetivo. Pelirroja Uno es más vulnerable en el espacio que se encuentra entre la puerta principal y el lugar donde aparca en el exterior de su casa. La noche es mejor que la mañana porque cuando llega a casa tiene miedo de lo que le espera en el interior. No se centra en la distancia entre el coche —seguridad— y la puerta principal —posible seguridad, amenaza potencial—. Esa ha sido una ventaja secundaria de mis pequeñas entradas. Se ve obligada a concentrarse en lo que puede esperarle dentro de las paredes de la casa. Igual que Caperucita Roja, esperará que esté en el interior. La distancia entre el coche y la puerta principal es de menos de seis metros. En la puerta principal hay una luz potente que se enciende antes de que ella llegue por la noche. Toda la casa tiene temporizador. Recuerda ese detalle. Si rompo la luz exterior para darme un poco más de margen, sospechará. Quizá no salga, dará la vuelta con el coche y huirá. No, aunque disminuye el número de sombras en las que me puedo esconder, tengo que dejarla que brille radiantemente.

Se detuvo e hizo memoria: «El Lobo irá hasta ella desde el bosque. No me verá llegar.»

«El mayor problema —pensó— es, en realidad, el periodo de tiempo entre los asesinatos.»

Prosiguió donde lo había dejado:

El momento más vulnerable de Pelirroja Tres también es la noche, cuando atraviesa sola el campus andando. Pero su otro momento más vulnerable es el martes por la mañana. No tiene clase hasta las 9.45. Sus compañeras de residencia tienen clases una hora antes, a primera hora de la mañana. Así que los martes a mi Pelirrojita Tres le gusta dormir un poco más y no se da cuenta de que está sola en esa vieja casita, porque la señora García, responsable de la residencia, esos días también tiene compromisos en el colegio temprano por la mañana.

Pelirroja Tres se levanta con lentitud y perezosamente se dirige a la ducha que está al final del pasillo con el cepillo de dientes y el champú, está medio dormida, se restriega el sueño de los ojos y no tiene la más ligera idea de lo que le puede esperar allí.

Sonrió y asintió con la cabeza. Habló para sí:

—Así que tendrá que ser un martes: Pelirroja Tres por la mañana y Pelirroja Uno por la noche.

Al Lobo Feroz esto le gustaba. Tendría que haber sido mañana, tarde y noche, cosa que le frustraba. «Habría ido a por Pelirroja Dos después de medianoche.» Pero sobre eso ya no había nada que hacer.

Se percató de un problema obvio: ¿Y si Pelirroja Uno se entera del asesinato de Pelirroja Tres? Entonces sabrá que ese es su último día. Sabrá que está tan solo a unos minutos de su propia muerte.

«Ese espacio de tiempo entre asesinatos, ese es el dilema.»

«De modo que para todo el mundo tiene que parecer que Pelirroja Tres no está muerta. Tan solo extrañamente ausente. De clase. Del baloncesto. De las comidas. Pero no ausente de la vida, que es precisamente como estará.»

Cogió el libro de Strunk y White de su escritorio. «Siempre abogan por la sencillez y la sinceridad. Lo mismo se puede decir de matar.»

El Lobo Feroz regresó a su ordenador.

Escribió:

> Pelirroja Tres cada día está más guapa. Su cuerpo, a medida que se hace mujer, es cada vez más ágil, más flexible. Ella es la que más va a perder.
>
> Pelirroja Uno es lo contrario. Envejece un poco con cada hora que pasa. Encanece y sabe que su muerte está a la vuelta del próximo minuto y se le nota en la figura, de la misma forma que le corroe el corazón.

El Lobo Feroz trabajó un poco más antes de decidirse a imprimir unas pocas páginas. Le gustaría ser poeta para describir con más elocuencia a las dos víctimas que le quedaban. Se entristeció un poco al pensar en Pelirroja Dos. «Esto será difícil —se dijo—, pero tendrás que escribir su epitafio en un capítulo dedicado solo a ello.» Asintió con la cabeza, rápidamente escribió algunas notas en un archivo que decidió titular: «Última voluntad y testamento de Pelirroja Dos», y, antes de cerrar el capítulo en el que estaba trabajando, se preguntó si había necesidad de encriptar sus archivos. Pensó que ya no tenía nada que temer de la señora de Lobo Feroz. Imaginó que nunca había tenido nada que temer de ella. Ella le amaba. Él la amaba a ella. El resto formaba parte de la convivencia.

Mientras pensaba en estas cosas, entró en Internet para pasar el rato, con la intención inicial de jugar un solitario. Pasó por la habitual avalancha diaria de mensajes que recibía de *Reader's Digest*, de *Script* y de otras publicaciones instándole a inscribirse, a gastar algo de dinero y, a través de seminarios on line o del acceso a DVD sobre todos los trucos de la profesión literaria, lograr que lo publicasen o que le garantizasen una opción o que paso a paso y dólar a dólar le indicasen todos los elementos necesarios para crear su propio libro electrónico. En lugar de hacer esto, se dirigió a la página web de un noticiario local, con objeto de consultar la previsión meteorológica de la semana. Sabía que para su plan del martes lo mejor sería una lluvia fría y constante. Pero antes de consultar el tiempo, un breve y enigmático titular de un resumen de noticias le llamó la atención:

EL FUNERAL POR LA EX MAESTRA
SE CELEBRARÁ EL SÁBADO

35

Pelirroja Dos se preguntó: «¿Qué puede decir uno sobre su propia muerte? O, quizá, ¿qué te gustaría que otra persona dijese? ¿Fui una buena persona? Tal vez no.»

Sarah forcejeó con las ideas que inundaban su cabeza. Se sentía atrapada entre la vida y la muerte. El sonido amortiguado de los disparos parecía el de truenos lejanos y penetraba en los gruesos protectores de oído que llevaba. En la cabina de al lado, la directora de Lugar Seguro disparaba a toda velocidad con una pistola de 9 mm y llenaba el aire de furiosas explosiones. Sarah levantó el arma de su marido muerto, la sujetó con las dos manos de la forma en que le habían enseñado, la apuntó a la silueta negra de un hombre de cartón que sujetaba un cuchillo grande con una expresión furiosa y una cicatriz en la mejilla y en el pecho una diana pintada y apretó tres veces el gatillo. Dudaba de que el objetivo se pareciese mucho al Lobo Feroz, pero no había manera de saberlo.

El retroceso le envió ondas expansivas por los brazos, pero en el fondo estaba contenta de no haberse tambaleado hacia atrás o haberse caído, pues era lo que había esperado.

Levantó la vista y echó una ojeada al campo de tiro. Vio que dos disparos habían quedado en el borde de la diana, pero el tercero había destrozado el mismísimo centro del papel. No sabía si correspondía al primer disparo o al último, pero estaba contenta de que al menos uno habría sido mortal.

—Así me gusta —dijo la directora, mientras se inclinaba sobre la pequeña división que separaban las galerías de tiro—. Intenta controlar la desviación del arma hacia un lado o hacia el otro cuando disparas rápido. Y una cosa, vacía el cargador. Dispara las seis balas. De esa manera tienes más posibilidades. Tenemos munición y tiempo de sobras.

«Munición de sobras, vale —pensó Sarah—. Pero tiempo no.»

Abrió el cilindro para volver a cargar con la munición de una caja que estaba en la plataforma de tiro a la altura de su cintura.

«Sarah Locksley, nacida hace treinta y tres años. Antaño feliz. Ya no mucho. Fallecida en un río, asesinada por un psicópata que la condujo a una desesperación aún mayor al amenazarla con asesinarla, aunque ya no le quedaba nada por lo que vivir porque el puto conductor de un camión cisterna se saltó un stop.»

Levantó el arma y apuntó otra vez.

«Esto no servirá. Es un funeral. Un poquito de tristeza y sobre todo cosas amables, seguras, dichas sobre alguien cuya vida acabó demasiado pronto a causa de una tragedia.»

«Esa soy yo. Yo soy ese alguien. O quizá sea la antigua yo.»

La diana emergió delante de ella. Entrecerró los ojos. Tarareó para sí con objeto de bloquear el ruido de las otras armas que disparaban.

«Ni una palabra sobre la verdad de Sarah Locksley.»

Sonrió. Una parte de su ser desearía poder asistir al funeral. Seguro que le ayudaría a despedirse de Sarah.

«Hasta pronto, Sarah. Hola, Cynthia Harrison. Es un placer conocerte. Y estoy encantada de retomar tu vida.»

Oyó el eco de los disparos a su alrededor y el arma le saltó en la mano.

«Cynthia Harrison —pensó—. Me pregunto si estarías avergonzada, decepcionada o enfadada al saber que la primerísima cosa que voy a hacer con tu identidad es matar a un hombre. A un hombre muy especial. Un Lobo Feroz que sin duda merece morir. Al fin y al cabo ya me ha matado una vez.»

En esta ocasión, cuatro de los seis disparos aterrizaron en el mismísimo centro y el quinto agujereó la frente del objetivo.

Veinte minutos antes de que empezase el funeral, Pelirroja Tres cogió la cámara de vídeo que había conseguido en el centro comercial y la colocó en un lugar desde el que enfocaba a las personas que entrarían por la puerta, se detendrían y firmarían en el libro de firmas, antes de tomar asiento en la pequeña sala. Estaba programada para grabar durante dos horas, tiempo que según Jordan sería más que suficiente.

Echó un vistazo a la parte delantera de la sala. Karen había realizado un montaje con fotografías de Sarah y de su familia fallecida. Ramos de lirios blancos flanqueaban el montaje fotográfico realizado en un póster blanco sobre un tablón y colocado en un trípode frente a las pocas sillas que la funeraria había preparado. Había un pequeño podio con un micrófono, desde donde Karen diría unas palabras a las personas congregadas.

Una parte de Pelirroja Tres quería quedarse. Pensaba que podía esconderse detrás de una cortina, permanecer inmóvil y contener la respiración.

Pero sabía que quedarse, aunque escondida, era peligroso.

Así que en lugar de quedarse, se preparó y salió con la cabeza agachada unos minutos antes de que las primeras personas estacionasen en el aparcamiento de la funeraria. Llevaba una sudadera oscura con capucha debajo de su vieja parka, se puso la capucha y se alejó lo más rápido posible de la funeraria en dirección a la parada de autobús más cercana.

Por primera vez en varios días, sabía que no la seguían. Para Jordan esto no tenía mucha lógica, pero no tenía intención de descartar una sensación que le hacía sentir que hacía algo que tal vez le ayudase a salvar la vida.

Cuando el autobús chirrió a su lado y se abrieron las puertas con el típico *puushh* de sonido hidráulico, subió. Jordan era consciente de que se había saltado varias normas del colegio al haber salido del campus un sábado sin permiso. No le importaba. Pensó que saltarse unas cuantas reglas onerosas era el menor de los problemas a los que se acercaba con rapidez.

Karen se encontraba en la sala contigua, ataviada con un elegante vestido negro, con el aspecto de una puritana auténtica, estudiando con detenimiento dos hojas de papel en las que había escrito un breve discurso con los detalles que Sarah le había dado sobre su vida.

Las palabras en la hoja se unían. Se sentía como una disléxica, todas las letras se movían y saltaban en el papel quisiera o no, amenazando con interrumpir todo lo que planeaba decir. Hizo unos ejercicios de respiración como hacía antes de salir al escenario con un nuevo número humorístico. Inspirar lentamente. Expirar lentamente. Y calmar los acelerados latidos de su corazón.

—Sé que estás aquí —susurró. Uno de los directores de la funeraria, que estaba al otro lado de la sala, alzó la vista con una mirada experta, hipócritamente nostálgica, y Karen se dio cuenta de que él pensaba que hablaba con su apreciada amiga y no con un asesino.

—La gente está empezando a llegar —dijo el director de la funeraria. Era mucho más joven que el hombre con el que había hablado a principios de la semana, aunque ya había logrado dominar los tonos solemnes y sonoros de la pérdida. Supuso que era un hijo o un sobrino al que estaban introduciendo en el negocio familiar y este funeral en particular no era precisamente un reto para la funeraria. No hacía falta que estuviese el jefe. No había ataúd. No había cadáver. Unas pocas flores. Y algunos sentimientos al azar.

«Si está aquí, será porque necesita saber, quiere ver y quiere oír.» Karen notaba que se le aceleraba el pulso al pensar que podía estar de pie delante del Lobo.

—Voy a salir ya —repuso con un hilo de voz.

Antes había colocado una silla de respaldo rígido cerca del micrófono. Sonriendo, asintiendo con la cabeza a las personas que llegaban desde el aparcamiento, se dirigió en esa dirección. No conocía a ninguno de los rostros que le devolvían la sonrisa. Cada paso que daba era como caminar hacia un foco. Sabía que estaba en peligro en todo momento. No se podía hacer nada. Como si pronunciase un mantra oriental, no dejó de decirse que no iba a matarla precisamente entonces. Nunca había oído de nadie que hubiese asesinado a una persona en una funeraria delante de los asistentes al duelo. Llevar la muerte a un lugar de muerte. Esto resultaba tan ilógico, que intentó utilizar esa improbabilidad para tranquilizarse.

Karen nunca había hecho un panegírico y menos para alguien que apenas conocía y que en realidad no estaba muerta. Pensó que si no fuese porque era lo único que se le había ocurrido para seguir con vida, la situación sería cómica.

«No hay que hablar mal de los muertos», pensó. Se preguntó quién habría acuñado esa máxima.

A Karen le satisfizo el número de personas que acudía. No sabía si iban a ser cinco o cincuenta. Cero también había sido una posibilidad, sin embargo la cantidad iba a superar las mejores expectativas. Eso estaba bien. Perfecto, incluso. «Si hay muchas personas se sentirá seguro. Pensará que se puede mezclar. Si no hubiese asistido nadie, probablemente no se atrevería a venir, no querría arriesgarse a sobresalir en una sala vacía.»

Sentía la electricidad, no muy distinta a la que sentía al subir a un escenario.

«Hazlo bien. Sé persuasiva. Haz que parezca que Sarah ha muerto.»

Había actuado muchas veces, pero ninguna, pensó, había sido, ni por asomo, tan importante como esta ocasión.

Karen miró a una mujer y a un hombre que llevaban de la mano a un niño pequeño vestido con una camisa blanca que le quedaba estrecha y una corbata roja en el cuello que ya se había aflojado. El niño se apoyaba en una hermana mayor, de unos trece o catorce años, que se secaba los ojos delicadamente con un pañuelo. La familia se detuvo delante del montaje fotográfico y dedicó unos respetuosos momentos a mirar la colección de fotografías antes de tomar asiento. «Una antigua alumna de primaria —pensó—, y un hermano pequeño que no tiene ningunas ganas de estar aquí.»

«No un lobo.»

La sala empezó a llenarse —hombres y mujeres de todas las edades acompañados de algunos niños—. La música solemne y falsa de la funeraria se oía a través de altavoces escondidos y fluía alrededor de Karen como humo, como si oscureciese su visión. Esperó hasta que disminuyó el flujo de gente que se detenía para firmar en el libro de firmas y entonces se levantó. Por el rabillo del ojo vio al joven director de la funeraria accionar un pequeño interruptor en la pared y la música se interrumpió en mitad de una nota. Miró brevemente a las personas allí reunidas y empezó su discurso.

—Me gustaría agradeceros vuestra presencia. Sois muchos los que habéis venido, mi querida amiga Sarah hubiese estado muy contenta al ver a tanta gente.

Tenía ganas de mirar a los ojos a todos los presentes en la sala, como si pudiese reconocer al Lobo Feroz solo por el brillo de sus ojos. Sin embargo, mantuvo la cabeza baja, como si estuviese conmovida por la emoción del falso funeral, esperando que la cámara de Jordan hiciese el trabajo por ella. Leyó palabras que no significaban nada, intentando sonar profundamente respetuosa cuando lo que en realidad quería hacer era gritar.

Comprendía que era una jugada arriesgada. «Puede que sea lo bastante listo como para no aparecer y todo esto no habrá servido de nada.»

«Pero puede que no.»

«Tal vez sienta la necesidad de venir aquí, porque el olor que ha estado siguiendo es tan fuerte que le impide detenerse.»

Eso era lo que las tres pelirrojas esperaban.

Pensó en el refrán: «Por querer saber la zorra perdió la cola.»

«Quizás el lobo pierda otra cosa.»

36

«Lo gracioso —pensó— es que con todos los asesinatos que he cometido, no me gusta mucho ir a funerales. Me hacen sentir incómodo. Están demasiado cargados de emociones descontroladas o de falsos sentimientos.»

Sin querer, se puso a silbar una serie de notas inconexas, no una melodía reconocible. «Gente real como las Pelirrojas. Personajes inventados en mis libros. Muchos tipos de muertes diferentes en mis manos. Tanto si es en una página en prosa o tendidas en una mesa de amortajamiento en el depósito de cadáveres esperando el coche fúnebre y un viaje al crematorio o a un hoyo a dos metros bajo tierra, seguís estando como témpanos. Tanto si morís de viejo, por enfermedad o por muerte repentina, por un navajazo o por un disparo o por el capricho de un autor, al final todo es lo mismo.»

Resopló y pensó que parecía un predicador dándose un sermón.

—Polvo eres y en polvo te convertirás —recitó en un tono burlón, profundo y sonoro.

El Lobo Feroz pensaba que había mezclado a la perfección sus mundos de ficción con la realidad. Era un asesino en ambos mundos. Para él, ya no había mucha diferencia entre los dos —un feliz subproducto de la elección que había hecho de las tres pelirrojas— y rehacerlas en personajes. Se consideraba un maestro de lo real y de lo ficticio. Ser tan competente en ambos ruedos avivó su entusiasmo.

—Tic tac, tic tac. El tiempo avanza, señoras —se dijo.

Rio un poco y se preguntó qué resultaría más estimulante: matar o escribir sobre ello. Las dos cosas eran terriblemente atractivas. Su única preocupación constante era cómo plasmar de forma exacta la muerte de Pelirroja Dos. Era el tipo de nudo desafiante que todo escritor quiere deshacer. «James Ellroy —pensó en unos de sus autores favoritos—. *LA Confidential*. Le gustan los argumentos complicados y retorcidos para después desenredarlos con un lenguaje convincente. Y violencia. Mucha violencia. Cuesta olvidar toda la brutalidad que plasma en el final.» El Lobo Feroz sabía que tenía que conseguir que los últimos momentos de Pelirroja Dos al borde del puente pareciesen tan reales como los que estaba a punto de crear para Pelirroja Uno y Pelirroja Tres. El problema era que no lo había presenciado. Esto le hizo murmurar una maldición. «Maldita sea.» Tenía que asegurarse de que los lectores supiesen que cuando Pelirroja Dos se lanza a las aguas oscuras, cae en el olvido gracias a su empujón.

—Sabes lo suficiente. Tienes los detalles. Solo es cuestión de escribir la descripción adecuada —dijo. Siempre le resultaba reconfortante hablarse en tercera persona.

Hizo una lista mental: «Pánico: lo conoces. Duda: la entiendes. Miedo: bueno, ¿quién lo conoce mejor que tú? Junta esas tres cosas en la mente de Pelirroja Dos y ya lo tienes.»

Pensó en prepararse un baño cuando regresase a casa, sumergir la cabeza debajo del agua e intentar imitar la sensación de ahogarse. «No será lo mismo. No habrá agua negra ni fuertes corrientes que te empujen hacia el fondo. Pero al menos conseguiré entenderlo un poco para hacer que funcione sobre el papel.

»Aguanta la respiración. Y cuando notes que vas a desmayarte, lo sabrás.»

Eso tendría que funcionar.

«Conocer de lo que escribes. Hemingway conocía la guerra. Dickens conocía el sistema de clases británico. Faulkner conocía el sur.

»Todos los buenos escritores llevan a un pequeño periodista dentro.»

Había estacionado el coche en un pequeño aparcamiento de

tierra adyacente al parque natural, no lejos de la casa de Pelirroja Uno. La parte trasera de su parcela daba al parque. Había un sendero muy frecuentado por excursionistas de la zona y que llevaba hasta el interior del bosque y subía por un camino empinado pero abordable hasta una colina desde la que se veía el valle en el que vivían las tres pelirrojas y él. Se trataba de un lugar concurrido y en las bonitas mañanas de domingo llegaba a estar atestado con más de una docena de coches y se oían las risas que penetraban por entre los árboles y los arbustos mientras la gente subía y bajaba alegre por el sendero. Pero los días laborables estaba casi vacío, pues muy pocas personas tenían ganas de hacer el camino, aunque no llegaba a ser agotador, después de una larga jornada en un trabajo aburrido. Aquel mediodía solo había tres coches en el aparcamiento, pese a que era fin de semana. El cielo cubierto y gris amenazaba lluvia y el aire era tan frío que veía el vaho de su respiración al bajar la ventanilla. En zonas más altas quizás estuviera nevando. Esto le preocupaba. No quería dejar huellas en la tierra helada. El barro resbaladizo y húmedo ocultaría las huellas de sus zapatos. El barro que se helaba con la caída de las temperaturas revestiría las huellas de las suelas de sus zapatos casi tan bien como un molde de plastilina. Había leído en más de una ocasión sobre asesinos que habían sido identificados por las huella de sus zapatos y era consciente de que incluso el cuerpo de policía más rural sabía cómo identificar huellas de zapatos y de neumáticos.

Miró a su alrededor, a sabiendas de que solo había un par de esforzados senderistas en el bosque, pero quería estar seguro de que nadie veía cómo, incómodo, se cambiaba el traje azul barato para ponerse unos vaqueros, un polar y un cortavientos y pasar rápidamente de un atuendo de funeral a ropa de calle. Tuvo que contorsionarse en el asiento delantero del vehículo para quitarse los pantalones y eso le recordó que se estaba haciendo viejo. Las rodillas le crujían y la espalda se contraía, pero no tenía remedio. Se quitó los zapatos Oxford y deslizó los pies en unos gruesos calcetines de lana y en resistentes botas impermeables.

Después de cambiarse, volvió a comprobar en el retrovisor el bigote y la perilla postizos que llevaba, para asegurarse de que seguían pegados a su rostro y no se habían movido de forma ridícula al ponerse el jersey de cuello alto.

Una vez leyó —en la época anterior a las cámaras de seguridad y a los sistemas de control con vídeo— sobre un atracador de bancos que nunca llevaba máscara para ocultar su identidad, sino que por sistema utilizaba maquillaje de cine para pintarse una impresionante cicatriz falsa en el rostro, que se extendía desde la parte superior de la ceja hasta debajo de la barbilla pasando por la mejilla. «Ese sí que entendía la psicología del crimen», pensó el Lobo Feroz. Cada vez que la policía pedía a los empleados del banco y a otros testigos que describiesen al atracador, todos respondían igual: «No se les escapará porque tiene una cicatriz...», que pasaban a describir con gran detalle. Lo único en lo que se habían fijado era en la cicatriz falsa. Ni en el color de los ojos ni en el del pelo ni en la forma de los pómulos ni en la curva de la nariz ni en la forma de la mandíbula. Eso siempre le había gustado. «La gente solo ve lo obvio. No lo sutil», se dijo.

Sin embargo, la sutileza era la religión que él profesaba.

Del maletero del coche sacó una mochila corriente de color rosa vivo que había comprado en una cadena de tiendas de cosméticos y otros artículos. Estaba adornada con un unicornio blanco encabritado. Era el tipo de mochila que utilizaban las niñitas de guardería para llevar sus cosas. También sacó un bastón de caminar de madera nudosa, al que ató un pañuelo arcoíris de varios colores, una prenda básica entre la comunidad gay y lesbiana de la zona. Se caló en la cabeza una gorra de lana azul marino adornada con el logo de los New England Patriots, un equipo de fútbol americano.

El Lobo Feroz sabía que todos estos artículos juntos creaban un conjunto excéntrico e incongruente y, como la cicatriz del atracador, lo harían invisible ante cualquiera que pudiese encontrarse en el bosque. «Se acordarán de todas las cosas equivocadas», se dijo.

En la mochila rosa había guardado seis cosas: un bocadillo, una pequeña linterna, un termo con café y un par de binoculares de visión nocturna por si decidía quedarse hasta después del atardecer, un catalejo plegable y un ejemplar de *Birds of North America*, de Audubon.

El libro, que nunca había abierto ni se había preocupado de leer, lo llevaba por si se encontraba a una persona lo bastante curiosa como para pararle, por ejemplo, un guarda del parque, aunque dudaba de que esa tarde hubiese alguien en los senderos. Y no era un águila calva o un búho blanco lo que en realidad tenía intención de espiar.

Empezó a silbar de nuevo. Una melodía alegre y despreocupada. Miró el reloj de muñeca. «La elección del momento es importante», se recordó. Esperó hasta que el minutero llegó a las doce y entonces el Lobo Feroz empezó a subir con rapidez el sendero hasta la zona protegida, buscando la pequeña muesca que había hecho en el tronco de un árbol del sendero para marcar una ruta que descendiese a través del bosque hasta la parte trasera de la casa de Pelirroja Uno.

«Carrera de prueba», pensó. La próxima vez no será una mochila rosa de niña ni un bastón de caminar del orgullo gay. La próxima vez solo llevará el cuchillo de caza.

Pensó en todo lo que había planeado: «Martes. Un día normal y corriente. Un aburrido día en mitad de la semana laboral. Los martes no tienen nada de especial.»

«Salvo que este martes será diferente.»

Contó concienzudamente los minutos que tardó en abrirse camino en la maraña del bosque. Más tarde, pensó, contaría las horas que faltaban hasta el martes por la noche.

«En el exterior de la puerta lateral. Pasada la tienda de ultramarinos y de pizzas. Agáchate por el pasaje que hay detrás del aparcamiento. Mantén la cabeza baja y camina deprisa.»

Pelirroja Dos avanzó deprisa en la luz mortecina del final de la tarde. Había empezado a lloviznar de nuevo y encorvó los hombros y metió la barbilla hacia el pecho para protegerse del frío. Llevaba una vieja y andrajosa gorra negra de béisbol que de poco servía para esconder su mata de pelo, pero era mejor que nada. En la visera se formaron unas gotitas.

La iglesia episcopal local les había parecido un buen lugar para reunirse. Estaba a cuatro manzanas del centro de acogida donde

Sarah se ocultaba, cerca de la línea de autobús que venía del colegio de Jordan y a una rápida caminata a través de la principal zona comercial de la población desde el garaje donde Karen podía estacionar el coche y asegurarse de que no la seguían subiendo y bajando varias veces en el ascensor.

«El pastor tiene un despacho en el sótano que nos deja utilizar —había explicado Pelirroja Uno por teléfono—. Le he dicho que intentábamos ayudar a una amiga, esa eres tú, Sarah, en Lugar Seguro y que necesitábamos un lugar para reunirnos en privado y ha sido de lo más comprensivo. Me contó que muchas veces daba sermones sobre la violencia doméstica, así que hice ver que estábamos preocupadas por un marido violento.»

No había dicho: «Ningún Lobo nos seguirá hasta el interior de una iglesia...» Que es lo que Sarah estaba pensando mientras cruzaba el asfalto negro del estacionamiento que brillaba con la lluvia. Un loco pensamiento sobre tierra consagrada o sagrada reverberaba en su interior, aunque, se dijo, eso son los vampiros y no los lobos.

Pelirroja Uno le había dicho que no utilizase la entrada principal de la iglesia, así que la rodeó hasta llegar a la parte posterior. Había una pequeña entrada al sótano con un cartel al lado de la puerta que decía: «Prohibida la entrada durante la misa dominical. El Grupo de AA se reúne lunes, miércoles y viernes de siete a nueve de la noche.»

Pisó un charco, soltó una maldición y siguió deprisa hacia delante. Se sentía casi como un fantasma, como si de repente fuese invisible. Se preguntaba si se debía al funeral; «mucha gente cree que estoy muerta. No dejes que nadie que conocía a la antigua Sarah vea a la nueva Cynthia».

Abrió la puerta y entró en el sótano de la iglesia.

Un radiador silbaba y el vapor emitía un ruido metálico en unas tuberías escondidas. Sarah avanzó por un pasillo estrecho iluminado con bombillas peladas que daban a las paredes encaladas un brillo duro. Al final, el pasillo se abría a un espacio más amplio con un techo bajo e insonorizado y un suelo de linóleo, con un estrado en un extremo y varias filas de sillas plegables de acero gris colocadas delante de un podio vacío. Se trataba de un lugar sórdido y triste y supuso que era allí donde se celebraban las reuniones de Alcohólicos Anónimos.

En una esquina había una puerta abierta y oyó voces. Se dirigió hacia allí y dentro vio a Karen de pie al lado de un escritorio de roble macizo. En las paredes había algunas fotografías informales de un hombre canoso vestido con sotana y celebrando una ceremonia y un par de diplomas de teología, pero no había ni rastro del sacerdote. Jordan estaba al lado de Karen jugueteando con una cámara, algunos cables y un ordenador portátil.

Jordan levantó la vista, sonrió y dijo de broma:

—Eh, difunta, ¿qué tal va?

—Bastante bien. Adaptándome —repuso Sarah.

—Guay.

Karen se acercó y le dio un abrazo a Sarah, cosa que sorprendió a la joven, aunque notaba una especie de calidez que fluía en el abrazo. No era exactamente un abrazo de amiga, era un gesto de «estamos en esto juntas».

—¿Cómo ha ido? —preguntó Sarah. Pensó que se trataba de una pregunta de lo más curiosa, preguntar a alguien cómo había ido su funeral. Pero comprendió que el Lobo había provocado que hiciesen preguntas que estaban muy lejos de cualquier normalidad.

Karen se encogió de hombros y sonrió irónicamente.

—Ha estado bien. Un poco raro, pero bien. Tenías muchos más amigos de los que decías que iban a venir. La gente estaba triste de verdad... —se detuvo antes de terminar la frase, pero Jordan saltó.

—... porque te has suicidado.

La adolescente sonrió y se rio.

Sarah esbozó una sonrisa tímida. Pensó que no había nada en absoluto gracioso en su situación ni en lo que habían hecho ni en lo que planeaban hacer ni en despedirse de su antigua vida, pero al mismo tiempo la respuesta de Jordan era totalmente acertada: todo era muy gracioso, una inmensa broma.

Las tres pelirrojas guardaron silencio unos instantes.

—¿Ha estado allí? —preguntó Sarah.

—No lo sé —repuso Karen—. Había muchos hombres y familias, pero no sabría decir si había algún hombre en concreto. No iba a llevar un cartel que dijese: «Hola, soy el Lobo» o pretender destacar de alguna forma. Yo intentaba mirar a los ojos, pero era difícil...

—Ha tenido que venir —interrumpió Jordan de nuevo, hablando de forma brusca con toda la determinación de una atleta y la seguridad de una adolescente que está totalmente, cien por cien, segura de algo. Las otras dos Pelirrojas eran más mayores y, por lo tanto, estaban más acostumbradas a las dudas—. Quiero decir, venga. ¿Cómo no iba a presentarse en el funeral de lo que él ha creado? Ha estado encima de nosotras en todas las malditas formas posibles, ¿cómo va a mantenerse al margen ahora? Sería como ganar un premio importante de la lotería y no aparecer para reclamarlo.

Karen, por supuesto, imaginó un millón de razones por las que el Lobo podría no haber aparecido. «O una razón —pensó, pero no lo dijo en voz alta—, porque es listo y no necesitaba estar allí porque nos está esperando fuera. O cerca. O a la vuelta de la maldita esquina o en mi casa o en mi consulta o en cualquier sitio donde no me lo espero y ahí es donde voy a morir.»

Negó con la cabeza, pero no necesariamente como respuesta a todo lo que Jordan había dicho, sino más bien contestando de rebote a sus miedos.

Karen tuvo un pensamiento extraño, un recuerdo extraído de repente de un curso de Literatura que había hecho antes de la universidad, años antes de la Química Orgánica y la Estadística y la Física y los meses interminables en la facultad de Medicina. Era un curso sobre Escritura Existencial y no había pensado en él en décadas.

«Madre ha muerto hoy. O quizás ayer; no estoy segura.»

Le entraron ganas de gritar.

«Karen morirá mañana. O quizá pasado mañana; no estoy segura.»

Jordan tecleaba en el ordenador y levantó la vista.

—Eh, funciona. ¡Empieza el espectáculo! —rio secamente—. Lo único que falta son unas palomitas.

Las tres mujeres se inclinaron sobre el escritorio y miraron la pantalla del ordenador llena de imágenes de personas que entraban por la puerta al funeral. Sonaba una música de fondo enlatada. No se oía mucho más, pues los asistentes, respetuosos, estaban en silencio mientras sin saberlo se situaban en el ángulo de visión de la cámara y después se marchaban.

—Triangula —dijo Karen con suavidad—. Cuando necesitas saber una ubicación, piensa en un triángulo y tendrás la respuesta que necesitas.

—Eso somos nosotras —repuso Jordan—. Pelirroja Uno, Pelirroja Dos y Pelirroja Tres. Tres lados del mismo triángulo.

—Continúa mirando —prosiguió Karen—. Sarah, deberías identificar a todo el que puedas. —Abrió el libro de firmas que la funeraria les había proporcionado y donde los asistentes habían escrito breves notas o simplemente habían firmado.

Sarah miró fijamente a la primera persona que se acercó al libro en el vídeo.

—Bien, ese es mi vecino, su mujer y sus dos hijos. El súper patriota rojo, blanco y azul cuyo patio trasero utilizaste la otra noche —le dijo a Karen.

Karen cogió un lápiz e hizo una anotación en el margen del libro.

—Y esos son los padres de una de mis alumnas. Y esa es su hija. Estaba en mi clase antes de que yo dejase la docencia. Ha crecido este año.

A Sarah le entraron ganas de llorar.

—Está muy guapa —susurró.

Escribió otra anotación en el margen.

—Sigue —dijo Karen forzadamente.

Rostros, a veces nombres, muchas veces contextos que saltaban de la pantalla del ordenador a las tres pelirrojas. Jordan manipuló el ratón del ordenador para que el flujo fuese más despacio y una o dos veces para congelar la imagen cuando a Sarah le costaba ubicar a una persona. A veces dudaba y otras era una cuestión instantánea; era como ver una extraña representación teatral, donde no había ni diálogo ni argumento, pero en la que cada imagen separada creaba una profunda y clara impresión. Varias veces Sarah tuvo que parar y caminar por la habitación mientras hurgaba profundamente en los recuerdos para recordar quién era alguna persona. Las tres pelirrojas estaban pendientes de cada hombre que entraba en la fila, se detenía ante el libro, cogía el bolígrafo que había puesto la funeraria y después salía del campo de visión de la cámara.

—Venga, joder —susurró Jordan—. Sé que estás ahí.

El flujo de personas disminuyó y al final cesó.

—Mierda, mierda, mierda —maldijo Jordan de nuevo. En la pantalla se veía la imagen del libro de firmas esperando inútilmente sobre la mesa. La música cesó y se oyeron las primeras palabras del discurso panegírico de Karen—. Cabronazo —añadió Jordan.

—Veámoslo otra vez —sugirió Karen con calma. Tenía que esforzarse mucho para evitar levantar la voz por el pánico.

—No ha venido —concluyó Sarah. Tenía la sensación de que iba a desplomarse. Tenía la impresión de haber perdido el punto de apoyo en la ladera de una montaña y de repente caer al vacío.

Karen vio que Jordan apretaba los puños y golpeaba el aire, en un intento de estampárselos en la cara al Lobo, que estaba y no estaba con ellas.

—Tenemos que verlo otra vez —sugirió Karen, un poco más suave, pero con toda la furia insistente que fue capaz de reunir—. Se nos ha tenido que pasar algo.

Pero en su fuero interno le embargaba el miedo, porque tal vez no se les había pasado nada. Notaba que la ansiedad amenazaba con quebrar cada palabra que pronunciaba y que los latidos del corazón se aceleraban. «Esto tiene que funcionar», gritó para sí. Y no se le ocurría ninguna otra idea. Tenía ganas de echarse a llorar y le costó un inmenso esfuerzo controlarse.

—Empezaremos desde el principio. Y, Jordan, esta vez congela la imagen en cada persona que firma.

Era una tarea meticulosa. Lenta y pausada. Con cada persona que no era el Lobo, crecía la tensión en la habitación. Ninguna sabía exactamente qué buscaban. Les empujaba la disparatada idea de que algo resultaría completamente obvio, aunque las tres pensaban que precisamente lo contrario sería lo más probable.

Jordan quería coger algo y estamparlo. Karen quería gritar bien fuerte y después seguir gritando. Sarah estaba al borde del llanto, pues pensaba que decepcionaba a las otras dos.

Jordan congeló la imagen de un grupo familiar que se entretuvo en el libro de firmas.

—Bueno —dijo, con la voz cargada de frustración—. Y ahora, ¿quién demonios son estos?

—El hombre es un técnico de emergencias médicas que trabajaba en el departamento de bomberos donde mi marido era jefe de turno. Creo que él es quien llamó para...

Se detuvo, incapaz de pronunciar las palabras «el accidente». Se levantó, caminó por la habitación unos pocos metros arbitrarios, como si de repente tuviese miedo de contemplar una segunda vez las imágenes de la pantalla.

Karen comprendió enseguida qué era lo que le hacía dudar a Sarah. Prosiguió ella en un intento de persuadir a Pelirroja Dos para que continuase con el proceso.

—Bien, así que trabajó con tu marido, ¿y las personas que le acompañan quiénes son?

Sarah detuvo sus pasos y volvió a las imágenes. Pero se quedó unos metros alejada, como si la distancia de alguna manera la mantuviese a salvo de sus recuerdos.

—Esa debe de ser su mujer, la que lleva al niño de la mano y al bebé en brazos. Vinieron una o dos veces a cenar. Y supongo que la mujer que está detrás de ella es la suegra. Me acuerdo. Tenían una suegra que vivía con ellos. Creo que mi marido me dijo que estaba cansado de escuchar sus quejas...

—Vale. Sigamos —instó Jordan—, a no ser que creas que el técnico de emergencias es un Lobo.

Karen se detuvo. Había algo que no le gustaba, pero no sabía decir exactamente qué.

—No —repuso con cuidado—. Retrocede un poco y después avanza muy despacio.

Volvió a ver a la familia. El marido llevaba un traje azul. Le quedaba un poco estrecho y se movía con rigidez al acercarse a la mesa y al libro de firmas. Llevaba una corbata que parecía que lo iba a estrangular y tenía un aspecto que hablaba de pérdida. La esposa, de la edad de Sarah, guapa, pero con el pelo un poco despeinado y un maquillaje que parecía que se lo había aplicado a toda prisa, llevaba un bonito vestido floreado y un abrigo y del hombro le colgaba una bolsa de bebé que indudablemente contenía biberones, pañales y sonajeros. Le costaba sujetar en brazos al bebé, que no paraba de moverse, y a la vez agarrar de la muñeca al otro niño para que no saliese corriendo. Era la típica coreografía madre-hijo tan habitual, una de las tantas obligaciones, de las tantas responsabilidades en la situación limitada en que se encontraban: un momento de adultos nada apropiado para niños pequeños.

—Esto no está bien —dijo Karen.

Sarah negó con la cabeza.

—No, lo conozco. Quiero decir que es un hombre dedicado a su trabajo. Salva vidas. No es un asesino.

—Eso no se puede saber con certeza —añadió Jordan con frustración—. El Lobo puede ser cualquiera.

Eso no era lo que preocupaba a Karen sobre la imagen, pero había algo que no estaba bien. No podía estar segura de qué era, pero se inclinó hacia delante, para mirar fijamente y con atención.

—Avanza lentamente —indicó.

Jordan movió el ratón del ordenador.

La suegra apareció en la pantalla, pero su imagen, al inclinarse sobre el libro, estaba parcialmente oculta por la esposa, el marido y los niños.

—Esto no está bien —repitió Karen.

—¿Qué? —preguntó Sarah.

—La madre lo está pasando mal con los niños. ¿Por qué no le da uno a su madre cuando firma en el libro? Pero no lo hace. Quiero decir, ¿no es para eso para lo que les ha acompañado la suegra? ¿Para ayudarlos? Y está claro que la chica necesita...

Karen se calló.

Todas se inclinaron hacia delante.

—No le veo bien la cara —dijo Sarah—. ¡Maldita sea, mira hacia aquí! —casi gritó a la figura que aparecía en la pantalla del ordenador.

—¿Llegaste a conocer a la suegra? —preguntó de repente Karen.

—No.

—Entonces no podemos estar seguras de que...

Calló. Se volvió, como si el hecho de mover el cuerpo hiciese que la imagen de la mujer se viese con mayor claridad. Jordan adelantó la imagen tan solo un poco y acercó su rostro a la pantalla del ordenador.

—¿Sabes quién es? —preguntó Karen bruscamente.

—No —contestó Sarah.

Karen respiró hondo. Dio un grito ahogado al reconocerla de repente.

—Yo sí —añadió.

Hubo un silencio en la habitación. Pensó: «¿Una mujer que asiste a un funeral y no conoce al difunto?» Las tres pelirrojas oían la calefacción que silbaba en las tuberías ocultas en el techo sobre ellas.

—Yo también —dijo Jordan en voz baja. En ese instante, toda su bravuconería de adolescente se había esfumado y palideció.

37

Escribió todo lo que recordaba en una libreta que había comprado en una papelería local. Estaba entusiasmada, como una adolescente que espera el baile de fin de curso. Por primera vez sentía que de verdad formaba parte del misterioso proceso. Describió a los asistentes con detalle al imaginarlos mentalmente: «Este hombre mayor llevaba un traje azul que no le quedaba bien y una corbata verde lima; esta mujer estaba embarazada como mínimo de siete meses y estaba muy incómoda.» Citaba cada palabra y cada frase que recordaba del panegírico de la doctora: «Nadie salvo Sarah sabe por qué tomó su última decisión...» Identificó los temas musicales que reconoció —*Jesús, Alegría de los Hombres*, de Bach y una sonata de Mendelssohn—. Puso por escrito todos los fragmentos de conversaciones insustanciales que había conseguido oír mientras estaba en la cola de las personas que entraban en la pequeña sala de la funeraria: «Odio los funerales» y «qué triste» y «chsss niños, ahora a callar...».

Al final de su informe, la señora de Lobo Feroz añadió: «Estoy segura de que la doctora Jayson no me ha reconocido. He desviado la mirada y me he escondido entre la gente. Me he sentado en el fondo de la sala y en cuanto ella ha acabado de hablar he agachado la cabeza. Después he esperado al otro lado de la calle, frente al aparcamiento de la funeraria hasta que todo el mundo se ha ido, incluida la doctora. Ni siquiera ha mirado hacia donde yo estaba.»

Añadió una anotación más: «No ha habido señal de Jordan en

ningún momento. Si hubiese venido al funeral, la habría visto enseguida.»

La señora de Lobo Feroz siempre había pensado que sus rasgos anodinos e insulsos eran una traba. En un grupo nunca destacaba y siempre, durante toda su vida, había estado celosa de las chicas populares —entonces mujeres— que sí destacaban. Incluso se irritó un poco porque su doctora no pareció darse cuenta de su presencia, pese a que había tomado medidas para que no la vieran. Pero esta sensación de ligero enfado había sido sustituida por la idea de que su aspecto —precisamente su mediocridad y el hecho de mezclarse a la perfección en un grupo— era de repente una ventaja.

No sabía que su marido, el asesino, había dicho casi lo mismo al principio de su libro.

«Era como una mosca en la pared —pensó—, lo veía y lo oía todo y nadie se daba cuenta de mi presencia.»

Miró hacia abajo a las hojas escritas con su informe: una letra clara, fácilmente legible y una forma de escribir concisa, muy en el estilo preciso de una secretaria.

Era, imaginó, una forma completamente diferente de ponerse en pie y que contasen contigo. «No hace falta hacer mucho ruido o ser muy guapa —se dijo a sí misma—. No hay que medir un metro ochenta y ser pelirroja como las mujeres que protagonizan el libro. Cuando tienes las palabras a tu disposición, eres especial de forma automática.» Para ella era muy seductor y totalmente romántico. Miró las anotaciones escritas en las hojas de rayas que tenía ante sí y esperó haber utilizado un lenguaje descriptivo y exacto.

De pronto se dio cuenta de que su marido nunca antes le había pedido que escribiese algo para él. Esto lo hacía todavía más especial.

El hecho de que hubiese confiado en ella para que asistiese al funeral resultaba muy satisfactorio.

—Es crucial, para todo lo que voy a incluir en la nueva novela —le había dicho su marido mientras contemplaba cómo se arreglaba; había escogido una sencilla y anodina chaqueta gris, pantalones negros y unas gafas tintadas, no exactamente gafas de sol, pero que servían para ocultarle los ojos—. Yo no puedo estar allí, pero necesito saber todo lo que pasa.

No había preguntado por qué ni había dudado de él cuando le dijo que tenía que evitar en todo momento que la reconociesen. Se limitó a arreglarse el pelo con un estilo completamente diferente al habitual. Se había sorprendido al mirarse en el espejo porque la mujer que la miraba no era ella.

Él también le había indicado lo que tenía que decir si alguien la reconocía. «Simplemente hazte la sorprendida y di que conocías al marido de Sarah de hacía años, de su época de estudiante. Eso funcionará. Nadie te hará más preguntas.»

Con una sonrisa, le había informado de la escuela a la que había asistido el marido y en qué universidad había estudiado antes de entrar en el cuerpo de bomberos. También le explicó que el marido de Sarah había asistido a unos cursos nocturnos de Literatura en la escuela de adultos local. «Simplemente di que ahí es donde le conociste —le había dicho—. Un interés común desgraciadamente interrumpido por el accidente.»

Ella había seguido todas las instrucciones al pie de la letra y lo había hecho mejor de lo que él jamás hubiese esperado, o eso creía.

Se felicitó: «Tendrías que haber sido actriz. Artista. Esta ha sido la primera vez que has subido a un escenario y la has bordado.»

Por un momento, pensó que era como si escribiese un capítulo propio que se incluiría palabra por palabra en el libro, lo cual la emocionó sobremanera.

No conseguía estarse quieta en la silla mientras se inclinaba sobre sus notas, rebuscando entre todo lo que recordaba del funeral, añadiendo todo elemento que le venía a la mente, porque sabía que incluso la más pequeña observación podría servir para que toda la descripción funcionase y eso haría que la escena también funcionase y, por último, el capítulo y, en última instancia, el libro entero.

Levantó la vista y de repente vio unos focos que aparecían en la noche y que se adentraban en el camino de entrada a su casa. Se puso en pie, entusiasmada.

La señora de Lobo Feroz se dirigió a la puerta principal para abrirle a su marido. Parecía como si los años que la llevaban hasta los linderos de la vejez se esfumasen en ese momento. Ya no era la mujer tímida, preocupada y enfermiza que ocupaba una posición discreta y sin importancia a su lado. Rebosaba de intensa pasión, como una de las primeras noches en que se conocieron. Era, pensó, «Mata Hari. Una mujer fatal».

Ahora que sabían algo, todavía estaban más asustadas porque subrayaba lo poquísimo que sabían antes.

Las tres pelirrojas hablaban a gritos.

—No tenía ningún motivo para estar allí, lo que significa que solo hay una razón —dijo Jordan con contundencia—. Ella tiene algo que ver con esto.

—No lo sabemos con certeza —repuso Karen con vehemencia—. Maldita sea, Jordan, no podemos sacar conclusiones precipitadas que creemos que son obvias, porque puede que nos equivoquemos.

—Tú dijiste tres lados de un triángulo. Eso es lo que necesitaríamos para entender quién es el Lobo Feroz. Pero solo veo dos. —Sarah saltó en medio de la discusión—. No tengo ni idea de quién es esta mujer y por qué ha venido a mi funeral. Así que, ¿dónde está el tercer lado?

—El hecho de que no sepas quién es y que nosotras sí lo sepamos, ese es el tercer lado —resopló Jordan.

—Eso no tiene sentido —repuso Karen.

—Entonces, déjame que te pregunte una cosa: ¿perseguir a tres desconocidas que da la casualidad que son pelirrojas porque tienes algún tipo de obsesión de mierda por los cuentos tiene sentido? En serio, ¿tiene sentido?

—Debe de tenerlo. De alguna forma. De alguna manera. Tiene sentido.

—Fantástico. ¿Estás diciendo que no estamos más cerca de descubrir nada y de hacer algo sobre ese Lobo de mierda porque no estamos seguras? Estupendo. De verdad, estupendo de cojones.

Jordan caminaba por la habitación moviendo las manos de la rabia. Solo sabía una cosa: que quería hacer algo. Cualquier cosa.

La idea de esperar a la muerte la estaba matando, pensó. La ironía se le escapaba. Sabía que se estaba comportando de forma impulsiva. Pero ya no pensaba que eso fuese un error.

Sarah se dejó caer en la silla, intentando entender por qué una desconocida había ido a su funeral y por qué eso la disgustaba tanto. Se dijo que tenía que haber otros asistentes, personas que no eran antiguos amigos, conocidos o familia de los alumnos a los que había dado clase. Tenía que haber aficionados a los funerales que ocupaban sus vidas desesperadas asistiendo a todo tipo de funeral que viesen anunciado, para poder derramar falsas lágrimas y pensar que eran afortunados porque sus vidas, por tristes que fuesen, no habían acabado.

Miró fijamente la pantalla del ordenador: el rostro parcialmente oculto de la mujer estaba congelado. «¿Por qué no podría esa mujer ser uno de esos?»

«Claro que podría.»

«Pero también podría ser alguien totalmente diferente.»

Sarah dirigió la mirada a Karen y a Jordan. Las dos representaban polos opuestos. Una tenía prisa por contraatacar. La otra era excesivamente prudente. «Hubiese estado bien —pensó—, si ella hubiese encajado entre las dos, la fuerza de la razón.» Pero este no era el caso: en parte quería salir corriendo, en ese preciso instante, aprovecharse de su nueva vida como Cynthia y dejar a las otras dos atrás para que se enfrentasen al Lobo. Estaría a salvo. Él estaría satisfecho con las otras dos pelirrojas. Ella sería libre. Una oleada de egoísmo y de miedo a punto estuvo de vencerla.

La rechazó.

—Solo podemos hacer una cosa —dijo bruscamente, como una maestra imponiendo orden a una clase desobediente—. Ahora vamos a ser nosotras quienes vamos a vigilarla.

Jordan esperó hasta que oyó en su dormitorio el sonido de la puerta al cerrarse. Se dirigió a la ventana y vigiló hasta que vio a la profesora responsable de la residencia escabullirse rápidamente en la oscuridad de la noche.

Justo detrás de Jordan había una pandilla de adolescentes, sus compañeras de habitación. Todas se iban a un baile en la galería de arte del colegio. Ya se oían por el campus los acordes estridentes de un grupo de rock local que tocaba una versión de la vieja canción de Wilson Pickett *In the Midnight Hour*. Entonces cogió un destornillador, de los que se utilizaban para reparar aparatos electrónicos, y el carné de estudiante plastificado. Ya se había descalzado para poder caminar por el pasillo sin hacer ruido.

Vivir en una antigua casa victoriana de más de ciento cincuenta años convertida en dormitorios individuales para alumnos de clase alta tenía una ventaja importante. Era de sobras conocido que las cerraduras de las puertas eran muy viejas y endebles y la información que siempre pasaba de un ocupante de un dormitorio al siguiente era cómo utilizar el borde del carné de estudiante de plástico duro para forzar cualquier cerradura y abrirla.

Esperaba que la puerta del modesto apartamento de la planta baja que ocupaba la profesora responsable de la residencia tuviese la misma descuidada seguridad.

La tenía.

Pasó el borde de la tarjeta entre la jamba y la cerradura, dobló la tarjeta con un movimiento experto y la puerta se abrió. Encima tuvo la suerte de que la profesora había dejado la lámpara del escritorio encendida, así que Jordan pudo moverse con rapidez por las habitaciones, sin tropezarse con muebles distribuidos de una manera para ella desconocida.

Lo que buscaba podía estar en el escritorio o cerca del teléfono de la mesilla del dormitorio. Jordan no tardó más de noventa segundos en localizarlo.

Se trataba de una carpeta azul con el nombre y el logo del colegio debajo de las palabras: CONFIDENCIAL/DIRECTORIO DEL PERSONAL Y DEL CUERPO DOCENTE. Los alumnos no tenían acceso al directorio. Si ellos o sus padres, invariablemente enfadados, querían contactar con alguien de la administración o del personal docente, en la página web del colegio aparecía la lista de los correos electrónicos y los números de teléfono oficiales. Sin embargo, el directorio que Jordan había cogido de debajo de un montón de trabajos de alumnos tenía información que no era tan fácil de obtener.

Lo abrió en la sección titulada: «Despacho del Director.»

Allí, al lado de «Secretaria de Administración» había un nombre. Estaba el número de la oficina y el número privado, además de la dirección y, todavía mejor, entre paréntesis aparecía un nombre masculino. El marido de la secretaria.

La mano le tembló cuando leyó el nombre.

«¿Eres el Lobo?»

Durante un instante, la cabeza le dio vueltas con frenesí. Jordan respiró hondo para calmar el pulso acelerado y el nudo en el estómago. A continuación, copió toda la información de la entrada del directorio con tinta negra en el dorso de la mano. Tenía miedo de perder un trozo de papel. Quería esta información tatuada en la piel.

Sintió que una mezcla de miedos y seguridades se debatían en su interior. Intentó vencer esas sensaciones, diciéndose que debía conservar la calma, que debía mantener la concentración para dejar el directorio exactamente igual como lo había encontrado. Se recordó que debía asegurarse de que no había cambiado nada y que no había dejado ningún rastro en el apartamento de la profesora, ni siquiera el olor de su miedo. El aire en el apartamento parecía agrio, como humo amargo. Se instó a ser sigilosa y a asegurarse de que salía de la habitación con el mismo sigilo y secretismo que había utilizado al entrar.

«Que nadie te vea, Jordan», se había advertido.

«Sé invisible.»

Durante un instante pensó que tenía su gracia. Había entrado en el apartamento y había actuado como un ladrón, había quebrantado una norma del colegio que significaba la expulsión inmediata, sin embargo, no había robado nada, tan solo una información que quizá fuese mucho más importante que cualquier cosa que jamás había tenido en sus manos. Era como robar algo que podía ser muy valioso o, por el contrario, no valer nada.

Se desplazó con sigilo por la habitación y apretó la oreja contra la puerta. No se oía a nadie en el exterior. Inspiró rápidamente, como si fuese una submarinista preparándose para zambullirse bajo aguas oscuras y giró poco a poco el pomo de la puerta para salir. Lo extraño fue que en ese segundo deseó haber traído el cuchillo de filetear. Decidió que a partir de ese momento lo tendría siempre a mano.

El grupo estaba tocando una versión de *She's so Cold*, de los Rolling Stones, y hacía una imitación pasable de Mick, Keith y el resto de la banda, incluidas las lastimeras súplicas del cantante condensadas en las letras. El grupo local estaba en una esquina de la sala principal de la galería de arte. Normalmente, la galería exponía obras de los estudiantes, del profesorado y de ex alumnos, pero el espacio abierto se podía convertir con facilidad en una pista de baile. Alguien había sustituido las luces del techo por una gigantesca bola plateada que reflejaba destellos de luz sobre la pista abarrotada. La música reverberaba en las paredes; los estudiantes giraban o, en diferentes grupos, muy juntos, gritaban más fuerte que la música del grupo. Hacía mucho calor y había mucho ruido. En un lateral había una mesa con refrescos atendida por dos de los profesores más jóvenes que repartían vasos de plástico con un ponche aguado rojo. Otro par de profesores situado a los lados de la pista vigilaba a los alumnos e intentaba asegurarse de que no saliesen a hurtadillas cogidos de la mano para tener un encuentro ilícito. Era una tarea imposible; Jordan sabía que el calor de la sala se traduciría en conectar. «Más de uno perderá la virginidad esta noche», se dijo.

Tres veces se había abierto camino a codazos a través de la masa densa y móvil de alumnos que bailaban, las tres veces atravesando la pista en diagonal, deteniéndose un par de veces para mover el cuerpo en círculos para que así la confundiesen con una de las asistentes a la fiesta. Sin embargo, tenía la mirada fija en las salidas y en los profesores que intentaban evitar las inevitables escapadas a lugares más oscuros y tranquilos.

Jordan había asistido a suficientes bailes de este tipo como para saber lo que sucedería. Los profesores descubrirían a una pareja intentando salir junta. O serían lo bastante listos como para darse cuenta de que la alumna de segundo que salía por la puerta derecha tenía intención de encontrarse con el alumno del último curso que salía por la puerta izquierda y pararían a los dos.

Jordan esperó el momento oportuno. Cuando vio una pareja que intentaba salir, se deslizó tras ellos. Sabía lo que iba a pasar.

—¿Adónde se supone que vais? —exigió saber el profesor.

Interrogó a la pareja, que al menos tuvo la sensatez de soltarse de la mano y contestó con timidez y sudando que solo querían salir y que no hacían nada malo y que no tenían la menor idea de lo que el profesor pensaba que iban a hacer.

Y mientras discutían, Jordan se coló por la puerta.

Se dirigió rápidamente pasillo abajo. Con cada paso, la música se iba desvaneciendo tras ella. Al final del pasillo se detuvo. A su derecha había una escalera, a su izquierda otro pasillo que llevaba a los servicios. Habría profesores vigilando todos los lavabos. Era un lugar obvio para que las parejas se metiesen mano a toda prisa o para tragarse con rapidez una pastilla o esnifar cocaína. Los chavales que querían utilizar el baile como tapadera para fumar marihuana siempre eran lo bastante listos como para salir al exterior para que el revelador olor de la droga no pudiese ser detectado por las narices de sabueso de los profesores.

Las escaleras de la derecha bajaban a una segunda planta donde se encontraban los estudios de dibujo y de escultura.

Jordan miró por encima del hombro, se había convertido en algo habitual asegurarse de que no la seguían, y entonces voló escaleras abajo.

Un profesor que hacía rondas cada quince minutos más o menos vigilaba los estudios, que eran uno de los lugares preferidos para enrollarse. Jordan pretendía esquivar estos lugares tan obvios y salir por una puerta de la planta baja y, pegada a las sombras, dirigirse hasta al edificio contiguo, el de Ciencias y Física. Parecía como si fuese un prisionero de guerra que esquiva las torres de control y a los guardias.

Estar en el último curso y llevar cuatro años en el colegio era una ventaja. Para cuando llegaba el momento de la graduación, ya se conocían todas las pequeñas manías y las idiosincrasias del colegio, por ejemplo, que las puertas no las cerraban con llave.

Jordan ignoró las clases que estaban nada más entrar y bajó por unas escaleras. Los laboratorios estaban abajo y sus ventanas no daban a los principales pasajes y patios del colegio sino a los campos de deporte. Estaba oscuro, la única luz era la del edificio de Arte, donde se celebraba el baile, que estaba bien iluminado. Estaba en silencio; el ruido de sus zapatillas deportivas al golpear el suelo y su respiración era lo único que se oía cerca, todo lo demás era el rhythm and blues y el rock and roll de la banda que tocaba en el edificio de al lado.

Jordan se paró en la puerta del tercer laboratorio y la abrió. El interior era negro y gris. Distinguía las sombras de los aparatos del laboratorio colocados sobre mesas amplias donde los alumnos hacían los experimentos.

—¿Karen? ¿Sarah? —susurró.

—Estamos aquí —respondieron desde la sombra de una esquina.

38

El lugar presentaba un aire conspirador.

Las sombras oscuras que se filtraban por las esquinas, la luz tenue del cercano edificio de Arte, las formas extrañas del material de laboratorio diseminado por el espacio amplio y largo, se conjuraban para que pareciese el tipo de lugar donde se tramaban malas ideas y planes descabellados. Hacía años que Karen no había estado en el laboratorio de un colegio y la sensibilidad científica de Sarah se reducía a los estudios de patos y ranas y animales de establo en las clases de primaria. Sin embargo, a Jordan le encantaba ese lugar, no por la ciencia que contenía, sino porque le parecía que allí podían combinarse raros productos químicos y extrañas sustancias para producir fracasos olorosos o éxitos explosivos, algo que se parecía a la situación en la que ella creía que se encontraban. También le agradaba la idea de que se trataba de un lugar de fórmulas bien definidas y de razonamientos indiscutibles, por lo que el orden y el entendimiento que la ciencia intentaba imponer al mundo podrían ayudarles a planear sus próximos pasos.

Las tres pelirrojas estaban sentadas en el suelo detrás de una mesa larga con las piernas cruzadas. Tenían entre ellas el ordenador portátil de Karen y se inclinaron hacia delante cuando Jordan escribió varios fragmentos de información.

—Aquí —indicó Jordan. Señaló la pantalla—. Las imágenes de Google son increíbles.

La imagen poco atractiva de un hombre de unos sesenta años

les devolvió la mirada. Tenía abundante pelo canoso alrededor de las orejas, pero en la parte superior le empezaba a clarear y llevaba unas gafas de montura de concha apoyadas en la punta de la nariz. La fotografía se la habían hecho unos años antes en unas sesiones de lectura de una librería local. Se veía claramente que medía un poco menos de metro ochenta y que no era corpulento, pero tampoco atlético. Su normalidad era el rasgo que más llamaba la atención.

—¿Creéis que es un asesino? —preguntó Jordan.

—No tiene el aspecto que imaginaba que tendría el Lobo —repuso Karen.

—¿Qué aspecto tienen los asesinos? —inquirió Jordan—. ¿Y qué aspecto crees que tiene un Lobo?

—Alto. Fuerte. Depredador. No veo eso —dijo Karen en voz baja.

—Es escritor. Novelas de misterio y de suspense —añadió Sarah.

—¿Eso significa algo? —respondió Karen.

—Bueno, supongo que quiere decir que sabe algo de crímenes —repuso Sarah—. ¿No crees que cualquier escritor lo bastante bueno como para que le publiquen un libro ha de saber cómo cometer un crimen?

—Sí, probablemente —contestó Karen con sequedad—. Pero también sabe cómo los pillan.

Se dirigió a Jordan.

—Háblanos sobre la esposa —pidió.

—Una hija de puta —contestó de forma brusca.

—Eso no nos dice mucho —añadió Karen.

—Sí que nos dice —interrumpió Sarah.

—La mujer se sienta muy derecha en el despacho del director y nunca sonríe —explicó Jordan—. Nunca saluda. Parece como si estuviese molesta cuando apareces para que el director te eche una reprimenda por cualquier cosa que hayas hecho mal, como si de alguna manera le fastidiases el día.

—Entonces, solo porque es un poco maleducada, tú crees que... —Karen calló.

«El pensamiento de los adolescentes es simplón —se recordó

Karen—. Salvo cuando no lo es, y entonces te sorprenden con alguna idea u observación verdaderamente profética.» Observó a Jordan a través de la oscuridad, intentando discernir de qué momento se trataba. Jordan era la que estaba más enfadada de las tres. Incluso en la penumbra del laboratorio veía cómo su rostro se encendía con una ira apenas contenida. Karen imaginó que era esa ira de adolescente lo que la hacía tan osada. Y también tan atractiva. No le asaltaban las dudas o, al menos, no dudas que Karen percibiese. Se preguntaba si alguna vez había sido como Jordan y sospechó que la respuesta a esa pregunta era «sí», porque la línea entre la ira y la determinación solía ser muy fina. Al menos esperaba que en el pasado fuese así. De repente se sintió mayor, y entonces pensó: «No, no es eso lo que siento. Lo que pasa es que ya siento la derrota de lo que tal vez tengamos que hacer.»

—Sigo pensando que es una hija de puta —repuso Jordan.

La adolescente dudó y en ese segundo dio un grito seco y ahogado, que retumbó en el laboratorio de ciencias.

—¿Qué pasa? —preguntó Sarah.

A Jordan le temblaba la voz, como si algo aterrador hubiese entrado repentinamente en la habitación y estuviese gruñendo y afilándose las garras en una esquina. Contrastaba enormemente con la Jordan intensa y vehemente a la que las otras pelirrojas se habían acostumbrado.

—Acabo de caer en la cuenta: la hija de puta viene a todos los partidos de baloncesto.

—Bueno, entonces eso... —empezó a decir Sarah solo para que Jordan saltase alterada con una retahíla de palabras.

—Todos los partidos. Me refiero a que está siempre allí arriba, en medio de las gradas, la he visto un millón de veces viéndonos jugar. Solo que yo pensaba que nos veía jugar. Pero quizás era solo a mí. Y si ella está allí, apuesto a que su marido también está, justo a su lado.

—Bueno, pero ¿le has visto alguna vez?

—Sí. Seguro. Probablemente. ¿Cómo iba a saber quién era? Esto tenía sentido.

—Y eso no es todo —prosiguió Jordan, cada vez más rápido—. En el despacho del director tiene acceso a mi expediente.

Puede saber todas las actividades programadas a las que tengo que asistir. Puede saber si tengo que estar en clase, en la comida o camino del baloncesto o de la biblioteca. Puede saberlo casi todo. O al menos, se lo puede imaginar.

Sarah se echó hacia atrás. Estaba muy preocupada. «Coges una cosa y le añades otra, combinas una observación con algo más que has notado y todo parece que significa algo cuando quizá no sea así.»

Para Jordan, de pronto todo era obvio: secretaria mezquina. Marido. Partidos. Todos sus viajes al gimnasio. Todas las citas fallidas con los psicólogos para que volviese al buen camino. Pensó: «Tiene que haber alguna relación.» Pero para las otras dos pelirrojas no era así. Jordan golpeó con brusquedad las teclas del ordenador y en la pantalla aparecieron fotografías de las sobrecubiertas de los cuatro libros del marido.

Las imágenes eran escabrosas, sugerentes y exageradas. En una destacaba un hombre empuñando un cuchillo ensangrentado. Una pistola grande sobre una mesa era el centro de otra. En la tercera aparecía una misteriosa figura al acecho en un callejón. La imagen de esta sobrecubierta hizo que Karen se estremeciese.

—No ha publicado nada desde hace años. Tal vez se haya jubilado —sugirió Karen. Ni una sola de las palabras que pronunciaban sus labios sonaba convincente.

—Sí. O puede que otra cosa —agregó Jordan burlona—. Puede que se cansase de escribir sobre asesinos y decidiese intentar algo más real a ver si le gustaba.

Las tres pelirrojas guardaron silencio, pese a que la observación de Jordan las había asustado de maneras distintas. Oían la música del baile a lo lejos. El ritmo intenso del rock and roll contrastaba con los oscuros sentimientos que sentían.

—¿Qué hacemos ahora? —susurró Sarah—. Puede que sea él. Puede que no lo sea. Lo que quiero decir es, ¿qué demonios podemos hacer? ¿Qué alternativas tenemos?

De nuevo el silencio rodeó a las tres mujeres.

Karen, la más organizada de las tres, tardó varios minutos en contestar.

—Uno, no hacemos nada...

—Un plan fantástico —interrumpió Jordan—. ¿Y esperamos a que nos mate?

—Todavía no lo ha hecho. Quizá no lo haga. Puede que todo sea simplemente, no sé... —Señaló con un gesto el material del laboratorio de ciencias—, un extraño experimento, el tipo de idea extravagante que se le ocurre a un escritor...

Calló.

—No tenemos ninguna prueba, salvo su palabra, de que el Lobo pretende matarnos.

—¡Tonterías! Nos ha estado siguiendo y... —interrumpió Sarah.

—¿Y qué me dices de tus gatos muertos? —preguntó Jordan.

—No estoy segura de que estén muertos. Solo sé...

Karen sabía que lo que decía contradecía todo lo que creía de verdad.

—¡Tonterías! —interrumpió Jordan, repitiendo la palabra de Sarah—. Sí que lo sabes, joder.

Karen lo sabía, pero prosiguió, con la voz cargada de falsas razones e incómodos compromisos.

—Puede que eso sea todo lo que hay. Puede que simplemente quiera seguir hostigándonos y martirizándonos y amenazándonos durante años.

Jordan movió la cabeza hacia delante y hacia atrás.

—Cualquiera de los muchos psicólogos a los que mis dichosos padres me han obligado a ir a lo largo de los años diría: «Eso es una negación total...» con una amplia sonrisa de imbécil en la cara como si dijese algo maravilloso que al instante me enderezaría y me convertiría en una adolescente normal, feliz, equilibrada, como si eso existiese en alguna parte del mundo.

Tanto Karen como Sarah se alegraron de estar a oscuras, porque las dos, pese al miedo, sonrieron. Karen pensó que eso era exactamente lo que le gustaba de Jordan. «Si logra sobrevivir a todo esto —pensó—, se convertirá en alguien especial.»

La palabra «si» le resultó casi físicamente dolorosa, como si fuese un repentino retortijón de barriga o una bofetada en la cara.

—Bueno, entonces «nada» y «esperaremos a ver si nos mata» es una opción —dijo Sarah—. ¿Y?

—Podemos intentar la confrontación —prosiguió Karen—. Ver si eso le ahuyenta.

—Quieres decir —interrumpió Jordan—, que, por ejemplo, llamamos a su puerta y decimos: «Hola. Somos las tres pelirrojas. Una de nosotras ya ha simulado su muerte, pero nos encantaría que dejase de decir que nos va a matar, porfa.» Eso sí que es un plan con el que las tres podemos estar de acuerdo.

El sarcasmo de Jordan llenó la estancia.

Sarah asintió con la cabeza.

—Por supuesto, si hacemos eso o algo parecido, lo más probable es que le obliguemos a actuar. Podría acelerar sus planes. Pensad en todas las películas que habéis visto en las que los secuestradores dicen a la familia de la víctima: «No llaméis a la policía.» Y, o llaman a la policía o no la llaman, pero ninguna de la dos respuestas es la correcta, nunca, porque las dos ponen la rueda en marcha. Es como si estuviésemos secuestradas.

—Y otra cosa —añadió Jordan—. Si hablamos con él, perdemos todas nuestras ventajas. Él se limita a negar que es el Lobo y nos da con la puerta en las narices y nosotras tenemos que volver a empezar desde cero. Y puede que estemos muertas mañana o la semana que viene o el año que viene. Puede que decida inventar un nuevo plan y ponerlo en práctica y otra vez empezamos desde cero. Lo único que hacemos es aumentar la incertidumbre en nuestras vidas.

Karen se sujetó la cabeza con las manos durante unos instantes. Intentaba ver con claridad a través de una niebla de posibilidades. Era como si estuviese revisando los síntomas de un paciente muy enfermo. Un paso en falso, un diagnóstico equivocado y el paciente puede morir.

—No sabemos a ciencia cierta si es el Lobo —declaró—. ¿Cómo podemos actuar sin estar seguras al cien por cien? —Estaba un poco sorprendida por la duda que se filtraba en sus palabras. Intentaba ser agresiva, decidida. Le resultaba difícil. Se sentía como si acabase de explicar un chiste sin gracia y se riesen de ella y no con ella.

Jordan se encogió de hombros.

—¿Y qué? No estamos ante un tribunal. No vamos a ir a la policía con una historia de locos sobre unos mensajes y un lobo y andar a escondidas todo este tiempo, simplemente para que un policía piense que estamos como una chota.

Jordan hablaba deprisa. Probablemente demasiado deprisa, pensaron las otras dos pelirrojas.

—La idea es aprovechar la ventaja. Mantener el control. Solo podemos hacer una cosa.

Karen sabía lo que iba a decir Jordan, no obstante, dejó que la adolescente lo dijera.

—Seremos más listas que el Lobo.

—¿Y qué vamos a hacer? —preguntó Sarah. Ya sabía la respuesta a su pregunta. Le aterrorizaba.

Karen también sabía la respuesta. Se echó hacia atrás y sintió una ola de tensión muscular que le recorría todo el cuerpo, como si se hubiese estremecido de la cabeza a los pies. La poca lógica que le quedaba la obligó a pronunciar unas palabras.

—No podemos ir y matarlo. Así de simple. ¿Esperar junto a la puerta de su casa y cuando salga a coger el periódico por la mañana, acercarse y pegarle un tiro para después intentar desaparecer? ¿Montar nuestro pequeño tiroteo urbano desde el coche? Nosotras no somos así. Y además acabaríamos en la cárcel, porque no es en defensa propia, es un asesinato y, que yo sepa, ninguna de nosotras es una asesina consumada.

Su sarcasmo resultaba mucho más suave que la versión adolescente de Jordan.

—¿Cómo podemos conseguir que sea en defensa propia? —preguntó Sarah—. ¿Una trampa? ¿Esperamos a que intente matarnos antes? Aunque quizá ya lo haya hecho.

—No lo sé —repuso Karen—. Ninguna de nosotras ha hecho nunca algo así.

—¿Estás segura? —Sarah dejó que la frustración se plasmase en su voz—. Hemos inventado mi muerte. Todas hemos sido manipuladoras, intrigantes, lo que sea, en algún momento de nuestras vidas. Todos somos así. Todos mentimos. Todos hacemos trampas. Creces y aprendes. Lo que hemos de hacer es crear algo que el Lobo no espere jamás. ¿Por qué no?

—¿A qué te refieres con crear algo...? —empezó a decir Karen, pero Sarah la interrumpió.

—Algo que él nunca esperaría.

—¿Y qué...?

—¿No te parece que todo lo que ha hecho depende de que nosotras actuemos como gente normal y agradable, sensible y amable? Si dejamos de hacer las cosas que nos convierten en quienes somos. O en quienes éramos.

Las tres pelirrojas callaron unos instantes.

—Quiero matarlo —dijo Jordan despacio, interrumpiendo un silencio que parecía letal—. Quiero acabar con el Lobo. Y ya no me importa nada, salvo que actuemos y que actuemos con rapidez. Y la cárcel es mejor que una tumba.

—¿Estás segura? —preguntó Karen.

Jordan no le contestó. «Es una buena pregunta», pensó. A esta idea inmediatamente le siguió la vehemente respuesta automática de una persona joven a todas las dudas importantes: ahh, joder.

—Pero ¿cómo? —preguntó Sarah con sequedad—. ¿Qué hacemos?

Le costaba creer que en realidad estaba de acuerdo con el asesinato. Tampoco podía creer no estar de acuerdo con el asesinato. Ni siquiera estaba totalmente segura de que estuviesen hablando de asesinato, aunque eso es lo que parecía. Parecía como si en la oscuridad del laboratorio de ciencias, cualquier posibilidad de pensamiento lógico se disipase alrededor de ellas.

Karen estaba a punto de decir algo, pero se contuvo. «¿Eres una asesina?», se preguntó de repente.

No sabía cuál era la respuesta correcta, lo único que sabía era que estaba a punto de averiguarlo.

Jordan asentía con la cabeza. Tecleó algunos números en el sistema de búsqueda del ordenador.

En la pantalla apareció la imagen de Google Earth de una casa modesta de un barrio periférico y mediocre. Jordan pulsó «vista de la calle» y de repente subían y bajaban por la calle donde vivían el escritor y la secretaria. No era muy distinto al antiguo barrio de Sarah: casas bien conservadas, con los laterales blancos y los jardines bien cuidados. Era un típico barrio de Nueva Inglaterra, no del tipo que aparece en las postales o en los folletos de viajes con imponentes casas antiguas o granjas. Estas eran sencillas hileras de casas construidas hacía treinta años, con un aire de posguerra, bien mantenidas por generaciones de obreros y sus familias, que se enorgullecían de la propiedad como parte del sueño americano de ascender en la clase social. Era el típico lugar donde los vecinos iban al instituto del barrio los viernes por la tarde a animar al equipo de fútbol americano y que los domingos, después de misa, comían pastel de carne. Sus habitantes podían ser furibundos seguidores de los Red Sox y de los Patriots, pero no podían costear los precios exagerados de las entradas, salvo quizás una vez al año. Sus hijos crecían con la esperanza de obtener un buen trabajo con un buen convenio, para repetir la misma trayectoria que sus padres, pero un poco mejor. Era el tipo de lugar que condensaba todo lo bueno y todo lo malo de Estados Unidos, porque detrás de todos esos jardines de césped bien podado y de los revestimientos de aluminio se ocultaban quizá más de un problema de alcoholismo o de drogadicción y de violencia doméstica y otros tipos de desgracias que comúnmente se encuentran bajo la superficie de falsa normalidad. Las tres Pelirrojas miraron las imágenes de la casa y de la calle, desde arriba, desde la parte delantera, desde detrás, e intentaron imaginar si alguien tan malvado como el Lobo podría prosperar en un lugar así. Parecía imposible que un asesino viviese allí. Pelirroja Uno pensó: «Es gente que viene a verme para que la ayude cuando está enferma.» Pelirroja Dos pensó: «Esta gente es exactamente igual que yo.» Pelirroja Tres pensó: «No tengo nada en común con esta gente y si viesen mi colegio privado, mi ropa cara y mi rica familia me odiarían al instante.»

Sarah fue la primera en hablar.

—No sé si esa es la casa del Lobo —aventuró—, pero no tenemos otras pistas. Ni otras ideas. No hay nadie más que pueda ser una posibilidad. Así que creo que deberíamos ir.

—Estoy de acuerdo —convino Karen.

—¿Sabéis una cosa? —dijo Jordan con suavidad—, Caperucita Roja no se da precisamente media vuelta y huye cuando el Lobo le habla. Le hace las preguntas difíciles. Como «qué dientes tan grandes tienes, abuelita...».

Las otras callaban.

—Tenemos que hacer algunas preguntas difíciles a ese escritor y a su mujer, la secretaria. No podemos esperar. No podemos retrasarlo. A cada minuto que pasa, le damos más tiempo para que se nos acerque. Tenemos que cambiar completamente el juego, a partir de este instante. Tenemos que tomar el control. Si esperamos un segundo más, podría matarnos. Ha sido así desde el principio, o probablemente hayamos tentado a la suerte lo indecible. «Qué dientes tan grandes tienes, abuelita...» Tenemos que ser capaces de hacer esa pregunta de tal forma que no puedan mentirnos. Solo entonces, sabremos la verdad. Y sabremos qué hacer, pero en ese mismísimo instante será obvio de cojones.

Hizo una pausa y susurró:

—Nada de mentiras, nada de mentiras, no más mentiras. Ya no más.

—¿Cómo podemos garantizarlo? —preguntó Sarah—. ¿Cómo haces una pregunta que no se pueda contestar con una mentira?

Sabía la respuesta a esa pregunta.

Karen también.

Jordan se agachó y de repente las otras vieron el cuchillo que tenía en la mano. La hoja delgada y afilada reflejó un haz de luz difusa que se había colado por una de las ventanas del laboratorio y brillaba como el mercurio plateado.

39

Pelirroja Uno pensó que era como inventar un mordaz número humorístico para un público difícil y rebelde.

Pelirroja Dos pensó que era como un trabajo de primaria en papel maché, unido con cuerda y celo.

Pelirroja Tres pensó que era como estudiar para un examen difícil de una asignatura de la que se había saltado muchas clases.

En realidad, ninguna de las tres lo llamó por su nombre: «Prepararse para matar a una persona.»

Cada una tenía partes dispares de un todo. Esa había sido la idea aproximada de Karen y había insistido en ello, aunque no podía explicar a las otras dos pelirrojas exactamente por qué. Simplemente le parecía que compartir el esfuerzo tenía sentido, de una forma vagamente democrática. Ninguna de las tres imaginaba que el Lobo Feroz habría encontrado este aspecto de su plan apresurado y desorganizado, completamente delicioso y decididamente inteligente; habría admirado la inevitable confusión que tres personas que trabajan de forma independiente para crear un complicado asesinato habrían provocado en cualquier investigador que siguiese el caso.

El Lobo Feroz había pulido su propio plan para dejarlo en lo que él consideraba una sencillez satisfactoria. Se parecía al famoso juego de mesa que prácticamente estaba en todas las habitaciones de juego guardado en algún estante polvoriento o en las casas de veraneo: Cluedo. Salvo que para él no sería el «coronel Mostaza en la despensa con una vela». Sería «el Lobo con un cuchillo de caza cuando menos lo esperen». En realidad, el Lobo había entrado en una especie de fase zen del asesinato: las acciones estaban subordinadas a la interpretación. Mientras se movía con entusiasmo delante de la pantalla del ordenador escribió: «Ya están muertas. Lo más importante son las palabras que acompañan a la acción. Tengo que atraer a la gente para que me acompañe en este viaje. Llegar hasta los asesinatos tiene que ser algo muy tentador para los lectores; no pueden sentir repugnancia; han de sentir su propia ansia. Ha de ser como cuando pasas por delante de un accidente en la autopista. No puedes evitar mirar, aunque sabes que dejarte llevar por una curiosidad morbosa te convierte de algún modo en una persona menos honorable.»

Tanto las tres pelirrojas como el Lobo Feroz habían llegado a la misma conclusión: «Apresúrate y mata.»

El futuro de todos dependía de ello.

Jordan abandonó la biblioteca a primeras horas de la tarde con un ejemplar de *A sangre fría*, de Truman Capote, en la mochila. Solo le interesaban los primeros capítulos, que había leído dos veces antes de saltarse otros para enfrascarse en la parte central del libro con objeto de identificar qué era lo que había provocado a Perry Smith y a Richard Hickock. También había ido a la modesta sección de películas del colegio y había encontrado en un estante la versión original de *Perros de paja*, de Sam Peckinpah, y el primer capítulo de *Scream: vigila quién llama*, de Wes Craven. Supuestamente para sacarlas había que firmar una hoja de papel que había por allí. Empezó a escribir su nombre y después pensó que era mejor obviar ese requisito.

De regreso a su habitación, puso la primera película en la unidad de disco del ordenador y sacó una libreta para apuntar observaciones y notas. Antes, había pasado varias horas estudiando con detenimiento entradas de Internet que describían varios crímenes, pero todos con un tema único: «Asesinato al azar.» Jordan pensó que al final del día tendría que destruir todo lo que había escrito.

Cuando apareció la idílica campiña inglesa en la pantalla que tenía delante, supo que tendría que destruir su ordenador. Pausó la película y escribió un correo electrónico a sus distanciados padres:

> Papá y mamá... Este maldito ordenador sigue bloqueándose y por su culpa he perdido un trabajo muy importante en el que he trabajado un montón, ahora tengo que repetirlo y seguramente lo presentaré tarde y el retraso me repercutirá en la nota. Os estoy enviando este correo desde el portátil de una amiga. Necesito un ordenador nuevo ya, porque tendré los exámenes finales enseguida. Puedo ir al centro comercial hoy, ¿os parece?, pero tendré que utilizar vuestra tarjeta de crédito.

Sabía que ni su padre ni su madre le negarían esta petición. Probablemente estarían contentos de que les comunicase alguna cosa, aunque solo fuese la necesidad de gastar un par de miles de dólares. Pensó que haber añadido lo del trabajo perdido había sido una buena idea, porque nunca le negarían algo que supusiese suspender o aprobar una asignatura. Y su petición, pensó Jordan, les daría un motivo para discutir, cosa que sería una ventaja añadida.

El ordenador que miraba fijamente tenía una huella digital en el interior de la memoria que podía incriminar tanto como una huella dactilar en la escena de un crimen.

Jordan sonrió y siguió con la película.

Estaba contenta de convertirse en una criminal. «Tanto estudio al final está dando sus frutos», pensó.

Tres pares de zapatillas de correr de hombre. Tres números diferentes. De idéntica marca y modelo. Tres tiendas de deportes diferentes para comprarlas y pagarlas en efectivo.

Su lista de la compra era larga y la aparente forma aleatoria en la que tenía que comprar los artículos la complicaba todavía más. En una situación normal, se hubiese quejado de los recados añadidos y de los complicados rodeos que se le habían ocurrido para llevarlos a cabo, sin embargo el comportamiento ilógico y errático era una fortaleza y no una deficiencia. Se imaginó a un policía llegando al mismo lugar y mirando sin comprender las zapaterías de la competencia, incapaz de entender por qué un asesino había adquirido el mismo artículo en tres tiendas diferentes en lugar de comprar los tres pares a la vez. Esto había sido una sugerencia de Jordan:

«No hagáis cosas que sean lógicas.»

El sombrerero loco, Alicia en el país de las Maravillas, la reina roja gritando: «¡Cortadles la cabeza! Y después ya vendrá el juicio.» Sarah miró a su alrededor al elemento básico del mundo estadounidense: el centro comercial, y pensó que estaba viviendo una vida al revés. «Soy una mujer que está muerta y está comprando artículos para matar.»

Todo parecía un inmenso chiste cósmico. Se rio a carcajadas, algunos compradores se giraron y la miraron extrañados, y después prosiguió con sus tareas.

Logró comprar los artículos que le habían encargado. Compró el primer pasamontañas negro en una cadena de tiendas de deporte especializada en escalada y en kayaks. En este establecimiento, también adquirió tres conjuntos iguales de mallas sintéticas negras y tres pequeñas linternas de alta intensidad. Se dirigió a la cadena de la competencia para comprar los otros dos pasamontañas. También compró un *fish Billy*, un bastón de madera pulida de cuarenta y cinco centímetros de longitud con una tira de cuero para colocar en la muñeca y que los aficionados a la pesca utilizan supuestamente para doblegar a peces grandes y luchadores. Fue a una tienda que tenía mallas y artículos de danza para comprar tres pares de zapatillas de ballet. En una ferretería compró un rollo de cinta aislante gris, un conjunto de destornilladores y un pesado mazo de goma.

A continuación, como si hiciese las cosas sin venir a cuento, regresó a la tienda de deportes y añadió a su lista de la compra tres sudaderas negras con capucha. En una tienda cercana de bolsos y maletas, compró las tres pequeñas talegas de lona más baratas que tenían: una azul, otra amarilla y otra verde.

Cuando se encontraba en medio del centro comercial, rodeada de otros compradores que llevaban bolsas muy grandes de papel llenas de ropa barata fabricada en China y artículos electrónicos fabricados en Corea, Sarah hizo una pequeña pirueta de bailarina. No le importó que la gente la mirase. Se sentía libre. A diferencia de las otras dos pelirrojas, sabía que podía huir en cualquier momento.

Quería reír a carcajadas. Como pago por una nueva identidad y un nuevo futuro tenía una única obligación: asesinar.

A Sarah le gustaba la simetría de la situación. La muerte da vida.

Para ella tenía sentido. Reconocía que tal vez no fuese la mejor manera de empezar de nuevo, pero estaba atrapada en un mundo que apenas tenía pasado —su vida como Sarah parecía que se desvanecía con cada minuto que pasaba—, vinculada solo a dos pelirrojas que antes eran dos desconocidas y sin embargo ahora creía que las conocía mejor que a cualquiera de los amigos que había tenido en el pasado, y a un hombre que quería ser un lobo y un personaje de un cuento.

Se agachó para alcanzar una de las bolsas con las compras y se puso el asa de cuero del palo de madera en la muñeca. Pesaba y la superficie era lisa y pulida. Resultaba letal al tacto. Sonrió. Ella también se sentía letal.

«Si me ve, la hemos fastidiado.»

Era el único pensamiento que se colaba en el miedo de Karen.

De nuevo iba en un coche de alquiler. Llevaba gafas de sol, pese a la oscuridad de la tarde gris y encapotada. Su característico cabello pelirrojo estaba oculto bajo una gorra de esquí. En la mano derecha, llevaba la cámara de vídeo, con la izquierda manejaba con cuidado el volante. La ventanilla del asiento del pasajero estaba bajada, levantó la cámara y filmó mientras pasaba con lentitud por las manzanas adyacentes a la casa donde el Lobo Feroz tal vez vivía o tal vez no. Sabía que iban a ser unas imágenes movidas, mareantes, poco profesionales, pero el hecho de que las otras dos pelirrojas pudiesen ver el vecindario les ayudaría.

Estacionó en un lado de la calle a media manzana de la casa.

Miró a un lado y a otro para asegurarse de que no había nadie. La vigilancia era importante, pero el secreto y la sorpresa lo eran todavía más.

Karen sentía cómo le latía el corazón y se reprendió «luego no puedes estar así». Las manos le temblaban y le supo mal que cuando les mostrase las imágenes a las otras dos pelirrojas se darían cuenta de lo asustada que había estado y eso la intranquilizaba, porque sabía que tenía que ser tenaz.

«No es lógico —pensó—. Se supone que yo soy la que dirige.»

Se imaginó que no era más que una doctora de la duda. Quizás una doctora de la muerte.

Calle abajo vio a un adolescente que salía de una casa cercana y se deslizaba detrás del volante de una camioneta pequeña de un color plateado mate. El chico no tenía absolutamente nada que ver con nada, eso lo sabía, pese a eso, se asustó tanto que tuvo que agacharse y en cuanto pasó por su lado con un estruendo, pisó el pedal del acelerador y se alejó del barrio. No solo tenía la impresión de que la seguían continuamente, sino que además sentía unos ojos que le quemaban en la nuca. Tuvo que recorrer varios kilómetros para calmarse y cuando la respiración se normalizó, se dio cuenta de que había llegado a una parte del condado que no conocía en absoluto.

Estaba perdida.

Tardó casi una hora en encontrar el camino de regreso a las calles que reconocía, porque se había negado a pararse y preguntar el camino, y otra hora para devolver el coche de alquiler, coger su coche y regresar a casa en la oscuridad.

Aparcó en el camino de entrada y descendió del coche por el lado del bosque que ocultaba su casa desde la carretera. Odiaba más que nunca el aislamiento de su casa. Se detuvo delante de la casa.

El sistema automático de iluminación se encendió.

Estaba a punto de parar el motor y entrar en su casa cuando dudó. Le abrumaban los miedos contradictorios: el lugar que debería ser seguro también constituía la mayor amenaza.

De repente, Karen puso una marcha y, con las ruedas chirriando, cambió de sentido.

Condujo como si la estuviesen persiguiendo, pese a que no había nadie en ninguna de las carreteras secundarias que tomó. De pronto, parecía como si el Lobo Feroz hubiera conseguido matar a todas excepto a ella. Estaba sola en el mundo, la única persona en pie, la única superviviente, esperando lo inevitable. Gritó en el coche, acelerando en la autopista, su voz descontrolada, elevándose en el reducido espacio, asustándola todavía más.

Cuando consiguió controlar un poco sus emociones, condujo hacia una de las autopistas principales. A los pocos segundos, vio un cartel: RESTAURANTE - GASOLINERA - MOTEL.

El motel que estaba al final de la rampa de salida pertenecía a una cadena nacional. El aparcamiento no estaba lleno. Solo había una persona en la recepción. Parecía joven, una chica recién graduada haciendo un programa de formación en gestión que le exigía trabajar hasta tarde con una incontenible sonrisa extravertida, aunque estuviese cansada o no se encontrase muy bien. La joven hizo el registro de Karen, le preguntó si prefería una cama de matrimonio extragrande o dos camas dobles.

Karen contestó con un sarcasmo nervioso.

—Solo puedo dormir en una cama a la vez.

La joven sonrió y se rio.

—Pues es verdad. Entonces, ¿extragrande?

Karen le entregó la tarjeta de crédito. Esto era peligroso. Dejaba constancia de su estancia en el motel, pero no podía hacer mucho más.

—¿Una noche? —preguntó la joven.

Karen se estremeció.

—No. Dos. Negocios.

No pareció darse cuenta de que Karen no llevaba equipaje, de que solo llevaba una bolsa de ordenador.

En la pequeña habitación del hotel opresivamente pulcra, lo primero que hizo Karen fue darse el gusto de tomarse una ducha abrasadora. Se sentía sucia, sudorosa. Se preguntó si una hazaña podía hacerte sentir sucia. Pensó que probablemente esto se debía a estar muy cerca de alguien que ellas pensaban podría ser el Lobo Feroz.

Con el pelo húmedo y envuelta en un par de toallas, se dirigió al pequeño escritorio de la habitación y sacó el ordenador que utilizaba para sus números humorísticos. «Nada de chistes aquí», pensó. Empezó con varias páginas inmobiliarias, como Trulia y Zillow, seguidas de páginas de grandes bancos del negocio inmobiliario. No tardó mucho en encontrar la casa donde vivían la secretaria y su marido escritor. Una de las páginas ofrecía útiles fotografías del interior y una visita virtual.

Como cualquier posible comprador, siguió las imágenes en la pantalla. Puerta principal. A la derecha. Salón. Cocina-comedor. Despacho en la planta baja. Escaleras arriba. Dos pequeños dormitorios «perfectos para una familia que quiere crecer» y una habitación de matrimonio con baño. Sótano terminado.

Contempló las fotografías. Un modesto y residencial paraíso de Nueva Inglaterra. La gran promesa de la clase media norteamericana: una casa en propiedad. Incluso averiguó cuánto habían pagado al estado el año anterior la secretaria y el escritor en concepto de impuesto sobre la propiedad inmobiliaria.

En ese momento, mirando las fotografías de la casa que pretendía visitar, tuvo un breve recuerdo. Le vino a la mente la letra de una antigua canción de rock que ponían en las emisoras de viejos éxitos que solía escuchar a menudo y masculló siguiendo el ritmo de la música que oía en su interior: «Lunes, lunes. No hay que confiar en él.»

Karen ignoró este aviso y envió un SMS a las otras dos pelirrojas: «Mañana. Dos y dos.»

No le pareció que tuviese que añadir de la tarde y de la mañana. Ellas sabrían lo que quería decir.

40

Dos de la tarde

La llevó a comer.

Fue un placer inesperado.

La señora de Lobo Feroz dejó en el escritorio del despacho evaluaciones e informes disciplinarios de alumnos que había que archivar correctamente en los expedientes. Puso a un lado un prolijo análisis de un comité fiduciario que examinaba nuevos flujos de ingresos y una larga petición escrita del director del departamento de Inglés para ofrecer cursos distintos a los de Literatura Tradicional como Dickens y Faulkner e impartir asignaturas sobre medios de comunicación modernos como Twitter y Facebook. Contenta, se encontró con el Lobo Feroz en un restaurante chino del centro de la ciudad, donde tomaron platos demasiado picantes y bebieron a sorbos un suave té verde. Supuso que él tenía algún motivo para sacarla a comer —como muchos matrimonios de muchos años las muestras espontáneas de afecto eran cada vez más raras—, pero no le importó. Se deleitó con las bolas de masa hervida y con la salsa de miso.

La camarera se acercó y les preguntó si deseaban postre.

—Yo una copa de helado —repuso el Lobo Feroz. Miró a su mujer.

—No, nada de dulce. Tengo que vigilar el peso.

—Venga —dijo él con un tono burlón—. ¿Solo esta vez?

Ella sonrió. Él estiró el brazo y le cogió la mano. «Como adolescentes», pensó ella.

—Bueno —sonrió a la camarera—. Yo también tomaré una copa de helado.

—Dos copas de vainilla —pidió el Lobo Feroz—. Somos gente corriente.

Era una broma que la camarera no captó y los dos rieron juntos cuando ella se alejó para traer lo que le habían pedido.

No le soltó la mano, sino que se inclinó sobre la estrecha mesa hacia su esposa.

—Mañana o pasado —dijo con toda la imprecisión que pudo, pero esbozando una sonrisa—. Es probable que tenga un horario un poco extraño. Ya sabes, que tenga que levantarme temprano, regresar tarde y quizá me salte algunas comidas.

—Bueno —dijo ella con un movimiento de cabeza.

—No tienes que preocuparte.

—No estoy preocupada. ¿Es importante?

—Los últimos retazos de la investigación.

Ella sonrió.

—¿Los últimos capítulos?

No contestó, se limitó a esbozar una sonrisa más amplia, lo que ella tomó como un sí. No le importaba. «La creatividad no es un trabajo de nueve a cinco.» Le miró. En lo profundo de su ser, reverberaban muchas palabras, que retumbaban con dudas y miedos. ¿Va a matar? Con una sorprendente tranquilidad, cerró todas las puertas a estas palabras. No le importaba lo más mínimo lo que hiciese o dejase de hacer. «Solo es trabajo de documentación.» Lo que existiese en el pasado, lo que pudiese suceder en el futuro, quienquiera que hubiese sido en el pasado, quienquiera que pudiese ser en el futuro, todo esto no era nada comparado con el momento actual, agarrados de la mano en un restaurante chino barato.

«El amor no tiene nada de vainilla», pensó.

El Lobo Feroz dejó a su mujer en el colegio con un juguetón gesto de la mano mientras ella desaparecía en el edificio de administración. Pero a los pocos segundos su interés estaba en otra parte.

Le quedaban por comprar dos cosas más.

Ninguna de las dos cosas era especialmente difícil: un traje de caza térmico, de camuflaje, que podía adquirir en la misma tienda de deportes que, aunque él no lo sabía, era la que Pelirroja Dos había visitado el día anterior; una americana azul y unos pantalones grises baratos de la tienda de segunda mano del Ejército de Salvación. Para Pelirroja Uno tenía que camuflarse a la perfección en el bosque que había detrás de la casa. Para Pelirroja Tres, tenía que parecer un profesor o un padre de visita y para eso necesitaba americana y corbata —por si acaso alguien lo veía en el campus, cosa poco probable—. Estaba claro que no quería destacar: una barba postiza. Gafas. El pelo engominado peinado hacia atrás. La posibilidad de que alguien lo reconociese era casi nula y ¿quién daría crédito a la identificación que algún chaval de secundaria pudiese hacer de una persona a la que hubiese visto de lejos unos segundos? Y, además, podían pasar horas hasta que descubriesen el cuerpo de Pelirroja Tres. Pensó que precisamente esto era lo excepcional de los dos asesinatos gemelos que había planeado. En los dos sería casi invisible.

El Lobo Feroz repasó mentalmente la lista.

Ropa. «Hecho.»

Transporte. «Una matrícula robada ayudaría.»

Arma. «El cuchillo estaba tan afilado que parecía una cuchilla.»

Lo único que quedaba por hacer era sumirse en la concentración absoluta necesaria hasta que se acercase el momento de matar a las dos pelirrojas que quedaban. Al alejarse del colegio en el coche, saboreando lo que le depararía el día siguiente, imaginó que sería como recibir una llamada de un viejo y lejano amigo, muy querido e importante. Evocó los recuerdos de hacía quince años, de la misma forma en que una voz característica que se oía a través de los años seguía siendo íntima y familiar.

El párroco estaba en el despacho del sótano para trabajar en el sermón del próximo domingo, así que las tres pelirrojas se encontraron entre bancos delante de una inmensa estatua de Cristo crucificado, con la corona de espinas y la cabeza agachada por la cercanía de la muerte.

Se sentaron, incómodas, mientras Karen les pasaba el vídeo de la calle. Se movían en la superficie dura de la madera, intentando memorizar detalles, puntos de referencia. Les resultaba difícil concentrarse. Sabían que tenían que convertirse rápidamente en expertas en matar y, sin embargo, cuando deberían estar totalmente concentradas, las tres pelirrojas se encontraron con que sus mentes divagaban por direcciones imposibles sin ninguna utilidad, como si el darse cuenta de lo que pretendían hacer las obligara a estar mentalmente en otro lugar. Karen empezó a disculparse por la calidad del vídeo, pero se calló porque no confiaba en su voz. Todo resultaba muy desorganizado y planeado de modo vergonzoso para alguien que se enorgullecía de una cauta organización. Karen pensó que su lado loco y descontrolado encarnado en su personaje del club de la comedia se había encargado de preparar un asesinato, en lugar de su lado disciplinado de doctora. No sabía cómo lograr que el lado adecuado tomase la iniciativa. En cambio golpeó el teclado del ordenador y con un par de clics apareció la información de la inmobiliaria que había conseguido la noche anterior.

Cuando dejaron de aparecer imágenes, las tres pelirrojas se echaron hacia atrás, en silencio.

Sarah se inclinó hacia el suelo pulido donde apoyaban los pies y sacó las tres talegas de lona. Entregó una bolsa a cada una con los artículos que había comprado. Ella se quedó con la amarilla.

En una situación que exigía docenas de preguntas, permanecieron en silencio durante varios minutos. Si un transeúnte las viese, pensaría que estaban rezando juntas.

Jordan levantó una vez la mirada de la pantalla y la posó en las imágenes religiosas que las rodeaban. La estatua era de un marrón profundo, taraceada con vetas doradas pintadas en lo que debería haber sido sangre roja. El techo de la iglesia reflejaba los tonos azules, verdes y amarillos de las grandes vidrieras. Pensó que era un lugar inusual para planear un asesinato, pero entonces se encogió de hombros de forma involuntaria y pensó que cualquier lugar donde una adolescente mimada, alumna de un colegio privado, planease un asesinato, probablemente sería bastante inusual. Miró de reojo a Karen. «Es médico. Ha estado en contacto con la muerte —pensó—. Tiene que saber lo que está haciendo.» Entonces, dirigió la mirada a Sarah y tuvo un pensamiento parecido. «La muerte llamó a su puerta, de una forma completamente injusta. Tuvo que enfurecerla tanto que ahora está lista para matar.»

Jordan pensó que era la única de las tres pelirrojas que no había tenido ninguna relación con la muerte. No esperaba que su virginidad pasase de esa noche.

Dos de la mañana

Karen se deslizó con cautela por la puerta trasera de su casa e inmediatamente se tiró al suelo. Se arrastró hacia delante hasta salir de la pequeña zona entarimada, utilizando los muebles de exterior que había olvidado guardar antes de la llegada del invierno para ocultarse, y se deslizó en la tierra fría y húmeda. La casa, detrás de ella, estaba totalmente a oscuras y ella se agarró a las sombras como un escalador se agarra a la cuerda de seguridad. Se incorporó un poco y, encorvada, corrió hacia la parte delantera.

«Si está vigilando, ahí es donde estará.»

Comprendió que esto no tenía lógica. Si el Lobo la estaba vigilando, entonces quería decir que no estaría en el lugar al que ellas se dirigían y todo lo que hicieran esa noche no serviría absolutamente para nada o quizás algo todavía peor. No sabría decirlo. Pero cada trocito de locura que tenía en su interior había tomado el relevo, así que se ocultó de los ojos que, si habían de tener éxito, no la estarían observando.

Se lanzó detrás del volante de su coche, mientras tiraba al asiento de detrás la talega azul. Buscó a tientas las llaves antes de encender el contacto y después utilizó la tenue luz de la luna para salir del camino de su casa sin encender los faros. Como antes, sabía que era una tontería.

Karen se detuvo antes de incorporarse a la carretera. Se dijo «cinco minutos». Si veía otro coche en ese periodo de tiempo, pensaría que era el Lobo.

Se preguntó: «¿Es eso lo que haría un asesino?»

Temblaba, respiró hondo varias veces para intentar tranquilizarse. «Lees libros. Ves la televisión. Vas al cine. Piensa en todas las veces que has visto a buenos y a malos llevar a cabo un plan asesino o una intriga en alguna situación ficticia. Haz lo mismo que hacen ellos. Solo que esta vez es real.»

Sabía que se trataba de un consejo ridículo.

«Puede que hayas visto millones de asesinatos de ficción —se dijo—. Pero todos esos asesinatos juntos no te indican lo que has de hacer.»

Puso una marcha, miraba continuamente por un retrovisor u otro, y condujo con rapidez pasando por las calles solitarias cercanas a su casa. Tuvo que hacer una parada crítica antes de recoger a las otras: su consulta.

Jordan no había dormido.

Poco después de la una de la mañana, después de yacer inmóvil mirando el techo de su habitación, se había levantado y se había vestido. Las mallas negras iban debajo de los vaqueros. Se puso la sudadera negra. Metió el móvil y el cuchillo en la talega verde y se puso el pasamontañas negro en la cabeza. Cogió las zapatillas de correr nuevas que Sarah había comprado y se las dejó arriba de todo, para poder cogerlas en cuanto estuviese fuera. Deslizó los pies en las zapatillas de ballet.

Se puso de pie y se dio la vuelta lentamente. La ropa que llevaba ni siquiera hizo ruido.

Jordan miró a su alrededor en un intento de recordar todo lo que era importante. La única luz en la habitación era la que venía de una farola de la calle que estaba debajo de su ventana y que otorgaba un resplandor amarillo a algunos rincones. Parecía que preparaba la maleta para irse de vacaciones; le preocupaba olvidarse algo importante. Salvo que en esta ocasión lo que temía olvidar no era un bañador o el pasaporte.

El simple hecho de vestirse para asesinar le producía un torrente de paroxismos de miedo en su interior. Contraía las manos y respiraba con rapidez. Tenía la garganta seca y le daba la sensación de que tenía un tic en el párpado derecho.

Se preguntaba adónde habían ido a parar todas sus bravuconadas, su seguridad y su fanfarronería. Le parecía que había sido tan categórica con la idea de asesinar al Lobo Feroz hacía mil años y en un país totalmente diferente. Ahora, cuando tal vez tenía un nombre, una dirección y de pronto se había convertido en algo más que una difusa amenaza, su seguridad se evaporaba. Se sentía como una niña pequeña que tiene miedo a la oscuridad. Tenía ganas de llorar.

Una inmensa parte de su ser intentaba persuadirla de que sería más inteligente quitarse la indumentaria de matar y esconderse bajo la colcha de su cama y esperar pacientemente a que el Lobo viniese a por ella. Venció este deseo, recordándose que las otras dos pelirrojas contaban con ella.

Aunque la idea de que esta noche podía ser de ayuda se desvanecía rápidamente en su interior, sustituida solo por la ansiedad y la duda.

Jordan se dirigió a la puerta pensando que esta podría ser la última noche de su vida tal como había sido hasta entonces. Se trataba de una de las sensaciones más agobiantes que había experimentado jamás: era como si durante todo el tiempo que el Lobo la había seguido se hubiese acostumbrado a un miedo determinado y esta noche prometía sustituirlo por uno totalmente distinto pero igualmente difícil de manejar. Quería gritar. Pero en lugar de gritar escuchó detenidamente para asegurarse de que ninguna de las chicas del dormitorio estaba despierta o estudiando o que se hubiese levantado para ir al baño.

En algún momento todos los alumnos del colegio habían salido a hurtadillas del dormitorio a deshoras, desacatando normas estrictas y arriesgándose a ser expulsados. «Nadie —pensó— ha hecho jamás esto por la razón que yo lo tengo que hacer.» Nada de una cita nocturna con un chico. Ni una juerga nocturna de drogas y alcohol. Nada de novatadas sádicas a los alumnos de primero. Esto era algo distinto.

El silencio y el sigilo que empleó eran los mismos. Pero las similitudes acababan ahí.

Apoyó la mano en la manilla de la puerta y pensó que la abría y que una nueva Jordan daría el paso al exterior, a un mundo completamente diferente. La vieja Jordan se quedaría allí para siempre.

Salió de la habitación con cuidado. Las zapatillas amortiguaban sus pasos y caminaba con suavidad, temerosa de que los viejos tablones del suelo rechinasen y crujiesen de forma reveladora.

A cada paso, la persona que una vez fue iba desapareciendo tras ella. Era igual que dejar una sombra atrás.

Cuando consiguió salir lentamente por la puerta principal, la recibió un aire frío. Tiritaba mientras se quitaba las zapatillas de ballet y se ataba los cordones de las zapatillas de correr. Aunque notaba el sudor en las axilas, el frío intenso era casi insoportable mientras se dirigía a su encuentro con las otras pelirrojas. Jordan temía congelarse si se quedaba quieta, así que echó a correr a través de la noche.

La salida de Sarah del centro de acogida fue igual de sigilosa; su problema era lograr pasar por delante del guarda de seguridad nocturno —una voluntaria de una de las facultades de la zona que llegaba a las nueve y se quedaba con ojos de sueño hasta el cambio de turno de la mañana, cuando llegaba un policía retirado con café recién hecho y donuts—. El problema, según Sarah, era salir sin ser vista por alguien inclinado sobre un montón de libros de texto que aprovechaba el opresivo silencio para estudiar. A los voluntarios nocturnos, un grupo de jóvenes de apenas veinte años, siempre se les decía que pecasen de prudentes. Cualquier altercado, cualquier cosa que se saliese de lo normal, podía acabar en una llamada a la directora del centro o quizás a la comisaría local.

Así que Sarah esperó más de una hora escondida en el descansillo de la segunda planta, sabiendo que al final la joven se levantaría para estirarse, o para ir al lavabo, o para dirigirse al despacho de al lado y servirse una taza de café o simplemente apoyaría la cabeza en los libros para dar una cabezadita.

El revólver de su marido estaba en la talega junto con la ropa.

Pero en ese momento iba vestida exactamente igual que Jordan, incluidas las zapatillas de ballet que amortiguaban el ruido. Karen también debía llevar el mismo atuendo.

Sarah ni siquiera miró el reloj. Quería rezar alguna oración que hiciese que alguien fuese al lavabo. Notaba todo el cuerpo rígido por la expectación.

Se lamió los labios, de repente los había notado secos y agrietados. Se sintió avergonzada, tonta. Todos sus pensamientos se habían dirigido a lo que harían cuando las tres llegasen a lo que creían era la casa donde vivía el Lobo Feroz.

En ese mismo instante, estuvo a punto de reírse a carcajadas. Reprimió las ganas. No era por algo gracioso, sino más bien la acumulación de miedo.

«Somos imbéciles, lo hemos entendido todo al revés —pensó—. Es el Lobo quien va a los tres cerditos y les derriba las casas soplando, salvo la del más listo, porque la había construido de piedra y ladrillo.»

«Cuento equivocado.»

No se le había ocurrido que el primer problema podía ser insalvable; sencillamente salir y entrar de un lugar diseñado para mantener a las personas protegidas y escondidas. De pronto sintió que se encontraba en una cárcel extrañísima.

Oyó a alguien abajo que arrastraba los pies. Se inclinó hacia delante y escuchó.

A esto le siguió el ruido de cerrar un libro de golpe. Oyó: «Maldita esa, esto es imposible. Odio la química orgánica, odio la química orgánica, odio la química orgánica», repetido en un tono de enfado y de frustración.

Después de un par de segundos, la frase «odio la química orgánica» se convirtió en una incoherente canción inventada, unas veces cantada con voz aguda y otras en bajo profundo. Oyó pasos que cruzaban el vestíbulo. A continuación, oyó cómo se abría y se cerraba la puerta del lavabo y se lanzó escaleras abajo, de puntillas para no hacer ruido y apresurándose por salir a la calle antes de que la descubriesen. Era de vital importancia que todo el mundo pensase que la mujer que ahora se llamaba Cynthia Harrison estaba durmiendo en su cama.

41

Las tres pelirrojas esperaban en el coche de alquiler a unos cien metros de la casa. Tendrían que haberse dedicado a repasar los últimos detalles del plan, aunque de poco sirviese, pero más bien estaban enfrascadas en sus pensamientos. Faltaba poco para las tres de la mañana. Karen se había detenido en el lateral de la calle y había aparcado debajo de un roble grande. Jordan estaba en el asiento trasero, Sarah en el delantero. Karen colocó las llaves del coche en el suelo y se cercioró de que las otras dos sabían dónde las dejaba. A continuación, distribuyó tres pares de guantes quirúrgicos que, temblorosas, se pusieron. Los tres pares de ojos miraban arriba y abajo de la calle. Aparte de alguna que otra luz que algún vecino olvidadizo se había dejado encendida, la calle estaba oscura y dormida.

Las palabras estaban bajo mínimos. Ninguna de las tres pelirrojas confiaba en que la voz no le temblase, así que ahogaban las palabras lacónicamente. Parecía que cuanto más se acercaban al asesinato, menos había que decir.

—Dos puertas —dijo Karen—. Sarah y yo, por detrás, entramos. Jordan, si el Lobo intenta salir por la parte delantera, tienes que detenerlo. Cuando hayamos logrado entrar, te dejamos pasar.

Todas asintieron con la cabeza.

Ninguna de las tres dijo: «Si es que es el Lobo.» Aunque las tres tenían el mismo pensamiento.

Tampoco preguntó Jordan: «¿Cómo lo detengo exactamente?» o «¿qué quieres decir con "detenerlo"?». Y por último: «¿Qué pasa si escapa?» Preguntas todas ellas muy razonables esa noche. La incertidumbre se unía a la irreversibilidad; las tres pelirrojas habían entrado en una especie de extraño estado más allá de la lógica. Se hallaban en un cuento de su propia cosecha.

—Arriba y a la derecha. Tiene que ser la habitación de matrimonio. Ahí es donde vamos. Muévete deprisa. Estarán dormidos, de modo que tenemos el elemento sorpresa, aunque al entrar en la casa probablemente los despertemos.

—Supongamos... —empezó a decir Sarah, pero se interrumpió. De pronto se dio cuenta de que había cientos de «supongamos» e intentar anticiparlos todos era imposible.

La voz de Jordan sonaba entrecortada, débil.

—En *A sangre fría*, una vez dentro separan a la familia Cutter. ¿Vamos a...?

Ella también calló en mitad de la frase.

Ninguna de las tres había dicho las palabras allanamiento de morada, aunque eso era exactamente lo que planeaban hacer. El más despiadado de los delitos, el que ataca una de las convicciones más profundas de Norteamérica, la idea de que uno debe estar completamente seguro en su propia casa. Atracos de bancos, tiroteos desde vehículos, guerras entre bandas por narcotráfico, incluso parejas separadas que se divorcian a tiros, todos tenían una especie de lógica contextual. Un allanamiento de morada no. Generalmente el móvil eran fantasías extrañas de violaciones o de riquezas escondidas que nunca se materializaban. Era el tipo de delito que Jordan había estudiado los últimos días y que Sarah y Karen sabían que estaban a punto de llevar a cabo. Aunque, normalmente, en este tipo de crimen, según había aprendido Jordan, eran delincuentes, psicópatas, los que atentaban contra la seguridad de personas completamente inocentes. Esta noche era al revés, eran los inocentes los que allanaban la casa de un Lobo. Aunque el caso parecía ser tal dentro del coche, supuso que en algún lugar en el exterior, en el frío, todos los papeles podían dar un giro de ciento ochenta grados.

—¿Tenéis algo que decir? —preguntó Karen.

—Respuestas —repuso Sarah tosiendo—. Vamos a intentar conseguir respuestas.

Las tres pelirrojas se deslizaron fuera del coche como si fuesen tinta negra derramada, arrugas en la noche. Se subieron las capuchas, se ajustaron los pasamontañas y se dirigieron con rapidez hacia la casa. Un perro ladró desde el interior de una casa vecina. Las tres pelirrojas tuvieron el mismo pensamiento aterrador: «Supón que tiene un perro. Un pitbull o un doberman dispuesto a defender a su dueño.» Ninguna expresó su preocupación. A Karen le pareció que cada paso que daban ponía de relieve lo poco que sabían sobre el hecho de cometer un delito, en especial, uno tan grave como el que iban a cometer.

Cada una de las tres pelirrojas quería coger a las otras dos, detenerlas en mitad del allanamiento y decir: «¿Qué diablos estamos haciendo?» En realidad, ninguna lo dijo; era como si las tres rodasen de bruces por una colina empinada y no hubiese nada donde agarrarse y detenerse.

A Pelirroja Uno se le revolvió el estómago.

Pelirroja Dos estaba mareada por las dudas.

Pelirroja Tres se sintió débil de repente.

Las tres estaban casi paralizadas por la tensión mientras avanzaban sigilosamente en la noche. El aire frío no ayudó mucho a disipar el calor de la ansiedad. Les parecía que todo lo que les había pasado las había, de alguna manera, empequeñecido.

En la parte delantera de la casa, Karen hizo gestos rápidos indicando los arbustos adyacentes a la puerta principal. Jordan se agachó, escondiéndose lo mejor que pudo. Las otras dos pelirrojas perfectamente sincronizadas se deslizaron alrededor del contorno de la casa, en dirección a la parte trasera.

De pronto, el hecho de encontrarse sola en medio de la noche estuvo a punto de acabar con Jordan. Estaba pendiente de algún ruido, temerosa de que su respiración se oyese tanto que despertase a los habitantes de la casa, despertase a los vecinos, despertase a la policía y a los bomberos. En cualquier momento, esperaba verse rodeada de sirenas, de luces intermitentes y de voces ordenándole que se incorporase manos arriba.

Poco a poco abrió la cremallera de la talega intentando hacer el menor ruido posible. Sacó el cuchillo y lo sujetó con fuerza.

Ya no pensaba que tuviese la fuerza necesaria para empuñarlo. La ferocidad que le había parecido tan fácil y natural unos días atrás, ahora le resultaba imposiblemente difícil. Parecía como si la atleta Jordan, más rápida que las otras Jordans, la Jordan más fuerte que cualquier otra jugadora del equipo; la Jordan más lista, más guapa, la Jordan de la que se burlaban y a la que tomaban el pelo, hubiesen desaparecido en ese momento de espera, sustituida por una Jordan extraña que ella no reconocía y en la que ciertamente no confiaba. Si hubiese sabido alguna oración, hubiera rezado en ese momento. En lugar de rezar, se agachó al lado de los escalones delanteros, su atuendo negro perfectamente confundido con la noche como si se tratase de la pieza de un rompecabezas, los músculos se contraían y estremecían, y ella esperaba que esta Jordan nueva e irreconocible fuese capaz de reunir la ira necesaria llegado el momento.

«Romper la ventana. Alcanzar el interior. Abrir el cerrojo. Atacar.»

El plan de Karen no tenía muchas sutilezas. En las películas, siempre parece sencillo: los actores están tranquilos, son inteligentes, no muestran prisas, toman decisiones acertadas y se comportan con una fácil determinación.

«La vida no es tan sencilla —pensó—. Todo conspira para ponerte la zancadilla. Especialmente la persona que uno es. Y esto no es lo que nosotras somos. Yo soy una médica, por el amor de Dios. No soy una artista del allanamiento. Y no soy una asesina.» Sujetó el mazo de goma en la mano, preparándose para hacer añicos el cristal y entrar en la casa, pero entonces Sarah le sujetó el brazo bruscamente, justo en el momento en que Karen había iniciado su furioso *swing* de retroceso. Karen oyó la rápida y profunda respiración que la joven arrebataba al frío de la noche. Se volvió hacia ella preguntándose qué la había hecho actuar de forma tan precipitada.

Sarah no dijo nada, se limitó a señalar a su derecha. En la ventana, que supusieron era la de la cocina, había una pegatina. Un escudo estampado con las palabras: PROTEGIDA POR ACE SECURITY.

A Karen le dio vueltas la cabeza. No se le escapó la sencilla ironía: se trataba de la misma empresa que había contratado para que le instalasen el sistema de alarma en su casa, después de haber recibido la primera carta del Lobo Feroz.

Dudó. Después susurró:

—Bueno, esto es lo que va a pasar. Entramos. Se dispara una alarma silenciosa en la sede central de la empresa. Esta llama al propietario de la casa, que tiene que contestar con una señal predeterminada que indica que están bien, que es un error o que hay problemas, en ese caso la empresa llama a la policía, que se presenta en un par de minutos.

Sarah asintió con la cabeza. Las dos pelirrojas se quedaron bloqueadas un segundo.

—¿Qué hacemos? —preguntó Sarah.

—No lo sé —repuso Karen. De pronto era consciente de que cada segundo que permaneciesen en el exterior, cada momento que dejaban a Jordan en la parte delantera, los riesgos aumentaban de forma exponencial. Era como observar en el laboratorio células peligrosas que se deslizan para unirse y se convierten con cada segundo que pasa en células mayores y más complejas.

—Decídete —dijo Sarah—. Seguimos o nos vamos.

Una ira lenta y abrasadora arraigó en Karen. «Si salimos corriendo, puede que corramos hacia la muerte. Quizá no esta noche. Quizá mañana. O pasado mañana. O la próxima semana. O el mes que viene. Nunca sabremos cuándo.»

Aspiró el aire frío de la noche.

—¿Tienes la pistola? —preguntó.

—Sí.

—Bien. En cuanto entremos ve hacia el dormitorio. Yo iré detrás. Abriré a Jordan. Y Sarah...

—¿Qué?

—No dudes.

Sarah asintió con la cabeza. «Fácil de decir. Difícil de hacer.»

Quedó sin decir a qué se refería con «no dudes» y qué tenía que hacer. «¿Matarlos a los dos? ¿Empezar a disparar? ¿Y si no es el Lobo?»

Karen sabía que si esperaba un segundo más, el pánico sustituiría a la determinación. Cogió el mazo y lo balanceó con fuerza.

En la parte delantera, Jordan oyó el tintineo del cristal al romperse. Si segundos antes había pensado que su respiración era atronadora, este ruido le pareció como una violenta explosión. Retrocedió, aferrándose a los bordes de las sombras como el abrazo de una persona al ahogarse.

Una esquirla perdida desgarró la sudadera de Karen. Por un momento pensó que le había hecho un corte en el brazo y emitió un sonido gutural ahogado que le salió de lo más profundo del pecho. Imaginó que la sangre oscura de las arterias corría por la sudadera y esperaba que un rayo de dolor la alcanzase. Esto no sucedió, cosa que le pareció un misterio. Ni siquiera tenía un rasguño. Pasó el brazo por la ventana rota y descorrió el cerrojo. En un segundo abrió la puerta de un empujón.

Sarah la adelantó. Corrió hacia delante, la linterna en una mano y la pistola en la otra. El pequeño rayo de luz se movía como loco de un lado a otro mientras ella corría por la casa.

«Arriba y a la derecha. Arriba y a la derecha.»

Sarah no estaba segura de si esto lo pensaba, lo decía en voz alta, lo gritaba o lo cantaba. Se lanzó hacia delante, agarró la barandilla y subió la escalera a saltos.

Karen se dirigió a la puerta principal y tanteó la cerradura. Tardó un segundo en abrirla.

—¡Jordan, ya! —susurró con la mayor intensidad posible.

Jordan estaba agachada a un lado, oculta en la oscuridad. La noche parecía zarcillos que la envolvían con tanta fuerza que la inmovilizaban. Notaba que le daba órdenes a los músculos pero no respondían. Entonces, como si estuviera flotando por encima de ella, mirando hacia abajo como una figura espectral, vio a la extraña Jordan que se levantaba, a punto de tropezar con los escalones, y entraba en la casa tambaleándose. Se agarró a Karen para evitar caer.

Karen ayudó a incorporarse a la más joven de las tres Pelirrojas, cerró de golpe la puerta principal tras ellas y saltó a las escaleras que subió a toda prisa intentando alcanzar a Pelirroja Dos.

No hacían mucho ruido.

Pero fue suficiente.

Arrancado por los ruidos del allanamiento del difuso territorio entre sueño y realidad, el Lobo Feroz sintió un abrasador rayo de miedo que le partía el corazón. Se incorporó en la cama, su respiración de repente convertida en jadeos superficiales, y lanzó un puñetazo al aire negro, golpeando a un terror desconocido e invisible, cortando las palabras en una especie de grito animal, sin saber si estaba atacando a una pesadilla o a algo real pero fantasmagórico. A su lado, su esposa emitió un grito que más parecía un gorjeo que un grito propiamente dicho. La señora de Lobo Feroz sintió que se le cerraba la garganta, como si alguien la ahogase.

La puerta del dormitorio se abrió y una figura —en la oscuridad no podían distinguir si era humana, pues era una forma que se confundía con la noche— se lanzó hacia ellos. Rayos de luz cortaban la oscuridad de un extremo a otro de la habitación, mientras Sarah agitaba la linterna hacia delante y hacia atrás.

Levantó la pistola, intentando recordar todo lo que la directora del centro de acogida le había enseñado.

«Utiliza ambas manos.»

«Quita el seguro.»

«Aguanta la respiración.»

«Apunta con cuidado.»

«Haz que todo disparo cuente.»

Tiró la linterna al suelo para poder coger la pistola como le habían enseñado y la pareja que tenía delante, en la cama, desapareció en sombras grotescas. Pensó que gritaba: «¡Mátalo!» «¡Mátalo!», pero de nuevo no oía las palabras ni siquiera sentía que los labios se moviesen y pronunciase algún sonido. En ese momento de duda, un impacto naranja y rojo explotó en sus ojos cuando el hombre al que quería disparar le golpeó el rostro con un salvaje gancho. El Lobo, todo él instinto de lucha, se había lanzado contra Sarah, golpeándola de lado, mientras la señora de Lobo Feroz había retrocedido.

Sarah se tambaleó y mientras se tambaleaba un segundo puñetazo la golpeó en el pecho y la dejó sin respiración. Rebotó contra una cómoda, salió despedida de lado y cayó encima de la cama. De repente, notó cómo una mano agarraba la pistola. Solo sabía que tenía que luchar, pero cómo hacerlo era algo que se le escapaba. Su único pensamiento era: «¡No la sueltes! ¡No la sueltes!» Se retorcía, daba vueltas y sentía que los pies se deslizaban mientras caía por el borde de la cama y golpeaba el suelo, un repentino peso encima de ella y uñas afiladas arañándole la cara como si intentase arrancarle el pasamontañas.

Detrás de ella, otras dos sombras negras irrumpieron en la habitación. Karen llevaba el bastón en la mano y lo balanceaba descontrolada e ineficazmente. Golpeó una lámpara de la mesilla e hizo añicos la porcelana. Un segundo golpe sin control se estrelló contra las baratijas que había sobre una cómoda y que salieron volando.

La oscuridad engañaba a todos.

El Lobo Feroz y su señora luchaban de forma salvaje, desesperada. Los dos daban patadas, mordían, golpeaban, utilizaban los dientes, los puños, los pies. La ropa de cama acabó amontonada en el suelo. La estructura de madera de la cama crujía bajo el frenesí. La señora de Lobo Feroz había agarrado la pistola que sujetaba Sarah con las manos, luchando de un lado a otro, intentando frenéticamente que la soltase. Apenas comprendía qué era, solo sabía que era algo que los podía matar y que debía cogerlo y no soltarlo. Como animales, solo conscientes de que del sueño habían pasado a luchar por sobrevivir, peleaban con encarnizamiento.

El Lobo Feroz saltó y cruzó la negra habitación hasta Karen. Le dio un puñetazo en la oreja. La cabeza le daba vueltas. Otro golpe se estampó en el diafragma y la doctora sintió cómo se rompía una costilla y un dolor intenso le recorrió el cuerpo. Esperaba un tercer golpe, uno que la dejase inconsciente y balanceando el bastón desesperadamente lo notó crujir contra piel y huesos y oyó un grito de dolor, pero no estaba segura de si provenía del remolino contra el que luchaba o de sus propios labios.

Un repentino y fuerte aullido atravesó la habitación. Jordan había atacado al Lobo Feroz con su cuchillo y le había alcanzado en el brazo cuando lo llevaba hacia atrás para golpear a Karen. Con un rugido de dolor, el Lobo Feroz agarró a Karen y la lanzó con saña contra Jordan, la menor de las pelirrojas chocó contra la pared y su cabeza se estrelló contra una fotografía enmarcada que se hizo añicos con un estallido.

El Lobo peleó; ahora ya sabía que había un bastón, un cuchillo y una pistola, aunque su mujer parecía tener agarrada esta última. La única luz que había en la habitación provenía de la linterna abandonada que había rodado inútilmente a una esquina, de manera que la pelea tenía poco de organizada y ninguna lógica, no era más que sangre, golpes e intentar ganar y sobrevivir en la oscuridad y la sombra.

Todavía no sabía contra quién luchaba. Si hubiese tenido un segundo para reflexionar, hubiese percibido tres formas, todas femeninas y tal vez esto le hubiese clarificado la aritmética del forcejeo. Pero los golpes que le llovían, el dolor del corte en el brazo y el susto de pasar del sueño a un ataque mortal conspiraban para dejar de lado la lógica. Lo único en lo que era capaz de pensar era en coger el cuchillo de caza que tenía en el escritorio de su despacho en la planta baja y de alguna manera lograr igualar la pelea.

Apartó a Karen de un empujón, lanzándola contra la misma pared donde Jordan yacía desplomada. Se lanzó contra las dos figuras —su mujer y una sombra— enzarzadas en el forcejeo por la pistola. Se estrelló contra las dos sin saber qué cuerpo era de quién, aporreando todo cuerpo que notaba. En la confusión, el Lobo Feroz oyó el ruido distintivo del arma al quedar libre y caer al suelo. La buscó a tientas pero no la encontró.

Y, de repente, le tiraron la cabeza hacia atrás con ensañamiento. Notó la hoja de un cuchillo en el cuello.

Las palabras parecían provenir del inconsciente.

—Si te mueves, te mato.

Jordan estaba detrás de él, casi sentada a horcajadas, con una mano le sujetaba la frente y con la otra empuñaba el cuchillo, como un granjero listo para sacrificar a un animal para la cena.

Su primer impulso fue lanzarse hacia delante. La presión del cuchillo lo disuadió.

Y en ese momento sonó el teléfono.

42

«Qué ojos tan grandes tienes, abuelita...»

Al principio, la insistencia del teléfono resultaba completamente extraña, una inyección de prosaica normalidad en una situación que no tenía ninguna. Interrumpió la pelea, todos se quedaron inmóviles en sus posiciones, como en un juego infantil.

Fue Karen la que enseguida comprendió la importancia del timbre del teléfono. Había que contestarlo sin demora. No se le ocurrió contestarlo ella.

Con frenesí, cogió la linterna de la esquina donde había caído y la enfocó a los ojos del Lobo Feroz.

—¡Contéstalo! —gritó. Era imposible, pues estaba clavado al lado de la cama, de rodillas en el suelo, entre Jordan y su cuchillo de filetear. El teléfono estaba en una mesita de noche al otro lado de la habitación.

Cada timbrazo sonaba más fuerte. Karen enfocó la linterna a la señora de Lobo Feroz, que estaba entrelazada con Sarah.

—¡Contesta! —gritó otra vez. Levantó el bastón con gesto amenazador, como si estuviese lista para aplastarle el cráneo a la mujer, pero incluso en la oleada casi de pánico que Karen sintió que le recorría el cuerpo, sabía que contradecía el propósito de la amenaza.

»Es la empresa de seguridad. ¡Contesta el puto teléfono!

Sarah, que de repente comprendió la urgencia, empujó a la señora de Lobo Feroz para levantarla y enviarla al teléfono, como una serpiente que se quita la piel vieja. La pistola, que yacía cerca, debajo de una cómoda, medio escondida entre sábanas y mantas tiradas en el fragor de la pelea de la habitación, de pronto parecía menos importante, aunque Sarah la cogió, reclamándola para sí. Ella también apuntó el arma a la señora de Lobo Feroz.

La señora de Lobo Feroz dudó. Abrió los ojos como platos cuando los fijó en la hoja del cuchillo en el cuello de su marido, ignorando el cañón de la pistola que le apuntaba a ella. Él consiguió hacer un pequeño gesto de asentimiento y ella se lanzó a través de la cama y agarró el auricular.

—¿Diga? —dijo con voz temblorosa.

—Aquí el Servicio de Seguridad Acer. Se ha disparado la alarma silenciosa de la casa. ¿Es usted la propietaria?

La señora de Lobo Feroz tartamudeó, en un intento de recuperar el aliento y responder a la vez.

—Sí, sí. La alarma, ah, qué...

—Su sistema de alarma indica una intrusión.

Sujetó el teléfono cerca de la oreja, pero los ojos miraban a su marido.

—¿Una intrusión?

—Sí. Un allanamiento.

—Estábamos dormidos —repuso. Pensaba lo más rápido posible—. Acaba de despertarnos. El timbre del teléfono nos ha dado un susto tremendo. Tenemos un cachorro nuevo —mintió—. Puede que él haya hecho saltar la alarma. ¿Me da un segundo para comprobarlo?

—Tiene que darme su código de seguridad —repuso con brusquedad la voz al otro lado del teléfono.

—Bueno, déjeme comprobarlo —repitió—. No tardaré más de un par de segundos. Tengo que ir a la planta baja. Sé que anoté el código y lo puse en el cajón de...

De nuevo volvió a mirar a su marido, buscando indicaciones.

Pero fue Karen quien susurró una interrupción.

—Si no le das el código adecuado, si no lo haces ahora mismo, llamará a la policía. No pasa nada —dijo esbozando una fugaz sonrisa de suficiencia—. Podemos esperar todos tranquilamente a que se presente la policía. Después, de buena gana les explicamos todo. Piénsalo: ¿es eso lo que quieres?

La pregunta estaba dirigida al Lobo Feroz.

El lado de Karen, que parecía cruel de pronto, encontró la situación deliciosa. «Bueno, señor Lobo Feroz, señor Asesino, señor Quienquiera que sea, ¿quiere explicar a algún policía sorprendido lo que sucede aquí esta noche?»

Esbozó una sonrisa falsa mientras hablaba en un tono quedo, iracundo. Se sentía al borde de un salvajismo total. Karen la humorista y Karen la doctora habían sido reemplazadas. No sabía si las otras dos pelirrojas habrían sufrido transformaciones parecidas.

—Querrán saber exactamente por qué tres mujeres que no se conocen entre sí han escogido esta noche para unirse y allanar esta casa. No una casa elegante, en la que hay dinero o joyas o valiosas obras de arte, porque te aseguro que no estamos aquí para robar nada. Esta casa en concreto. Una mierda de casa mediocre, ¿verdad? Y escucharán la historia que les explicaremos nosotras tres y les costará muchísimo creérsela. Pero eso solo hará que sientan mucha más curiosidad. Y entonces tendrán que hacerte algunas preguntas. Y serán preguntas difíciles. ¿Quieres responder a sus preguntas? ¿Es eso lo que te apetece hacer esta noche?

Abrió los ojos como platos.

—Entonces, si no eres el Lobo —prosiguió Karen con lentitud—, por favor, dales la respuesta de emergencia. Haz que venga la policía lo más rápido posible y que se nos lleve esposadas. Pero si eres...

Levantó el brazo, se quitó la capucha negra y apareció el pelo pelirrojo. Las otras dos pelirrojas hicieron lo mismo.

En el teléfono. La señora de Lobo Feroz dio un grito ahogado.

El Lobo dudó. Seguía notando la hoja del cuchillo que le hacía cosquillas en el cuello. Veía el miedo en los ojos de su esposa. Intentaba revisar sus opciones y solo se le ocurrió una. Ganar tiempo. Y esto no incluía una conversación con la policía. Puede que la policía local fuese ineficaz e incompetente, pero no tanto.

—Dale el código —masculló con enfado—. Diles que estamos bien. Que ha sido el perro que no tenemos, lo que has dicho antes.

La señora de Lobo Feroz apartó la mano del auricular.

—Estamos todos bien. Bien. Ha sido un error. El perro la ha disparado —repitió con cuidado—. Nuestro código para indicar que todo está bien es Inspector Javert. Jota, a, uve, e...

—Gracias —repuso la voz—. Un código interesante. Muy literario. Vi *Los miserables* el año pasado en Broadway. Le conecto de nuevo la alarma desde aquí.

La señora de Lobo Feroz dejó el auricular en su sitio.

—Ahora deberíamos matarlos a los dos —dijo Jordan. Las palabras que salieron de sus labios la sorprendieron. La Jordan débil y asustada que esperaba en el exterior había sido relegada y sustituida por una Jordan asesina, violenta e implacable. Había sucedido en cuestión de segundos. Pensó que tal vez el contacto físico había provocado que se liberara dentro de su ser. Que te golpeen contra una pared puede dejar al descubierto recursos ocultos que rara vez se necesitan. Pese a todo, sintió que la invadía un impulso frío y asesino y movió ligeramente la hoja del cuchillo hacia delante y hacia atrás, rasgando superficialmente la piel del Lobo Feroz, de forma que un hilo de sangre empezó a caerle por el pecho y le manchó la camisa del pijama.

Jordan se inclinó hacia delante y apoyó la cabeza en el Lobo Feroz, de manera que sus labios estaban cerca de su oreja.

—Pensabas que sería al revés, ¿no? Pensabas que serías tú quien me pusiese un cuchillo en el cuello, ¿eh? Y luego, ¿qué pretendías hacer?

No respondió. Una expresión de rabia le cruzó el rostro, apenas lograba contener su ira. Quería ponerle las manos en su cuello. En cualquier cuello. Pero estaba inmovilizado.

Sarah se arrodilló con dificultad. Sujetaba la pistola con las dos manos, apuntándole. Estaba frente al Lobo y el cañón del arma le apuntaba directamente a los ojos aproximadamente a cuarenta centímetros de distancia. Pensó: «Aprieta el gatillo y terminarás con todo lo que antes conformaba tu vida. Vuelve a empezar en este mismo instante y la nueva Sarah estará a salvo para siempre.» El Lobo estaba encajonado entre las dos pelirrojas. La pistola y el cuchillo formaban un paréntesis mortal.

—Pensaba que habías muerto —dijo el Lobo decepcionado.

—Fui a tu funeral —añadió la señora de Lobo Feroz lastimeramente desde el otro lado de la habitación, donde de repente se había desplomado en la cama, rodeándose las rodillas con los brazos a la altura del pecho, como una niña infeliz. Hablaba en un tono quejumbroso como si esta artimaña fuese de alguna manera poco honesta e injusta.

—Estoy muerta —repuso Sarah con crudeza sin apartar la vista del Lobo.

Miró por el cañón de la pistola entrecerrando los ojos.

—Jordan tiene razón —añadió con frialdad—. Matémoslos a los dos ya.

—No, por favor —gimió la señora de Lobo Feroz. Un hilillo de sangre le caía por la comisura de los labios, en el punto donde había aterrizado un afortunado golpe de Sarah. Tenía el pelo encrespado en una maraña de nudos. Estaba pálida y la parte de Karen que seguía siendo doctora pensó que en cuestión de segundos la mujer había envejecido años. De repente se acordó de su corazón. «Puede ceder en cualquier momento. Le habremos provocado un infarto. ¿En ese caso sería un asesinato? ¿O justicia?»

La señora de Lobo Feroz se dirigió a Karen.

—Por favor, doctora, por favor... —se volvió hacia Jordan—, Jordan, eres una buena chica, tú no puedes...

—No, no lo soy —la interrumpió Jordan furiosa—. Puede que lo fuese en otro tiempo, pero ya no. Y sí que puedo. —No dijo lo que «puedo» implicaba en ese preciso instante. Empuñó el cuchillo con más fuerza.

—Espera —dijo Karen.

Las otras dos pelirrojas la miraron.

—Todavía no lo hemos averiguado todo.

Pelirroja Dos y Pelirroja Tres la miraron con expresión burlona.

—Antes de matarlos, necesito saberlo todo —agregó.

Sentía una frialdad en su interior. Parecía como si por primera vez desde que había recibido su carta, su vida empezase a centrarse. La claridad por fin empezaba a borbotear cerca de la superficie, donde quizá lograse atraparla. Se agachó, bajó la cabeza y la acercó a la del Lobo Feroz, para que su aliento lo envolviese.

—Abuelita, abuelita, qué ojos tan grandes tienes.

Rio con una dureza que no sabía que poseía.

—Esa es la pregunta. La recuerdas, ¿no? ¿Y te acuerdas de dónde proviene? De un cuento. ¿Qué te parece? Un maldito cuento que ninguna de nosotras había leído desde que éramos niñas. Es igual, la respuesta adecuada es: «Para verte mejor, Caperucita.»

«La cinta aislante es algo fantástico —pensó Karen mientras ataba las manos y los pies de la señora de Lobo Feroz con la cinta—. Adhesiva y práctica. Estoy segura de que los verdaderos criminales la usan de buena gana continuamente.»

Los dos lobos estaban uno al lado del otro en el sofá del salón, inmovilizados con la cinta gris. Parecían una pareja de adolescentes en su primera cita, no llegaban a tocarse. La señora de Lobo Feroz tenía dificultades para controlar sus emociones. Parecía que retumbaban en su interior de cualquier manera. A su marido, por otra parte, le embargaba una profunda ira. Apenas decía nada, pero sus ojos seguían a las tres pelirrojas como si imaginase a cuál iba a matar primero cuando consiguiese, por arte de magia, soltarse, coger un arma y, de forma extraordinaria, volver las tornas a las tres mujeres.

—Perfecto —exclamó Karen, mientras retrocedía y admiraba su obra.

Pelirroja Dos y Pelirroja Tres estaban unos pasos detrás de ella. Las dos empuñando su arma.

—¿Y ahora qué? —preguntó Jordan.

Ninguna de las tres pelirrojas se había percatado del cambio de dirección que había tenido lugar en la casa. El Lobo Feroz era totalmente consciente de la diferencia. Entraba perfectamente dentro de su especialidad.

Se rio, brevemente.

—Habéis cometido un error —dijo. Levantó las muñecas atadas con cinta—. Un error mayúsculo, maldita sea.

—¿Qué error? —espetó Jordan.

El Lobo Feroz sonrió.

—No tenéis ni idea de asesinar, ¿verdad?

Las tres pelirrojas no le contestaron. Él no esperaba que lo hicieran.

—En una pelea, en defensa propia —el Lobo Feroz sermoneaba despacio, con voz queda y regular, lo que subrayaba su conocimiento—, puedes hacer casi cualquier cosa. Todo depende de lo desesperado que estés. Apuñalar a una persona con un cuchillo. Apretar el gatillo de una pistola. Machacarle el cráneo a tu oponente. Salvarte en la lucha cuerpo a cuerpo. Es muy sencillo defenderte cuando luchas. Cualquiera puede encontrar la fuerza para vencer y hacer todo lo que sea necesario en medio del calor, la sangre y la lucha.

Se reclinó un poco en el sofá.

—Pero ahora ya no estamos peleando. La batalla ha terminado. Habéis vencido. Pero en realidad no habéis vencido, porque ahora, para poder sobrevivir a esta noche, tenéis que matar. A sangre fría. Es un poco tópico, ¿no os parece? Pero las tres lo sentís, ¿no es así? ¿Alguna de vosotras cree que tiene esa fuerza? Una cosa es una pelea. Otra cosa es un asesinato.

Las tres pelirrojas callaban.

El Lobo Feroz se instaló en el sofá. No parecía asustado, ni siquiera muy disgustado por la situación.

—Una madre es capaz de matar para defender a sus hijos. Un hombre puede que sea capaz de hacerlo para defender su hogar y su familia. Un soldado lo hará sin pensar para proteger a sus camaradas. Pero eso no es lo que tenemos aquí esta noche, ¿o me equivoco? ¿Cuál de vosotras cree que puede ser una asesina?

Empezó a reírse. Karen estaba desconcertada, como si la carga psicológica del momento la hubiese abofeteado en la cara. Jordan se dio cuenta de que su respiración era superficial, casi dolorosa. «¡Pero hemos vencido!», se dijo. En ese momento de duda, Sarah pasó por delante de las otras dos pelirrojas con un estallido de energía.

—¿Crees que no podemos matarte? —preguntó Sarah casi a gritos. Cruzó deprisa la habitación y clavó el cañón de la pistola en la frente del Lobo Feroz. Su esposa gimió, pero él se limitó a sonreír burlonamente.

—Demuéstrame que me equivoco —le retó. Mantuvo la mirada clavada en los ojos de Pelirroja Dos, ignorando el riesgo que corría.

Sarah liberó el martillo del percutor. El dedo se tensó en el gatillo. Lo soltó con un gemido largo e iracundo.

Y entonces retrocedió.

—No es fácil, ¿verdad? —dijo el Lobo Feroz.

Enseguida volvió a apuntar la pistola a su frente.

—Soy capaz de hacerlo —repuso.

—Si fueses capaz, ya lo habrías hecho —contestó.

Pelirroja Dos y el Lobo Feroz se estremecieron un poco.

Karen y Jordan estaban seguras de que iba a apretar el gatillo. Y ambas estaban seguras de que no lo haría. Ideas totalmente contradictorias batallaban en su interior.

Karen fue quien habló primero.

—Sarah, apártate.

Transcurrió un segundo, después otro y Sarah bajó el percutor de su pistola y se apartó del Lobo.

—Veis, creéis que habéis logrado algo esta noche aquí. Sin embargo, no es así. No sabéis nada sobre asesinar mientras que yo lo sé todo y eso significa que vosotras siempre perderéis y yo siempre ganaré.

Volvió a sonreír.

—¿Queréis saber una cosa obvia para cualquiera que realmente sepa lo que es asesinar?

Las tres pelirrojas no respondieron, pero el Lobo Feroz prosiguió igualmente.

—No va a entrar por la puerta ningún leñador fortachón con su buena hacha. No hay una abuelita a salvo escondida en el armario lista para salir a abrazar a Caperucita. Esta historia solo tiene un final verdadero y es el único que siempre ha sido posible. El primer final.

Las tres guardaban silencio.

—Nunca podréis salvaros. No una vez que yo haya empezado.

El Lobo se recostó. Sonrió.

—Sois inteligentes —prosiguió el Lobo Feroz. Su tono de voz

era casi amable. Tenía esa especie de familiaridad de las bromas entre viejos amigos que se encuentran de forma inesperada—. Por eso os elegí, para empezar. Y las tres sois lo bastante listas como para saber que esta noche no tenéis escapatoria. Nunca debisteis haber venido. Tendríais que haberme dejado hacer lo que fuese que iba a hacer. O tal vez deberíais habernos asesinado a los dos arriba. Tal vez podríais haberlo hecho. Y tal vez, como dice Pelirroja Dos, incluso me podáis matar ahora. Tal vez, pero solo tal vez, estéis tan enfadadas y asustadas. Pero ¿sois capaces de matar a mi esposa? —Hizo un gesto con la cabeza señalando a su esposa—. Porque ella es inocente. Ella no ha hecho nada.

El Lobo Feroz se encogió de hombros.

—Para eso sí que se necesita una maldad especial. Matar a alguien simplemente porque está en el lugar adecuado en el momento equivocado. ¿Creéis que tenéis esa capacidad? ¿Sois capaces de ser tan malvadas?

A Karen le daba vueltas la cabeza. Era como si alguien hubiese impregnado la habitación de algún perfume que le impidiese pensar con claridad. Pensaba que todo lo que el Lobo decía era cierto. Nunca serían libres. «Asesinarlo y vivir siempre con la culpa. Perdonarle la vida y preguntarse siempre si las seguiría de nuevo. Asesinar a la mujer y somos igual que él.» Este pensamiento casi le produjo náuseas. A su lado, la mano de Sarah se contrajo. La pistola que sujetaba le resultaba de pronto increíblemente pesada y no estaba segura de tener la fuerza necesaria para seguir empuñándola. Ni siquiera estaba segura de que le quedasen fuerzas para apretar el gatillo. Parecía como si toda la energía de sus músculos se hubiese evaporado. Jordan se apoyó en la pared. Se hacía preguntas que no tenían respuesta.

Y en ese momento de debilidad para las tres pelirrojas, la señora de Lobo Feroz soltó:

—Solo es un libro. Es el libro que está escribiendo. Nadie tiene que morir esta noche.

«Todos los escritores necesitan historias —pensó Karen—. Las roban de sus propias vidas y de las vidas de las personas que los rodean. Las roban de sus familias y de sus amigos. Las roban de la historia y de los acontecimientos actuales. Las roban de los artículos de prensa y de las conversaciones que escuchan por casualidad y a veces incluso se las roban unos a otros.»

En ese instante oyó gritar a Jordan.

Era una mezcla de grito y de chillido, el sonido que una persona que se haya cortado accidentalmente profiere por la sorpresa y el susto. Los ojos de Karen se dirigieron inmediatamente al Lobo Feroz, que gruñó, y cuya imperturbable apariencia de indiferencia se empezaba a desvanecer. «Lo sabe», pensó.

—Ve tú —indicó Sarah. Hizo un gesto con la pistola en dirección a la explosión de Jordan. Sarah estaba sentada en el suelo enfrente de los dos Lobos, la espalda apoyada en la pared, la pistola sobre las rodillas que se había llevado al pecho.

Karen oyó que Jordan gritaba: «¡Aquí dentro!», y siguió el sonido de la voz, que parecía temblar con una nueva tensión. Cuando entró en la habitación oyó los sollozos de Jordan.

«Algo sucede —pensó—. Pelirroja Tres es fuerte. Ha sido fuerte desde el principio.»

Lo primero que vio fueron las lágrimas que resbalaban por su rostro. La adolescente era incapaz de decir nada. Se limitaba a señalar la pared.

No había tardado mucho en encontrar la puerta cerrada del despacho. Tampoco había sido difícil encontrar la llave; una de ellas se encontraba en el llavero del Lobo Feroz que estaba colgado al lado de la puerta principal.

Entonces entró en el despacho y vio lo que allí había acumulado y perdió el control.

Fotografías. Horarios. Perfiles. Un cuchillo de cazador.

Un estudio detallado de la vida de las tres.

Y la forma en que iba a acabar con ellas.

Karen se vio fumándose un cigarrillo a escondidas. Vio a Jordan en la cancha de baloncesto. Vio a Sarah en la puerta de una licorería. Imagen tras imagen, amontonadas una encima de otra, formaban el montaje de una obsesión mortal. Pero lo que vio que superaba el impacto que le habían provocado sus respectivas historias personales fue la energía que había invertido en crear todo lo que se encontraba en las paredes. Era como si las tres pelirrojas estuviesen de pie desnudas en el despacho del Lobo Feroz. Era una profunda violación de su intimidad. Era como si nunca hubiesen tenido un momento de privacidad, él había estado cerca cada segundo, pero ellas no lo habían sabido.

Le abrumaba el tiempo y la dedicación a la muerte. Sintió que las rodillas le flaqueaban y se arrodilló, como un suplicante en una iglesia.

—¿Qué pasa? —gritó Sarah desde la otra habitación.

—Somos nosotras —susurró como respuesta.

A Jordan le embargaba la ira. Cogió a Karen de los hombros y la levantó, zarandeándola.

—¡Tenemos que matarlo! —exclamó con voz ronca—. ¡No nos queda otra opción!

Karen no contestó. Lo único que podía pensar era: «¿Cómo podemos salir impunes? Él es el asesino. No nosotras.»

Dejó caer el hombro bruscamente. Jordan la soltó y con un angustiado grito de ira, saltó de pronto hacia las paredes y empezó a arrancar todas las fotografías. Arrancó todos los horarios y todos los perfiles de sus vidas. Arañaba todo elemento del mural que tenía ante sí. Los fragmentos de papel volaban a su alrededor. Sollozaba con sonidos guturales, pero Karen no conseguía entender las palabras.

Extendió el brazo para detener a Jordan, pero dudó. «Destrúyelo todo», pensó de pronto. Y se sumó a la tarea, arrancando fotografías y rompiéndolas en trozos diminutos, para después tirarlos por la habitación, como si al destrozar todo lo que el Lobo había construido para matarlas, lograsen de alguna forma liberarse.

Mientras Jordan golpeaba sin sentido la exposición y tiraba por el despacho los fragmentos del diseño de sus muertes, Karen se giró y vio el ordenador y las páginas de un manuscrito en el escritorio debajo de un álbum de recortes encuadernado en piel. Cogió el bastón y se disponía a hacer añicos la pantalla cuando Jordan dijo:

—Espera.

Se detuvo en mitad del movimiento.

—Si todo esto está ahí —añadió, señalando los trozos de lo que había en la pared—, ¿crees que todavía hay más ahí? —Jordan señaló el ordenador.

Karen asintió con la cabeza. Levantó el bastón por segunda vez.

—¿Qué más? —preguntó Jordan.

Y en ese momento, Karen encontró la respuesta.

43

Karen dispuso tres objetos delante del Lobo Feroz. Si hubiese podido extender el pie, los podría haber tocado con los dedos.

«Su ordenador.»

«Su manuscrito.»

«Su álbum de recortes.»

No dijo nada. Solo quería que el Lobo Feroz mirase esas cosas durante unos minutos y que digiriese lo que podría hacer con ellas.

Se revolvió en su asiento.

«¿Alguien ha pasado alguna vez una noche así con un asesino en serie?», se preguntó Karen durante un instante. Sospechó que la respuesta era negativa.

Esbozó ante el Lobo Feroz una sonrisa socarrona que esperó le intranquilizase todavía más. En sus adentros, se advertía: «Presiona. Pero no en exceso. Actúa, pero no sobreactúes. La facultad de Medicina no me enseñó nada sobre teatro. Lo he tenido que aprender sola.» Se preguntó si algún humorista se había encontrado alguna vez frente a un público tan hostil como el que tenía ante sí esa noche.

Dejó a Pelirroja Dos y a Pelirroja Tres delante de los lobos sin decirles tampoco nada mientras iba a la cocina y después al baño. No tardó mucho en encontrar lo que buscaba: bolsitas de plástico. Tijeras. Un cuchillo grande del pan. Bastoncitos de algodón. Un rotulador negro.

Cuando volvió al salón parecía que regresaba de una extraña salida de compras. Sonreía, pese a que sentía las punzadas de las costillas donde le había golpeado, y cuando miró en dirección al Lobo Feroz, le dejó claro que cualquier duda que hubiese podido tener se había esfumado. Todo era pura interpretación por su parte, pero sabía cómo hacer para que un público molesto no le fastidiase el número. «Hay que seguir contando chistes. No aflojes. No dejes que el espectador molesto o el gilipollas que siempre interrumpe se hagan con el espectáculo. Tú eres quien manda.» Las otras dos pelirrojas no podían disimular su curiosidad. No tenían ni idea de lo que Karen estaba a punto de hacer.

Empezó a tararear y a cantar fragmentos inconexos de un éxito de los años sesenta. Daba igual lo mal que lo hiciese porque sabía que el Lobo Feroz probablemente reconocería su versión de la canción que Sam the Sham and the Pharaons hicieron famosa: «Ey, Caperucita Roja.» Esperaba que le irritase.

Esperó unos instantes y entonces le preguntó:

—¿A cuántas personas has matado?

El Lobo Feroz no respondió enseguida. Entornó los ojos y desplegó una amplia sonrisa. Sintió una repentina oleada de seguridad. Puede que tuviese las manos y los pies atados, pero Pelirroja Uno estaba entablando una conversación. Eso era tentador.

—Ninguna. Una. Cientos. ¿Cuántas crees? —repuso.

Karen le miró. Intentó identificar algún rasgo de su rostro, alguna indicación en la forma en que se sentaba en el sofá, algún olor corporal o postura, un tono de voz, cualquier cosa que reflejase lo que era. Era como contemplar la masa informe del mar azul grisáceo durante los últimos minutos del atardecer. Las ondulaciones de las olas en la superficie ocultaban todas las corrientes que confluirían con vientos y mareas cuando se cerniese la oscuridad y repentinamente se convertirían en un peligro. Comprendió que ahí radicaba su poder: en el aspecto poco atractivo que ocultaba su verdadera naturaleza.

A su lado, el cuerpo entero de la señora de Lobo Feroz tembló de ira. Frunció el ceño y casi gritó su respuesta a la misma pregunta.

—¿Qué te hace pensar que ha matado a alguien? —explotó—. ¡Lo he comprobado! Incluso he hablado con la policía. ¡No hay pruebas de nada! No es más que un escritor. Ya te lo he dicho. ¡Tiene que investigar!

Karen asintió con la cabeza, ignorando lo que la señora de Lobo Feroz había dicho.

—Siempre sales impune, ¿no es así?

El Lobo Feroz se encogió de hombros.

Se dirigió a la señora de Lobo Feroz.

—Y tú... —empezó, pero entonces calló la pregunta. Podía ver todas las respuestas que necesitaba en el rostro de la señora de Lobo Feroz. «Tu vida está cambiando esta noche, ¿no es así?» Quería preguntarle, pero algunas preguntas no hacía falta formularlas.

Karen se estremeció. Respiró hondo y volvió a dirigirse al Lobo Feroz.

—¿Qué es lo que más te gusta utilizar? —le preguntó—. ¿Pistola? ¿Cuchillo? ¿Las manos? ¿Otra cosa? ¿Cuántas maneras diferentes existen para matar a una persona?

—Cada arma tiene ventajas e inconvenientes —respondió—. Todo escritor de novela negra lo sabe. —Miró de reojo el manuscrito que tenía delante, en el suelo—. Está en el libro —añadió con sequedad.

Karen la doctora y Karen la humorista habían aprendido una lección en ambos ámbitos de su vida que se disponían a aplicar en ese instante.

—¿Puedes matar a una persona con la incertidumbre? —preguntó.

Las tres pelirrojas vieron cómo en ese instante el rostro del Lobo Feroz se paralizaba. Por primera vez, se dieron cuenta de que las mismas dudas que ellas habían experimentado desde el primer momento en que las contactó empezaban a enraizar en él. Su esposa, por otro lado, simplemente parecía confundida, como si no comprendiese la pregunta.

Karen no esperó una respuesta.

Se adelantó. Lo primero que hizo fue utilizar las tijeras para cortarle un mechón de pelo. Lo introdujo en una bolsita de plástico. Después, con un bastoncito de algodón cogió un poco de sangre coagulada del cuello, donde Jordan le había hecho un corte en la piel. Esa muestra también fue a parar a otra bolsita. Utilizó el rotulador negro para identificar las bolsas, escribiendo cuidadosamente en el exterior la hora y el día. Entonces levantó la mano enfundada en el guante quirúrgico y estiró la superficie estéril como si fuese una goma. Le susurró al Lobo Feroz:

—Me imagino que tus huellas están por todo el ordenador. Pero las nuestras no. —Volvió a estirar el guante cerca de su rostro por segunda vez. Cogió otro bastoncito de algodón—. Abre la boca —le ordenó, como si estuviese en su consulta.

El Lobo Feroz apretó los dientes. Karen le miró.

—Venga, va —le dijo en un tono amable que ocultaba toda su furia. Era el tono que hubiese utilizado con un paciente de pediatría reacio a hacer lo que le piden.

Estaba tan enfrascada en su tarea que el dolor prolongado de las costillas heridas se había evaporado.

—Unas pocas células extra —agregó. Dejó caer el bastoncillo en otra bolsa de plástico. A continuación, se acercó a la señora de Lobo Feroz—. El mismo procedimiento —dijo.

La señora de Lobo Feroz la miró sorprendida de verdad cuando un mechón de su pelo desapareció en la bolsa, seguido de una muestra de sangre y de un toque en el interior de la boca.

Karen reunió todas las muestras y las metió en la talega de Sarah. Después cogió uno de los teléfonos móviles y con rapidez sacó varias fotos de los dos lobos. Hizo varios primeros planos y se preocupó de que fuesen de perfil y de frente.

Cuando terminó, se dirigió al Lobo Feroz.

—Explícale a tu mujer lo que hemos hecho —dijo.

—Sangre. Pelo. ADN. La versión médica de quiénes somos —explicó quedamente.

—Puede que médica no —prosiguió Karen—. ¿No crees que forense es una palabra más adecuada?

»Me pregunto —añadió—, si habrá alguien por ahí interesado en estas muestras. ¿Crees que algún policía con un caso abierto podría encontrarlas... no sé... intrigantes?

Karen sonrió.

—La situación es la siguiente: todo este material va a un lugar seguro. Tal vez una caja de seguridad. Tal vez la caja fuerte del despacho de un abogado. Ya lo decidiremos. Pero te aseguro que va a ser un lugar que nunca vas a encontrar. Tu ordenador, el álbum de recortes, las fotografías... todo lo que hemos cogido esta noche. Tres personas tendrán acceso a ese escondite. Pelirroja Uno, Pelirroja Dos y Pelirroja Tres. Dejaremos que Sarah, que es la única que no vas a poder encontrar jamás, escoja un bonito escondite muy lejos. Si algo, cualquier cosa, nos amenazase de nuevo, a nosotras las caperucitas, la persona que quede sabrá qué hacer. ¿Lo has entendido?

El Lobo Feroz asintió con la cabeza. Su rostro se había ensombrecido. Las tres pelirrojas imaginaron que en ese momento tensaba todos los músculos de su cuerpo para lograr liberarse de la cinta adhesiva. Su ira podía ser asesina. Pero mientras lo observaban, vieron cómo las venas hinchadas de su cuello se relajaban y una temerosa resignación se deslizaba sin querer en su mirada. Parecía como si viese un tipo diferente de atadura, mucho más restrictiva que la cinta adhesiva.

Todo lo que les había hecho, ahora se lo devolvían. La sonrisa de Karen había desaparecido. Por un instante, pensó: «¿A cuántas personas has asesinado?» Y comprendió, con la comprensión que un médico tiene de la muerte, que no podía hacer nada por las personas que ya habían muerto. Pero podía inmunizar al resto de ese momento en adelante. Así que utilizó el tono de voz que emplearía para comunicarle a alguien que odiase de veras que padecía una enfermedad mortal.

—No nos has dado más que incertidumbre y después querías matarnos. Ahora, nosotras te damos lo mismo. Nunca podrás oír que llaman a la puerta y no pensar que es la policía. Nunca podrás levantar la vista y ver un coche de policía detrás de ti y no pensar que esta vez todo se ha acabado, o caminar por una calle y no imaginar que un detective te sigue. Cuando te despiertes por la mañana, pensarás que puede ser tu último día de libertad. Cuando te vayas a la cama por la noche, no sabrás si al día siguiente tu patética e insignificante vida de mierda se acabará. Y otra cosa, no será solo la policía. Me imagino que habrá familiares de las víctimas que estarán interesados en estas conexiones. O quizás algunos abogados defensores que puedan utilizar estas pruebas para sacar de la cárcel a algún cliente. Y me pregunto cómo se sentirá con respecto a ti algún pobre cabrón que se haya pasado quince años en el corredor de la muerte. No creo que sean generosos.

Hizo un gesto indicando los objetos.

—Piensa en ellos como una enfermedad. Una enfermedad terminal.

Dudó y después añadió:

—No intentes huir. Si desapareces, nos enteraremos y todo esto se distribuirá... de la forma adecuada. Y no creo que puedas despedirte de nosotras y encontrar otra pobre mujer a quien asesinar para así darte el gusto. Todo ha terminado. Quienquiera que fueses hasta este mismo instante, se ha acabado. A partir de ahora, eres un tipo corriente que no tiene absolutamente nada de especial. Nada de nada. Suena bastante mal, ¿no te parece?

Karen respiró hondo. Pensó que pasar con tanta rapidez de la grandiosidad del lobo a menos de cero podía ser fatal. Eso esperaba. «La humillación —pensó— puede ser un arma peligrosa.»

—Te lo preguntaré otra vez: ¿puedes matar a una persona con la incertidumbre?

La habitación estaba en silencio. El Lobo Feroz sabía la respuesta a esa pregunta y sabía que no era necesario decirla en voz alta.

Karen se dirigió a las otras pelirrojas.

—Señoras —dijo—. Es hora de irse.

Agarró el cuchillo de sierra para el pan que había cogido en la cocina y lo colocó sobre el televisor.

—Tomad —dijo—. Os costará un poco llegar hasta aquí, cogedlo entre las manos y cortad las ataduras.

No pudo resistir hacer una broma sarcástica.

—Ya casi se ha hecho de día. Y no vayáis a llegar tarde al trabajo.

Recogieron todo. Cuando iban a salir, Jordan tampoco pudo contenerse. Susurró a las otras dos pelirrojas:

—¿Sabéis una cosa? He aprendido que odio con toda mi alma los malditos cuentos. —Se rio a carcajadas con un entusiasmo desmedido.

A continuación, cuando se dirigía hacia la puerta se dio media vuelta y le dijo al Lobo Feroz:

—Supongo que el último capítulo va a ser diferente a lo que pensabas, ¿no crees?

Ocho de la mañana

Pelirroja Tres insistió en llenar cada milímetro de la bandeja del desayuno con un bol de cereales con leche, un plato de tostadas con huevos, fruta, café y zumo de naranja. Esperó al final de la cola a que un gigantesco *linebaker* del equipo de fútbol americano del colegio se pusiese delante de ella para dirigirse hacia el mostrador de los desayunos y entonces interpuso la bandeja en su camino. La bandeja se cayó al suelo con un estrépito de platos rotos, un desastre instantáneo y asqueroso. Esa mañana, había cerca de setenta y cinco alumnos y profesores en el comedor. Los alumnos —como hacían siempre que se caía una bandeja— empezaron a aplaudir. Los profesores —también como siempre— se dispusieron inmediatamente a llamar a un bedel para que recogiese los platos rotos, y a hacer callar a los alumnos que aplaudían. Lo único que a Jordan le importaba es que todo el mundo se acordase de ella esa mañana y que la idea de que hubiese pasado parte de la noche enfrentándose a un asesino resultase totalmente irracional, una fantasía de adolescente que nadie en su sano juicio creería jamás.

Pelirroja Dos se deslizó entre el grupo de mujeres que preparaba a una manada de niños para subir al autobús escolar en el exterior del centro de acogida. Pese a todo el estrés que suponían las amenazas de sus ex parejas, los niños tenían que seguir yendo al colegio. Siempre era un momento de tensión y confusión —uno de los hombres podía aparecer repentinamente— y también de total normalidad del tipo «no vayas a llegar tarde al colegio». Parecía una melé y las mujeres que se alojaban en el centro apreciaban otro par de manos y de ojos mientras intentaban mantener alguna sensación de orden en unas vidas, que habían sido totalmente trastocadas por la violencia doméstica. Nadie se había dado cuenta de que Sarah se había sumado al grupo desde la calle y no desde el interior del centro. Solo sabían que la mujer sola que se llamaba Cynthia era ese día de gran ayuda, comprobando una vez más que los niños llevasen la comida y que hubiesen hecho los deberes, simpática, riendo y haciendo bromas con ellos mientras a la vez vigilaba con desconfianza que no apareciese alguna de las amenazas que sabía podían surgir en cualquier momento. Desconocían que por primera vez en muchos días, Cynthia sentía que podía ser libre.

Pelirroja Uno saludó al primer paciente del día con una alegría que podría haber parecido inapropiada al tratarse de una persona que padecía un doloroso herpes zóster. Karen bromeó mientras le examinaba y después le recetó un tratamiento. Se cercioró de que todas las anotaciones en el historial clínico electrónico del paciente indicasen la hora. Cuando acabó la consulta, acompañó al paciente a la sala de espera principal para que los otros pacientes que tenían cita esa mañana la viesen en ese día increíblemente típico, que no tenía en absoluto nada fuera de lo común. Antes de recibir al segundo paciente de la mañana, Karen se dirigió a la recepcionista.

—Ah —le dijo despreocupadamente a la mujer que estaba detrás de un pequeño tabique, como si esto fuese la cosa más sencilla del mundo. Le entregó el informe de la señora de Lobo Feroz—. Me gustaría que esta tarde llamase a esta paciente y concertase una cita en las próximas semanas. Me preocupa mucho su corazón.

Epílogo

El primer capítulo

Cogió la pistola y abrió el cilindro. Se trataba de un revólver corto Smith & Wesson del calibre treinta y ocho, un tipo de pistola muy utilizada por los detectives de los populares libros de novela negra de los años cuarenta y cincuenta porque se acoplaba cómodamente en las pistoleras de hombros que quedaban ocultas bajo la americana. «Un traje de los años cuarenta», pensó el Lobo Feroz. Detectives que llevaban elegantes sombreros de fieltro y decían cosas como: «Olvídalo, Jake. Es Chinatown.» El Lobo Feroz sabía que era un arma poco certera, aunque excepcionalmente efectiva a una distancia muy corta. Ya no se utilizaba habitualmente. En esta época moderna, los policías de verdad preferían armas semiautomáticas con más balas y que producían más impacto. Había comprado el arma a un comerciante de armas cerca de Vermont y había pagado un precio más elevado por ser un poco antigua y por su romanticismo. El comerciante apenas había hecho preguntas cuando vio el dinero en efectivo.

El Lobo Feroz sacó cinco o seis balas del cilindro y las puso derechas en fila delante de él. Hacía más de un mes que hacía lo mismo todas las mañanas.

Cerró el arma con un clic satisfactorio.

La sujetó delante de él y se detuvo.

Hemingway. Mishima. Kosinski. Brautigan. Thompson. Plath. Sexton. Pensó en todos ellos y en muchos más.

Una brusca punzada de tensión le atravesó el pecho. Oyó una lejana sirena en algún lugar del vecindario. Policía, bomberos o ambulancia, no era capaz de distinguirlo. Apenas respiró mientras escuchaba. La sirena cada vez se oía con más intensidad, más cerca, después, para su inmenso alivio, empezó a oírse más débil y al final desapareció.

El Lobo Feroz caminó por la habitación y se miró en un espejo grande. Levantó la pistola y se colocó el cañón en la sien. Abrió el percutor y rozó el gatillo con el índice. Se preguntó cuántos gramos de presión se necesitarían para disparar. ¿Quinientos gramos? ¿Mil? ¿Mil quinientos? ¿Un tirón de verdad o una ligera caricia? Mantuvo esa posición por lo menos durante treinta segundos. A continuación, cambió la posición de la pistola de manera que el cañón le quedaba ahora en la boca. Notaba el sabor del duro metal apoyado en la lengua. Pasaron otros treinta segundos. Después cambió la posición de la pistola por última vez en un ritual ahora tan habitual como cepillarse los dientes o peinarse, el cañón hacia arriba tocando la parte inferior de la barbilla. De nuevo, mantuvo esta posición hasta que ya no supo si habían pasado segundos, minutos o incluso horas. Cuando lentamente bajó el arma, tenía la marca rojiza del cañón en el lugar donde lo había apretado contra la piel.

Extendió el brazo y se apoyó en la mesilla de noche, sin dejar de mirarse en el espejo.

Pensó que ya no lograba reconocerse.

Parecía como si, igual que la lejana sirena, se estuviese desvaneciendo. Sabía que muy pronto desaparecería de su propia vista. Y cuando inevitablemente llegase ese momento, apretaría el gatillo.

La señora de Lobo Feroz contemplaba desde la ventana de su despacho la ceremonia de graduación que acababa de empezar en el patio de enfrente. No se decidía a bajar a verla, pese a que su jefe, el director, la había animado a que asistiese. Abrió la ventana, para oír la música de una banda de gaitas que acompañaba con pompa y boato a los estudiantes que se graduaban mientras estos ocupaban sus asientos. A través de una maraña de árboles de hojas verdes que se balanceaban en la brisa soleada de una bonita mañana de junio, la señora de Lobo Feroz buscó entre los engalanados padres, amigos y familiares que estaban allí para honrar a los que se graduaban. No le costó mucho localizar a dos mujeres pelirrojas que se sentaban juntas y observaban a la tercera del grupo que alegremente cruzaba el escenario a saltos para recoger su diploma.

«Lo bonito de la graduación es que es la antesala del futuro», pensó la señora de Lobo Feroz.

Se apartó de la ventana y regresó al escritorio. Habían pasado muchos días y muchas noches solitarias desde que había logrado cortar la cinta adhesiva de las muñecas y de los tobillos a tiempo para llegar al trabajo, como la doctora le había dicho.

Nunca había hablado con su marido sobre esa noche.

No era necesario.

—Cómo cambian las cosas —susurró.

La señora de Lobo Feroz se colocó delante de su ordenador. La embargaba el miedo, la duda y una certeza casi completa de que estaba a punto de hacer algo muy malo y muy bueno a la vez. Notaba el sudor de los nervios que se acumulaba en las axilas mientras ajustaba el teclado para que las manos se apoyasen cómodamente sobre las teclas. Echó un rápido vistazo a su alrededor para asegurarse de que nadie la miraba.

Tecleó unas cuantas letras.

Un documento nuevo y en blanco apareció en la pantalla que tenía delante. Se detuvo de nuevo y se dijo que nunca habría un mejor momento.

Escribió:

Las tres Pelirrojas. Primer capítulo.

Sangró varias líneas y volvió a escribir:

La noche de mi boda ignoraba que el hombre que se deslizaba a mi lado en la cama era un cruel asesino.

La señora de Lobo Feroz leyó la frase.

No estaba mal, se dijo. Podría funcionar. No sabía mucho sobre obras que no fuesen de ficción o sobre memorias, pero este no le parecía un mal comienzo.

Se preguntó si en algún lugar habría alguna frase que siguiese a la primera y si encontraría las palabras para formarla. Y en un momento excepcional, un increíble despliegue de palabras surgió repentinamente de su imaginación. Las palabras se divertían y retumbaban, brillaban y gritaban, rebotaban a su alrededor, súbitamente desencadenadas, aventureras y anhelando ser libres, explotando como fuegos artificiales y uniéndose para formar un gran despliegue pirotécnico de frases. La señora de Lobo Feroz sintió un cálido arrebato de emoción y se encorvó, inclinándose con avidez sobre la tarea que tenía entre manos.